3 1994 01567 6833

SANTA CLARA PUBLIC LIBRARY

Nora Roberts nació en Estados Unidos (1950) y es la menor de cinco hermanos. Después de estudiar algunos años en un colegio de monjas, se casó muy joven y fue a vivir a Keedysville, donde trabajó un tiempo como secretaria. Tras nacer sus dos hijos, decidió dedicarse a su familia. Empezó a escribir al quedarse sola con sus hijos de seis y tres años, y en 1981 la editorial Silhouette publicó su novela *Irish Thoroughbred*. En 1985 se casó con Bruce Wilder, a quien había conocido al encargarle una estantería para sus libros. Después de viajar por el mundo abrieron juntos una librería. Durante todo este tiempo Nora Roberts ha seguido escribiendo, cada vez con más éxito. En veinte años ha escrito 130 libros, de los que se han vendido ya más de 85 millones de copias. Es autora de numerosos best-sellers con gran éxito en Estados Unidos, Inglaterra, Francia y Alemania.

www.noraroberts.com

NORA ROBERTS

Nacida del hielo
Las hermanas Concannon II

Título: Nacida del hielo
Título original: *Born in Ice*
© 1995, Nora Roberts
© De la traducción: Adriana Delgado Escrucería
© Santillana Ediciones Generales, S.L.
© De esta edición: octubre 2008, Punto de Lectura, S.L.
Torrelaguna, 60: 28043 Madrid (España) www.puntodelectura.com

ISBN: 978-84-663-2160-0
Depósito legal: B-38.336-2008
Impreso en España – Printed in Spain

Cubierta: Getty Images y Age Fotostock

Impreso por Litografía Rosés, S.A.

Todos los derechos reservados. Esta publicación
no puede ser reproducida, ni en todo ni en parte,
ni registrada en o transmitida por, un sistema de
recuperación de información, en ninguna forma
ni por ningún medio, sea mecánico, fotoquímico,
electrónico, magnético, electroóptico, por fotocopia,
o cualquier otro, sin el permiso previo por escrito
de la editorial.

NORA ROBERTS

Nacida del hielo

Traducción de Adriana Delgado Escrucería

Queridos lectores:

Irlanda ocupa un lugar especial en mi corazón. Los grandes campos verdes que se extienden bajo cielos densos, el gris entrecruzado de las cercas de piedra, la majestuosa caída de un castillo en ruinas, probablemente saqueado por los malditos cromwellianos... Me encanta cómo brilla el sol a través de la lluvia y cómo florecen las flores en los jardines y los campos sin necesidad de cultivarlas. Es una tierra de acantilados violentos y pubs oscuros y llenos de humo. De magia y leyenda y corazones rotos. Allí hay belleza incluso en el aire. Y el oeste de Irlanda tiene el paisaje más impactante de ese país impactante.

Allí, los embotellamientos de tráfico se dan por lo general cuando el granjero lleva a las vacas a pastar al campo. También es posible que un sinuoso camino campestre flanqueado por setos de fucsias silvestres lo lleve a uno a cualquier parte. Allí se ve el río Shannon correr resplandeciente como si fuera de plata y el mar retumba como el trueno.

Pero más allá del campo, lo más magnífico de Irlanda es su gente, los irlandeses. En verdad es una tierra de poetas, de guerreros, de soñadores, pero también es una tierra que abre los brazos a los extranjeros. La hospitalidad irlandesa es sencilla y amable. Ésa es, o debería ser, la definición de la palabra «bienvenido».

Al escribir *Nacida del hielo*, la historia de Brianna Concannon, tenía la esperanza de reflejar esa generosidad incomparable del espíritu, la sencillez de una puerta abierta y la fortaleza del amor. Así que os invito a que os sentéis un rato frente al fuego, le pongáis un chorro de whisky al té, acomodéis los pies sobre un cojín y deis tregua a vuestras preocupaciones. Os quiero contar una historia...

Nora Roberts

Buscad los otros dos libros de la trilogía...
Nacida del fuego
Nacida de la vergüenza

8

A todos mis ancestros,
que viajaron a través de la espuma

He sido un vagabundo salvaje durante muchos años

THE WILD ROVER

Prólogo

Un viento salvaje recorrió el Atlántico soltando maldiciones y cerró sus puños con fuerza sobre los campos de los condados del oeste. Pesadas y punzantes gotas de agua golpeaban la tierra y habrían desgarrado la piel de cualquier persona hasta alcanzar sus huesos. Las flores que habían florecido brillantemente desde la primavera hasta el otoño estaban ahora marchitas bajo la escarcha letal.

En las cabañas y los pubs la gente estaba reunida alrededor del fuego y hablaba sobre sus fincas y techos y sobre los seres amados que habían emigrado a Alemania o Estados Unidos. Difícilmente importaba si se habían ido el día anterior o hacía veinticinco años. Irlanda estaba perdiendo gente y casi hasta su propio idioma.

A veces se hablaba de «los problemas», la guerra sin fin que asolaba el norte, pero Belfast estaba muy lejos del pueblo de Kilmihil, tanto en kilómetros como en emociones. La gente se preocupaba más por sus cosechas, sus animales y las bodas y los entierros que llegarían con el invierno.

A unos pocos kilómetros a las afueras del pueblo, en una cocina tibia por el calor y los perfumes del horno,

Brianna Concannon observó por la ventana cómo la lluvia helada atacaba su jardín.

—Estoy pensando que voy a perder la aguileña y la dedalera —dijo. Le rompía el corazón pensar en ello, pero había cavado lo que había podido y había guardado las plantas en la pequeña y atestada cabaña trasera. Los vendavales habían llegado muy temprano ese año.

—Puedes sembrar más en primavera. —Maggie examinó el perfil de su hermana. Brie se preocupaba por sus flores como una madre por sus hijos. Con un suspiro, Maggie acarició su protuberante barriga. Todavía se sorprendía de que fuera ella la que estaba casada y embarazada y no su hermana, que era la más hogareña—. Te lo pasarás fenomenal.

—Supongo. Lo que necesito es un invernadero. He estado viendo fotos y creo que se podría construir uno aquí —afirmó, y pensó que probablemente podría pagarlo en primavera si cuidaba sus gastos. Fantaseando un poco sobre las plantas que podrían florecer en su nuevo hogar de vidrio, sacó del horno una bandeja de panecillos de arándanos recién horneados. Maggie había comprado las bayas en un supermercado de Dublín—. Llévate estos panecillos a casa.

—Bueno, gracias. —Maggie sonrió, tomó uno de la bandeja y se lo pasó de una mano a la otra para que se enfriara y poder darle un mordisco—. Pero después de que me haya comido mi porción. Te aseguro que Rogan pesa todo lo que me llevo a la boca.

—Quiere que tú y el bebé estéis sanos.

—Ya, claro que sí, pero también creo que le preocupa cuánto de mí es bebé y cuánto es grasa.

Brianna se quedó mirando a su hermana. La figura y los rasgos de Maggie se habían redondeado y suavizado. Tenía las mejillas sonrosadas y se la veía contenta ahora que se acercaba al último trimestre de su embarazo. Todo contrastaba enormemente con la energía y el descaro a los que Brianna estaba acostumbrada. «Es feliz —pensó Brianna— y está enamorada. Y sabe que su amor es correspondido».

—Has ganado muy pocos kilos, Margaret Mary —le dijo Brianna a su hermana, y vio cómo la picardía, más que la furia, le iluminaba los ojos.

—Estoy haciendo un concurso con una de las vacas de Murphy y yo voy ganando. —Maggie se terminó el panecillo y estiró la mano para coger otro sin ningún pudor—. En unas semanas no seré capaz de ver la punta de la caña por el tamaño de la barriga. Voy a tener que trabajar con las antorchas.

—Podrías dejar el vidrio durante una temporada —apuntó Brianna—. Sé que Rogan te ha dicho que ya has hecho suficientes piezas para todas sus galerías.

—¿Y qué más podría hacer además de morirme de aburrimiento? Tengo una idea para una pieza especial para la galería nueva de Clare.

—Que no se abrirá hasta la primavera...

—Para entonces Rogan habrá cumplido su amenaza de amarrarme a la cama si doy un paso hacia mi taller. —Maggie suspiró, pero Brie sospechó que no le importaba mucho la amenaza. No le importaba el temperamento sutilmente dominante de Rogan. Pensó que su hermana se estaba ablandando—. Quiero trabajar mientras pueda —agregó Maggie—. Y es bueno estar en casa, incluso con este clima. Supongo que no tienes ninguna reserva para estos días, ¿no?

—Pues resulta que sí. Un estadounidense que llega la semana que viene.

Brianna le sirvió más té a Maggie y después se sirvió ella misma y se sentó. El perro, que había estado esperando pacientemente junto a su silla, puso su enorme cabeza sobre el regazo de Brie.

—¿Un yanqui? ¿Solo? ¿Un hombre?

—Mmmm. —Brianna le acarició la cabeza a *Concobar*—. Es escritor. Ha reservado una habitación con pensión completa durante un tiempo indefinido. Ha pagado un mes por anticipado.

—¡Un mes! ¿En esta época del año? —Divertida, Maggie miró hacia fuera, donde el viento hacía traquetear las ventanas de la cocina. Definitivamente el clima no era acogedor—. Y luego dicen que los artistas somos excéntricos. ¿Qué clase de escritor es?

—Escribe novelas de misterio. He leído algunas y me parece bueno. Ha ganado premios y han hecho películas basadas en algunos libros suyos.

—Un escritor exitoso, un yanqui, pasando lo peor del invierno en un hotel rural en el condado de Clare. Tendrán mucho de que hablar en el pub.

Maggie se comió las migajas del panecillo y examinó a su hermana con ojo de artista. Brianna era una mujer muy guapa, de pelo entre rosa y dorado, piel color crema y una figura estilizada y bonita. Tenía la clásica cara ovalada y una boca suave, que llevaba sin pintar y con frecuencia resultaba demasiado seria. Sus ojos de color verde pálido tendían a la ensoñación y sus extremidades eran largas y gráciles. El pelo, grueso y sedoso como una fogata sosegada, se le solía escapar de las horquillas.

Y era bondadosa y compasiva, pensó Maggie. Y a pesar de tener contacto con extraños todo el tiempo debido a que era la propietaria de un hotel, no le interesaba lo que pasaba en el mundo exterior más allá de la puerta de su jardín.

—No sé si me gusta la idea, Brie. Tú sola en la casa con un hombre durante un montón de semanas...

—Con frecuencia estoy sola con los huéspedes, Maggie. Así es como me gano la vida.

—Sí, pero es raro que tengas sólo un huésped, y más en pleno invierno. No sé cuándo tendremos que volver a Dublín y...

—¿No estarás aquí para cuidarme? —Brianna se rio, más divertida que ofendida—. Maggie, soy una mujer adulta. Una mujer de negocios adulta que sabe cuidar de sí misma.

—Siempre estás demasiado ocupada cuidando de todos los demás.

—No empieces con el tema de mamá —dijo Brianna, y se le pusieron tensos los labios—. Ahora que está acomodada con Lottie en su propia casa hago muy poco por ella.

—Sé exactamente lo que haces —replicó Maggie—. Corres a su lado cada vez que chasquea los dedos, oyes todas sus quejas y la llevas al médico siempre que se imagina que tiene una nueva enfermedad mortal. —Maggie levantó una mano, furiosa consigo misma por dejarse absorber una vez más por la rabia y la culpa—. Pero ésa no es mi preocupación en este momento. Ese hombre...

—Grayson Thane —le dijo Brianna, más que agradecida de que el tema de conversación se hubiera desviado de su madre—. Un respetado escritor norteamericano que ha planeado quedarse en una tranquila habitación de un maravilloso hotel rural en el oeste de Irlanda. Y que no ha pensado nada con respecto a la dueña. —Levantó su taza de té y dio un sorbo—. Y que va a pagar mi invernadero.

Capítulo 1

No era inusual para Brianna tener uno o dos huéspedes en Blackthorn Cottage durante la peor parte del invierno, pero enero era un mes flojo y cada vez con más frecuencia su hogar se encontraba vacío en esa época. A Brianna no le importaba la soledad ni el aullido del viento, que parecía el de un perro del infierno; ni siquiera el cielo plomizo que no dejaba de escupir hielo y lluvia un amargo día tras otro. Eso le permitía hacer planes.

Brianna disfrutaba de los viajeros, los estuviera esperando o no. Desde un punto de vista comercial, cada centavo y cada libra contaban. Pero más allá del dinero, a Brianna le gustaba tener compañía y disfrutaba de la oportunidad de atender a las personas que pasaban por allí y de hacer que se sintieran como en su propia casa.

En los años que habían transcurrido desde la muerte de su padre y desde que su madre se había mudado, Brianna había convertido la casa en el hogar que añoraba cuando era pequeña, con chimeneas de carbón, cortinas de encaje y olores deliciosos saliendo del horno. Sin embargo, había sido Maggie, con su arte, quien había hecho posible que Brianna ampliara el hotel poco a poco. Y no era algo que Brianna pudiera olvidar. Pero la casa era suya. Su padre había entendido su amor hacia ella y su necesidad de tenerla. Brie cuidaba de su herencia como lo haría con un hijo.

Tal vez fuera el clima lo que la hacía pensar en su padre, que había muerto en un día muy parecido a ése. De vez en cuando, en los raros momentos en los que se encontraba sola, descubría que todavía llevaba bolsitas de tristeza con recuerdos buenos y malos revueltos en ellas.

Lo que necesitaba era trabajar, se dijo a sí misma alejándose de la ventana antes de permitirse meditar melancólicamente durante demasiado rato. Y como llovía a cántaros, decidió posponer una visita al pueblo que tenía planeada y dedicarse a una tarea que había estado evitando durante largo tiempo. No esperaba a nadie ese día y su única reserva comenzaba a finales de semana. Así que con su perro siguiéndole los pasos, Brianna llevó al desván escoba, balde, trapos y una caja de cartón vacía.

Solía limpiar el desván con regularidad. El polvo tenía prohibida la presencia en casa de Brianna durante mucho tiempo. Pero allí había algunas cajas y baúles de los que había hecho caso omiso en sus limpiezas habituales. Ya no más, se dijo, y abrió la puerta del desván. Esta vez haría una limpieza a fondo y no permitiría que el sentimentalismo le impidiera organizar lo que quedaba de los recuerdos familiares.

Si la habitación quedaba limpia de una buena vez, pensó, tal vez podría remodelarla. Podría ser una acogedora habitación, meditó recostándose en la escoba, con un tragaluz en el techo. Lo pintaría de amarillo pálido para atraer los rayos del sol. Puliría el piso y pondría una alfombra.

Ya podía ver cómo quedaría, con una cama bonita cubierta con un edredón colorido, una silla de cáñamo y un pequeño escritorio, y si tuviera... Brianna se rio, pues se estaba adelantando demasiado.

—Siempre soñando, *Con* —murmuró acariciándole la cabeza a su perro—. Y lo que necesitamos aquí es trabajar con ahínco y despiadadamente.

Las cajas primero, decidió. Ya era hora de deshacerse de papeles viejos y ropa que nadie usaba. Treinta minutos después, tenía varias pilas ordenadas. Una de cosas para llevar a la iglesia para los pobres, otra de cosas para tirar y la última con cosas que se iba a quedar.

—Ah, mira esto, *Con* —dijo desdoblando casi reverencialmente un pequeño vestido blanco de bautizo. Un ligero aroma a lavanda embrujó el aire. Botones minúsculos y finos bordados de encaje decoraban el lino. Brianna sabía que era obra de su abuela—. Papá lo guardó —comentó sonriendo. Su madre nunca habría pensado con tal sentimentalismo en las generaciones futuras—. Maggie y yo debimos de usar este vestido, y papá lo guardó para nuestros hijos.

Sintió una punzada, tan familiar que a duras penas se percató de ella. No había ningún bebé suyo durmiendo en una cuna, ningún bultito suave esperando ser abrazado, alimentado y amado. Pero Maggie, pensó, querría el vestido. Con sumo cuidado lo dobló de nuevo y lo guardó.

La siguiente caja estaba llena de papeles que la hicieron suspirar. Tendría que leerlos o, por lo menos, ojearlos. Su padre había guardado toda la correspondencia. También había recortes de periódico. Era probable que hubiera dicho que eran ideas para sus nuevas empresas.

Siempre una nueva empresa. Brianna puso a un lado varios artículos sobre inventos, arborizaciones, carpintería, administración de tiendas. No había ninguno sobre el campo o sobre granjeros, observó Brianna con una sonrisa. Definitivamente su padre nunca había tenido alma de granjero. Encontró cartas de familiares, de compañías a las cuales había escrito en Estados Unidos, Australia y Canadá. Y encontró el recibo de compra de un viejo camión que habían tenido cuando ella era una niña. Un documento la hizo detenerse y fruncir el ceño, totalmente desconcertada. Parecía algún tipo de certificado de acciones de Triquarter Mining, en Gales. Por la fecha parecía que las había comprado tan sólo unas pocas semanas antes de morir.

—¿Triquarter Mining? Otra empresa fallida, papá —murmuró Brie—, gastando dinero que apenas teníamos.

Bien, tendría que escribir a la compañía para ver qué había que hacer. Era poco probable que las acciones valieran más que el papel en el cual estaban impresas. Ésa siempre había sido la suerte de Tom Concannon en los negocios. El anillo de bronce que siempre había tratado de conseguir nunca había encajado en la palma de su mano.

Siguió escarbando en la caja y se divirtió con cartas de primos y tías y tíos que lo habían querido. Todo el mundo lo había querido. Casi todo el mundo, se corrigió al pensar en su madre.

Apartándolas, sacó tres cartas que estaban atadas con un lazo rojo desteñido. El remitente tenía una dirección en Nueva York, lo que no constituía ninguna sorpresa, pues los Concannon tenían varios amigos y familiares en esa ciudad. El nombre, sin embargo, le sonó totalmente desconocido a Brie: Amanda Dougherty.

Brianna desdobló la primera carta y le echó un vistazo a la letra de colegio de monjas. La respiración se le congeló en la garganta y entonces tuvo que leer de nuevo, con cuidado, palabra por palabra.

Mi querido Tommy:

Te dije que no te iba a escribir. Puede que no te mande esta carta, pero necesito fingir, por lo menos, que puedo hablar contigo. Hace un día que volví a Nueva York, pero tú ya pareces estar muy lejos, y el tiempo que compartimos se me antoja aún más preciado. Ya fui a confesarme y me dieron mi penitencia. Sin embargo, en mi corazón no siento que nada de lo que pasó entre nosotros sea pecado. El amor no puede ser pecado. Y yo siempre te querré. Un día, si Dios es generoso, encontraremos una manera de estar juntos. Pero si eso nunca llega a pasar, quiero que sepas que atesoro cada momento que nos concedieron. Sé que es mi deber pedirte que honres el sacramento del matrimonio, que seas devoto de tus dos bebés, a los que amas tanto. Y te lo pido. Pero, a pesar de lo egoísta que pueda ser, también te pido que alguna vez, cuando llegue la primavera a Clare y el Shannon resplandezca con los rayos del sol, pienses en mí. Y cómo me amaste en esas pocas semanas. Y cómo yo te amé a ti...

Siempre tuya,
Amanda

Cartas de amor, pensó Brianna un poco desconcertada. Cartas dirigidas a su padre, escritas cuando ella era una niña, pudo establecer al fijarse en la fecha.

Se le helaron las manos. ¿Cómo se suponía que debía reaccionar una mujer adulta, de veintiocho años, ante la noticia de que su padre había amado a otra mujer además de a su esposa? Su padre, que era de risa fácil y siempre estaba planeando proyectos inútiles... Ésas eran palabras escritas para ser leídas sólo por los ojos de él, por nadie más. Y, sin embargo, ¿cómo podía no leerlas? Entonces, con el corazón latiéndole pesadamente en el pecho, desdobló la segunda carta.

Mi querido Tommy:
He leído y releído tu carta hasta reproducir cada palabra en mi cabeza. Se me parte el corazón al saberte tan infeliz. Yo también miro a veces hacia el mar y te imagino viajando a través de él hacia mí. Hay tantas cosas que quisiera contarte, pero creo que si lo hago sólo empeoraría el dolor de tu corazón. Si no hay amor entre tu esposa y tú, debe haber obligación. Sé que no es necesario que te diga que tus hijas deben ser tu principal preocupación. Sé, y lo he sabido siempre, que ellas son lo primero en tu corazón y en tus pensamientos. Dios te bendiga, Tommy, por pensar también en mí. Y por el regalo que me diste. Antes pensaba que mi vida estaba vacía, pero ahora es una vida plena y rica. Hoy te amo más incluso que cuando nos separamos. No sientas pena cuando pienses en mí, pero no dejes de pensar en mí.

Siempre tuya,
Amanda

Amor, pensó Brianna sintiendo que los ojos se le llenaban de lágrimas. Había tanto amor en la carta a pesar de que decía tan poco... ¿Quién había sido esa tal Amanda? ¿Cómo se habían conocido? ¿Con cuánta frecuencia había pensado su padre en esa mujer? ¿Con cuánta frecuencia la había añorado?

Secándose una lágrima, Brianna abrió la última carta.

Mi querido Tommy:

He rezado y rezado antes de escribirte esta carta. Le he pedido a la Virgen María que me ilumine para saber qué es lo correcto y lo justo para ti, aunque no puedo saberlo con certeza. Sólo espero que lo que te voy a decir te traiga alegría y no dolor.

Recuerdo las horas que pasamos juntos en mi pequeña habitación del hotel con vistas al Shannon. Qué dulce y gentil fuiste, cómo nos cegó a ambos el amor que nos unía. Nunca había experimentado, ni volveré a experimentar, un amor tan profundo y duradero. Así que, a pesar de que nunca podamos estar juntos, agradezco tener algo precioso que me recordará que fui amada. Estoy embarazada de tu hijo, Tommy. Por favor, alégrate por mí. No estoy sola y no estoy asustada. Tal vez debería estar avergonzada. Soy una mujer soltera y estoy embarazada del marido de otra mujer. Tal vez la vergüenza llegue después, pero por ahora estoy llena de regocijo.

Lo sé desde hace semanas, pero no había encontrado el valor para contártelo. Sin embargo, lo he encontrado ahora, al sentir las primeras señales de la vida que hicimos entre los dos dentro de mí. ¿Tengo que decirte todo lo amado que será este bebé? Ya puedo imaginarme lo que

*será acunar a nuestro hijo entre mis brazos. Por favor,
querido mío, por el bien de este hijo nuestro no dejes que
el corazón se te colme de dolor o de culpa. Y por su bien he
decidido irme lejos. Y aunque estaré pensando en ti cada día y cada noche, no volveré a escribirte. Te amaré toda
mi vida. Y cada vez que vea a esa vida que creamos juntos durante esas horas mágicas compartidas cerca del
Shannon, te amaré más.*

*Dales a tus hijas todos los sentimientos que tengas ha-
cia mí. Y sé feliz.*

*Siempre tuya,
Amanda*

Un hijo. A Brianna se le llenaron los ojos de lágrimas y se llevó una mano a la boca. Una hermana. Un
hermano. Dios santo, en alguna parte había un hombre
o una mujer unido a ella por la sangre. Con una diferencia de edad muy pequeña, y tal vez compartiese con ella
la tez o los mismos rasgos.

¿Qué podía hacer? ¿Qué había podido hacer su padre en todos esos años? ¿Habría buscado a la mujer y al
bebé o habría tratado de olvidar?

No. Con suavidad, Brianna alisó las cartas. Su padre
no había tratado de olvidar. Había guardado las cartas toda su vida. Brianna cerró los ojos y se quedó sentada en el
desván iluminado a media luz. Y pensó que su padre había amado a su Amanda. Siempre.

Necesitaba pensar antes de contarle a Maggie lo
que había descubierto. Brianna pensaba mejor cuando

estaba ocupada. Ya no podía enfrentarse al desván, pero había otras cosas que podía hacer. Así que fregó, pulió y horneó. Eran tareas caseras sencillas que creaban perfumes placenteros y le subían el ánimo. Puso más leña en las chimeneas, preparó té y se sentó a dibujar algunas ideas que tenía para su invernadero.

Se dijo que la solución llegaría sola, a su tiempo. Después de más de veinticinco años, unos pocos días de reflexión no le harían daño a nadie. Brianna admitió que parte del retraso se debía a la cobardía, a una débil necesidad de evitar el látigo de las emociones de su hermana. Nunca había dicho que fuera una mujer valiente.

También escribió, en su estilo práctico, una carta educada de tipo empresarial dirigida a Triquarter Mining, en Gales, y la puso a un lado para enviarla por correo al día siguiente.

Tenía una lista de cosas que debía hacer por la mañana, lloviera o relampagueara. Para cuando empezó a prender las chimeneas para prepararse para la llegada de la noche, Brie agradeció que Maggie hubiera estado demasiado ocupada para visitarla. Uno o dos días más, se dijo Brianna, y entonces le mostraría las cartas a su hermana.

Pero esa noche se relajaría y pondría la mente en blanco. Necesitaba mimarse, decidió. La verdad era que le dolía un poco la espalda de tanto fregar. Tomaría un largo baño con las sales que Maggie le había traído de París, bebería una taza de té y empezaría algún libro. Usaría la bañera grande del segundo piso y se trataría como si fuera un cliente. En lugar de dormir en la estrecha cama de su habitación, situada junto a la cocina, esa noche dormiría en la gran cama de la habitación que ella consideraba la suite matrimonial de su hotel.

—Esta noche somos los reyes, *Con* —le dijo Brie a su perro mientras derramaba generosamente las sales en el agua—. Cenaré en la cama y me dedicaré al libro de nuestro futuro huésped. Un norteamericano muy importante, recuerda —añadió mientras *Con* golpeteaba la cola contra el suelo.

Brie se quitó la ropa y se sumergió en el agua caliente y perfumada. Exhaló un suspiro que la recorrió desde la punta de los dedos gordos de los pies. Una novela romántica habría sido más apropiada para ese momento, pensó, en lugar de un *thriller* cuyo título era *El legado sangriento*. Pero Brianna se acomodó y se adentró en la historia de una mujer a quien su pasado la acechaba y cuyo presente era una amenaza.

El libro la atrapó de inmediato. Tanto que cuando el agua se enfrió, siguió leyendo con el libro en una mano mientras se secaba con la otra. Temblando, se puso un pijama de algodón y se soltó el pelo. Sólo el arraigado hábito del orden la despegó del libro un momento mientras arreglaba el baño. Pero no se molestó en coger la bandeja de la cena. En su lugar, se metió en la cama y se cubrió con el edredón.

A duras penas escuchó el viento golpear las ventanas y la lluvia caer sobre el techo. Por cortesía del libro de Grayson Thane, Brianna se trasladó al bochornoso verano del sur de Estados Unidos, acechado por un homicidio.

El cansancio la venció pasada la media noche. Se quedó dormida con el libro entre las manos, con el perro roncando a los pies de la cama y con el viento aullando como una mujer asustada.

Por supuesto, tuvo una pesadilla.

* * *

Grayson Thane era un hombre impulsivo. Y puesto que lo sabía bien, por lo general se tomaba los desastres que resultaban de sus impulsos tan filosóficamente como los triunfos. En ese momento se vio obligado a aceptar que su impulso de conducir desde Dublín hasta Clare, en pleno invierno, con la amenaza de una de las peores tormentas que hubiera visto nunca, probablemente había sido un error. Pero, en cualquier caso, se trataba de una aventura. Y las aventuras regían su vida.

Había pinchado al salir de Limerick, y para cuando terminó de cambiar el neumático, parecía y se sentía como una rata ahogada, a pesar de que llevaba puesto el impermeable que había comprado en Londres la semana anterior.

Se había perdido dos veces y se había encontrado a sí mismo reptando por caminos angostísimos y tortuosos que a duras penas eran más que cunetas. Su investigación sobre Irlanda le había hecho pensar que perderse en ese país era parte de su encanto y trataba con todas sus fuerzas de recordar eso.

Tenía hambre, estaba calado hasta los huesos y temía que se fuera a quedar sin gasolina antes de encontrar algo remotamente parecido a un hostal o un pueblo.

Repasó mentalmente el mapa. Visualizar las cosas era un talento con el que había nacido y podía, con muy poco esfuerzo, reproducir en su cabeza cada línea del cuidadoso mapa que le había dibujado y enviado la dueña del hotel en el que iba a quedarse.

El problema era que estaba tan oscuro como la boca de un lobo. La lluvia caía sobre el parabrisas como un río caudaloso y el viento golpeaba con furia el coche en ese simulacro de camino como si el Mercedes fuera de juguete. Y Grayson tenía unas ganas locas de tomarse un café.

Cuando la carretera se bifurcó, Gray decidió probar suerte y tomó el camino de la izquierda. Si no encontraba el hotel o algo parecido en los siguientes dieciséis kilómetros, dormiría en el maldito coche y seguiría buscando por la mañana.

Era una pena que no pudiera ver nada del paisaje, pero tenía el presentimiento, en la desolación oscura de la tormenta, de que encontraría exactamente lo que estaba buscando. Quería que su libro se desarrollara en el oeste de Irlanda, entre los acantilados y los campos, con el feroz Atlántico amenazándolo y los tranquilos pueblos acurrucados contra él. Y quería que su cansado héroe, un hombre hastiado del mundo, llegara al filo del vendaval.

¿Una luz? Escudriñó entre la penumbra deseando de todo corazón que así fuera. Vio de reojo un letrero que ondeaba violentamente al viento. Gray dio marcha atrás, iluminó el letrero con las luces delanteras y sonrió. El letrero decía Blackthorn Cottage. Después de todo, su sentido de la orientación no le había fallado. Tenía la esperanza de que su casera hiciera honor a la leyenda de la hospitalidad irlandesa, pues llegaba dos días antes de lo que le había anunciado. Y eran las dos de la mañana.

Gray buscó un aparcamiento, pero sólo vio setos empapados. Encogiéndose de hombros, detuvo el coche en mitad del camino y se metió las llaves en el bolsillo. Tenía todo lo que necesitaba esa noche en una mochila en el asiento del copiloto. Echándosela al hombro, dejó el vehículo donde estaba y se apeó hacia la tormenta, que lo golpeó en la cara como una mujer histérica, toda uñas y dientes.

Caminó entre el barro, casi hundiéndose, pasó los setos de fucsias y, con más suerte que cualquier otra cosa, encontró la puerta del jardín. La abrió y luego tuvo que luchar con ella para poder cerrarla de nuevo. Deseó poder ver la casa más claramente. Sólo podía distinguir un contorno en la oscuridad, con una única luz brillando en una ventana del segundo piso.

Usó la luz que veía en la ventana como un faro y empezó a soñar con un café. Nadie le abrió cuando llamó a la puerta. Con el ruido del viento, Gray dudaba de que alguien pudiera escuchar nada. Le costó menos de diez segundos decidir abrir la puerta él mismo.

De nuevo, sólo percibía sensaciones: la tormenta detrás de él, la calidez dentro. Sintió olores: a limón, a limpio, a lavanda y a romero. Se preguntó si la vieja irlandesa que administraba el hotel prepararía su propio popurrí. También se preguntó si se levantaría y le prepararía una comida caliente.

Entonces escuchó un gruñido profundo y feroz y se tensó. Levantó deprisa la cabeza, entrecerró los ojos y, durante un momento aterrador, la mente se le quedó en blanco.

Después Gray pensaría que había sido como una escena de un libro. Tal vez de uno suyo. Una hermosa mujer, con el pijama ondeando y el pelo derramándose sobre sus hombros como fuego dorado. Tenía la cara pálida a la luz titilante de la vela que llevaba en una mano. La otra estaba aferrada al collar de un perro que parecía un lobo y que gruñía como si lo fuera. Un perro que le llegaba a la cintura.

La mujer lo miraba desde la parte alta de las escaleras como si fuera una visión que él hubiera conjurado. Ella bien podría haber estado esculpida en mármol o hielo. Estaba allí parada tan quieta, tan absolutamente perfecta... Entonces el perro, con un movimiento que hizo que el pijama de la mujer se moviera, trató de bajar, pero ella lo detuvo.

—Está dejando entrar el agua —le dijo la mujer con una voz que sólo pudo perpetuar la fantasía. Suave, musical, cadenciosa y propia de esa Irlanda que él había ido a descubrir.

—Perdón —replicó, y se volvió y buscó a tientas la puerta; la cerró y la tormenta quedó relegada a telón de fondo.

Brianna todavía tenía el corazón desbocado. El ruido y *Con* la habían despertado de un sueño de persecuciones y terror. Ahora miraba hacia abajo, donde estaba un hombre vestido de negro, totalmente amorfo, salvo por su cara, que se veía entre sombras. Cuando él dio un paso hacia delante, Brie mantuvo su mano temblorosa aferrada al collar de *Con*.

Brie pudo ver una cara larga y angosta. La cara de un poeta, con ojos oscuros y curiosos y boca solemne. La cara de un pirata, endurecida por los huesos prominentes y el pelo largo de hilos dorados que se rizaba húmedo a su alrededor.

Era una tontería estar asustada, se dijo Brie. Después de todo, sólo era un hombre.

—¿Está perdido? —le preguntó Brianna.

—No. —Sonrió lentamente, con tranquilidad—. Ya me he encontrado. ¿Esto es Blackthorn Cottage?

—Sí, así es.

—Yo soy Grayson Thane. Llego un par de días antes, pero la señorita Concannon sabe que venía.

—Ah. —Brianna le murmuró algo al perro que Grayson no pudo descifrar, pero que tuvo el efecto de relajar los tensos músculos caninos—. Lo esperaba el viernes, señor Thane, pero de todas maneras es usted bienvenido —dijo, y empezó a bajar las escaleras con el perro a su lado y la luz de la vela titilando—. Soy Brianna Concannon —añadió, y le ofreció la mano.

Grayson se quedó mirando la mano un momento. Esperaba que la señorita Concannon fuera una viejecita hogareña con el pelo gris recogido en un moño sobre la nuca.

—La he despertado —contestó Gray tontamente.

—Normalmente por aquí solemos dormir por la noche. Venga, acérquese al fuego. —Caminó hacia la sala y prendió la luz. Apagó la vela y la puso sobre una mesita. Entonces se volvió para coger el impermeable de Gray—. Es una noche espantosa para viajar.

—Sí, ya me he dado cuenta.

33

Gray no era amorfo bajo el impermeable. Aunque no era tan alto como se lo había imaginado Brianna, era delgado y fuerte. «Parece un boxeador», pensó, y sonrió para sí misma. Poeta, pirata, boxeador. Ese hombre era un escritor, y su huésped.

—Entre en calor, señor Thane. Le puedo preparar un té, ¿le apetece?, o preferiría... —iba a empezar a decirle que le podía mostrar su habitación, pero entonces recordó que estaba durmiendo en ella.

—He estado soñando con un café durante la última hora, si no es problema.

—No, no lo es. No es problema para nada. Póngase cómodo y ahora se lo traigo.

Pero Gray decidió que la escena era demasiado bonita como para disfrutarla solo.

—Prefiero ir a la cocina con usted. Ya me siento suficientemente mal por sacarla de la cama a esta hora. —Extendió una mano hacia *Con* para que lo oliera—. Tremendo perro tiene usted aquí. Por un momento pensé que era un lobo.

—Es un lebrel irlandés —repuso Brie, con la cabeza ocupada tratando de organizar los detalles—. Sea bienvenido a sentarse en la cocina, entonces. ¿Tiene hambre?

Gray le acarició la cabeza a *Con* y sonrió a Brie.

—Señorita Concannon, creo que la amo.

—Usted entrega demasiado fácilmente su corazón —le contestó Brie sonrojándose por el cumplido— si lo da sólo por un tazón de sopa.

—No es tan poco si se tiene en cuenta lo que he escuchado sobre su manera de cocinar.

—¿Ah, sí? —Lo guio hasta la cocina y allí colgó el impermeable, que escurría agua, en una percha cerca de la puerta trasera.

—Un amigo de un primo de mi editor se quedó aquí hace como un año. Y lo que dijo fue que la dueña de Blackthorn cocinaba como un ángel —dijo, aunque no le habían comentado que también parecía un ángel.

—Ése es un cumplido muy bonito. —Brie puso a hervir agua y sirvió sopa en una cacerola para calentarla—. Me temo que esta noche sólo le puedo ofrecer una comida sencilla, señor Thane, pero no lo voy a mandar a la cama con hambre. —Sacó pan de molde de un recipiente y cortó un par de generosas rebanadas—. ¿Ha viajado hoy durante mucho tiempo?

—Salí tarde de Dublín. Había planeado quedarme un día más, pero me entraron ganas de venir. —Sonrió, tomó una rebanada de pan del plato que Brie le había puesto sobre la mesa y le dio un mordisco antes de que ella le pudiera ofrecer mantequilla—. Ya era hora de ponerme en camino. ¿Lleva usted sola este hotel?

—Así es. Me temo que no tendrá mucha compañía en esta época del año.

—No he venido por la compañía —le contestó mientras la veía preparar el café. La cocina había empezado a oler como el paraíso.

—Ha venido a trabajar, según me dijo, ¿no? Debe de ser maravilloso ser capaz de contar historias.

—Tiene sus momentos.

—Me gustan las suyas —dijo Brie sencillamente mientras sacaba de un armario un tazón de cerámica de color azul profundo.

Gray levantó una ceja. Por lo general la gente empezaba a hacerle infinidad de preguntas en ese punto. ¿Cómo escribe? La pregunta que más odiaba: ¿de dónde saca sus ideas? O: ¿cómo logra que se lo publiquen? Y con frecuencia, después de hacer las preguntas, la persona que lo interrogaba empezaba a soltar una retahíla eterna de la historia que tenía que contar. Pero Brie no dijo nada más. Gray se sorprendió a sí mismo sonriendo de nuevo.

—Gracias. A veces a mí me gustan también. —Se inclinó hacia delante e inhaló profundamente cuando Brie le puso el tazón de sopa frente a él sobre la mesa—. Para nada huele a comida sencilla.

—Es de verduras y tiene un poco de carne. Si quiere, puedo prepararle un sándwich también.

—No, así está bien. —Probó y suspiró—. Absolutamente maravilloso —dijo, y Gray examinó a Brie nuevamente. Se preguntó si su piel se vería siempre tan suave y sonrosada, o si se debía a la somnolencia—. Estoy intentando lamentar haberla despertado —continuó mientras comía—, pero esta sopa me lo está poniendo difícil.

—Una buena posada siempre abre sus puertas a un viajero, señor Thane —replicó Brie poniéndole la taza de café a un lado sobre la mesa y haciéndole una señal a *Con*, que de inmediato se levantó de su sitio junto a la mesa de la cocina—. Cuando termine, si quiere puede servirse un poco más de sopa. Mientras tanto, voy a arreglar su habitación.

Tan pronto llegó a las escaleras, apretó el paso. Tenía que cambiar las sábanas de la cama y las toallas del baño. No se le ocurrió ofrecerle a Gray otra habitación;

consideró que como era su único huésped, tenía derecho a ocupar la mejor.

Brie trabajó con rapidez y ya estaba metiendo las almohadas en las fundas de hilo y encaje cuando escuchó un ruido en la puerta. Su primera reacción fue de angustia al ver al hombre parado en el umbral. La siguiente fue de resignación. Después de todo era su hogar, así que tenía derecho a usar la parte que se le antojara.

—Me estaba dando algo así como unas vacaciones —le dijo Brie mientras terminaba de poner el edredón.

Extraño, pensó Gray, que una mujer pudiera resultar tan increíblemente sensual realizando una tarea tan sencilla como hacer la cama. Debía de estar más cansado de lo que había pensado.

—Al parecer la he sacado de su cama en más de un sentido. No era necesario que dejara esta habitación.

—Ésta es la habitación por la cual está pagando. Es tibia, y ya he encendido la chimenea. Tiene su propio baño y... —Brie se interrumpió porque Gray se le acercó por detrás. Un fogonazo le recorrió la columna y se puso rígida, pero él sólo se acercó a coger el libro que estaba sobre la mesilla. Brie carraspeó y dio un paso atrás—. Me quedé dormida leyendo —empezó a decir, pero se detuvo y abrió los ojos de par en par—. No he querido decir que el libro me haya aburrido, sólo que... —Gray sonreía, notó Brie, sonreía ampliamente, y ella le devolvió la sonrisa—. Me ha hecho tener pesadillas.

—Gracias.

Brianna se relajó un poco y abrió la cama en señal de bienvenida.

—Y su llegada en plena tormenta me hizo imaginarme lo peor. Estaba segura de que el asesino se había escapado del libro y había llegado hasta aquí con un puñal ensangrentado en la mano y todo.

—¿Y quién es el asesino?

—No podría decirlo —contestó frunciendo el ceño—, pero tengo mis sospechas. Tiene usted una manera muy inteligente de retorcer las emociones, señor Thane.

—Llámame Gray y trátame de tú. Después de todo, de alguna manera, vamos a compartir cama. —Gray le cogió una mano a Brie antes de que ésta pudiera saber cómo responder y luego la dejó atónita cuando se la llevó a los labios y le dio un beso—. Gracias por la sopa.

—Con mucho gusto. Que duermas bien.

Gray no dudó de que así sería. Brianna no había terminado de salir de la habitación ni había cerrado la puerta cuando Gray empezó a desvestirse; luego se metió desnudo en la cama. Percibió un ligero perfume a lilas en el ambiente, olía a lilas y a pradera en verano, y reconoció ese olor como el del pelo de Brianna.

Gray se quedó dormido con una sonrisa en los labios.

Capítulo 2

Todavía seguía lloviendo. Lo primero que Gray vio cuando abrió los ojos esa mañana fue la penumbra. Podía ser cualquier hora del día, desde el amanecer hasta el atardecer. El viejo reloj que había sobre la mesilla marcaba las nueve y cuarto. Fue lo suficientemente optimista como para apostar que se trataba de la mañana.

La noche anterior no había examinado la habitación. El cansancio del viaje y la hermosa visión de Brianna Concannon haciéndole la cama le habían nublado la cabeza. Pero lo hizo ahora, calentito como estaba bajo el edredón. Las paredes estaban cubiertas con papel pintado decorado con pequeñísimos brotes de violetas y capullos de rosa que trepaban desde el suelo hasta el techo. La chimenea era de piedra y albergaba las cenizas del fuego que había ardido por la noche; junto a ella había una caja pintada en donde sobresalían trozos de carbón.

Frente a él había un escritorio viejo, pero resistente, cuya superficie resplandecía de lo lustrosa que estaba. Sobre él se encontraban una lámpara de bronce, un tintero antiguo y un recipiente de vidrio lleno de popurrí. En la habitación también había un tocador con un espejo y sobre él descansaba un florero con flores secas. Dos sillas tapizadas en rosa suave flanqueaban una mesa auxiliar pequeña. La alfombra trenzada que cubría parte del suelo hacía juego con los tonos de la habitación y las florecitas silvestres de las paredes.

Gray se recostó contra el cabecero de la cama y bostezó. No necesitaba un ambiente especial cuando escribía, pero apreciaba tenerlo. Sin lugar a dudas, pensó, había escogido bien.

Consideró la posibilidad de darse la vuelta y volver a dormirse. Todavía no había cerrado tras de sí la puerta de la jaula, que era la analogía que usaba con frecuencia para escribir. Las mañanas frías y lluviosas, en cualquier parte del mundo, estaban diseñadas para pasarlas en la cama. Pero entonces pensó en su casera, la linda Brianna de mejillas sonrosadas. La curiosidad por saber más sobre ella lo obligó a sentarse en la cama y poner los pies sobre el suelo helado.

Por lo menos había agua caliente, pensó bajo el chorro de agua y sintiéndose todavía bastante soñoliento. El jabón olía ligeramente a bosque de pinos. Viajaba bastante y muchas veces le había tocado ducharse con agua fría. La sencillez hogareña del baño y las toallas blancas con el toque encantador que les daba el bordado le iban bastante bien a su estado de ánimo. Por lo general todo le iba siempre bastante bien, desde una tienda de campaña en el desierto de Arizona hasta los lujosos hoteles de la Riviera. A Gray le gustaba pensar que cambiaba de escenario para que encajara con sus necesidades, hasta que, por supuesto, cambiaban sus necesidades.

Pensaba que ese acogedor hotel se adaptaría bastante bien a él durante los próximos meses. Particularmente teniendo en cuenta el beneficio adicional de su encantadora dueña. La belleza siempre era un punto a favor.

Gray no encontró ninguna razón para afeitarse, así que sencillamente se puso unos vaqueros y un suéter algo desgastado. Dado que el viento había amainado considerablemente, pensó en dar un paseo por el campo después de desayunar para empaparse de la atmósfera local.

Pero fue el desayuno lo que lo impulsó a bajar.

No le sorprendió encontrar a Brianna en la cocina. Parecía que ese espacio había sido diseñado para ella, con su chimenea ahumada, las paredes brillantes y la limpísima encimera.

Gray notó que Brianna se había recogido el pelo esa mañana. Pensó que seguramente ella se imaginaba que era más práctico. Y tal vez lo fuera, pero el hecho de que algunos mechones que se le habían soltado del moño se le rizaran sobre la nuca y las mejillas hacía que lo práctico se volviera muy atractivo.

Desde cualquier punto de vista, probablemente era mala idea dejar que su casera lo excitara.

Brianna estaba horneando algo y el mero olor consiguió que a Gray se le hiciera la boca agua. Seguramente era el aroma de la comida y no la visión de Brie con su inmaculado delantal blanco lo que le hizo salivar.

Entonces ella se volvió; tenía un enorme tazón entre los brazos y no paraba de batir el contenido con un cucharón de madera. Pestañeó con sorpresa y luego sonrió cautelosamente a modo de bienvenida.

—Buenos días. Querrás desayunar ya, ¿no?

—Tomaré eso que huele tan bien.

41

—No, no puedes. —De una manera muy eficaz, que Gray no pudo por menos que admirar, Brianna vertió el contenido del tazón en un molde—. Todavía no está listo y, además, es una tarta para el té.

—Manzana —dijo Gray olisqueando el aire—. Canela.

—Tu nariz está en lo cierto. ¿Puedes con un desayuno estilo irlandés o prefieres algo más ligero?

—Ligero no es lo que tengo en mente.

—Muy bien, entonces. El comedor está saliendo por aquella puerta. Enseguida te llevo café y panecillos.

—¿Puedo desayunar aquí? —Le ofreció la más encantadora de sus sonrisas y se recostó contra el marco de la puerta—. ¿O te molesta que te miren mientras cocinas? —«O sólo que te miren, no importa lo que estés haciendo», pensó Gray.

—No, en absoluto —respondió Brie. Algunos de sus huéspedes preferían comer en la cocina, aunque la mayoría elegían que les sirvieran. Le puso un café que tenía al fuego—. ¿Te gusta solo?

—Sí. —Bebió de la taza, aún de pie, mirándola—. ¿Creciste en esta casa?

—Así es —contestó Brie, poniendo en una sartén un par de gruesas salchichas.

—Pensaba que esto parecía más un hogar que un hotel.

—Ésa es la idea. Teníamos una granja, pero vendimos la mayor parte de las tierras y nos quedamos sólo con la casa y la pequeña cabaña que está bajando por el camino; allí viven mi hermana y su marido a temporadas.

—¿A temporadas?

—Él tiene una casa en Dublín. Es dueño de varias galerías y ella es artista.

—¿Qué tipo de artista?

Brie sonrió ligeramente mientras seguía preparando el desayuno. La mayoría de la gente suponía que artista significaba pintora, una presunción que siempre irritaba a Maggie.

—Es vidriera. —Brianna señaló un frutero que estaba en el centro de la mesa de la cocina, que sangraba colores pastel y cuyo borde fluía como pétalos bañados por la lluvia—. Esa pieza la hizo ella.

—Impresionante. —Gray se acercó con curiosidad y pasó un dedo por el sinuoso borde del frutero—. Concannon —murmuró, y luego se rio para sí mismo—. Qué tonto soy. M. M. Concannon, la sensación irlandesa.

Brianna abrió los ojos de par en par de puro placer.

—¿Así la llaman? ¿De verdad? Ay, a Maggie le va a encantar. —El orgullo se dibujó en su cara—. Y tú has reconocido su trabajo.

—Debí haberlo hecho. Acabo de comprar un, un... No sé qué diablos es. Una escultura, tal vez. En la galería Worldwide de Londres, hace dos semanas.

—Ésa es la galería de Rogan, su marido.

—Muy práctico. —Se dirigió a la cocina y se sirvió él mismo otro café. Las salchichas de la sartén olían casi tan bien como su anfitriona—. Es una pieza sorprendente. Es de vidrio blanco como el hielo con una pulsación de fuego dentro. Pensé que se parecía a la Fortaleza de la Soledad. —Gray se rio al ver la expresión de extrañeza de Brie—. Veo que no estás muy al día en cuanto a cómics

43

estadounidenses. La Fortaleza de la Soledad es el santuario privado de Superman, en el Ártico, creo.

—A Maggie le gustaría eso. Es una fanática de los santuarios.

Con un gesto inconsciente se recogió los mechones de pelo que tenía sueltos y se los sujetó con la horquilla nuevamente. Se sentía un poco nerviosa y supuso que se debía a la manera en que el hombre la miraba. Esa valoración franca y desvergonzada era de una intimidad terriblemente incómoda. Era el escritor que llevaba dentro, se dijo Brie mientras echaba las patatas en el aceite caliente.

—Están construyendo una galería aquí, en Clare —continuó Brianna—. Planean inaugurarla en primavera. Aquí tienes gachas, para que vayas empezando mientras se termina de hacer el resto.

Gachas. Todo era perfecto. Una mañana lluviosa en una posada irlandesa y gachas de desayuno servidas en un tazón de cerámica gruesa. Sonriendo ampliamente, se sentó y empezó a comer.

—¿Vas a situar una historia aquí, en Irlanda? —inquirió Brie mirándolo por encima del hombro—. ¿Te importa que pregunte?

—Claro que no. Sí, ése es el plan. Paisajes solitarios, campos lluviosos, acantilados de vértigo. —Se encogió de hombros—. Impecables pueblecitos. Postales. Pero qué pasiones y ambiciones subyacen ahí...

Al escucharlo, Brianna se rio de buena gana al tiempo que le daba la vuelta al beicon.

—No sé si en nuestro pueblo encontrarás pasiones y ambiciones que satisfagan tus expectativas, señor Thane.

—Gray.

—Sí, Gray. —Brianna cogió un huevo, lo partió con una mano y lo echó en una sartén caliente—. Mis pasiones estuvieron bastante exaltadas el verano pasado, cuando una de las vacas de Murphy rompió la cerca, se metió en mi jardín y me pisoteó las rosas. Y, si mal no recuerdo, Tommy Duggin y Joe Ryan tuvieron una pelea bastante fuerte y se pegaron delante de O'Malley's no hace mucho.

—¿Por una mujer?

—No, por un partido de fútbol que emitieron por televisión. Pero al parecer estaban un poco bebidos. Me dijeron que hicieron las paces una vez que la cabeza dejó de darles vueltas.

—Bueno, al fin y al cabo la ficción no es más que una mentira.

—Pues claro que no. —Los ojos de Brie, serios y de color verde claro, se fijaron en los suyos al tiempo que le ponía un plato delante—. Es un tipo diferente de verdad. Es tu verdad en el momento en que la estás escribiendo, ¿no?

La percepción de Brie lo sorprendió y hasta hizo que se sintiera abochornado.

—Sí, sí, es cierto.

Satisfecha, se dio la vuelta y se dirigió a la cocina, donde sirvió en una fuente las salchichas, el tocino, los huevos y las patatas.

—Serás la sensación del pueblo. A los irlandeses nos enloquecen los escritores.

—No soy Yeats.

Brie sonrió complacida cuando Gray se sirvió saludables porciones de comida en su plato.

—Igual no quieres serlo, ¿no es cierto?

Gray levantó la cabeza masticando su primer bocado de beicon. Se preguntó si Brie lo habría captado con tanta exactitud tan rápidamente. A él, que se enorgullecía del aura de misterio de la que se rodeaba: sin pasado, sin futuro.

Antes de que pudiera pensar en una respuesta, se abrió de golpe la puerta de la cocina y entró un femenino torbellino de lluvia.

—Brie, algún cabeza de chorlito ha dejado el coche aparcado justo en la mitad del camino, antes de llegar a la casa. —Maggie se detuvo, se bajó la capucha del impermeable que llevaba puesto y vio a Gray.

—Culpable —dijo él—. Lo olvidé, pero lo muevo ahora mismo.

—Ya no hay prisa —le contestó Maggie, que le hizo una señal con la mano para que no se levantara y se quitó el impermeable—. Termina de desayunar, todavía tengo tiempo. ¿Eres el escritor yanqui?

—Dos veces culpable. Y tú debes de ser M. M. Concannon.

—Así es.

—Ella es mi hermana Maggie —la presentó Brie mientras servía el té—. Él es Grayson Thane.

Maggie se sentó y dejó escapar un ligero suspiro de alivio. El bebé estaba generando su propia tormenta de patadas dentro de ella.

—Has llegado un poco pronto.

—Cambio de planes. —Gray pensó que Maggie era una versión brusca de Brianna. Tenía el pelo más rojo y los ojos, más verdes y más agudos—. Tu hermana fue muy amable y no me dejó durmiendo en el jardín.

—Ah, Brie es un amor —dijo Maggie, y cogió una tira de beicon de la fuente—. ¿Tarta de manzana? —preguntó olisqueando el aire.

—Para el té. —Brianna sacó un molde del horno y metió otro—. Tú y Rogan sois bienvenidos si queréis venir a por una ración.

—Tal vez pasemos. —Maggie tomó un panecillo de la cesta que estaba sobre la mesa y empezó a mordisquearlo—. Planeas quedarte una larga temporada, ¿no?

—Maggie, no empieces a hostigar a mi huésped. Tengo unos panecillos de sobra si quieres llevártelos a casa.

—No me quiero ir todavía. Rogan está hablando por teléfono y se quedará colgado de ese dichoso invento hasta que San Juan agache el dedo. Iba al pueblo a comprar pan.

—Tengo suficiente pan para ti.

Maggie sonrió y le dio un mordisco al panecillo.

—Supuse que así sería —dijo, poniendo sus verdes y agudos ojos sobre Gray—. Hornea suficiente para darle a todo el pueblo —le informó.

—El talento artístico corre por la sangre de la familia —dijo Gray espontáneamente. Después de esparcir mermelada de fresa sobre una rebanada de pan, le pasó el frasco a Maggie con camaradería—. Tú con el vidrio y Brianna con la cocina. —Sin pena, le echó una mirada a la tarta que se estaba enfriando sobre la encimera—. ¿Cuánto falta para la hora del té?

Maggie le sonrió ampliamente.

—Puede que llegues a caerme bien.

—Y puede que a mí me pase lo mismo. —Gray se levantó—. Voy a mover el coche.

—Puedes aparcarlo en la calle.

Gray se volvió para mirar a Brianna con una mirada interrogadora.

—¿Qué calle?

—Junto a la casa, el camino de entrada. ¿Necesitas ayuda con el equipaje?

—No, gracias, puedo solo. Encantado de conocerte, Maggie.

—Yo también —replicó Maggie, que se lamió los dedos y esperó hasta que oyó cerrarse la puerta—. Da más gusto mirarlo a él que a su foto en la contraportada de sus libros.

—Así es.

—No pensaba que un escritor podía estar en tan buena forma, ser fuerte y musculoso.

Muy consciente de que Maggie estaba esperando alguna reacción, Brianna se quedó dándole la espalda.

—Supongo que es un hombre atractivo, pero no creo que una mujer casada que está en el sexto mes de embarazo tenga que prestarle mucha atención a su aspecto.

Maggie resopló.

—Me parece que cualquier mujer le prestaría atención. Y si tú no se la has prestado, tendremos que ir al médico a que te revisen mucho más que la vista.

—Mi vista está perfectamente, gracias. ¿Y no eras tú la que estaba preocupada por que me quedara sola con él?

—Eso fue antes de que decidiera que me cae bien.

Con un ligero suspiro, Brianna miró de reojo la puerta de la cocina. Dudaba que tuviera mucho tiempo.

Se humedeció los labios y mantuvo las manos ocupadas lavando los platos del desayuno.

—Maggie, me alegraría que pudieras sacar tiempo para venir más tarde. Necesito hablarte de algo.

—Háblame de lo que sea ahora.

—No, no puedo —replicó, mirando de nuevo la puerta de la cocina—. Tenemos que estar a solas. Es importante.

—Estás molesta.

—No sé si estoy molesta o no.

—¿Ha hecho algo el yanqui? —A pesar del tamaño de su tripa, Maggie se levantó de la silla en pie de guerra.

—No, no es eso, no tiene nada que ver con él. —Sintiéndose exasperada, Brianna se llevó las manos a las caderas—. Acabas de decir que te cae bien.

—Ya, pero no sé si te está molestando.

—Pues bien, no es así. No me presiones en este momento. ¿Vendrás más tarde, una vez que me haya asegurado de que él se haya instalado?

—Por supuesto que sí. —Preocupada, Maggie le frotó a Brie el hombro con una mano—. ¿Quieres que venga Rogan?

—Si puede, sí. —Brianna decidió que era lo mejor, teniendo en cuenta el estado de Maggie—. Sí, por favor, pídele que venga contigo.

—Estaremos aquí antes del té, entonces. ¿Te parece bien hacia las dos o las tres?

—Perfecto. Llévate los panecillos, Maggie, y el pan. Quiero ir a ayudar al señor Thane a instalarse.

No había nada que Brianna temiera más que las confrontaciones, las palabras airadas y las emociones amargas. Había crecido en una casa en donde éstas se cocían a fuego lento en el aire. Resentimientos que hervían hasta explotar, desilusiones que se convertían en gritos... Como mecanismo de defensa, Brie siempre había tratado de controlar sus propios sentimientos y mantenerlos lo más lejos posible de las tormentas y los ataques de ira que le habían servido a su hermana de escudo protector contra la desgracia de sus padres.

Brie podía admitir, pero sólo ante sí misma, que con frecuencia había deseado despertarse una mañana y encontrarse con que sus padres habían decidido hacer caso omiso de la religión y la tradición y tomar cada uno su propio camino. Pero con mayor frecuencia, con demasiada frecuencia, había rezado para que ocurriera un milagro. El milagro de que sus padres se reconocieran nuevamente y pudieran prender otra vez la chispa que los había unido tantos años atrás.

Ahora entendía, al menos en parte, por qué el milagro nunca había podido suceder. Amanda. El nombre de la mujer era Amanda. Brie se preguntó si su madre lo sabría. ¿Sabría que el marido que había llegado a detestar había amado a otra mujer? ¿Sabría que existía un hijo, un adulto ahora, que había sido el fruto de ese amor prohibido e imprudente?

Nunca podría preguntárselo. De hecho, nunca se lo preguntaría, se prometió Brianna. La terrible escena que podría provocar era mucho más de lo que podía soportar.

Ya había pasado la mayor parte del día temiendo compartir con su hermana lo que había descubierto, pues sabía, dado que la conocía bastante bien, que le dolería, se pondría furiosa y probablemente experimentaría una profunda desilusión.

Lo había pospuesto durante horas, a la manera de un cobarde, lo sabía y la avergonzaba, pero se dijo que necesitaba tiempo para tranquilizar su propio corazón antes de poder cargar con el de su hermana.

Gray fue la distracción perfecta. Le ayudó a deshacer las maletas y a acomodarse en su habitación y contestó a sus preguntas sobre los pueblos cercanos y la campiña. Y sí que tenía preguntas ese hombre, a docenas. Para cuando le señaló el camino a Ennis, Brie estaba exhausta. La energía mental de Gray era sorprendente y le recordó a un contorsionista que había visto una vez en una feria; se retorcía hasta alcanzar las posturas más increíbles y después se enderezaba un momento sólo para retorcerse otra vez.

Para relajarse, decidió ponerse de rodillas para fregar el suelo de la cocina.

Apenas eran las dos cuando escuchó ladrar a *Con* en tono de bienvenida. El agua para el té estaba hirviendo, ya le había puesto la cobertura a la tarta y los pequeños sándwiches que había preparado ya estaban cortados en triángulos perfectos. Brianna se retorció las manos y abrió la puerta de la cocina para recibir a su hermana y a su cuñado.

—¿Habéis venido caminando?

—Sweeney dice que necesito hacer ejercicio —dijo Maggie, que tenía la cara colorada y le bailaban los ojos. Inhaló larga y profundamente—. Y creo que lo voy a necesitar después del té.

—Maggie está glotona estos días —comentó Rogan colgando su abrigo y el de Maggie en el perchero situado junto a la puerta. Aunque se pusiera pantalones corrientes y zapatos para andar, nada podía disimular lo que su mujer llamaba el dublinés que llevaba dentro. Ya se vistiera con corbata o con harapos, siempre se le veía elegante, alto y trigueño—. Es una suerte que nos hayas invitado a tomar el té, Brie, porque tu hermana se ha comido todo lo que había en la despensa.

—Pues aquí hay suficiente. Id a sentaros junto a la chimenea de la sala y enseguida llevo la bandeja.

—Nosotros no somos huéspedes —protestó Maggie—. La cocina está bien.

—Pero es que he estado aquí todo el día —replicó Brie. Era una excusa poco convincente, teniendo en cuenta que para Brianna no había una habitación más atractiva que la cocina, pero quería, necesitaba, la formalidad de la sala para lo que tenía que hacer—. Y además he encendido la chimenea para vosotros.

—Yo llevo la bandeja —ofreció Rogan.

En cuanto estuvieron sentados en la sala, Maggie estiró una mano para coger la tarta.

—Toma un sándwich —le dijo Rogan.

—Me trata más como a un niño que como a una mujer que lleva uno dentro —repuso Maggie, que tomó primero el sándwich—. Le he estado hablando a Rogan de tu atractivo yanqui. Largo cabello de puntas doradas, músculos fuertes y grandes ojos de color café. ¿No nos va a acompañar a tomar el té?

—Estamos tomando el té bastante temprano —apuntó Rogan—. He leído algunos de sus libros —le dijo a Brianna—. Tiene una manera muy inteligente de sumergir al lector en sus intrincadas tramas.

—Sí, lo sé. —Brianna sonrió ligeramente—. Anoche me quedé dormida leyendo. Gray ha salido a dar un paseo, iba a Ennis y los alrededores. Y ha sido tan amable de llevar una carta para echarla al correo. —Brianna pensó que con frecuencia la manera más fácil de hacer las cosas es por la puerta trasera—. Ayer encontré algunos papeles mientras limpiaba el desván.

—¿No habíamos hecho ya eso? —preguntó Maggie.

—Dejamos varias cajas con cosas de papá sin abrir. Cuando mamá estaba aquí parecía mejor no sacar a relucir el tema.

—No habría hecho más que despotricar contra papá y criticarlo. —Maggie frunció el ceño mirando el fondo de su taza de té—. No tenías por qué revisar esos papeles sola, Brie.

—No me importó hacerlo. He estado pensando en convertir el desván en otra habitación para recibir huéspedes.

—Más huéspedes. —Maggie entornó los ojos—. Tienes demasiados ahora, en primavera y en verano.

—Me gusta tener gente en casa. —Ésa era una vieja discusión que nunca podían ver con los mismos ojos—. En cualquier caso, ya era hora de revisar lo que había en esas cajas. También había ropa, en parte puros andrajos a estas alturas. Pero encontré esto. —Brie se levantó, se dirigió a una cajita que estaba sobre una mesa y sacó de ella el pequeño vestido de encaje blanco—. Es obra de la abuela, estoy segura. Papá lo debió de guardar para sus nietos.

—Oh. —Todo en Maggie se suavizó. Sus ojos, su boca, su voz. Extendió los brazos hacia su hermana y cogió el vestidito—. Es tan pequeño... —murmuró. En su interior, el bebé se movió mientras Maggie acariciaba el lino.

—Tal vez tu familia tenga también guardado algún vestido de bautizo, Rogan, pero...

—Usaremos éste, Brie, muchas gracias. —Un vistazo a la cara de su mujer le bastó para decidirlo—. Ten, Margaret Mary.

Maggie aceptó el pañuelo que Rogan le ofrecía y se enjugó los ojos.

—Los libros dicen que son las hormonas. Parece como si se hubiera abierto un grifo y no pudiera cerrarlo.

—Deja, te lo guardo —dijo Brianna, y después de volver a poner el vestido en la caja, dio el siguiente paso y le entregó a su hermana el certificado de las acciones—. También encontré esto. Papá debió de comprar o invertir en estas acciones muy poco tiempo antes de morir.

Maggie le echó un vistazo al papel y suspiró.

—Otro de sus proyectos para hacer dinero. —Se puso casi tan sentimental por el certificado como se había puesto por el vestido del bebé—. Clásico en él. Así que se le ocurrió probar suerte con la minería, ¿no?

—La verdad es que ya había probado todo lo demás.

Rogan frunció el ceño al leer el certificado.

—¿Queréis que indague sobre esta compañía? Podemos investigar de qué se trata.

—He escrito una carta, la que el señor Thane va a echar al correo en Ennis. No será nada, supongo. —Al igual que todos los proyectos de Tom Concannon, pensó—. Pero puedes guardar el papel hasta que me contesten.

—Son diez mil acciones —apuntó Rogan.

Maggie y Brianna se sonrieron la una a la otra.

—Y si valen más que el papel en el cual están impresas, papá habría roto su récord. —Maggie se encogió de hombros y tomó un trozo de tarta—. Siempre estaba invirtiendo en algo o empezando un nuevo negocio. Pero lo que eran grandes eran sus sueños, Rogan, y su corazón.

La sonrisa de Brianna se atenuó.

—Encontré algo más. Algo que necesito mostrarte. Cartas.

—Papá era famoso por las cartas que escribía.

—No —la interrumpió Brianna antes de que Maggie pudiera empezar alguna de sus historias. «Hazlo ahora. Hazlo rápido», se ordenó cuando su corazón dio un respingo—. Éstas se las escribieron a él. Son tres y creo que será mejor que las leas tú misma.

Maggie pudo ver que la expresión de los ojos de Brie se había enfriado y se había vuelto distante. Una reacción de defensa, sabía Maggie, contra cualquier cosa, desde la ira hasta el dolor de corazón.

—Está bien, Brie.

Sin decir nada, Brianna cogió las cartas y se las puso a su hermana en las manos. Maggie sólo tuvo que leer el nombre del remitente en el primer sobre para sentir que se le estrujaba el corazón. Entonces abrió la carta.

Brianna pudo escuchar el rápido sonido de la angustia y vio los dedos de su hermana aferrarse al papel.

Maggie se inclinó hacia delante y tomó una de las manos de Rogan. Un cambio, pensó Brianna, y dejó escapar un ligero suspiro. Incluso un año atrás, Maggie habría apartado cualquier mano consoladora.

—Amanda —dijo Maggie, y se le diluyó la voz—. Amanda fue el nombre que papá mencionó antes de morir. Estábamos en ese punto que él amaba tanto en el acantilado de Loop Head. Y bromeó diciendo que saltaríamos a una barca y navegaríamos hasta llegar a un pub de Nueva York. —Las lágrimas empezaron a brotar de sus ojos—. Amanda estaba en Nueva York.

—Papá mencionó su nombre... —repitió Brianna llevándose una mano a la boca. Se detuvo apenas antes de volver al hábito de la infancia de morderse las uñas—. Ahora recuerdo que dijiste algo sobre eso en su funeral. ¿Te dijo algo más? ¿Te contó algo sobre ella?

—No dijo nada más que su nombre. —Maggie se secó las lágrimas furiosamente con una mano—. No dijo nada entonces, nada nunca. La amaba, pero no hizo nada al respecto.

—Pero ¿qué podía hacer? —preguntó Brianna—. Maggie...

—¡Algo! —Maggie levantó la cara; la tenía bañada en lágrimas y llena de furia—. Cualquier cosa. Santo Cristo, pasó su vida en el infierno. ¿Por qué? Porque la Iglesia dice que es un pecado hacer otra cosa. Pues bien, ya había pecado de todas maneras, ¿no? Había cometido adulterio. ¿Lo culpo por eso? No creo que pueda, sabiendo lo que tenía que vivir en esta casa. Pero, por Dios, ¿no podía haber seguido? ¿No podía haber terminado con el infierno finalmente?

—Se quedó por nosotras. —La voz de Brianna sonó tensa y fría—. Sabes que se quedó por nosotras.

—¿Se supone que tengo que sentirme agradecida por eso?

—¿Lo vas a culpar por amarte? —le preguntó Rogan tranquilamente—. ¿O lo vas a condenar por amar a alguien más?

Los ojos de Maggie centellearon, pero la amargura que le subía por la garganta se ahogó en dolor.

—No, no voy a hacer ninguna de las dos cosas. Pero mi padre debió tener algo más que recuerdos.

—Lee las otras dos cartas, Maggie.

—Lo haré. Tú eras casi una recién nacida cuando Amanda escribió estas cartas —le dijo mientras abría la segunda.

—Lo sé —contestó Brianna apagadamente.

—Creo que Amanda lo amaba muy profundamente. Hay mucho afecto en sus cartas. Ya no digamos amor, sino afecto. —Maggie posó la mirada en Brianna, tratando de encontrar alguna señal, pero no vio nada más que ese desapego frío. Abrió la última carta con un suspiro, mientras Brianna seguía sentada rígida y fría—. Sólo desearía que él... —se interrumpió—. Ay, Dios mío, un niño. —Por instinto, se llevó una mano a la barriga, como cubriendo al suyo propio—. Amanda estaba embarazada.

—Tenemos un hermano o una hermana en alguna parte, Maggie, y no sé qué hacer.

Impactada y furiosa, Maggie se levantó. Las tazas de té temblaron cuando las puso a un lado para poder caminar de un lado a otro.

—¿Qué hacer? Ya está hecho, ¿no es así? Hace veintiocho años, para ser exactos.

Angustiada, Brianna empezó a levantarse, pero Rogan puso una mano sobre la de ella.

—Déjala —le murmuró—. Se sentirá mejor después.

—¿Qué derecho tenía ella a decirle que estaba embarazada y después largarse? —preguntó Maggie airada—. ¿Qué derecho tenía él a dejarla? ¿Y ahora tú crees que la responsabilidad recae en nosotras? ¿Nos corresponde a nosotras terminar esto? No estamos hablando de un niño abandonado y sin padre, Brianna, sino de un adulto. ¿Qué tienen que ver ellos con nosotras?

—Es nuestra familia, Maggie, nuestro padre.

—Ah, sí, la familia Concannon. Que Dios tenga piedad de nosotros. —Abrumada, Maggie se recostó contra la pared de la chimenea y miró inexpresivamente el fuego—. ¿Era tan débil, entonces?

—No sabemos qué hizo o qué podía haber hecho, Maggie. Puede que nunca lo sepamos. —Brianna suspiró lentamente—. Si mamá hubiera sabido...

Maggie la interrumpió con una corta risa amarga.

—No lo supo. ¿Crees que no habría usado un arma como ésa para doblegarlo y hacerle daño? Dios sabe que ella usó todo lo que tuvo a su alcance.

—Entonces no hay razón para decírselo ahora, ¿no es cierto?

Maggie se volvió con lentitud hacia Brianna.

—¿Quieres ocultarlo?

—Sólo a mamá. ¿Qué sentido tiene herirla a estas alturas?

—¿Crees que le dolería? —preguntó Maggie con una mueca.

—¿Estás segura de que no?

El fuego que había dentro de Maggie se enfrió tan rápidamente como se había prendido.

—No lo sé. ¿Cómo podría saberlo? Ahora siento como si ambos fueran unos extraños para mí.

—Tu padre te amaba, Maggie. —Rogan se puso de pie y caminó hacia ella—. Sabes que es así.

—Lo sé —dijo, y se dejó abrazar—. Pero no sé qué siento.

—Creo que debemos tratar de encontrar a Amanda Dougherty —empezó a decir Brianna— y...

—No puedo pensar ahora. —Maggie cerró los ojos. Tenía demasiadas emociones luchando en su interior como para permitirle ver, como ella quería, cuál era el camino que debían tomar—. Necesito pensar sobre todo esto, Brie. Este tema ha estado descansando tantos años que no creo que importe que descanse un poco más.

—Lo siento, Maggie.

—Tampoco te eches toda la responsabilidad encima, Brie —dijo Maggie con una voz que sonó otra vez un poco amarga y aguda—. Ya tienes una carga demasiado pesada de llevar. Dame unos pocos días y entonces decidiremos juntas qué es lo mejor.

—Está bien.

—Por ahora quisiera quedarme con las cartas.

—Por supuesto.

Maggie atravesó la sala hacia Brie y le acarició una mejilla pálida.

—Papá también te quería, Brie.

—A su manera.

—De todas las maneras. Tú eras su ángel, su rosa apacible. No te preocupes. Hallaremos una forma de hacer lo que sea mejor.

A Gray no le importó que el cielo plomizo empezara a escupir agujas de agua nuevamente. Estaba de pie en el parapeto de un castillo en ruinas observando el río correr perezoso. El viento silbaba y se quejaba entre las grietas de la piedra. Podía haber estado solo, no simplemente en ese lugar, sino en ese país, en el mundo.

Y el escenario era, decidió, perfecto para situar allí un asesinato. La víctima podía ser atraída hasta ese lugar; el asesino la perseguiría a lo largo de las tortuosas escaleras de piedra, subiría sintiendo la impotencia hasta que cualquier vestigio de esperanza que pudiera albergar se esfumara. No habría escapatoria.

Allí, donde se había derramado sangre antigua, donde la sangre se había filtrado tan profundamente dentro de la piedra y la tierra, y no tan profundamente, porque se llevaría a cabo un asesinato reciente. Ni en nombre de Dios ni del país, sino por puro placer.

Gray ya conocía bien a su villano y podía imaginárselo allí, apuñalando a su víctima de tal manera que el arma emitiera destellos de plata en la penumbra de la noche. También conocía a su víctima, el terror y el dolor. El héroe y la mujer de la que se iba a enamorar estaban tan claros en su cabeza como el lento río que corría más abajo.

Y sabía que tenía que empezar pronto a crearlos con palabras. No había nada que disfrutara más del proceso de escritura que construir sus personajes, hacerlos respirar, darles carne y sangre. Descubrir sus antecedentes, sus miedos secretos, cada giro y detalle de su pasado.

Eso se debía, tal vez, a que él mismo no tenía pasado. Gray se había construido capa a capa, con tanta pericia y meticulosidad como las que usaba en la construcción de sus personajes. Grayson Thane era la persona que él había decidido que sería, y su habilidad para contar historias le había dado los medios para convertirse en lo que quería y hacerlo con estilo.

Nunca se consideraría a sí mismo un hombre modesto, pero no pensaba que fuera más que un escritor competente, un hilandero de historias. Escribía para entretenerse a sí mismo primero, y reconocía la suerte que tenía de contar con la aceptación del público.

Brianna tenía razón. No deseaba ser un Yeats. Ser un buen escritor significaba que podía vivir de escribir y hacer lo que le apeteciera. Ser un gran escritor implicaría responsabilidades y expectativas que Gray no tenía ganas de afrontar. Y lo que escogía no afrontar sencillamente lo dejaba atrás y le daba la espalda.

Pero había momentos, como ése, en los que se preguntaba cómo se sentiría al tener raíces y ancestros. Cómo sería sentirse y ser completamente devoto de sangre de una familia o de un país. ¿Cómo se habían sentido las personas que habían construido ese castillo que todavía se mantenía en pie? ¿Cómo se habían sentido quienes habían tenido que luchar allí, los que habían muerto? ¿Cuáles habían sido sus deseos? ¿Y cómo era posible que batallas que se habían luchado hacía tanto tiempo siguieran sonando tan claramente como la música letal de una espada contra otra espada?

Por eso había escogido Irlanda, por su historia, por su gente, que tenía recuerdos que se remontaban muy atrás en el tiempo y cuyas raíces eran profundas. Por gente, admitió, como Brianna Concannon.

Encontrar a Brianna había sido una añadidura extraña e interesante, pues ella era muy semejante a la persona que él estaba buscando que fuera su heroína. Brianna era perfecta físicamente. Esa belleza suave y luminosa, esa gracia sencilla y esas maneras tranquilas... Pero bajo la superficie, en contraste con esa hospitalidad absoluta, se escondía tristeza y distancia. Complejidades, pensó mientras dejaba que la lluvia le golpeara las mejillas. No había nada que le gustara más que las complejidades y los contrastes, pues eran como rompecabezas en espera de que los resolvieran. ¿Qué había causado esa expresión inquieta de sus ojos y esa frialdad defensiva que tenían sus modales?

Sería interesante descubrirlo.

Capítulo 3

Gray pensó que Brianna había salido cuando llegó al hotel. Tan concentrado como un galgo siguiendo un rastro, el escritor se dirigió hacia la cocina. Fue la voz de Brie lo que lo detuvo: suave, apacible y fría. Sin importarle mucho la ética, se dio la vuelta y se dirigió hacia la puerta de la sala, desde donde provenía la voz, y se quedó allí escuchando.

Desde donde estaba podía ver que Brie estaba hablando por teléfono; tenía una mano enredada en el cable en un gesto de rabia o de nervios. No podía verle la cara, pero el cuadro rígido de sus hombros y espalda era un claro indicador de su estado de ánimo.

—Acabo de entrar, mamá. He tenido que ir al pueblo a comprar algunas cosas. Tengo un huésped en casa. —Hubo una pausa. Gray vio a Brianna levantar una mano y frotarse con ella la sien con fuerza—. Sí, ya sé. Lamento que te moleste. Iré mañana. Puedo... —Guardó silencio: era obvio que la había interrumpido un comentario desagradable al otro lado de la línea. Gray tuvo que hacer un esfuerzo por abstenerse de entrar en la habitación y aliviar esos hombros tensos—. Mañana te puedo llevar a donde quieras ir. Nunca he dicho que esté demasiado ocupada, y siento que estés indispuesta. Te haré la compra, sí, no hay problema. Antes del mediodía, te lo prometo. Tengo que colgar ya, tengo unas tartas en el horno. ¿Quieres que te lleve algunas? Mañana, mamá, te lo prometo. —Murmuró una despedida y se volvió. La angustia evidente de su rostro se convirtió en conmoción cuando vio a Gray; luego se le sonrojaron las mejillas—. Te mueves silenciosamente —le dijo a Gray con un ligerísimo vestigio de molestia en el tono—. No te he oído entrar.

—No quería interrumpirte. —A Gray no le preocupaba haber escuchado la conversación de Brianna ni tampoco mirarla con atención mientras las emociones se reemplazaban unas a otras en su cara—. ¿Vive cerca tu madre?

—No vive lejos —respondió Brie, cuya voz sonó cortante, teñida con la rabia que sentía bullir en su interior. Gray había escuchado sus miserias y no le parecían suficientemente importantes como para disculparse—. Te serviré el té.

—No hay prisa. Tienes tartas en el horno.

Brie levantó la mirada y la fijó en los ojos de él.

—He mentido. Debo advertirte que te he abierto las puertas de mi casa, pero no de mi vida privada.

Gray recibió aquella frase con un asentimiento de cabeza.

—Debo advertirte que suelo fisgonear. Estás molesta, Brianna. Tal vez deberías tomarte tú un té.

—Ya me he tomado uno, gracias.

Los hombros de Brie seguían estando tensos cuando atravesó la habitación y empezó a pasar al lado de

Gray, que la detuvo con un ligerísimo toque de su mano en el brazo. Sus ojos revelaban curiosidad, cosa que a Brie le fastidiaba, y compasión, que no quería.

—La mayoría de los escritores somos tan buenos oyentes como los camareros.

Brianna se dio la vuelta. Fue un movimiento casi imperceptible, pero puso distancia entre ellos y enfatizó lo que dijo.

—Siempre me he preguntado por qué algunas personas sienten la necesidad de contarle sus problemas a la gente que les sirve las bebidas. Te traeré tu té a la sala, pues estoy muy ocupada en la cocina como para tener compañía.

Gray se pasó la lengua sobre los dientes mientras Brianna se daba media vuelta y se dirigía a la cocina. Sabía que lo habían puesto completamente en su sitio.

Brianna no podía culpar al yanqui por sentir curiosidad. Ella misma la sentía, y mucha. Disfrutaba descubriendo detalles sobre la gente que se hospedaba en su casa y le gustaba oírla hablar sobre sus vidas y sus familias. Podía ser injusto, pero prefería no hablar de ella misma. Desempeñar el papel de observador era mucho más cómodo. Y más seguro.

Pero no estaba furiosa con Gray. La experiencia le había enseñado que la ira no solucionaba nada. La paciencia, las buenas maneras y un tono tranquilo eran escudos más eficaces y armas más fuertes en la mayoría de los enfrentamientos. Le dieron buen resultado a lo largo de la cena y, hacia el final, le pareció que ella y Gray habían asumido apropiadamente sus papeles de anfitriona y huésped. Muy casualmente, Gray la había invitado a que lo acompañara a tomar algo en el pub del pueblo, y ella había declinado la invitación muy casualmente también. Así, Brianna había pasado una placentera hora terminando su libro.

Ahora, habiendo servido ya el desayuno y lavado los platos, se preparaba para conducir hasta la casa de su madre y dedicarle toda la mañana. Maggie se habría molestado al oírlo, pensó Brianna. Pero su hermana no entendía que era más fácil y ciertamente menos angustioso satisfacer la necesidad de Maeve de que le prestaran atención y le dedicaran tiempo. Dejando a un lado las inconveniencias, se trataba de unas pocas horas de su vida.

Apenas un año atrás, antes de que el éxito de Maggie hubiera permitido que Maeve se mudara a su propia casa con una asistenta, Brianna estaba a su entera disposición las veinticuatro horas del día, atendiendo sus enfermedades imaginarias y oyendo sus quejas sobre sus propios fallos. Y Maeve le recordaba constantemente que ella había cumplido su deber al darle la vida.

Lo que Maggie no podía entender, algo que todavía hacía sentir culpable a Brianna, era que ella estaba dispuesta a pagar cualquier precio por la serenidad de ser la única dueña y señora de Blackthorn Cottage.

Y ese día el sol resplandecía en el cielo. La suave brisa traía consigo una leve insinuación de que la primavera no estaba tan lejana. Pero Brianna sabía que no duraría, y por eso la luminosidad y el aire suave eran aún más preciados. Para disfrutar más del tiempo, bajó las ventanas de su antiquísimo Fiat, aunque tendría que subirlas de nuevo y encender la calefacción cuando recogiera a su madre.

Le echó una mirada al Mercedes diminuto que Gray había alquilado, pero no con envidia. O, tal vez, con una ligerísima punzada de envidia. Era tan eficientemente pulcro y lustroso... Y encajaba tan bien con su conductor, pensó Brianna. Se preguntó qué se sentiría al sentarse detrás de ese volante aunque fuera sólo por unos pocos segundos.

Casi como una disculpa, Brianna le dio una palmadita al volante de su Fiat antes de girar la llave. El motor se esforzó, refunfuñó y tosió.

—Ay, ahora no. No ha sido mi intención ofenderte —murmuró, y giró la llave otra vez—. Vamos, pequeñín, tú puedes, por favor, arranca. Mamá detesta que llegue tarde.

Pero el motor protestó ligeramente y se murió con un quejido. Resignada, Brianna se apeó y levantó el capó. Sabía que con frecuencia el Fiat podía tener el temperamento de una vieja refunfuñona. Y normalmente Brianna podía arrancarlo propinándole unos golpecitos con las herramientas que llevaba en el maletero. Estaba sacando la caja de herramientas cuando Gray apareció por la puerta delantera de la casa.

—¿Problemas con el coche? —le preguntó.

—Es muy temperamental —contestó Brianna retirándose unos mechones de pelo de la cara y subiéndose las mangas del suéter—. Sólo necesita un poco de atención.

Gray caminó hacia ella con los pulgares dentro de los bolsillos delanteros de sus vaqueros y metió la cabeza bajo el capó. No era un pavoneo, pero casi.

—¿Quieres que le eche un vistazo?

Brianna lo miró. Todavía no se había afeitado. El rastro de barba debería darle un aspecto desaliñado y descuidado, pero, en cambio, la combinación de la barba con el pelo de puntas doradas recogido en una pequeña coleta se ajustaba a la imagen que tenía Brianna de una estrella de rock americana. La idea la hizo sonreír.

—¿Sabes de coches? ¿O te estás ofreciendo a ayudarme porque crees que deberías parecer... un machito?

Gray levantó una ceja e hizo una mueca con los labios al quitarle de las manos a Brianna la caja de herramientas. Tuvo que admitir que se sentía aliviado de que ella ya no estuviera molesta con él.

—Apártate, damisela —le dijo con un fuerte acento del profundo sur de Estados Unidos—. Y que no se preocupe esa bonita cabecita tuya. Deja que un hombre se ocupe de esto.

Impresionada, Brie inclinó la cabeza.

—Has hablado igual que como me imaginaba que hablaría Buck en tu libro.

—Tienes buen oído —dijo, y sonrió antes de meter la cabeza de nuevo bajo el capó—. Era un campesino pretencioso, ¿no es cierto?

—Mmmm. —Aunque se referían a un personaje ficticio, Brie no supo si sería descortés estar de acuerdo—. Por lo general es el carburador —empezó a decir—. Murphy me prometió que lo arreglará cuando tenga tiempo libre.

Con la cabeza y los hombros metidos bajo el capó, Gray tan sólo giró la cabeza y la miró secamente.

—Pues bien, Murphy no está aquí, ¿no?

Brianna tuvo que admitir que así era. Se mordió un labio mientras veía trabajar a Gray. Apreciaba que se hubiera ofrecido, de verdad que sí. Pero aquel hombre era escritor, no mecánico, y Brie no podía permitirse, a pesar de las buenas intenciones de Gray, que le estropeara algo.

—Por lo general, con abrir esa bisagra de allí con un palo —dijo, y para mostrárselo se inclinó dentro del capó junto a él y apuntó— es suficiente; luego arranco y se pone en marcha.

Gray giró la cabeza de nuevo y su cara se quedó frente a la de ella, con la boca y los ojos a su mismo nivel. Brie olía gloriosamente, tan fresca y limpia como la mañana. Mientras él la miraba, a Brie se le colorearon las mejillas y se le agrandaron los ojos ligeramente. La reacción de la joven, obviamente rápida y espontánea, le habría hecho sonreír si su sistema no hubiera estado ocupado en arreglar su propio cortocircuito.

—Pues esta vez no es el carburador —le dijo Gray, y se preguntó qué haría ella si posara sus labios en el punto de su cuello donde se veía saltar su pulso.

—¿No? —Brie no habría podido moverse ni aunque su vida corriera peligro. Los ojos de Gray tenían oro dentro, pensó ella tontamente, vetas doradas entre el castaño, igual que como tenía el pelo. Luchó por inhalar y exhalar—. Pues eso es lo que le suele pasar.

Gray se movió, una prueba para ambos, hasta que sus hombros se tocaron. Los hermosos ojos de Brianna se empañaron de confusión, como el mar bajo cielos inciertos.

—Esta vez son los cables de la batería, están corroídos.

—Ha sido... un invierno húmedo.

Si Gray se movía un milímetro hacia ella en ese momento, su boca tocaría la de ella. De sólo pensarlo, el estómago le dio un vuelco a Brianna. El beso sería tosco, Gray sería tosco, Brie estaba segura de ello. ¿Besaría como el héroe del libro que había terminado de leer la noche anterior? ¿Con ligeros mordiscos y estocadas de lengua? Toda esa exigencia feroz y esa urgencia salvaje mientras sus manos...

Ay, Dios santo. Comprendió que se había equivocado, podía moverse si su vida se veía amenazada. Sentía como si hubiera sido así, a pesar de que Gray no se había movido, sólo se había quedado allí y el máximo movimiento que había hecho había sido pestañear. Mareada por su propia imaginación, Brie dio un paso atrás y sólo pudo dejar escapar un ligero sonido de su garganta cuando él se movió al mismo tiempo.

Se quedaron de pie bajo el sol, casi abrazándose.

¿Qué haría Gray?, se preguntó Brie. ¿Qué haría ella misma?

Gray no estaba muy seguro de por qué se resistía. Tal vez por las sutiles ondas de miedo que emitía la joven. También podía ser la impresión de descubrir que él tenía sus propios miedos, que estaban comprimidos en una pelotita en la boca de su estómago.

Entonces fue Gray quien retrocedió, dio un paso atrás vital.

—Si quieres, puedo limpiarlos —le dijo— y trataremos de arrancar el coche después.

Brie juntó las manos y entrelazó los dedos.

—Gracias. Tengo que ir a llamar a mi madre para avisarle de que llegaré más tarde.

—Brianna —dijo Gray, que esperó hasta que la joven dejara de alejarse y levantara los ojos para mirarlo—, tienes una cara increíblemente atractiva.

Realmente Brianna no supo qué tipo de cumplido era ése, así que simplemente asintió con la cabeza.

—Gracias. A mí también me gusta la tuya.

Gray inclinó la cabeza.

—¿Cuánto cuidado quieres que pongamos en esto?

A Brianna le costó un momento entender qué quería decir Gray y otro momento poder hablar.

—Mucho —pudo decir—. Creo que mucho cuidado.

Gray la vio entrar en la casa antes de darse la vuelta y empezar a trabajar en los cables.

—Me temía esa respuesta —murmuró.

Una vez que Brie logró ponerse en camino —definitivamente el motor de su Fiat necesitaba una reparación—, Gray dio un largo paseo por el campo. Se dijo a sí mismo que estaba absorbiendo la atmósfera, investigando, preparándose para trabajar. Era una lástima que se conociera lo suficiente para entender que lo que estaba haciendo era analizando su reacción hacia Brianna.

Era una reacción normal, se aseguró. Después de todo, Brianna era una mujer hermosa. Y él no había estado con una mujer desde hacía algún tiempo. Era de esperar que su libido estuviera excitándose.

Había habido una mujer hacía poco. Una socia de su editorial en Inglaterra, con quien se hubiera revolcado... brevemente. Pero Gray sospechaba que ella estaba más interesada en cómo la relación con él podía ayudarla a escalar posiciones en su carrera que en disfrutar del momento. Así que había sido bastante fácil para él evitar que la relación se volviera íntima.

Pensaba que estaba perdiendo el entusiasmo. El éxito podía provocar esa reacción en las personas. Cualquier placer u orgullo que acarreara tenía un precio que había que pagar. Una ausencia cada vez mayor de confianza, un ojo cada vez más desilusionado. En general no le importaba ser así, ¿cómo podía ser diferente si en cualquier caso la confianza nunca había sido su punto fuerte? Pensaba que era mejor ver las cosas como son en lugar de como uno quisiera que fueran. Había que dejar los «yo quiero» para la ficción.

De esa manera, Gray podía darle la vuelta a su reacción hacia Brianna. Ella podía ser el prototipo de su heroína. La mujer encantadora y serena que escondía secretos tras sus ojos, y témpanos de hielo, fuegos ardientes y conflictos ardientes detrás de su coraza.

¿Qué la hacía estremecerse? ¿Cuáles eran sus sueños? ¿A qué le temía? Ésas eran preguntas que Gray iba a irse respondiendo a medida que fuera construyendo a la mujer a base de imaginación y palabras.

¿Le tenía envidia a su sorprendentemente famosa hermana? ¿Le molestaba tener una madre tan exigente? ¿Existía un hombre en su vida a quien ella deseara y que la deseara a ella?

Ésas eran preguntas que Gray necesitaba responder a medida que fuera descubriendo a Brianna Concannon. Y empezó a pensar que necesitaba combinarlas antes de poder empezar a contar su historia.

Gray sonrió para sí mismo mientras caminaba. Pensó que se diría que era porque quería saber. Y él no tenía ningún reparo a la hora de husmear en los pensamientos íntimos o experiencias de la vida privada de una persona. Y no sentía ninguna culpa al esconder los suyos propios.

Se detuvo e hizo un pequeño círculo mientras observaba el paisaje que le rodeaba. Ése, decidió, era un lugar en el que una persona se podía dejar perder. Campos sinuosos de verde resplandeciente se sucedían uno detrás de otro, y lo único que interrumpía el verde era el gris de las cercas de piedra que separaban los terrenos y el punteado de enormes vacas. La mañana era tan clara y luminosa que podía ver el reflejo plateado de las ventanas de las cabañas a distancia y la ropa ondear al viento, colgada de las cuerdas para que se secara.

Sobre su cabeza, el cielo era una piscina de azul profundo, la postal perfecta. Sin embargo, hacia el oeste de esa piscina las nubes se arremolinaban y sus extremos morados amenazaban con una tormenta.

Allí, en lo que parecía el centro de un mundo de cristal, Gray podía oler el pasto y las vacas con un ligero tinte de mar que llevaba el viento y un sutil y muy suave aroma a humo de la chimenea de una cabaña cercana. También podía escuchar el sonido del viento sobre el pasto y el de la cola de las vacas meciéndose y el canto constante de un pájaro que celebraba el día. Y Gray casi se sintió culpable por llevar a ese maravilloso escenario un homicidio y la confusión que implicaba, aunque fuera ficticio. Casi.

Tenía seis meses, pensó. Seis meses antes de que su siguiente libro llegara a los escaparates y él tuviera que dedicarse, lo más alegremente posible, a viajar por el mundo haciendo presentaciones para promocionarlo y dando ruedas de prensa. Seis meses para crear la historia que ya estaba tomando forma dentro de su cabeza. Seis meses para disfrutar de este lugar y la gente que vivía en él.

Entonces se iría, igual que había dejado docenas de lugares y cientos de personas, y llegaría a un sitio nuevo, al siguiente. Seguir adelante era algo en lo cual se destacaba.

Gray saltó una cerca y pasó al siguiente campo. Un círculo de piedras capturó su vista y su imaginación de inmediato. Había visto monumentos más grandes, había estado parado bajo la sombra de Stonehenge y había sentido su poder. Esta danza a duras penas tenía unos dos metros de diámetro y la piedra principal no era más alta que un hombre. Pero encontrar ese monumento allí, de pie y en silencio entre vacas desinteresadas que pastaban, le pareció algo maravilloso.

¿Quién lo había construido y por qué? Fascinado, Gray primero caminó por fuera de la circunferencia y la rodeó completamente. Sólo dos de los dinteles seguían en su sitio; los otros se había caído y dormían una noche inmemorial. Gray deseó que por lo menos se hubieran caído de noche en plena tormenta y que el sonido de las piedras estrellándose contra el suelo hubiera hecho vibrar la tierra como el rugido de un dios.

Puso una mano sobre la piedra principal. Estaba tibia por el sol, pero en su interior se percibía una gelidez que emocionaba. Se preguntó si podría usar eso. ¿Podría meter ese lugar y los ecos de magia antigua que emanaba en su libro?

¿Habría habido allí un asesinato? Pasó al interior y se paró en el centro. Una especie de sacrificio, reflexionó. Un ritual personal en el que la sangre habría salpicado el verde pasto y habría manchado la base de las piedras.

O tal vez alguna pareja habría hecho el amor allí. Un nudo desesperado y ávido de extremidades, con el pasto frío y húmedo debajo y la enorme luna de plata resplandeciendo sobre los cuerpos. Las piedras montaban guardia de pie mientras el hombre y la mujer se perdían en su necesidad.

Gray pudo imaginarse ambas escenas con igual claridad. Pero la segunda parecía mucho más atractiva. Tanto, que pudo ver a Brianna recostada en el suelo, con el pelo suelto y los brazos extendidos. Su piel era pálida como la leche y suave como el agua. Se la imaginó arqueando su estrecha cadera y su delgada espalda. La oyó gritar cuando el hombre la penetró y entonces ella le enterró esas uñas redondas y bien cuidadas en la espalda. Su cuerpo corcoveó como un Mustang bajo el movimiento de él, cada vez más rápido, profundo, fuerte, hasta que...

—Buenos días.

—Jesús —dijo Gray sobresaltándose. Su respiración era inestable y tenía la boca tan seca como el polvo. Después, se prometió a sí mismo, después la escena sería divertida, pero, en ese momento, luchó por salirse de la fantasía erótica y se concentró en el hombre que se acercaba al círculo de piedras.

Era de piel morena y muy guapo; estaba vestido con la ropa dura y resistente de los granjeros. Gray calculó que debía de tener unos treinta años y supuso que era uno de esos irlandeses sorprendentes que se caracterizan por tener el pelo como el azabache y los ojos como el cobalto. Tenía una expresión amigable, incluso divertida. El perro de Brianna jugueteaba feliz a su lado, y al reconocer a Gray, *Con* galopó hacia el círculo para saludarlo.

—Un lugar interesante —le dijo el hombre con ese acento musical de los condados del oeste.

—No pensé encontrar algo así aquí. —Acariciándole la cabeza a *Con*, Gray caminó a través del espacio que había entre dos rocas—. No aparece en ninguno de los mapas para turistas que tengo.

—No, no está. Verás, es nuestra danza, pero no nos importa compartirla ocasionalmente. Tú debes de ser el yanqui de Brie —le dijo ofreciéndole una enorme mano de trabajador—. Yo soy Murphy Muldoon.

—El de las vacas que pisaron las rosas.

Murphy frunció el ceño.

—Dios santo, ¿acaso Brie nunca se va a olvidar de ese asunto? Reemplacé todos y cada uno de los arbustos. Por la importancia que le ha dado, cualquiera pensaría que las vacas le pisaron a su hijo recién nacido. —Bajó la mirada hacia *Con*, como buscando apoyo. El perro se sentó, ladeó la cabeza y se guardó su propia opinión—. ¿Te alojas en Blackthorn?

—Sí. Estoy tratando de familiarizarme con la zona. —Gray echó un vistazo en derredor—. Supongo que estoy invadiendo tu propiedad.

—Hoy día no solemos disparar a los intrusos —le contestó Murphy espontáneamente.

—Me alegra oírlo. —Gray examinó a su compañero de nuevo. Tenía algo que se percibía sólido, pensó, y a lo cual era fácil aproximarse—. Anoche estuve en el pub del pueblo, en O'Malley's, y me tomé una cerveza con un hombre llamado Rooney.

—Más bien querrás decir que lo invitaste a una cerveza —le dijo Murphy sonriendo.

—Dos, de hecho. —Gray sonrió también—. Pero se las ganó, porque me contó todos los chismes del pueblo.

—Probablemente algo de lo que te contó debe de ser cierto. —Murphy sacó una cajetilla de cigarrillos y le ofreció uno.

Después de negar con la cabeza, Gray metió las manos en los bolsillos del pantalón. Sólo fumaba cuando estaba escribiendo.

—Creo que mencionó tu nombre.

—No lo dudo.

—Lo que le hace falta al joven Murphy —Gray empezó a imitar tan bien a Rooney que Murphy estalló en carcajadas— es una buena mujer e hijos fuertes para que trabajen la tierra con él. Lo que nuestro Murphy busca es perfección, así que se pasa las noches solo en una cama fría.

—Y eso lo dice Rooney, que se pasa la mayoría de las noches en el pub quejándose de que su mujer lo hace beber.

—También mencionó eso —repuso, y a continuación Gray soltó el comentario en el que estaba más interesado—. Y que dado que un dublinés te había robado bajo tus propias narices a Maggie, pronto estarías cortejando a su hermana menor.

—¿Brie? —Murphy exhaló humo y negó con la cabeza—. Sería como cortejar a mi hermana pequeña.

—Sonrió, pero mantuvo la mirada fija en los ojos de Gray—. ¿Era eso lo que querías saber, señor Thane?

—Llámame Gray. Sí, era eso lo que quería saber.

—Entonces déjame decirte que el camino está libre por ese lado. Pero ten cuidado, porque soy muy protector cuando se trata de mis hermanas. —Satisfecho de haber aclarado ese punto, Murphy le dio una calada a su cigarrillo—. Si quieres, puedo invitarte a tomar un té en casa.

—Te agradezco la oferta, pero dejémoslo para otra ocasión. Todavía tengo cosas que hacer hoy.

—Está bien. Te dejo entonces que las hagas. Me gustan tus libros —dijo entonces Murphy tan de sopetón que Gray se sintió doblemente halagado—. En Galway hay una librería que tal vez quieras visitar si viajas por esos lares.

—Eso pretendo.

—Entonces, la encontrarás sin problema. Por favor, saluda a Brianna de mi parte. Y tal vez puedas mencionar que no me queda ni un panecillo en la despensa. —Sonrió ampliamente—. Eso hará que sienta pena por mí.

Después de silbarle a *Con*, y de que el perro hubiera saltado a su lado, Murphy se alejó con la gracia natural de un hombre que camina por su propia tierra.

Era más de media tarde cuando Brianna regresó a casa. Se sentía tensa, agotada y como si le hubieran chupado toda la energía. Agradeció no encontrar rastro de Gray, salvo una nota escrita con letra rápida que le había dejado sobre la mesa de la cocina:

Ha llamado Maggie. A Murphy se le han acabado los panecillos.

Brie pensó que era un mensaje extraño. ¿Por qué habría llamado Maggie para decir que Murphy quería panecillos? Con un suspiro, Brianna apartó la nota y automáticamente puso a hervir la tetera antes de apuntar los ingredientes que necesitaba para preparar el pollo que había encontrado en el supermercado a un buenísimo precio.

Entonces suspiró otra vez y se dio por vencida. Se sentó y dobló los brazos sobre la mesa y puso la cabeza sobre ellos. No pudo llorar. Las lágrimas no serían de ninguna ayuda, no cambiarían nada. Había sido uno de los días malos de Maeve, lleno de críticas, quejas y acusaciones. Tal vez los días malos fueran peores ahora, porque durante el último año había habido casi igual número de días buenos.

A Maeve le gustaba su casa nueva, llegara a admitirlo alguna vez o no. Le tenía afecto a Lottie Sullivan, la enfermera retirada que Maggie y ella habían contratado como asistenta. Sin embargo, el diablo nunca sería capaz de borrar esa sencilla verdad de los labios de Maeve. Ahora era lo más feliz que Brianna se imaginaba que su madre era capaz de ser.

Pero Maeve nunca podía olvidar, nunca, que Brianna era casi la total responsable de cada bocado de pan que se llevaba a la boca, y al parecer no podía evitar que eso la molestara.

Y aquél había sido uno de esos días en los que Maeve hacía evidente su rencor encontrando fallos en todo;

con la tensión adicional para Brianna debido a las cartas que había encontrado, así que se sentía exhausta.

Cerró los ojos y por un momento dejó que su cabeza vagara y deseara. Deseó que su madre pudiera ser feliz, que pudiera volver a sentir cualquier alegría o placer que hubiera tenido en su juventud. Deseó, oh, deseó más que nada que ella misma pudiera amar a su madre con un corazón generoso y abierto en lugar de con fría obligación y desesperación agobiante. Y deseó tener una familia, que su hogar estuviera siempre colmado de amor, de voces y de risas. No sólo de los huéspedes que se quedaban por temporadas, sino que fueran permanentes.

«Y si los deseos fueran centavos, todos seríamos ricos como el rey Midas», pensó Brianna levantándose de la silla con la certeza de que la depresión y la fatiga se desvanecerían en cuanto empezara a trabajar.

Gray tendría para cenar pollo asado relleno con migas de pan a las finas hierbas y cubierto de una suculenta salsa.

Y Murphy, que Dios lo bendijera, tendría sus panecillos.

Capítulo 4

En cuestión de días, Brianna se acostumbró a la rutina de Gray y ajustó su horario de acuerdo con ella. A él le gustaba comer y rara vez se saltaba alguna comida, aunque Brianna descubrió rápidamente que su cliente no tenía ningún respeto por los horarios. Brianna intuía que Gray tenía hambre cuando empezaba a rondar la cocina. Sin importar qué hora fuera, ella le servía algo. Y tuvo que admitir que apreciaba que él disfrutara tanto de la comida que le preparaba.

La mayoría de los días Gray salía de paseo, en lo que Brie llamaba sus correrías. Si Gray le preguntaba, ella le daba instrucciones o le sugería ir a tal o cual parte que tal vez él querría ver. Pero, por lo general, él se iba con mapa, cuaderno y cámara en mano.

Brianna le arreglaba la habitación cuando él salía. Toda persona que atiende a otra empieza a aprender cosas sobre ella. Brie descubrió, por ejemplo, que Grayson Thane era muy cuidadoso cuando se trataba de las cosas que le pertenecían a ella. Nunca encontraba las toallas buenas tiradas y mojadas en el suelo, ni tampoco manchas causadas por el olvido de una taza o un vaso sobre alguna mesa. Pero Gray era muy descuidado con las cosas que le pertenecían a él. Se limpiaba la suela de las botas antes de pasar del campo a los relucientes suelos de la casa, pero nunca se tomaba el trabajo de limpiar el fino cuero o de darles betún.

Entonces Brie lo hacía ella misma.

Toda su ropa era de marca de diferentes ciudades del mundo, pero nunca la planchaba y con frecuencia la dejaba de cualquier manera sobre alguna silla o la colgaba descuidadamente en el armario. Entonces Brie empezó a lavar su ropa junto con la de ella y la verdad era que disfrutaba colgando las camisas de él de las cuerdas cuando el día estaba soleado.

Gray no guardaba recuerdos de familiares o amigos y no había hecho ningún intento de personalizar la habitación en la que estaba viviendo. Tenía libros, cajas de libros de misterio, novelas de terror, de espionaje y románticas, clásicos de la literatura, libros de no ficción sobre procedimientos policiales, armas y asesinatos, psicología, mitología, brujería, mecánica, lo que hizo que Brie sonriera, y temas tan variados que iban de arquitectura a zoología. Al parecer no había nada que no le interesara.

Brie descubrió que Gray prefería el café, pero que se tomaba el té sin rechistar si estaba suficientemente fuerte, y que era tan goloso como un niño de diez años, y tenía su misma energía.

Era curioso y no había pregunta que se abstuviera de hacer. Y debido a la amabilidad innata que proyectaba era difícil desairarlo. Nunca dejaba de ofrecerse para ayudarla con alguna tarea o recado y varias veces lo había visto dándole pedacitos de comida a *Con* cuando creía que ella no estaba mirando.

Era, desde cualquier punto de vista, un arreglo estupendo: él la proveía de compañía, ingresos y la posibilidad de hacer el trabajo que le encantaba. Ella, por su parte, le daba una base de operaciones acogedora y agradable. Sin embargo, Brie no podía relajarse del todo cuando él estaba cerca. Gray no había mencionado para nada ese momento de atracción en el cual se les había nublado el entendimiento. Pero estaba allí, en cómo le saltaba el pulso cuando entraba en una habitación y lo encontraba allí sin haberlo esperado. En cómo su cuerpo respondía cuando él volvía esos ojos dorados hacia ella y sencillamente la miraba.

Brianna se culpaba a sí misma por ello. Había pasado mucho, mucho tiempo, desde la última vez que se había sentido profundamente atraída por un hombre. Desde Rory McAvery, que la había dejado con una cicatriz en el corazón y un hueco en su vida, no había vuelto a sentir ese revoloteo en el estómago. Y puesto que lo estaba sintiendo por un huésped, Brie pensaba que era su responsabilidad detenerlo.

Pero cada vez que alisaba el edredón de la cama de Gray y arreglaba sus almohadas, Brie se preguntaba adónde lo llevarían sus correrías.

Gray no había ido lejos. Esa mañana había decidido andar y vagar camino abajo bajo el cielo sombrío y amenazador. Pasó un par de pequeñas edificaciones, vio un cobertizo para tractores y fardos de heno apilados fuera. Supuso que eran de Murphy y empezó a imaginarse cómo sería ser granjero.

Ser dueño de un pedazo de tierra, meditó, ser responsable de ella. Plantar, sembrar, cuidar y ver cosas crecer. Estar pendiente del cielo y olisquear el aire para identificar cualquier cambio climático.

Ésa no era vida para él, pensó, pero supuso que a algunas personas les parecería una vida gratificante. Había percibido un sencillo orgullo de pertenencia en la manera de andar de Murphy Muldoon, como el de un hombre que sabe que sus pies están plantados en su propia tierra.

Pero ser dueño de una tierra, o de cualquier cosa, significaba estar atado a ella. Tendría que preguntarle a Murphy cómo se sentía con respecto a eso.

Desde el punto donde estaba parado, Gray podía ver el valle y el nacimiento de las colinas. A lo lejos escuchaba los ladridos espontáneos y felices de un perro. *Con*, tal vez, buscando aventuras antes de irse a casa y recostar su cabeza sobre el regazo de Brianna.

Gray envidiaba al perro tal privilegio.

Sonriendo, se metió las manos en los bolsillos. Había estado haciendo un esfuerzo sobrehumano para mantener esas manos lejos del cuerpo de su sutilmente sensual casera.

Se dijo a sí mismo que Brianna no usaba esos delantales remilgados ni se peinaba con esos moños que siempre estaban a punto a caerse para seducirlo. Pero así funcionaban. Era muy poco probable que anduviera de un lado a otro de la casa oliendo a flores silvestres y clavos sólo para volverlo loco. Pero Gray estaba sufriendo.

Más allá de la parte física, que ya era suficientemente difícil, Brie siempre tenía un aire triste y lleno de secretos. A Gray todavía le faltaba atravesar ese fino muro de reserva para poder descubrir qué era lo que la perturbaba, lo que le empañaba los ojos.

No era que le interesara involucrarse, se aseguró a sí mismo. Sólo sentía curiosidad. Se le daba bien hacer amigos por su naturaleza compasiva y porque demostraba interés sincero en las otras personas. Pero tener amigos cercanos, con los cuales un hombre se mantiene en contacto a lo largo de los años, por los cuales se preocupa y a quienes echa de menos, no estaba en su plan maestro. Grayson Thane viajaba ligero y viajaba con frecuencia.

La pequeña cabaña con la puerta delantera pintada audazmente hizo que Gray se detuviera en su camino. Estaban construyendo un anexo en la parte sur que era del mismo tamaño que la cabaña original. La tierra que habían sacado para construir los cimientos se había convertido en una colina de barro que habría hecho las delicias de cualquier niño de cinco años.

¿Sería ése el sitio que estaba al final del camino?, se preguntó Gray. ¿Donde vivía la hermana de Brianna con su marido algunas épocas del año? Decidió que la puerta magenta tenía que ser obra de Maggie, así que atravesó la verja del jardín y se acercó para echar un vistazo.

Durante los siguientes minutos Gray se regodeó en husmear dentro de la nueva construcción. Se notaba que sabían exactamente lo que estaban haciendo allí, pensó. Los cimientos eran resistentes, y los materiales, de óptima calidad. Una ampliación para el bebé, supuso Gray mientras caminaba hacia el fondo. Entonces fue cuando vio la edificación que se alzaba en la parte trasera.

El taller de Maggie. Complacido por su descubrimiento, salió de la construcción y caminó sobre el pasto húmedo en dirección hacia el taller. Una vez que llegó allí, Gray pegó la nariz contra una de las ventanas y ahuecó las manos a los lados de los ojos para ver mejor. Se veían hornos, bancos y herramientas que avivaron su curiosidad y su imaginación. Las repisas estaban llenas de trabajos sin terminar. Sin ningún reparo, se separó de la ventana y fue a abrir la puerta.

—¿Quieres que te parta los dedos?

Gray se volvió. Maggie estaba de pie detrás de él, al final del camino que conducía de la cabaña al taller, con una taza humeante en una mano. Llevaba puesto un suéter amplio y pantalones de pana desgastados y tenía el ceño fruncido. Gray sonrió.

—No especialmente. ¿Aquí es donde trabajas?

—Así es. ¿Cómo tratas a la gente que entra en tu estudio sin ser invitada?

—No tengo estudio. ¿Qué tal si me haces un *tour*?

Maggie no se molestó en disimular su disgusto y exhaló un suspiro furioso.

—Eres un atrevido, ¿no? Está bien, te lo enseñaré puesto que al parecer no estoy haciendo nada. Ese hombre se va —se quejó mientras caminaba sobre el pasto— y ni siquiera me despierta. Simplemente me ha dejado una nota en la que me decía que tenía que tomar un desayuno decente y poner los pies en alto.

—¿Y le has hecho caso?

—Lo habría hecho si no hubiera escuchado a alguien merodeando en mi propiedad.

—Lo siento —repuso, y siguió sonriéndole—. ¿Cuándo nace el bebé?

—En primavera. —Maggie se suavizó a pesar de sí misma, sólo hizo falta mencionar al bebé—. Todavía quedan semanas para el parto, y si ese hombre sigue tratando de consentirme, tendré que asesinarlo. Bien, entremos, ya que estás aquí.

—Veo que la graciosa hospitalidad corre por la sangre de la familia.

—No es así. —Maggie sonrió ampliamente—. Brianna fue la que heredó toda la amabilidad. Escucha —le dijo al tiempo que abría la puerta—, si tocas algo, te parto los dedos.

—Sí, señorita. Esto es fantástico —comentó cuando empezó a explorar el espacio, se dirigió a los bancos y se inclinó para ver los hornos—. Estudiaste en Venecia, ¿no?

—Sí, así es.

—¿Qué te hizo interesarte en el vidrio? Dios, odio que me hagan esa pregunta. No me contestes, no importa. —Se rio para sí y caminó hacia las cañas. Se moría por tocarlas. Con cautela, volvió la cabeza hacia ella, midiéndola—. Soy más grande que tú.

Maggie asintió con la cabeza y le contestó.

—Pero yo soy más mala.

Sin embargo, Maggie cedió lo suficiente como para acercarse hasta él, tomar un puntel y dárselo.

Gray lo sopesó y le dio vueltas.

—Es una maravillosa arma asesina.

—Lo tendré en mente la próxima vez que alguien me interrumpa cuando estoy trabajando.

—Entonces, ¿cómo es el proceso? —Gray levantó la mirada hacia los dibujos que estaban esparcidos sobre un banco—. ¿Dibujas tus ideas?

—Con frecuencia. —Bebió un poco de té, mirándolo. La verdad era que había algo en la manera en que se movía, ligero y fluido, sin ningún aspaviento, que hizo que Maggie deseara tener a mano su cuaderno de dibujo—. ¿Quieres un curso rápido?

—Siempre. Esto debe de calentarse bastante cuando los hornos están encendidos. Derrites las cosas ahí y ¿después qué?

—Hago una acumulación —empezó Maggie. Durante los siguientes treinta minutos, Maggie le explicó paso a paso a Gray el proceso de soplar y formar un vaso con vidrio.

Estaba lleno de preguntas, pensó Maggie del escritor. Preguntas intrigantes, tuvo que admitir ella, del tipo que hacen que uno tenga que ir más allá de los procesos técnicos y entrar en el ámbito del propósito creativo que se esconde detrás de ellos. Maggie habría podido rechazarlas, pero el entusiasmo de Gray lo hacía más difícil. Y en lugar de frenarlo, Maggie se encontró contestando a sus preguntas, haciendo demostraciones y riéndose con él.

—Sigue así y te tendré que contratar como ayudante. —Divertida, Maggie se frotó la barriga con una mano—. Ven, te invito a un té.

—¿Será que tienes algunas de las galletas de Brianna?

—Sí, sí que tengo —le contestó arqueando una ceja.

Unos momentos después, Gray estaba sentado a la mesa de la cocina de Maggie con una bandeja de galletas de jengibre delante.

—De verdad que Brianna podría vender estas galletas —dijo Gray con la boca llena—. Haría una fortuna.

—Antes preferiría dárselas a los niños del pueblo.

—Me sorprende que Brie no tenga una horda de hijos propios. —Gray esperó un momento—. Me he dado cuenta de que ningún hombre va a visitarla.

—Y tú eres del tipo que se fija en todo, ¿no, Grayson Thane?

—Forma parte del paquete. Brianna es una mujer hermosa.

—Estoy de acuerdo —coincidió Maggie, que sirvió agua hirviendo en una tetera tibia donde ya había puesto té.

—Me vas a hacer sacártelo con sacacorchos —murmuró Gray—. ¿Brianna tiene a alguien o no?

—Podrías preguntárselo tú mismo. —Molesta, Maggie puso la tetera sobre la mesa y frunció el ceño. Gray tenía el talento, pensó, de hacer que uno quisiera decirle lo que él quería saber—. No —soltó, y puso con un golpe una taza sobre la mesa frente a él—. No hay ningún hombre a la vista. Los espanta o hace caso omiso de ellos. Prefiere pasar el tiempo atendiendo a sus huéspedes o corriendo a Ennis cada vez que nuestra madre resuella. Lo que mejor hace nuestra santa Brianna es sacrificarse.

—Estás preocupada por ella —susurró Gray—. ¿Qué es lo que la angustia, Maggie?

—Son asuntos de familia. No te metas. —Maggie esperó un momento antes de servirle el té y luego se sirvió en su propia taza. Exhaló un suspiro y se sentó—. ¿Cómo sabes que algo la angustia?

—Se le nota en la mirada. Igual que a ti en estos momentos.

—Se solucionará pronto. —Maggie hizo un esfuerzo por dejar su preocupación a un lado—. ¿Siempre te metes en los asuntos privados de la gente?

—Claro que sí —contestó él, y después dio un sorbo de té. Estaba suficientemente fuerte como para pararse y bailar. Perfecto—. Ser escritor es una excelente coartada para los cotillas. —Entonces algo cambió en la mirada de Gray, sus ojos se tornaron serios—. Me gusta Brianna. Es imposible que no le guste a alguien, y me molesta verla triste.

—A Brie le vendría bien un amigo. Tú tienes el don de hacer que la gente hable; úsalo con ella. Pero ten cuidado —añadió antes de que Gray pudiera hablar—. Brie es frágil por dentro. Si hieres sus sentimientos, yo te haré daño a ti.

—Tomo nota —repuso Gray pensando que ya era hora de cambiar de tema. Se echó para atrás en la silla y puso un tobillo sobre una rodilla—. Entonces, ¿cuál es la historia de nuestro amigo Murphy? ¿De verdad el dublinés te sedujo bajo sus narices?

Fue una suerte que Maggie ya se hubiera tomado el trago de té, porque de lo contrario se habría ahogado. Empezó a reírse a carcajadas hasta que los ojos se le llenaron de lágrimas.

—Me he perdido el chiste, ¿no? —dijo en ese momento Rogan desde la puerta de entrada—. Toma aire, Maggie, te estás poniendo colorada.

—Sweeney —empezó Maggie, que respiró riéndose todavía y extendió la mano para tomar la de Rogan—, éste es Grayson Thane. Me estaba preguntando si era cierto que tuviste que pasar por encima de Murphy para poder cortejarme.

90

—No por encima de Murphy —contestó Rogan amigablemente—, pero sí por encima de Maggie, y tuve que terminar con su cabeza, que necesitaba que le inyectaran un poco de sensatez. Es un placer conocerte —dijo dirigiéndose a Gray y ofreciéndole la mano que tenía libre—. He pasado muchas horas entretenido con tus historias.

—Gracias.

—Gray me ha estado haciendo compañía —le dijo Maggie a Rogan—. Y ahora estoy de demasiado buen humor como para reñirte por no haberme despertado esta mañana.

—Necesitas dormir. —Rogan se sirvió té e hizo una mueca después del primer sorbo—. Por Dios, Maggie, ¿siempre tienes que dejar reposar tanto el té?

—Sí. —Maggie se inclinó sobre la mesa y apoyó la mandíbula sobre una mano—. ¿De qué parte de Estados Unidos eres, Gray?

—De ninguna parte en concreto. Me mudo continuamente.

—Pero ¿dónde tienes tu hogar?

—No tengo hogar —respondió, llevándose otra galleta a la boca—. No lo necesito, teniendo en cuenta que me paso la vida viajando.

La idea le pareció fascinante a Maggie, que inclinó la cabeza y lo examinó.

—Sencillamente vas de un lugar a otro con ¿qué, la ropa en una mochila?

—Con algo más que eso, pero sí, básicamente así. Algunas veces termino comprando algo a lo que no puedo resistirme, como una escultura tuya en una galería de

Londres. Tengo un apartamento alquilado en Nueva York, que es como un sitio para guardar cosas. Mi editor y mi agente viven allí, así que voy una o dos veces al año. Como puedo escribir en cualquier parte —dijo, encogiendo los hombros—, pues así lo hago.

—¿Y tu familia?

—Estás siendo cotilla, Margaret Mary —le dijo Rogan.

—Ha empezado Gray —contestó ella mirándolo.

—No tengo familia. ¿Ya habéis escogido nombre para el bebé? —preguntó Gray, cambiando sutilmente de tema.

Maggie se dio cuenta de la táctica y frunció el ceño. Rogan le apretó la rodilla por debajo de la mesa antes de que ella pudiera volver a hablar.

—Todavía no nos hemos puesto de acuerdo en ninguno. Esperamos llegar a un consenso antes de que el niño vaya a la universidad.

Suavemente, Rogan llevó la conversación hacia temas impersonales y nada polémicos hasta que Gray se levantó para irse. Una vez que Maggie estuvo a solas con su marido, empezó a tamborilear los dedos sobre la mesa.

—Habría descubierto más cosas sobre él si no hubieras intervenido.

—No es de tu incumbencia —dijo Rogan inclinándose sobre ella y besándola en la boca.

—Tal vez lo sea. Me cae bien, pero cuando habla de Brianna le cambia la expresión. Y no estoy segura de que me guste el asunto.

—Eso tampoco es de tu incumbencia.

—Brianna es mi hermana.

—Y muy capaz de cuidarse sola.

—Como si supieras mucho —gruñó Maggie—. Los hombres siempre piensan que conocen a las mujeres, pero en realidad no saben nada de nada.

—Te conozco a ti, Margaret Mary —dijo Rogan, que con un movimiento ágil la levantó de la silla y la abrazó.

—¿Qué estás tramando?

—Estoy a punto de llevarte a la cama, desnudarte y hacerte el amor muy meticulosamente.

—¿De veras? —Se echó el pelo hacia atrás—. Sólo estás tratando de distraerme del tema que tenemos entre manos.

—Pues veamos si lo logro.

Maggie sonrió y le pasó los brazos alrededor del cuello a su marido.

—Supongo que al menos debo dejar que lo intentes.

Cuando Gray volvió al hotel, encontró a Brianna de rodillas encerando el suelo de la sala en círculos lentos, casi amorosos. La crucecita de oro que a veces se colgaba al cuello de una cadena fina oscilaba como un péndulo y lanzaba destellos de luz. Había puesto música, una canción cadenciosa con la que Brie estaba cantando a la par en irlandés. Encantado, Gray caminó hacia ella y se acuclilló a su lado.

—¿Qué dice la canción?

Brie se sobresaltó. Gray tenía una manera de moverse que a duras penas agitaba el aire. Se sopló unos mechones de pelo suelto que le caían sobre la cara y continuó sacando brillo al suelo.

—Habla de ir a la guerra.

—Resulta demasiado alegre como para ser sobre la guerra.

—Ah, es que a los irlandeses nos alegra luchar. Llegas más temprano de lo normal. ¿Quieres tomar el té?

—No, gracias. Ya lo he tomado en casa de Maggie.

Brie levantó la mirada hacia él.

—¿Has visitado a Maggie?

—Pensé en dar un paseo y terminé en su casa. Me dio un *tour* por su taller.

Brianna se rio, pero luego, cuando se dio cuenta de que Gray hablaba en serio, se sentó sobre las piernas.

—¿Y cómo diantres has conseguido semejante proeza?

—Pidiéndolo —respondió, y sonriendo añadió—: Se puso un poco refunfuñona al principio, pero después cedió. —Se inclinó hacia Brianna y la olió—. Hueles a limón y cera de abejas.

—No es de sorprender —dijo Brianna, que tuvo que aclararse la garganta—, pues con eso estoy abrillantando el suelo.

Luego emitió un sonido ahogado cuando Gray le cogió una mano.

—Deberías ponerte guantes cuando hagas trabajos pesados.

—Me incomodan. —Agitó la mano, pero Gray no la soltó. A pesar de que trató de parecer firme, sólo pudo parecer angustiada—. Y tú me estás incomodando ahora.

—Ya me levanto. —Brianna estaba tan guapa, pensó, arrodillada en el suelo con su trapo para sacar brillo y las mejillas sonrosadas—. Ven conmigo esta noche, Brie, déjame invitarte a cenar.

—Pensaba preparar pastel de cordero —contestó torpemente.

—Puedes guardarlo para mañana, ¿no? No se echará a perder.

—Sí, lo puedo guardar, pero... si estás cansado de mi cocina...

—Brianna —dijo Gray con voz suave, convincente—, quiero llevarte a cenar fuera.

—¿Por qué?

—Porque tienes una cara hermosa —contestó, y acarició los nudillos de la mano de Brianna con sus labios, lo que provocó que a ella le diera un vuelco el corazón— y porque creo que sería bueno que por una noche alguien cocine y limpie para ti.

—Me gusta cocinar.

—A mí me gusta escribir, pero siempre es una delicia leer algo que otra persona ha escrito con el sudor de su frente.

—No es lo mismo.

—Por supuesto que sí. —Con la cabeza ladeada, le dirigió una de sus miradas fijas y agudas—. No te asustará estar sola conmigo en un sitio público, ¿no?

—Qué ocurrencia tan tonta —dijo Brie, y luego pensó que qué cosa tan tonta que sí le diera miedo.

—Bien, pues entonces tenemos una cita. A las siete —añadió Gray, que era lo bastante listo como para saber cuándo retroceder; así que se levantó y salió de la sala.

Brianna se dijo que no tenía por qué preocuparse por cómo vestirse, pero luego se puso nerviosa. Al final escogió un suéter de lana verde de cuello vuelto y mangas largas que Maggie le había traído de Milán. Parecía un suéter sencillo y hasta práctico, hasta que Brianna se lo puso. Tenía un corte perfecto, y la fina y delicada lana se adhería a cada curva del cuerpo, revelando tanto como ocultaba.

Sin embargo, se dijo Brianna, era perfecto para una cena fuera de casa, y era un pecado no ponérselo después de que Maggie se hubiera tomado la molestia de comprárselo. Y tenía un tacto maravilloso en la piel.

Molesta por los nervios que la asaltaban, escogió el abrigo, uno negro liso que tenía remendado el forro, y se lo puso sobre el brazo. Era sólo una invitación a cenar, se recordó. Un gesto amable de un hombre al que ella había estado alimentando durante más de una semana.

Tomando un último respiro tranquilizador, Brianna salió de su habitación, atravesó la cocina y caminó por el pasillo. Gray estaba terminando de bajar las escaleras. Incómoda, Brie se detuvo.

Gray también se detuvo donde estaba, con un pie todavía en el último escalón y la mano sobre el pasamanos. Por un momento ambos se quedaron quietos, mirándose el uno al otro en uno de esos extraños instantes pasajeros en los que uno es consciente de todo. Entonces Gray dio un paso adelante y la sensación se desvaneció.

—Bueno —empezó Gray, cuyos labios se curvaron en una sonrisa lenta y satisfecha—, sí que eres digna de observar, Brianna.

—Te has puesto traje —comentó ella, reparando en que estaba guapísimo con él.

—Me pongo alguno de vez en cuando —replicó, quitándole el abrigo del brazo y poniéndoselo sobre los hombros.

—No me has dicho adónde vamos.

—A cenar —respondió él, y le puso un brazo alrededor de la cintura y la empujó fuera de la casa.

El interior del coche la hizo suspirar. Olía a cuero, y era suave como la mantequilla. Brianna fue acariciando el asiento mientras él conducía.

—Es muy amable por tu parte invitarme a cenar, Gray.

—La amabilidad no tiene nada que ver con esto. Tenía la urgencia de salir y quería hacerlo contigo. Nunca vas al pub por la noche.

Brianna se relajó un poco. Así que allí era adonde se dirigían.

—No últimamente. Me gusta ir de vez en cuando y ver a todo el mundo. Los O'Malley han tenido otro nieto esta semana.

—Ya lo sé. Me invitaron a una cerveza para celebrarlo.

—Acabo de terminar un saco para el bebé. Debí cogerlo.

—No vamos al pub. ¿Un saco?

—Sí, una especie de bolsa donde metes al bebé y que se cierra con una cremallera. —Estaban atravesando el pueblo cuando Brie sonrió—. Mira, allí están los Conroy. Llevan casados más de cincuenta años y todavía se cogen de la mano. Tendrías que verlos bailando.

—Eso es lo que me han dicho de ti. —Le echó una mirada de reojo—. Has ganado algunos concursos.

—Cuando era una niña —dijo, sacudiéndose la tristeza. Las penas eran una indulgencia tonta—. Nunca me tomé en serio el baile, sólo lo hacía por diversión.

—Y ahora, ¿qué haces para divertirte?

—Esto y aquello. Conduces bien para ser yanqui. —Brie se rio por el desconcierto de Gray—. Lo que quiero decir es que muchos norteamericanos tienen problemas para acostumbrarse a nuestras carreteras y conducir por el lado correcto.

—No vamos a discutir cuál es el lado correcto, pero yo he pasado mucho tiempo en Europa.

—No puedo situar tu acento; es decir, sólo sé que es norteamericano. Para mí es como una especie de juego adivinar de dónde son mis huéspedes según su acento.

—Debe de ser porque no soy de ninguna parte.

—Todo el mundo es de alguna parte.

—No, no todo el mundo. Existen más nómadas por el mundo de los que te puedes imaginar.

—Así que te consideras una especie de cíngaro... —repuso Brie, echándose el pelo para atrás y examinando el perfil de Gray—. Eso si que no me lo había imaginado.

—¿Qué quieres decir?

—La noche que llegaste primero pensé que te parecías un poco a un pirata, después, a un poeta, incluso a un boxeador, pero nunca se me ocurrió un cíngaro. Pero creo que también te va bien.

—Y tú parecías una visión, con tu pijama ondeando, el pelo suelto y el miedo y el valor luchando en tus ojos.

—No tenía miedo. —Brie alcanzó a leer el letrero de reojo antes de que Gray se saliera de la carretera principal—. ¿Aquí? ¿Vamos a cenar en Dromoland Castle? Pero si no podemos.

—¿Por qué no? Me han dicho que la cocina es exquisita.

—Claro, pero también carísima.

Gray se rio y disminuyó la velocidad para apreciar la vista del castillo; gris y glorioso en la ladera de la colina, resplandecía bajo las luces.

—Brianna, soy un cíngaro al que le pagan muy bien. Impresionante, ¿no es cierto?

—Sí, y mira ese jardín... A esta hora no lo puedes apreciar bien y el invierno ha sido muy duro, pero tienen los jardines más hermosos que te puedas imaginar. —Brianna miró hacia la ladera de hierba en donde había un lecho de rosales—. En la parte trasera tienen un jardín cubierto que es tan bello que no parece real. ¿Por qué no te has instalado en un lugar así?

Gray aparcó el coche y lo apagó.

—Estuve a punto, pero entonces alguien me habló de tu hotel. Llámalo un impulso. —Gray le sonrió ampliamente—. Me gustan los impulsos.

Gray se apeó y la tomó de la mano para guiarla a lo largo de la escalera de piedra que conducía al vestíbulo principal, que era espacioso y suntuoso, con su madera oscura y sus alfombras de color rojo profundo. Olía a humo de leña de la chimenea, el cristal relucía y se escuchaba el murmullo de un arpa solitaria.

—Una vez me quedé en un castillo en Escocia —empezó a contarle Gray mientras se dirigían al comedor, tomados de la mano— y otra vez en otro en Cornualles. Son fascinantes, llenos de matices y sombras.

—¿Crees en los fantasmas?

—Por supuesto. —Los ojos de Gray se clavaron en los de Brie al inclinarse hacia ella para coger su abrigo—. ¿Y tú?

—Claro que sí. Tenemos algunos en casa, ¿lo sabías?

—El círculo de piedras.

Brie se sorprendió, pero al instante se dio cuenta de que no debía hacerlo. Gray había estado allí y con seguridad lo había percibido.

—Sí, ahí y en otros sitios.

Gray se dio la vuelta hacia el *maître* y sencillamente dijo su apellido. Entonces les dieron la bienvenida y los condujeron hacia su mesa. Cuando se sentaron, Gray cogió la carta de vinos.

—¿Te apetece vino? —le preguntó a Brianna.

—Me encantaría, gracias.

Gray echó un vistazo rápido a la carta y sonrió al *sommelier*.

—Una botella de Chassagne-Montrachet —pidió.

—Con mucho gusto, señor.

—¿Tienes hambre? —le preguntó a Brianna, que estaba devorando la carta con los ojos.

—Estoy tratando de memorizar la carta —murmuró—. Una vez vine a cenar aquí con Maggie y Rogan, y ya casi puedo copiar perfectamente el pollo con miel y vino.

—Léela por placer —le sugirió Gray—; cuando nos vayamos, les pediremos una copia.

Brianna lo miró por encima de la carta.

—No te darán una copia.

—Por supuesto que sí.

Brianna se rio ligeramente y escogió su plato al azar. Una vez que pidieron la cena y probaron el vino, Gray se inclinó hacia Brie.

—Ahora sí, cuéntame.

—¿Contarte qué? —Brianna pestañeó sin entender.

—Lo de los fantasmas.

—Ah. —Sonrió ligeramente y pasó un dedo por su copa—. Verás, hace mucho tiempo hubo una pareja de amantes. Ella estaba prometida a otro hombre, así que se veían en secreto. Él era un granjero pobre y ella, la hija del terrateniente inglés. Pero se amaban, de modo que hicieron planes desesperados para huir y poder estar juntos. Una noche se reunieron en el círculo de piedras. Pensaron que allí, en ese lugar sagrado y mágico, podrían pedirles a los dioses que los bendijeran. Ella estaba embarazada y no tenían tiempo que perder. Se arrodillaron en el centro y ella le dijo que llevaba a su hijo en el vientre. Se dice que lloraron juntos, de alegría y miedo, mientras el viento soplaba frío y las antiguas piedras los protegían. Y allí se amaron una última vez. Él le dijo que iría a por su caballo de arar, recogería lo que pudiera de su casa y volvería a por ella. Debían partir esa misma noche. —Brianna suspiró ligeramente; sus ojos tenían una expresión soñadora—. Entonces la dejó allí, en el centro del círculo de piedras. Pero cuando el granjero llegó a su casa, lo estaban esperando los hombres del terrateniente inglés. Lo descuartizaron para que su sangre manchara la tierra y quemaron su casa y sus sembrados. Y mientras agonizaba, en lo único en lo que pudo pensar fue en su amor. —Hizo una pausa. Brianna tenía la medida del

101

tiempo innata de las personas que saben contar historias. En el otro extremo del comedor, el arpista le arrancaba suavemente a las cuerdas una balada de amor desgraciado—. Y ella lo esperó allí, en el centro del círculo de piedras. Y mientras esperaba, se fue quedando fría, tanto que empezó a temblar. La voz de su amante le llegó a través de los campos como lágrimas en el aire. Entonces supo que había muerto. Y sabiéndolo, se acostó sobre la tierra, cerró los ojos y fue hasta él. Cuando la encontraron a la mañana siguiente, tenía una sonrisa en los labios, pero estaba fría, muy fría, y su corazón ya no latía. Algunas noches, si te paras en el centro del círculo de piedras, puedes escucharlos susurrándose promesas de amor y la hierba se humedece con sus lágrimas.

Gray dejó escapar un largo suspiro, se recostó en el respaldo de la silla y bebió de su copa de vino.

—Tienes talento para contar historias, Brianna.

—Sólo te lo cuento como me lo contaron a mí. Verás, el amor sobrevive a pesar del miedo, a pesar del dolor, incluso a pesar de la muerte.

—¿Has oído sus susurros?

—Sí. Y he llorado por ellos. Y los he envidiado. —Brianna se inclinó hacia atrás en su silla y espantó la melancolía—. ¿Qué fantasmas conoces tú?

—Bueno, déjame que te cuente una historia: por las colinas que hay no muy lejos de los campos de Cullodon vaga un soldado escocés manco.

—¿Es verdad, Grayson, o te lo acabas de inventar? —le preguntó Brianna curvando los labios.

Gray le cogió una mano y se la besó.

—Dímelo tú.

Capítulo 5

Brianna nunca había pasado una noche ni remotamente parecida a ésa. Todos los factores apuntaban a que se convertiría en un recuerdo maravilloso: el atractivo hombre que parecía fascinado por cada una de sus palabras, la romántica decoración del castillo sin las incomodidades medievales, la magnífica cena y el delicado vino. No estaba segura de cómo podría pagarle por haberle concedido una noche tan maravillosa, y particularmente por haber logrado con sus encantos que el *maître* les diera una copia de la carta.

Entonces empezó de la única manera que sabía: preparando un desayuno especial.

Cuando Maggie entró en la cocina, el aire estaba inundado de exquisitos aromas y Brianna estaba cantando.

—Bueno, veo que estás teniendo una mañana espléndida.

—Sí, así es. —Brianna le dio la vuelta a una gruesa rebanada de pan de especias que estaba tostando—. ¿Quieres desayunar, Maggie? Hay de sobra.

—Ya he desayunado, gracias —dijo Maggie con pesar—. ¿Está Gray por aquí?

—No ha bajado todavía. Por lo general a esta hora ya anda olisqueando las sartenes.

—Entonces de momento estamos solas, ¿no?

—Sí. —El ánimo de Brianna se ensombreció. Con cuidado, puso la última rebanada de pan en una fuente y la metió en el horno para mantenerla tibia—. Has venido a hablar de las cartas.

—He dejado que te preocupes por ese tema demasiado tiempo, ¿verdad? Lo siento.

—Ambas necesitábamos pensar. —Brianna cruzó los brazos sobre el delantal y miró a su hermana—. ¿Qué quieres hacer, Maggie?

—Lo que quiero hacer es nada, fingir que nunca he leído las cartas y que no existen.

—Maggie...

—Déjame terminar —soltó, y empezó a caminar por la cocina como un gato malhumorado—. Quiero que sigamos como estamos y quiero que mis recuerdos de papá sigan siendo míos. No quiero preguntarme, o preocuparme, por una mujer que conoció y con la que se acostó hace un montón de tiempo. No quiero pensar en que en alguna parte tengo un hermano o una hermana que ya es un adulto. Tú eres mi hermana —dijo apasionadamente—. Tú eres mi familia. Me repito una y otra vez que esa tal Amanda y su hijo tienen una vida propia en alguna parte y que no nos agradecerían que apareciésemos ahora. Quiero olvidar todo el asunto, quiero que se desvanezca. Eso es lo que quiero, Brianna. —Se detuvo, se recostó contra la encimera y suspiró—. Eso es lo que quiero —insistió—, pero no es lo que tenemos que hacer. Papá pronunció su nombre; de hecho, casi lo último que

104

dijo antes de morir fue su nombre. Amanda tiene derecho a saberlo. Y yo tengo derecho a maldecirla por ello.

—Siéntate, Maggie. No debe de ser bueno para ti que te alteres tanto.

—Claro que estoy alterada; las dos lo estamos, aunque tengamos diferentes maneras de manifestarlo. —Maggie agitó la cabeza desestimando la idea de Brie—. No necesito sentarme. Si el bebé no se ha acostumbrado a mi temperamento todavía, tendrá que aprender. —Aun así, hizo un esfuerzo y respiró profundamente un par de veces tratando de calmarse—. Tendremos que contratar a un investigador, un detective, en Nueva York. Eso es lo que tú quieres, ¿no?

—Creo que es lo que debemos hacer —contestó Brianna cautelosamente—. Por nosotras, por papá. ¿Cómo lo podemos hacer?

—Rogan conoce a algunas personas que nos podrían ayudar. Puede llamarlas, ya que se le da tan bien lo del teléfono. —Maggie notó que Brianna necesitaba que sonriera, de modo que lo hizo—. Ésa será la parte fácil. La cuestión es que quién sabe cuánto tiempo nos costará encontrar a Amanda y a su hijo. Y sólo Dios sabe cómo reaccionaremos cuando los tengamos cara a cara, si es que logramos encontrarlos. Puede que esa tal Amanda se haya casado, sea madre de una docena de hijos y lleve una vida feliz.

—Sí, yo también he pensado en eso. Pero necesitamos saberlo, ¿no te parece?

—Sí, así es. —Maggie dio un paso adelante y puso cariñosamente las manos sobre las mejillas de su hermana—. No te preocupes tanto, Brie.

—No me preocuparé más si tú tampoco lo haces.

—Trato hecho —dijo Maggie, y le dio un ligero beso para sellarlo—. Ahora ve a alimentar a tu perezoso yanqui. Ya he encendido mi horno y tengo cosas que hacer.

—Nada pesado, espero.

Maggie le dirigió una sonrisa por encima de un hombro mientras caminaba hacia la puerta.

—Conozco mis límites —replicó.

—No es cierto, Margaret Mary —contestó Brianna en voz alta al tiempo que la puerta se cerraba de un golpe. Se quedó de pie allí un momento, perdida en sus pensamientos, hasta que la cola de *Con*, que repiqueteaba en el suelo rítmicamente, la devolvió a la realidad—. ¿Quieres salir? Bien, anda a ver qué está haciendo Murphy.

En el instante en que Brianna abrió la puerta, *Con* se precipitó afuera. Después de un ladrido de satisfacción, corrió hacia el campo. Brie cerró la puerta para que no entrara el aire húmedo y pensó en qué hacer. Eran más de las diez y tenía tareas pendientes. Si Gray no bajaba a desayunar, entonces le subiría el desayuno.

Ver la carta de Dromoland Castle sobre la mesa la hizo sonreír de nuevo, así que empezó a tararear mientras preparaba la bandeja con el desayuno. Haciendo un esfuerzo, la levantó y subió las escaleras. La puerta de Gray estaba cerrada, lo que la hizo dudar. Llamó suavemente, pero no obtuvo respuesta, de modo que empezó a morderse el labio. Tal vez Gray se hubiera puesto enfermo. Preocupada, llamó otra vez con más fuerza y pronunció su nombre.

Como creyó escuchar un gruñido, haciendo equilibrios con la bandeja en una mano, abrió la puerta con la otra. Parecía que la cama había sido el escenario de una pequeña batalla. El edredón estaba revuelto y a punto de caerse al suelo por los pies. El cuarto estaba más frío que una piedra. Entonces Brie dio un paso adelante y lo vio.

Gray estaba sentado delante del escritorio con el pelo despeinado y los pies descalzos. Había una pila de libros a su lado y sus dedos corrían raudos sobre el teclado de su pequeño ordenador. Junto a uno de sus codos descansaba un cenicero lleno de colillas. El aire apestaba a humo.

—Perdón —dijo Brie, pero no hubo respuesta. A la joven empezaron a dolerle los músculos del brazo por el peso de la bandeja—. Grayson.

—¡¿Qué?!

Aquella palabra fue pronunciada como una bala que la hizo retroceder. Gray levantó la cabeza rápidamente.

De nuevo el pirata, pensó Brie. Tenía un aspecto peligroso, casi violento. Gray trató de enfocarla sin mostrar señales de reconocerla, lo que hizo que Brie se preguntara si aquel hombre había enloquecido durante la noche.

—Espera —le ordenó Gray, y atacó el teclado otra vez. Brianna esperó, desconcertada, durante casi cinco minutos. Entonces Gray se recostó en el respaldo de la silla y se frotó con fuerza la cara con las manos, como un hombre que acabara de despertar de un sueño. O, pensó Brianna, de una pesadilla. Entonces se volvió a mirarla de nuevo con esa sonrisa espontánea y ya familiar para ella—. ¿Me has traído el desayuno?

—Sí... Son más las diez y media, y como no bajabas...

—Lo siento. —Se levantó, cogió la bandeja y la puso sobre la cama. Cogió un trozo de beicon con los dedos y se lo llevó a la boca—. La inspiración me vino en plena madrugada. Creo que lo que la provocó fue la historia de los fantasmas. Dios, sí que está frío el cuarto.

—Pues no es de sorprender. Estás tentando a la muerte, andando descalzo y con la chimenea apagada.

Gray sólo sonrió cuando Brianna se arrodilló frente a la chimenea y empezó a organizar el carbón para prenderlo. Parecía una madre regañando a su hijo por tonto.

—Me he dejado llevar.

—Eso está muy bien, pero no es bueno para tu salud sentarte ahí con este frío y fumar en lugar de tomar un desayuno decente.

—Por el olor yo diría que es mucho más que decente. —Con paciencia, Gray se puso en cuclillas al lado de Brie y le pasó una mano por la espalda en un gesto descuidado y amigable—. Brianna, ¿me harías un favor?

—Si puedo, por supuesto.

—Sal de aquí.

Sorprendida, volvió la cara hacia él, boquiabierta. Gray se rio y puso las manos de ella entre las suyas.

—No te ofendas, cariño, pero suelo morder si me interrumpen mientras estoy trabajando. Y en este momento, la historia me bulle por dentro.

—Te aseguro que no pretendía estorbarte.

Gray hizo una mueca de impaciencia. Estaba tratando de ser diplomático, ¿no?

—Necesito fluir con ella mientras brota, ¿entiendes? Así que sencillamente olvídate de que estoy aquí arriba.

—Pero tu habitación... Necesitas que te cambie las sábanas, que arregle el baño...

—No te preocupes por nada. —Ahora el fuego resplandecía en la chimenea, igual que la impaciencia dentro del cuerpo de Gray, que levantó a Brie del suelo—. Arreglarás lo que quieras cuando llegue a un punto muerto. Te agradecería que me dejaras algo de comer de cuando en cuando ante la puerta; eso es lo único que necesito.

—Está bien, pero... —Gray la fue llevando hacia la puerta. Brie estaba rabiosa—. No tienes que sacarme a empellones, ya me voy.

—Gracias por el desayuno.

—De... —empezó, pero entonces él le cerró la puerta en las narices— nada —concluyó entre dientes.

Durante el resto del día y los dos siguientes, Brianna ni vio ni escuchó nada de Gray. Trató de no pensar en el estado de la habitación, si Gray mantenía el fuego prendido o si dormía o no. Lo que sí sabía con certeza era que sí estaba comiendo, pues cada vez que le llevaba una bandeja con comida reciente, ante la puerta encontraba la bandeja anterior, y muy rara vez dejaba algo más que una migaja en el plato.

Brianna podría pensar que estaba sola en la casa si no hubiera sido tan consciente de la presencia de Gray. Sin embargo, dudaba que él pensara en ella aunque fuera un momento.

Y Brianna tenía razón. Gray dormía de cuando en cuando, siestas cortas llenas de sueños y visiones. Comía para alimentarse de la misma manera que la historia alimentaba su mente y bramaba dentro de su cuerpo. En tres días había escrito más de cien páginas, un borrador al que en algunos pasajes le faltaba movimiento, pero capturaba el espíritu de la historia.

Ya tenía un asesinato, que era placentero y sigiloso. Y tenía desesperanza y dolor, desesperación y mentiras.

Gray estaba en la gloria.

Cuando la historia se agotó finalmente, Gray casi gateó hasta la cama, se tapó con el edredón hasta la cabeza y durmió como un tronco.

Cuando se despertó, le echó un vistazo con detenimiento a la habitación y decidió que una mujer tan fuerte como Brianna no se desmayaría con el espectáculo. Sin embargo, al examinarse a sí mismo en el espejo del baño, pensó que en cuanto a él la reacción sería distinta. Se frotó con la mano la barba sin arreglar y pensó que parecía una criatura que hubiera salido del retrete.

Se quitó la camisa, hizo una mueca por el olor que despedía, no sólo la camisa, sino él mismo, y se metió en la ducha. Treinta minutos después se puso ropa limpia; se sentía alegre, aunque un poco rígido por la falta de ejercicio. Pero la emoción lo recorría de arriba abajo. Abrió la ventana de par en par e inhaló profundamente la mañana lluviosa.

Un día perfecto, pensó, en el lugar perfecto.

La bandeja del desayuno estaba ante la puerta, con la comida fría. Se dio cuenta de que había dormido mucho, y entonces cogió la bandeja deseando poder lograr que Brianna le calentara el desayuno otra vez.

Y tal vez accediera a dar un paseo con él. Le sentaría bien un poco de compañía. Tal vez podría convencerla de que fuera con él a Galway y que pasaran el día juntos entre la muchedumbre. Siempre podrían...

Se detuvo en la puerta de la cocina y una amplia sonrisa se dibujó en su rostro. Allí estaba Brie, con las manos metidas hasta las muñecas en la masa del pan; tenía el pelo recogido y la nariz empolvada de harina.

Era una escena magnífica y Gray se sentía muy feliz. Dejó la bandeja sobre la mesa con un estruendo que sobresaltó a Brianna y la hizo levantar la mirada. Apenas había empezado a sonreír cuando Gray caminó rápidamente hacia ella, tomó su rostro entre sus manos y la besó con fuerza en la boca.

Brie clavó las manos en la masa y la cabeza empezó a darle vueltas. Antes de que pudiera reaccionar, Gray dio un paso atrás.

—¡Hola! Que día tan maravilloso, ¿no te parece? Me siento increíblemente bien. ¿Sabes?, es imposible saber que se va a presentar de esta manera, pero cuando es así, es como un tren que corre a toda máquina a través de tu cabeza y no puedes detenerlo.

Tomó una tostada fría de la bandeja y se dispuso a morderla. Estaba todavía a medio camino de su boca cuando la realidad chocó contra él. Fijó los ojos en los de Brie y dejó caer la tostada en el plato. El beso sólo había sido el mero reflejo de su estado de ánimo, ligero, exuberante. Pero ahora lo estaba inundando una reacción tardía que le presionó los músculos y le subió columna arriba.

Brianna simplemente se quedó allí, mirándolo, con la boca entreabierta por la sorpresa y los ojos como platos.

—Espera un momento —murmuró Gray al tiempo que se acercaba a ella de nuevo—. Espera sólo un momento.

Brie no habría podido moverse aunque se le hubiera estado cayendo el techo encima. A duras penas pudo respirar cuando Gray puso sus manos de nuevo a los lados de su cara, pero suavemente, como un hombre que experimenta con la textura. Mantuvo los ojos abiertos con una expresión no del todo complacida mientras esta vez se inclinaba hacia ella.

Brie sintió los labios de Gray acariciando los suyos suave, amorosamente. Era el tipo de contacto que no encendería fuego en la sangre, pero, sin embargo, su sangre se calentó. Gray la giró, apenas lo suficiente para que sus cuerpos se quedaran frente a frente, y le inclinó la cabeza hacia atrás ligeramente para que el beso fuera profundo.

La garganta de Brianna emitió un sonido, de angustia o de placer, antes de que sus puños se aflojaran.

La boca de Brianna estaba hecha para saborearla, pensó Gray. Tan colmada, generosa, complaciente. Un hombre no debía apresurarse con una boca como aquélla. Gray frotó ligeramente sus dientes sobre el labio inferior de Brianna y le encantó escuchar el grave e impotente ronroneo con el que ella le respondió. Lentamente, observando cómo ella abría y cerraba los ojos, le dibujó los labios con la lengua y luego la introdujo en la boca de ella. Había allí tantos sabores sutiles...

Era maravillosa la manera en que Gray podía sentir que se le iba entibiando la piel a Brie, cómo se le aflojaban los músculos y le latía el corazón. O tal vez era su propio corazón. Algo rugía dentro de su cabeza, vibraba en su sangre. Y sólo cuando sintió que la avidez le empezaba a invadir, junto con la violencia taimada que la acompaña siempre, se despegó de ella.

Brianna estaba temblando y el instinto advirtió a Gray de que si se dejaba llevar, podría hacerle daño a ella y a sí mismo.

—Esto ha sido mejor de lo que me había imaginado —pudo decir Gray—, y eso que tengo una imaginación desbordante.

Sintiéndose un poco temblorosa, Brie se apoyó en la encimera. Las rodillas le flaqueaban. Sólo el temor a la vergüenza hizo que no le temblara también la voz.

—¿Así es como te comportas siempre que sales de tu cueva?

—No siempre tengo la suerte de tener a una mujer hermosa a mano. —Gray inclinó la cabeza y la examinó. Todavía le latía el pulso en la garganta y tenía ruborizada la piel. Pero, a menos que estuviera equivocado, ella ya estaba reconstruyendo ese delgado muro de defensa—. Esto no ha sido normal. Y no tiene ningún sentido fingir que lo ha sido.

—Normalmente mis huéspedes no me besan cuando estoy haciendo el pan. No puedo saber lo que es normal para ti, ¿no te parece? —A Gray le cambió la mirada, los ojos se le oscurecieron con una pizca de furia y dio un paso hacia ella. Brie, por su parte, dio un paso atrás—. Por favor, no.

—Sé más clara —le dijo él entrecerrando sus oscuros ojos.

—Tengo que terminar esto. La masa tiene que crecer otra vez.

—Estás huyendo, Brianna.

—De acuerdo. No me beses así otra vez. —Brie respiró entrecortadamente—. No cuento con las defensas apropiadas.

—Esto no tiene por qué ser una batalla, Brianna. Quiero acostarme contigo.

Para ocupar sus nerviosas manos, Brie cogió un paño y empezó a limpiarse la masa que le colgaba de los dedos.

—Vaya, eso es un poco brusco.

—Es honesto. Si no estás interesada, sencillamente di que no.

—Yo no me tomo las cosas tan informalmente como tú, con un simple sí o no y listo. —Luchando por calmarse, dobló con decisión el paño y lo puso a un lado—. Además, no tengo experiencia en estos temas.

Maldita Brianna por mostrarse tan fría cuando a él le hervía la sangre.

—¿Qué temas?

—De los que estás hablando. Ahora sal de mi camino para que pueda volver a mi pan.

Gray la tomó por un brazo y la miró directamente a los ojos. ¿Sería virgen?, se preguntó, dejando que la idea le diera vueltas en la cabeza y luego se asentara. ¿Una mujer tan bella como Brianna, que además respondía de esa manera?

—¿Acaso los hombres de esta región tienen algún problema? —preguntó Gray en tono ligero, tratando de aliviar un poco la tensión. Pero el resultado fue un destello de dolor en los ojos de Brianna que lo hizo sentir como un gusano.

—¿No te parece que es asunto mío cómo decido vivir? —contestó ella con voz helada—. Yo he respetado

114

tus deseos y tu trabajo estos últimos días, así que haz lo mismo y déjame continuar con mi trabajo.

—Está bien —dijo él, y la soltó y dio un paso atrás—. Voy a salir un rato, ¿quieres que te traiga algo?

—No, gracias. —Brianna volvió a hundir las manos en la masa y empezó a amasar—. Está lloviznando —dijo llanamente—, así que es probable que quieras ponerte un impermeable.

Gray caminó hasta la puerta y se dio la vuelta.

—Brianna —dijo, y esperó a que ella levantara la cabeza y lo mirara para continuar—, no me has dicho si estás interesada o no. Tendré que suponer que vas a pensártelo.

Y diciendo eso, salió de la cocina. Brie no pudo respirar de nuevo hasta que oyó que la puerta se cerraba tras él.

Gray quemó el exceso de energía paseando hasta los acantilados de Moher. Para darse tiempo de calmarse, y dárselo a Brianna, se detuvo en Ennis y almorzó en un pub, donde se tomó una enorme ración de pescado y patatas fritas. Después caminó por las estrechas calles del pueblo. Algo en un escaparate le llamó la atención y entonces, siguiendo un impulso, entró en la tienda, lo compró y pidió que se lo envolvieran.

Para cuando regresó a Blackthorn, Gray casi se había convencido de que lo que había experimentado con Brianna en la cocina era más el resultado de la alegría que sentía por su trabajo que de la química.

Sin embargo, cuando entró en su habitación y se la encontró arrodillada en el suelo del baño, con un balde y un trapo en la mano, la balanza se inclinó hacia el otro lado. Si no era cierto que los hombres viven obsesionados con el sexo, ¿entonces cómo era posible que una visión como aquélla le hiciera bullir la sangre?

—¿Sabes con cuánta frecuencia te he encontrado en esa posición?

Brianna lo miró por encima de un hombro.

—Es una manera decente de ganarme la vida —respondió, y se sopló un mechón de pelo que tenía sobre la cara—. Y déjame decirte, Grayson Thane, que vives como un cerdo cuando estás trabajando.

—¿Les hablas así a todos tus clientes? —le preguntó arqueando una ceja.

Gray la había pillado. Brie se ruborizó ligeramente y siguió limpiando el suelo con el trapo.

—Si vas a volver a trabajar, tranquilo, que enseguida termino. Esta noche llega otro cliente.

—¿Esta noche? —Gray frunció el ceño. Le gustaba tener la casa para él solo. Tenerla a ella para él solo—. ¿Quién es?

—Un inglés. Llamó poco después de que te fueras esta mañana.

—Bueno, pero ¿quién es? ¿Cuánto tiempo se va a quedar?

¿Y qué diablos quería?, pensó.

—Una o dos noches —contestó ella espontáneamente—. Como ya sabes, no interrogo a mis huéspedes.

—Es sólo que me parece que hay cosas que tendrías que preguntar. No puedes permitir que cualquier extraño entre en tu casa.

Divertida, Brie se sentó sobre las piernas, sacudió la cabeza y lo miró. Era una combinación de desaliño y elegancia, pensó ella, con sus mechones dorados en una coleta al estilo pirata, esos hermosos ojos malhumorados, las botas caras, los vaqueros desgastados y la camisa nueva.

—Pues eso es exactamente lo que hago. Si no recuerdo mal, tú mismo entraste en ella en plena noche no hace mucho tiempo.

—Eso es diferente —replicó, y ante la anodina mirada de Brie, se encogió de hombros—. Sencillamente es diferente. ¿Podrías levantarte y dejar de limpiar el suelo? Ya se podría comer en él.

—Es obvio que el paseo de hoy no te ha sentado demasiado bien, ¿no?

—No ha estado mal —contestó; recorrió la habitación con la mirada y resopló al ver el escritorio—. Has estado husmeando en la mesa.

—He retirado tres centímetros de polvo y ceniza, si eso es lo que quieres decir. No he tocado tu ordenador, salvo para levantarlo y volverlo a poner en su sitio —le aclaró, aunque había tenido la tentación de encenderlo y echarle un vistazo a lo que estaba escribiendo.

—No tienes por qué estar detrás de mí limpiando todo el tiempo. —Gray exhaló un suspiro entre dientes y metió las manos en los bolsillos cuando ella se quedó de pie con el balde en la mano mirándolo—. Maldición, pensaba que ya había solucionado esto. Y no le está haciendo bien a mi ego saber que ni siquiera estás tratando de confundirme. —Cerró los ojos y respiró profundamente—. Muy bien. Intentémoslo de nuevo. Te he traído un regalo.

—¿De veras? ¿Por qué?

—¿Y por qué diablos no? —Cogió la bolsa que había dejado sobre la cama y se la pasó a Brianna—. En cuanto lo vi pensé que te gustaría.

—Es muy amable por tu parte —dijo Brie sacando la caja de la bolsa y rompiendo la cinta que la mantenía cerrada.

Brianna olía a jabón, flores y desinfectante. Gray apretó los dientes.

—A menos que quieras que te lance a la cama que acabas de hacer, sería muy inteligente por tu parte que te alejes de mí. —Brianna levantó la mirada, sorprendida y con las manos paralizadas sobre la caja—. Hablo en serio.

Con cautela, Brie se humedeció los labios con la lengua.

—Está bien. —Dio primero un paso hacia atrás y después otro—. ¿Así está mejor?

Lo absurdo de la situación se hizo evidente. Sin poder hacer nada más, Gray le sonrió.

—¿Por qué me fascinas, Brianna?

—No tengo ni la más remota idea. En absoluto.

—Ésa debe de ser la razón —murmuró—. Abre tu regalo.

—Estoy intentándolo —dijo, y finalmente pudo romper la cinta, abrió la tapa y buscó dentro del papel cebolla—. ¡Ay, qué bonito! —exclamó, y la alegría le iluminó la cara mientras giraba la cabaña de porcelana en la mano. Era delicada, con la puerta principal abierta en señal de bienvenida y un jardincito cuidado lleno de flores de pétalos perfectamente formados—. Parece como si de verdad pudieras entrar en ella.

—Me hizo pensar en ti.

—Gracias. —Su sonrisa era más tranquila ahora—. ¿Me la has comprado para ablandarme?

—Primero dime si ha surtido efecto.

—No, no me vas a ablandar —le dijo Brianna riéndose—. Ya tienes suficiente ventaja con como están las cosas.

—¿En serio?

A Brianna se le encendieron todas las alarmas por el ronroneo que distinguió en el tono de Gray, de modo que se concentró en volver a poner la pequeña cabaña en su lecho de papel dentro de la caja.

—Tengo que ir a preparar la cena. ¿Quieres que te la traiga en la bandeja?

—Esta noche no. Ya ha pasado la primera oleada.

—El nuevo huésped me dijo que llegaría a las cinco, así que tendrás compañía para la cena.

—Fantástico.

Gray se había preparado para que no le cayera bien el inglés. Pensó que se estaba comportando como un perro semental ejerciendo sus derechos territoriales, pero era difícil sentirse amenazado por aquel hombrecillo bien arreglado de calva resplandeciente y acento esnob de colegio privado.

Se llamaba Herbert Smythe-White y era un viudo jubilado de Londres que se encontraba en la primera etapa de un viaje de seis meses por Irlanda y Escocia.

—Me estoy mimando un poco —le contó a Gray durante la cena—. Nancy y yo no fuimos bendecidos con hijos y ella murió hace un par de años, así que estuve mucho tiempo rumiando mis penas de un lado a otro de la casa. Habíamos planeado hacer un viaje así, pero yo siempre estaba ocupado trabajando. —Sonrió con pesar—. Entonces decidí hacer el viaje yo solo, como una especie de homenaje a mi mujer. Creo que le habría gustado.

—¿Es ésta su primera parada?

—Así es. Llegué en avión a Shannon y allí alquilé un coche —dijo riéndose entre dientes al tiempo que se quitaba las gafas de montura metálica y limpiaba los cristales con un pañuelo—. Llevo todas las armas del turista: mapas y guías de viaje. Pienso quedarme uno o dos días antes de seguir hacia el norte. —Volvió a ponerse las gafas sobre su prominente nariz—. Sin embargo, me temo que he elegido lo mejor para el principio. La señorita Concannon es una excelente cocinera.

—Desde luego, en ese punto no voy a contradecirle. —Estaban sentados en el comedor, degustando un suculento salmón—. ¿A qué se dedicaba usted?

—Trabajaba en un banco. Es una pena que me haya pasado la mayor parte de mi vida preocupándome por cifras —dijo mientras se llevaba a la boca unas patatas con salsa de mostaza—. ¿Y usted, señor Thane? La señorita Concannon me dijo que era escritor. Nosotros, los de talante práctico, siempre envidiamos a los de talante creativo. Nunca me he tomado el tiempo necesario para leer por placer, pero le aseguro que ahora que nos hemos conocido, voy a leer alguno de sus libros. ¿Usted también está de viaje?

—De momento no. Me voy a quedar aquí un tiempo.

—¿Aquí, en el hotel?

—Así es. —Gray levantó la mirada hacia Brianna cuando ella entró en el comedor.

—Espero que les quede espacio para el postre —dijo la joven poniendo una enorme fuente de natillas sobre la mesa.

—Dios mío. —Detrás de los limpios cristales de sus gafas, los ojos de Smythe-White bailaron de placer, y tal vez con un poco de glotonería—. Creo que voy a pesar varios kilos más cuando me levante de la mesa.

—He puesto un poco de magia en el postre para que las calorías no cuenten —le dijo Brianna mientras servía unas generosas raciones en sendos platos—. Espero que haya encontrado cómoda su habitación, señor. Si necesita cualquier cosa, sólo tiene que pedírmela.

—Es exactamente lo que quería —le aseguró el hombre—. Debo volver cuando su jardín haya florecido.

—Espero que así sea —replicó, dejándoles una jarra con café y una botella de brandy.

—Una mujer encantadora —comentó Smythe-White.

—Así es.

—Y demasiado joven para administrar sola un negocio. Debería tener un marido, una familia, ¿no?

—Brianna es muy eficiente. —La primera cucharada de natillas se derritió en la boca de Gray. Eficiente no era la palabra apropiada, pensó. Aquella mujer era una maestra de la cocina—. Tiene una hermana que vive al final del camino con su marido. Y ésta es una comunidad muy unida. Siempre llama alguien a la puerta de la cocina.

—Eso es una suerte. Me imagino que de lo contrario sería un lugar bastante solitario. Aunque cuando venía para acá he notado que los vecinos son pocos y están separados por largas distancias. —Sonrió de nuevo—. Me temo que la ciudad me ha echado a perder y no me da vergüenza reconocer que disfruto de las multitudes y del ritmo frenético. Me costará cierto tiempo acostumbrarme al silencio de la noche.

—Aquí va a tener mucho. —Gray sirvió brandy en una copa y luego en una segunda cuando su acompañante asintió con la cabeza—. Estuve en Londres no hace mucho tiempo. ¿De qué parte es usted?

—Tengo un apartamento cerca de Green Park. No tuve el valor de seguir viviendo en la casa que Nancy y yo compartimos después de que ella muriera. —Suspiró y le dio vueltas a su brandy—. Déjeme darle un consejo, aunque no me lo haya pedido, señor Thane: haga que sus días sean significativos. No invierta todos sus esfuerzos en el futuro, porque de ser así, se perderá demasiado del presente.

—Ése es un consejo por el cual me rijo.

Horas más tarde, el simple hecho de pensar en las sobras del postre hizo que Gray se despegara de la cama tibia y del libro que estaba leyendo. La casa gimió ligeramente a su alrededor mientras se ponía unos pantalones de franela. Bajó a la cocina descalzo y fantaseando con atiborrarse de natillas.

Sin duda ésa no era su primera incursión nocturna en la cocina desde que estaba viviendo en Blackthorn.

Ninguna de las sombras ni ninguno de los crujidos lo molestaron mientras caminaba por el pasillo y entraba en la oscura habitación. Encendió la luz que había sobre el fuego para no despertar a Brianna.

Entonces deseó no haber pensado en ella o en que estaba acostada durmiendo a tan sólo una pared de distancia. Probablemente tendría puesto ese largo pijama de algodón con botoncitos en el cuello. Era tan mojigato que la hacía exótica y conseguía que cualquier hombre, cualquiera de sangre caliente, se preguntara cómo era el cuerpo que escondía toda esa tela.

Si seguía por ese camino, ni todas las natillas del mundo podrían saciar su apetito.

Sólo un vicio a la vez, muchacho, se dijo, y sacó un plato, pero entonces oyó un sonido fuera que hizo que se quedara quieto un momento y escuchara. Justo cuando estaba a punto de no prestarle más atención al asunto, pensando que eran crujidos de la casa, oyó un rasgueo.

Con el plato en una mano fue hasta la puerta de la cocina y miró hacia fuera, pero no vio nada más que la oscuridad de la noche, aunque de repente la ventana se llenó de pelos y colmillos. Gray logró abstenerse de gritar y mantener el equilibrio para no caerse de espaldas. Entre maldiciones y risas, le abrió la puerta a *Con*.

—Del susto me has quitado diez años de vida, muchas gracias —dijo, acariciándole una oreja al perro y, puesto que Brianna no estaba presente, decidió compartir las natillas con su compañero canino.

—¿Qué crees que estás haciendo? —oyó entonces.

Gray se enderezó y se golpeó la cabeza con la puerta de la despensa, que se había quedado abierta.

Una cucharada de natillas cayó en el plato de *Con*, que la engulló en un suspiro.

—Nada. —Gray se frotó la cabeza, que le palpitaba por el golpe—. Dios santo, tendré mucha suerte si tú y tu lobo me dejáis llegar a mi próximo cumpleaños.

—*Con* no debe comer eso —repuso Brie quitándole el plato a Gray—, no es bueno para él.

—Iba a comérmelo yo, pero ahora me conformaría con un par de aspirinas.

—Siéntate para que pueda ver el chichón que te has hecho en la cabeza, o la brecha, sea cual sea el caso.

—Muy tierna. ¿Por qué no vuelves a la cama y...? —Gray no pudo terminar la frase porque *Con*, que estaba entre ellos, de repente se erizó, empezó a gruñir y, con un rugido, saltó sobre la puerta que daba al pasillo, con tan mala suerte que Gray estaba justo en medio.

La fuerza de ochenta kilos de músculo lo hizo tambalearse y estrellarse contra la encimera. Vio las estrellas cuando uno de sus codos golpeó la madera y oyó entre nebulosas una tajante orden de Brianna.

—¿Te has hecho daño? —El tono de Brianna era maternal y tranquilizador, y transmitía sincera preocupación—. Grayson, te has puesto pálido. Ven, siéntate. ¡*Con*, quieto!

Gray empezó a oír campanas y a ver estrellas, y entonces lo mejor que pudo hacer fue desplomarse en la silla que Brianna le acercó.

—Todo esto por unas malditas natillas —comentó ella—. Bueno, ya está. Lo único que tienes que hacer es recuperar el aliento. Déjame verte el brazo.

—¡Mierda! —Gray abrió los ojos como platos cuando Brianna le dobló el codo y el dolor le invadió el brazo—. ¿Estás tratando de matarme sólo porque quiero desnudarte?

—¡Deja ese tema! —El reproche le salió débil y chasqueó la lengua en señal de desaprobación mientras examinaba el golpe—. Tengo un poco de tónico de olmo escocés.

—Creo que prefiero morfina —dijo Gray. Respiró ruidosamente y miró al perro con los ojos entrecerrados. *Con* seguía parado mirando hacia la puerta, inquieto y preparado para salir—. ¿Qué diablos le pasa?

—No sé. *Con*, deja de hacer tonterías y siéntate. —Brianna humedeció una servilleta con el tónico y se la puso en el brazo a Gray—. Probablemente sea el señor Smythe-White. *Con* andaba de correría cuando llegó, así que no los he presentado. Puede que lo haya olido en el aire.

—Es una suerte que al viejo no le haya dado antojo de natillas, entonces.

Brianna sólo sonrió y se enderezó para mirarle el golpe de la cabeza. Gray tenía un pelo hermoso, pensó Brianna. Era dorado y sedoso.

—*Con* no le haría daño, simplemente lo acorralaría. En fin, te va a salir un buen chichón en la cabeza.

—Lo dices muy complacida.

—Así aprenderás a no darle dulces al perro. Te voy a poner hielo en un trapo para que... —Brianna lanzó un chillido cuando Gray tiró de ella y la sentó sobre su regazo. *Con* levantó la orejas, pero sólo se acercó a ellos y le olisqueó una mano a Gray.

—Le caigo bien.

—*Con* es fácil de conquistar. Deja que me levante o le diré que te muerda.

—*Con* no me mordería, acabo de darle natillas. Quedémonos sentados aquí un momento, Brie. Estoy demasiado débil para hacerte nada.

—No te creo ni por un segundo —dijo en voz baja, cediendo.

Gray acunó la cabeza de Brie en su hombro y sonrió cuando *Con* descansó la suya sobre el regazo de ella.

—Esto es muy agradable.

—Mucho.

Brianna sintió que el corazón se le agrietaba cuando Gray la abrazó tranquilamente en la luz tenue de la cocina mientras la casa dormitaba a su alrededor.

Capítulo 6

Brianna necesitaba una pizca de primavera. Sabía que era arriesgado que empezara demasiado temprano, pero no se le pasaría esa necesidad. Reunió las semillas que había estado guardando, cogió su radio portátil y salió en dirección al pequeño cobertizo que había convertido en un invernadero temporal.

No valía gran cosa, ella era la primera en admitirlo. No tenía más de dos metros cuadrados y el suelo era de tierra dura, lo que hacía del cobertizo un sitio mejor para almacenar cosas que para plantar nada. Aun así, le había pedido a Murphy que le pusiera cristal y que dentro instalara un calentador. Ella misma había construido los bancos, con muy poca pericia pero con mucho orgullo.

El cobertizo no contaba con el suficiente espacio ni con los equipos necesarios para el tipo de experimentación con el cual Brie soñaba. Sin embargo, podía darles a sus semillas un inicio anticipado en las macetas que había pedido por correo de un catálogo de material de jardinería.

Tenía toda la tarde para ella, se dijo. Gray estaba encerrado trabajando y el señor Smythe-White estaba dando un paseo en coche por el Anillo de Kerry. Ya había terminado la cuota del día de cocina y limpieza, así que le tocaba el turno al ocio.

Muy pocas cosas hacían más feliz a Brianna que trabajar la tierra con sus manos. Resoplando ligeramente, puso la pesada bolsa de abono sobre un banco. Se prometió que para el año siguiente tendría un invernadero profesional. No muy grande, pero de la mejor calidad. Plantaría los esquejes y cuidaría los bulbos para poder tener una muestra primaveral en cualquier momento del año que se le antojara. Tal vez hasta intentara hacer algunos injertos. Pero, por el momento, estaba contenta de mimar sus semillas.

En unos días, pensó mientras tarareaba al ritmo de la radio, los primeros retoños tiernos empezarían a brotar de la tierra. Ciertamente era muy caro darse el lujo de gastar combustible para calentar el cobertizo. Habría sido una decisión más sabia usar ese dinero para arreglar el coche, pero, sin lugar a dudas, no hubiera sido ni remotamente tan divertido.

Brianna empezó a sembrar las semillas dándole ligeros golpecitos a la tierra mientras dejaba vagar la mente.

Qué dulce había sido Gray la noche anterior, recordó, al haberla abrazado en la cocina. No la había amedrentado tanto, ni, admitió, la había excitado tanto como cuando la había besado. Esa vez la experiencia había sido suave y tranquilizadora, y se había sentido tan natural que, por un instante, había sido como si ambos, juntos, pertenecieran a ese espacio.

Alguna vez, hacía mucho tiempo, Brianna había soñado con compartir dulces momentos como ése con alguien. Con Rory, pensó, y sintió una antigua y sorda punzada. En esa época había pensado que se iba a casar y que iba a tener hijos a quienes amar y una casa que cuidar. Qué planes había hecho, pensó ahora, rosas y tibios, con finales felices para siempre. Pero entonces ella era sólo una niña y estaba enamorada. Una niña enamorada cree cualquier cosa. Cree todo. Pero ya no era una niña.

Brianna había dejado de creer cuando Rory le rompió el corazón y la dejó con dos dolorosas mitades. Sabía que vivía cerca de Boston, con su esposa y sus hijos. Y, estaba segura, no se le debía de pasar ni un pensamiento por la cabeza sobre aquella encantadora primavera en la que la había cortejado y le había hecho promesas y se había comprometido con ella.

Eso había sido hacía demasiado tiempo, recordó Brie. Ahora sabía que el amor no siempre perdura y que no siempre se cumplen las promesas que se hacen. Si ella todavía llevaba dentro una semilla de esperanza que anhelaba florecer, no le hacía daño a nadie, salvo a ella misma.

—¡Aquí estás! —Con los ojos bailando, Maggie entró en el cobertizo—. He oído la música. ¿Qué estás haciendo aquí?

—Estoy sembrando flores. —Distraída, Brianna se frotó una mano en la mejilla, ensuciándose de tierra—. Cierra la puerta, Maggie, que estás dejando salir el calor. ¿Qué pasa? Parece que vas a estallar.

—No lo adivinarías, ni en un millón de años. —Riéndose, Maggie dio un rodeo dentro del pequeño cobertizo y tomó a su hermana del brazo—. Adelante, inténtalo.

—Vas a tener trillizos.

—¡No! Dios no lo quiera.

El ánimo de Maggie estaba tan exaltado que logró enganchar a Brianna en el improvisado juego.

—Le has vendido una pieza de vidrio al presidente de Estados Unidos por un millón de libras.

—Ay, qué ideas son ésas... Aunque deberíamos enviarle un catálogo. Pero no, no te has acercado nada. Te doy una pista: la abuela de Rogan ha llamado.

—¿Qué clase de pista es ésa? —contestó Brie soplándose un mechón de pelo suelto que le caía sobre la cara.

—Sería una buena si estuvieras prestando suficiente atención. Brie, ¡se van a casar! La señora Sweeney y el tío Niall se van a casar la semana que viene, en Dublín.

—¡¿Qué?! —Brianna abrió la boca de par en par—. ¿La señora Sweeney y el tío Niall se van a casar?

—¿No es una noticia fantástica? Te acordarás de que ella estaba enamorada de él cuando era niña, en Galway. Entonces, después de más de cincuenta años, se reencontraron por culpa mía y de Rogan. Y ahora, gracias a todos los santos del cielo, van a casarse. —Sacudió la cabeza hacia atrás y se rio—. Así que Rogan y yo, además de ser marido y mujer, vamos a ser primos.

—El tío Niall... —repitió Brianna, que al parecer no pudo decir nada más.

—Tenías que haber visto la cara de Rogan cuando recibió la llamada, parecía un pez. Abría y cerraba la boca sin poder decir nada. —Riéndose a carcajadas, se recostó contra el banco de trabajo de Brianna—. No ha podido acostumbrarse a la idea de que están juntos. Incluso más que estar juntos, si lo pienso bien. Pero supongo que sería

130

difícil para cualquier hombre imaginarse a su abuelita de pelo blanco amancebada en pecado.

—¡Maggie! —Recuperada, Brianna se cubrió la boca con una mano. Las risitas se convirtieron en carcajadas.

—Pues ahora van a legalizar su relación, y nada menos que con un arzobispo oficiando la ceremonia. —Maggie respiró profundamente y miró a su alrededor—. ¿Tienes algo de comer por aquí?

—No. ¿Cuándo es la ceremonia? ¿Dónde?

—El próximo sábado, en casa de la señora Sweeney, en Dublín. Me dijo que va a ser una ceremonia íntima, sólo para la familia y los amigos más cercanos. Imagínate, Brie, el tío Niall tiene ochenta años, aunque no lo parezca.

—¡Es fantástico! Me parece una gran noticia. Los llamaré en cuanto termine aquí y haya dejado todo limpio.

—Rogan y yo nos vamos a Dublín hoy. Ahora está al teléfono, que Dios lo bendiga, haciendo los preparativos. —Sonrió ligeramente—. Está tratando de tomarse todo este asunto como un hombre maduro.

—Una vez que se acostumbre a la idea, se alegrará mucho por ellos —dijo, y la voz de Brianna empezó a hacerse vaga en cuanto empezó a preguntarse qué clase de regalo les podría hacer a los novios.

—Será por la tarde, pero tal vez sea buena idea que llegues la noche anterior para que tengas más tiempo.

—¿Llegar? —Brianna se concentró en su hermana de nuevo—. Pero si no puedo ir, Maggie. Tengo un huésped en casa, no puedo dejarlo aquí.

—Por supuesto que vas a ir. —Maggie se enderezó en el banco y apretó la mandíbula—. Se trata del tío Niall, Brianna, él espera que estés allí. Es sólo un maldito día.

—Tengo obligaciones aquí, Maggie, y no tengo cómo ir y volver de Dublín.

—Rogan te mandará su avión.

—Pero...

—Ay, deja a Grayson Thane. Puede cocinar durante un día. Tú no eres su criada.

A Brianna se le tensaron los hombros y se le heló la mirada.

—No, no lo soy. Soy una mujer de negocios que ha dado su palabra. No puedo irme el fin de semana a Dublín y decirle a Grayson que se atienda a sí mismo.

—Entonces que venga contigo. Si te preocupa que ese hombre se muera si no le atiendes, invítalo.

—¿Invitarlo dónde? —Gray abrió la puerta y miró a ambas mujeres con cautela. Había visto desde la ventana de su habitación a Maggie entrando en el cobertizo. Finalmente, la curiosidad lo había hecho salir e ir hasta allí, y los gritos habían hecho el resto.

—Cierra la puerta —le dijo Brianna automáticamente. Trató de evitar sentirse avergonzada de que Gray hubiera entrado justo en medio de una discusión familiar. Exhaló un suspiro. El pequeño cobertizo estaba demasiado concurrido—. ¿Necesitas algo, Grayson?

—No. —Levantó una mano y con el dedo pulgar le frotó la mejilla a Brianna en un gesto que hizo que Maggie entrecerrara los ojos—. Tienes la cara sucia, Brie. ¿En qué andas metida?

—Estoy tratando de sembrar unas semillas... Pero ahora prácticamente no hay espacio para ponerlas.

—Cuida tus manos, chico —murmuró Maggie.

Grayson sólo sonrió y metió las manos en los bolsillos del pantalón.

—He oído mencionar mi nombre. ¿Hay algún problema?

—No lo habría si Brie no fuera tan obstinada. —Maggie levantó el mentón y decidió echar toda la culpa a los pies de Gray—. Necesita ir a Dublín el próximo fin de semana, pero dice que no te va a dejar aquí solo.

La sonrisa de Gray se amplió en señal de satisfacción y pasó la mirada de Maggie a Brianna.

—¿En serio?

—Pagaste alojamiento y alimentación... —empezó a decir Brianna.

—¿A qué tienes que ir a Dublín? —la interrumpió Gray.

—Nuestro tío se casa —contestó Maggie—. Y quiere que Brie esté allí, y así es como debe ser. Le he dicho que si no quiere dejarte solo, que te lleve con ella.

—Maggie, Gray no quiere irse un fin de semana para estar con gente que no conoce. Está trabajando y no puede...

—Claro que puedo —la cortó Grayson—. ¿Cuándo nos vamos?

—Estupendo. Te puedes quedar en nuestra casa. Entonces todo arreglado. —Maggie se frotó las manos—. Ahora, ¿quién se lo va a decir a mamá?

—Pues yo... —empezó Brie.

—No. Lo haré yo —decidió Maggie antes de que su hermana pudiera contestar. Sonrió—. Lo va a odiar. Haremos que el avión la recoja el sábado por la mañana, así no te estará molestando todo el viaje, Brie. ¿Has traído algún traje, Gray?

—Sí, tengo un par —murmuró él.

—Entonces no hay más que hablar —repuso Maggie, que se inclinó hacia delante y besó con fuerza a Brie en ambas mejillas—. Estad listos para viajar el viernes —les ordenó—. Os llamaré desde Dublín.

Gray se pasó la lengua sobre los dientes al tiempo que Maggie daba un portazo tras de sí.

—Cómo es de mandona, ¿no?

—Sí —respondió Brianna pestañeando y sacudiendo la cabeza—. Pero no es su intención, es sólo que siempre está segura de que tiene razón. Además, le tiene un profundo cariño al tío Niall y a la abuela de Rogan.

—La abuela de Rogan...

—Sí, es con ella con quien se va a casar —dijo Brie, que se dio la vuelta y volvió a sus semillas con la esperanza de que el trabajo le ayudara a aclarar sus ideas.

—Parece una gran historia.

—Lo es. Gray, es muy amable por tu parte ser tan condescendiente, pero no es necesario. No me van a echar de menos, de verdad, y es mucho pedirte que vayas.

—No tengo ningún problema en ir un fin de semana a Dublín. Y tú quieres ir, ¿no es así?

—Ésa no es la cuestión. Maggie te ha puesto en una situación difícil.

Gray la tomó por el mentón y le levantó la cara.

—¿Por qué te cuesta tanto trabajo contestar preguntas? Quieres ir, ¿no es cierto? ¿Sí o no?

—Sí.

—Bien, entonces iremos.

Los labios de Brianna empezaron a curvarse en una sonrisa, hasta que Gray empezó a inclinarse hacia ellos.

—No me beses —le dijo, debilitándose.

—Bien, eso sí es un problema para mí. —Pero se contuvo y retrocedió—. ¿Quién te hizo daño, Brianna?

Brie bajó los párpados y las pestañas semiocultaron sus ojos.

—Puede que yo no conteste preguntas porque tú haces demasiadas.

—¿Lo amabas?

—Sí, mucho —le contestó volviendo la cabeza hacia las macetas.

Era una respuesta, pero Gray se dio cuenta de que no lo satisfacía.

—¿Todavía estás enamorada de él?

—Eso sería una estupidez.

—Ésa no es una respuesta.

—Sí lo es. ¿Acaso yo me paso el día respirándote en la nuca cuando estás trabajando?

—No —respondió Gray, quien, sin embargo, no dio un paso atrás—. Pero tú tienes una nuca muy atractiva. —Y para demostrarlo, pasó sus labios sobre la nuca de Brianna. No le hizo daño a su ego sentirla temblar—. Anoche soñé contigo, Brianna, y esta mañana escribí sobre ello.

La mayoría de las semillas se esparcieron sobre el banco en lugar de por la tierra y Brie trató de recogerlas.

—¿Has escrito sobre el sueño?

—He hecho algunos cambios, pero básicamente sí. En el libro eres una viuda joven que lucha por reconstruir su vida después de haber tenido un pasado doloroso.

A pesar de sí misma, Brianna se interesó; entonces se giró hacia él y se quedó mirándolo.

—¿Me vas a incluir en tu libro?

—Fragmentos tuyos. Tus ojos, esos maravillosos ojos tristes que tienes. Tu pelo —dijo, y extendió una mano y lo acarició—, grueso, sedoso, del color del más frío atardecer. Tu voz, con ese suave acento. Tu cuerpo, espigado como un sauce y con la gracia inconsciente de una bailarina. Tu piel, tus manos. Te veo cuando escribo, y entonces escribo sobre ti. Y, más allá del aspecto físico, veo tu integridad, tu lealtad. —Sonrió ligeramente—. Además, están tus tartas. El héroe del libro está tan fascinado con ella como yo lo estoy contigo. —Gray puso las manos sobre el banco a cada lado de Brianna, encerrándola—. Y él sigue estrellándose contra esa misma barrera protectora que vosotras dos tenéis. Me pregunto cuánto tiempo me costará hacer que él la derribe.

Nadie había hablado nunca de ella de semejante manera, ni tampoco le habían hablado a ella así. Una parte de Brianna quiso regodearse en las palabras de Gray como si fueran de seda, pero otra parte retrocedió cautelosamente.

—Estás tratando de seducirme.

—¿Y cómo me va? —le preguntó levantando una ceja.

—No puedo respirar.

—Ése es un buen principio. —Se inclinó hacia Brie hasta que sus labios quedaron a un suspiro de distancia de los de ella—. Déjame besarte, Brianna.

Y entonces lo hizo, de esa manera lenta y penetrante que tenía él que hacía que a ella se le aflojaran todos los músculos. Boca a boca, algo tan sencillo que, sin embargo, provocaba que todo en el mundo de Brie diera un vuelco. La llevó más allá, hasta que la hizo temer que nunca más volvería a ser la de siempre.

Grayson era hábil. Hábil y paciente, y bajo la habilidad y la paciencia yacía la violencia reprimida que Brianna había percibido en él. La combinación se dispersó por su cuerpo como una droga, debilitándola, mareándola.

Brianna deseaba como una mujer desea. Y temía como teme la inocencia.

Suavemente, Gray le cogió los dedos, que los tenía atenazados al banco, le abrió las manos y le levantó los brazos.

—Abrázame, Brianna —dijo Gray. Dios, cómo necesitaba que ella lo abrazara—. Devuélveme el beso.

Como el crujido de un látigo, las suaves palabras de Gray la espolearon. Entonces se aferró a él con la boca salvaje y dispuesta. Asombrado, se tambaleó hacia atrás y la apretó contra sí. Los labios de ella estaban calientes, ávidos, y su cuerpo vibraba como la cuerda de un arpa en tensión. La pasión de Brianna hizo erupción como la lava abriéndose paso a través del hielo: frenética, inesperada y peligrosa.

Podía percibirse el olor elemental de la tierra, en la radio sonaba el lamento de las gaitas irlandesas y Gray tenía en la boca el sabor suculento a mujer y la temblorosa tentación del cuerpo de ella entre sus brazos.

Entonces se volvió ciego y sordo a todo, salvo a ella. Las manos de Brianna se enredaron en su pelo y sus jadeos le llenaron la boca. Más, sólo deseando más, Gray la empujó contra la pared del cobertizo. La escuchó chillar, por la impresión, el dolor y la excitación, antes de ahogar el sonido, devorándolo y devorándola a ella.

Sus manos la recorrieron, ardientemente posesivas, invasivas. Y los jadeos de Brianna se tornaron en gemidos: por favor... Ella quería suplicarle algo a Gray. Ay, por favor. Tal dolor, profundo, agudo, glorioso. Pero no sabía cómo era el principio, ni cómo podría terminar. Y el miedo la estaba acechando como un lobo escondido tras los arbustos. Miedo a él, a ella misma, a lo que todavía le quedaba por aprender.

Gray deseaba la piel de ella, la sensación y el sabor de esa carne. Deseaba moverse dentro de ella hasta que ambos quedaran vacíos. El aliento estaba abriéndose camino desgarrándole los pulmones a medida que asía su blusa, dispuesto a rasgarla y a que se despojara de ella.

Pero entonces sus ojos se encontraron.

Brianna tenía magullados los labios y le temblaban, sus mejillas estaban tan pálidas como el hielo, en sus ojos, abiertos de par en par, luchaban el terror y la necesidad. Gray bajó la mirada y vio que sus propios nudillos estaban blancos por la presión de sus puños. Y vio también que sus ávidos dedos habían dejado marcas en la preciosa piel de Brianna.

Entonces dio un paso atrás, como si ella lo hubiera abofeteado, y luego levantó las manos, sin estar muy seguro de a quién o qué estaba rechazando.

—Lo siento —apenas pudo decir Gray mientras Brianna permanecía contra la pared, tratando de respirar—. Lo siento tanto... ¿Te he hecho daño?

—No sé.

¿Cómo podía saberlo si lo único que podía sentir era ese terrible dolor pulsante? No había ni soñado que era posible sentirse de esa manera. Antes no sabía que se podía sentir tanto. Aturdida, se secó las lágrimas de las mejillas.

—No llores. —Gray le pasó una inestable mano por el pelo—. Ya me siento suficientemente sucio.

—No, no, es que... —Se tragó las lágrimas. No tenía ni idea de por qué estaba llorando—. No sé qué me ha pasado.

Por supuesto que no lo sabía, pensó Gray amargamente. ¿No le había dicho Brie que era inocente? Y, sin embargo, él la había abordado como un animal. Un minuto más y la habría tirado al suelo y habría terminado el trabajo.

—Te he presionado, y no tengo excusa. Sólo puedo decirte que he perdido la cabeza y te pido disculpas. —Le dieron ganas de acercársele de nuevo y retirarle el pelo que tenía enredado sobre la cara, pero no se atrevió—. He sido brusco y te he asustado. No pasará de nuevo.

—Sabía que lo serías. —Brie estaba más tranquila, tal vez porque él parecía demasiado afectado—. Todo el tiempo lo he sabido, y no es eso, Grayson. No soy de las frágiles.

Gray se dio cuenta de que, después de todo, podía sonreír.

—Pues claro que lo eres, Brianna. Y nunca había sido tan torpe. Éste puede ser un momento extraño para decírtelo, pero no tienes por qué tener miedo de mí, no te voy a hacer daño.

—Ya lo sé. Tú...

—Y voy a intentar no apremiarte —le dijo Gray interrumpiéndola—, pero te deseo.

Brianna descubrió que tenía que concentrarse en respirar rítmicamente otra vez.

—No siempre podemos tener lo que queremos.

—Nunca he creído tal cosa. No sé quién fue él, Brianna, pero ya se ha ido. En cambio, yo estoy aquí.

—Por ahora —contestó ella asintiendo con la cabeza.

—Sólo existe el ahora. —Gray sacudió la cabeza antes de que ella pudiera discutir—. Éste es un lugar tan poco conveniente para la filosofía como lo es para el sexo. Ambos estamos un poco exaltados, ¿no te parece?

—Supongo que sí.

—Vamos a casa. Esta vez, yo te prepararé el té a ti.

—¿Sabes cómo? —le preguntó ella sonriendo.

—Te he estado observando. Ven —dijo, y le extendió la mano. Brianna la miró, dudando. Después de echarle otra mirada cautelosa a la cara, que ahora se veía calmada, sin esa expresión feroz que era tan aterradora y excitante, deslizó su mano en la de él—. Tal vez sea una buena cosa que tengamos compañía esta noche.

—¿Cómo? —Brianna se volvió a mirarlo mientras salían del cobertizo.

—De lo contrario, es posible que te colaras en mi habitación esta noche y te aprovecharas de mí.

—Eres demasiado listo como para que alguien se aproveche de ti —le contestó Brie riéndose.

—De todas formas, podrías intentarlo. —Aliviado por que ninguno de los dos siguiera temblando, pasó un brazo amigable sobre los hombros a Brianna—. ¿Por qué no acompañamos ese té con un trozo de tarta?

Brianna lo miró entrecerrando los ojos mientras se acercaban a la puerta de la cocina.

—¿La mía o la que prepara la mujer de tu libro?

—La de ella está sólo en mi imaginación, cielo. Ahora, la tuya... —Gray se quedó paralizado cuando abrió la puerta y miró hacia dentro. Instintivamente, puso a Brianna detrás de él—. Quédate aquí, justo aquí.

—¿Qué? ¿Qué te...? Ay, Dios santo.

Brie alcanzó a ver por encima del hombro de Gray el caos de la cocina. Habían tirado las ollas y vaciado las despensas. La harina, el azúcar, las especias y el té estaban dispersos por el suelo.

—Te he dicho que te quedaras ahí —repitió Gray cuando ella trató de empujarlo para que la dejara pasar.

—Pues claro que no. Mira este desastre.

Gray le bloqueó la entrada poniendo un brazo a través de la puerta.

—¿Guardas dinero en algún recipiente? ¿Joyas?

—No seas ridículo. Por supuesto que no —respondió, mirándolo fijamente—. ¿Crees que alguien estaba tratando de robar algo? No tengo nada que me puedan robar. Además, nadie querría hacerlo.

—Pues bien, alguien ha querido, y puede que todavía esté en la casa. ¿Dónde está el maldito perro? —murmuró.

—Debe de estar con Murphy —contestó Brie secamente—. Por lo general lo va a visitar por las tardes.

—Corre a casa de Murphy, entonces, o a la de tu hermana. Yo voy a echar un vistazo.

Brianna se puso muy rígida.

—Te recuerdo que ésta es mi casa, así que yo echaré un vistazo —replicó.

—Quédate detrás de mí —fue todo lo que contestó él.

Grayson revisó primero la habitación de Brie e hizo caso omiso de los obvios quejidos de incredulidad de ella al ver los cajones tirados por el suelo y toda su ropa revuelta.

—Mis cosas...

—Más tarde verificaremos si falta algo. Más vale que primero revisemos el resto de la casa.

—¿Qué clase de locura es ésta? —preguntó Brie exaltada, sintiendo que sus ánimos se caldeaban a cada paso que daba detrás de Grayson—. ¡Maldición! —exclamó cuando entró en la sala.

Había sido una búsqueda rápida, frenética y apurada, pensó Gray. Todo menos profesional, y tontamente arriesgada. Estaba reflexionando sobre esa idea cuando se le ocurrió otra.

—¡Mierda! —Subió las escaleras de dos en dos y corrió hacia su habitación, saltó sobre el desorden y buscó su ordenador—. Alguien va a morir —murmuró mientras lo encendía.

—Tu trabajo. —Brianna se quedó de pie, pálida y furiosa, en el marco de la puerta—. ¿Han echado a perder tu libro?

—No —le contestó mientras miraba la pantalla hasta que se sintió satisfecho—. Está completo. Y bien.

Brianna suspiró ligeramente de puro alivio antes de ir a ver la habitación del señor Smythe-White. Habían sacado toda la ropa de los cajones y del armario y la habían tirado al suelo.

—Santa María, madre de Dios, ¿cómo le voy a explicar esto?

—Creo que es más pertinente preguntarse qué estarían buscando. Siéntate, Brianna —le ordenó Gray—. Pensemos mejor esto.

—¿Qué hay que pensar? —preguntó, pero le hizo caso y se sentó en el borde de la cama deshecha—. No tengo nada de valor aquí. Unas pocas libras y algunas baratijas, eso es todo. —Se frotó los ojos con impotencia, no podía contener las lágrimas que le brotaban de los ojos—. No habrá sido ninguna persona del pueblo ni de los alrededores. Seguro que ha sido algún vagabundo, un autoestopista quizá, que esperaba encontrar algo de dinero en efectivo. Pero que se debió de ir bastante decepcionado por lo que encontró aquí —añadió, y exhaló un suspiro tembloroso, levantó la mirada abruptamente y se puso pálida de nuevo—. ¿Y tú? ¿Tenías dinero en la habitación?

—Cheques de viaje, más que nada, que siguen en su lugar. —Se encogió de hombros—. El intruso tan sólo se ha llevado unos pocos cientos de libras, eso es todo.

—¿Unos pocos... cientos? —Brie se levantó de la cama como un resorte—. ¿Se ha llevado tu dinero?

—No tiene ninguna importancia, Brie...

—¿Ninguna importancia? —lo cortó—. Estás viviendo bajo mi techo, eres un huésped en mi casa y te roban aquí. ¿Cuánto dinero era? Te lo pagaré todo.

—Por supuesto que no. Ahora siéntate y déjalo ya.

—Te digo que te voy a pagar.

A Gray se le acabó la paciencia, así que la tomó con firmeza de los hombros y la obligó a sentarse en la cama.

—Me pagaron cinco millones de dólares por mi último libro, antes de los derechos internacionales y cinematográficos. Unos cuantos cientos de libras no me van a llevar a la ruina. —Entrecerró los ojos cuando a Brie empezaron a temblarle los labios otra vez—. Respira profundo, una vez... Bien... Otra.

—No me importa si te gotea oro de los dedos —replicó Brie. Se le quebró la voz y se sintió humillada.

—¿Quieres llorar un poco más? —Gray suspiró, se sentó a su lado y se preparó para ello—. Está bien, deja que brote.

—No voy a llorar. —Brianna inspiró con fuerza y se pasó el borde de las manos por las mejillas para secarse las lágrimas—. Tengo mucho que hacer. Me va a llevar horas volver a poner las cosas en su lugar.

—¿Quieres llamar a la policía?

—¿Para qué? —Levantó una mano, pero la dejó caer de nuevo—. Si alguien hubiera visto a un extraño husmeando por la casa, mi teléfono ya estaría sonando. Alguien necesitaba dinero, de modo que lo cogió. —Recorrió la habitación con la mirada, preguntándose cuánto habría perdido su otro cliente, y, por tanto, qué agujero dejaría en sus ahorros—. No quiero que le cuentes nada a Maggie de lo que ha pasado.

—Maldición, Brie...

—Está de seis meses, Gray, y no quiero preocuparla. Lo digo en serio. —Lo miró fijamente con ojos todavía acuosos—. Dame tu palabra, por favor.

—Bien. Como quieras. Y ahora quiero que me des la tuya de que me vas a decir exactamente lo que se han llevado.

—Así lo haré. Voy a llamar a Murphy para contárselo. Él puede preguntar por ahí. Si hay algo que debamos saber, lo sabremos antes de que caiga la noche. —Más calmada, se levantó—. Necesito empezar a poner las cosas en orden. Empezaré por tu habitación, para que puedas volver a tu trabajo.

—Yo mismo puedo ordenar mi habitación.

—Es mi deber...

—Me estás empezando a enfurecer, Brianna —dijo, y se levantó lentamente y caminó hacia ella hasta que la tuvo a un milímetro de distancia—. Aclaremos algo: no eres mi empleada, ni mi madre, ni mi esposa. Y yo puedo colgar mi propia ropa.

—Como quieras.

Maldiciendo, la tomó del brazo antes de que ella pudiera salir de la habitación. Brianna no se resistió, pero se quedó muy quieta, mirando por encima del hombro de Grayson.

—Escúchame: tienes un problema y quiero ayudarte. ¿Puedes meterte eso en la cabeza?

—¿Quieres ayudarme? —Inclinó la cabeza y le habló con la calidez de un glaciar—. Entonces ve a casa de

Murphy y pídele que te preste un poco de té, porque al parecer nos hemos quedado sin nada.

—Puedo llamarlo de tu parte —le contestó Gray en el mismo tono— y pedirle que te traiga el té. No voy a dejarte aquí sola.

—Como te venga mejor. El teléfono de Murphy está en la libreta de la cocina, junto al... —Se quedó sin voz al ver en un destello la imagen de su primoroso cuartito. Cerró los ojos—. Gray, ¿me dejarías sola un momento? Me sentiré mejor después.

—Brianna... —empezó, y le acarició una mejilla.

—Por favor. —Brie se habría derrumbado completamente, humillándose, si él era amable en ese instante—. Estaré bien una vez que me ponga manos a la obra. Además, me gustaría tomarme un té. —Abriendo los ojos se esforzó por sonreír—. De verdad, me gustaría mucho.

—De acuerdo. Estaré en la cocina.

Agradecida, Brie se puso a trabajar.

Capítulo 7

A veces, Gray barajaba la idea de comprarse un avión. Uno muy parecido al lustroso y pequeño jet que Rogan había puesto a su disposición y a la de Brianna para el viaje a Dublín le iría como anillo al dedo. Podría encargar que lo decoraran a su gusto y de cuando en cuando podría jugar con él. No había nada que le impidiera aprender a pilotarlo.

Sin duda sería un juguete interesante, pensó mientras se sentaba en el cómodo asiento de cuero junto a Brianna. Y tener su propio medio de transporte eliminaría los ligeros dolores de cabeza que implicaba tener que reservar los billetes y estar a merced de los caprichos de las aerolíneas.

Pero tener algo propio, cualquier cosa, significaba tener la responsabilidad de mantenerlo. Por esa razón prefería alquilar un coche en lugar de comprar uno; de hecho, nunca había tenido coche propio. Y a pesar de que poseer un impecable avión Lear tenía sus ventajas en cuanto a privacidad y comodidad, Gray pensó que echaría de menos la multitud, la compañía y los fallos esperados de los vuelos comerciales.

Pero no esa vez. Deslizó la mano sobre la de Brianna en cuanto el avión empezó a moverse.

—¿Te gusta volar? —le preguntó.

—No lo hago con mucha frecuencia. —La anticipación del despegue todavía le producía en el estómago un vuelco algo intrigante—. Pero sí, creo que me gusta. Me encanta mirar hacia abajo. —Sonrió para sí mientras observaba el paisaje que se desvanecía abajo. Le fascinaba verse a sí misma sobre su casa y las colinas, surcando las nubes para dirigirse hacia otro sitio—. Supongo que para ti es como una segunda naturaleza.

—Es divertido pensar en el lugar hacia el que vas.

—Y en el que has estado.

—No pienso mucho en eso. Sencillamente estuve allí. —Mientras el avión ascendía, Gray le puso una mano bajo la barbilla a Brie y le volvió la cara hacia la suya, para examinarla—. Todavía estás preocupada.

—No me parece correcto irme así como así, y encima con tanto lujo.

—Culpa católica. —Las vetas doradas en los ojos de Gray se hicieron más intensas cuando sonrió—. He oído cosas sobre ese fenómeno particular. Algo así como que si no estás haciendo algo constructivo, y además disfrutas de no hacerlo, irás directo al infierno. ¿Cierto?

—Tonterías —respondió Brianna resoplando, molesta porque era cierto en parte—. Lo que pasa es que tengo responsabilidades.

—Y tú huyendo de ellas... —Tomó entre sus dedos la cruz de oro que Brie llevaba al cuello—. La ocasión próxima para pecar, ¿no es así? ¿Cuál es exactamente tu próxima ocasión para pecar?

—Tú —le dijo espantándole la mano.

—¡No bromees! —La idea era demasiado atractiva para él—. Me gusta.

—Por supuesto. —Brie se arregló una horquilla que se le había soltado del pelo—. Y esto no tiene nada que ver con eso. Si me siento culpable es porque no estoy acostumbrada a hacer las maletas e irme de un día para otro. Me gusta planear las cosas.

—Planear le quita la mitad de la diversión al asunto.

—Es aún más divertido, según mi manera de pensar. —Se mordió el labio—. Sé que mi presencia en la boda es importante, pero dejar mi casa justo en este momento...

—Murphy va a cuidar de *Con* —le recordó Gray—. Y estará pendiente de tu casa. —Bastante pendiente, Gray estaba seguro, pues había hablado con Murphy en privado—. El viejo Smythe-White se fue hace días, así qué no tienes que preocuparte por ningún cliente.

—Huésped —contestó ella automáticamente arrugando las cejas—. No creo que vaya a recomendar el hotel después de lo que pasó. Aunque se portó muy bien en cuanto al robo.

—No le robaron nada. «Nunca viajo con efectivo, ¿sabe?, pues es una invitación para los problemas» —dijo Gray imitando la voz remilgada de Smythe-White.

Brianna se rio un poco, como Gray tenía la esperanza de que hiciera.

—Puede que no haya perdido nada, pero estoy segura de que no volvió a pasar una buena noche después de saber que alguien había entrado en su habitación y había husmeado entre sus cosas —dijo. Brianna no le había cobrado el alojamiento.

—No creo; yo no he tenido ningún problema. —Gray se desabrochó el cinturón de seguridad, se puso de pie y se dirigió a la cocina—. Tu cuñado es un tipo con clase.

—Sí, lo es. —Brie frunció el ceño cuando Gray volvió con una botella de champán y dos copas—. No abras esa botella. Es un vuelo corto y...

—Por supuesto que voy a abrirla. ¿No te gusta el champán?

—Me gusta bastante, pero...

Su protesta se vio interrumpida por el alegre sonido del descorche. Brianna suspiró como lo habría hecho una madre al ver a su hijo saltar en un charco de barro.

—Bueno —dijo Gray, que se sentó de nuevo y sirvió la bebida en ambas copas. Después de pasarle una a Brie, chocó la suya contra la de ella y le sonrió—. Háblame de los novios. ¿Dijiste que tenían ochenta años?

—El tío Niall sí. —Y puesto que no había manera de volver a poner el corcho en la botella, decidió beber—. La señora Sweeney es un par de años más joven.

—Imagínate... —La idea le divertía—. Entrar en la jaula matrimonial a su edad.

—¿Jaula?

—Tiene demasiadas restricciones y no es fácil salir de ella. —Disfrutando del champán, dejó que le hormigueara en la lengua unos momentos antes de bebérselo—. ¿Fueron novios en la infancia?

—No exactamente —murmuró Brie, todavía con el ceño fruncido por la descripción de Gray del matrimonio—. Ambos crecieron en Galway. La señora Sweeney era amiga de mi abuela, que es la hermana del tío Niall, y le gustaba él. Pero entonces mi abuela se casó y se mudó a Clare, y la señora Sweeney se casó y se mudó a Dublín, y así perdieron el contacto. Muchos años después, Maggie y Rogan empezaron a trabajar juntos y la señora Sweeney descubrió la relación entre las dos familias. Un día escribí al tío Niall para contárselo, y entonces decidió ir a Dublín a buscarla. —Sonrió ante la historia y prácticamente no notó que Gray le volvió a llenar la copa—. Y desde entonces no se han separado ni un segundo.

—Los giros y las vueltas del destino... —Gray levantó la copa para brindar—. Es fascinante, ¿no es cierto?

—Se quieren —dijo Brie escuetamente, y suspiró—. Sólo deseo...

Se interrumpió y miró hacia la ventana.

—¿Qué?

—Deseo que tengan un día maravilloso, memorable. Me preocupa que mi madre los haga sentir mal. —Entonces se volvió para mirar a Gray de frente. Y aunque la avergonzaba, pensó que era mejor poner a Gray sobre aviso, para que no le impactara tanto que Maeve montara una escena—. Ella no quería ir hoy a Dublín ni quedarse en la casa de Maggie. Me dijo que iría mañana, cumpliría con su obligación y entonces volvería a su casa de inmediato.

—¿No le gustan las ciudades? —preguntó Gray levantando una ceja, aunque le parecía que la razón era totalmente diferente.

—Mi madre no es una persona que pueda sentirse contenta fácilmente en cualquier lugar. Debo decirte que puede ser bastante difícil. Además, otro asunto es que no aprueba este matrimonio.

—¿Por qué? ¿Acaso le parece que esos chiquillos locos son muy jóvenes para casarse?

Los labios de Brianna se curvaron en una sonrisa, pero sus ojos no la reflejaron.

—Desde su punto de vista, es dinero casándose con dinero. Y ella... también cree que está mal que hayan estado viviendo juntos de cierta manera fuera del sacramento del matrimonio.

—¿Viviendo juntos? —No pudo evitar sonreír—. ¿De cierta manera?

—Viviendo juntos —contestó Brie con tono mojigato—. Y como mi madre te dirá si le das la oportunidad, la edad difícilmente los absuelve del pecado de la fornicación.

Grayson se atragantó con el champán. Se empezó a reír hasta ahogarse cuando miró a Brianna de reojo, que lo observaba con los ojos entrecerrados.

—Lo siento... Veo que no era una broma.

—A algunas personas les parece fácil burlarse de las creencias de otras.

—No ha sido mi intención —dijo, pero la verdad era que no podía controlar la risa—. Por Dios, Brie, si acabas de decirme que tu tío tiene ochenta años y su pudorosa novia es sólo un poco menor que él. No puede ser que de verdad creas que van a ir a un infierno ardiente sólo porque... —decidió que era mejor encontrar una manera delicada de expresarlo— tienen una mutua y satisfactoria relación física.

—No —replicó, y parte del hielo de su mirada se derritió—, por supuesto que no lo creo. Pero mi madre sí, o dice que sí, porque le da la oportunidad de quejarse. Las familias son muy complicadas, ¿no te parece?

—Por lo que he visto, sí... Yo no tengo una propia por la cual preocuparme.

—¿No tienes familia? —El resto del hielo se derritió y se transformó en compasión—. ¿Perdiste a tus padres?

—Podría decirse eso —respondió, aunque pensó que habría sido más exacto decir que ellos lo habían perdido a él.

—Lo siento. ¿Y no tienes hermanos ni hermanas?

—No —dijo, y estiró la mano, tomó la botella y se llenó la copa de nuevo.

—Pero seguramente tendrás primos. —Todo el mundo tiene a alguien, pensó Brianna—. Abuelos o tíos.

—No. —Brie sólo pudo mirarlo sintiendo mucha pena por él. Ella no podía concebir la idea de no tener a nadie. No podía soportarlo—. Me estás mirando como si fuera un bebé que sus padres abandonaron en una cesta en la puerta de tu casa. —A Gray le pareció divertido y, de una manera extraña, le conmovió—. Créeme, cariño, me gusta así. Sin ataduras, sin lazos, sin culpa. —Bebió de nuevo, como para sellar sus palabras—. Simplifica mi vida.

«Más bien la vacía», pensó Brie.

—¿No te molesta no tener a alguien esperándote cuando llegas a casa?

—Me alivia. Tal vez lo echaría de menos si tuviera una casa, pero tampoco tengo una.

El cíngaro, recordó Brie, pero no lo había interpretado literalmente hasta ese momento.

—Pero, Grayson, no tener un lugar propio...

—Sin hipoteca, sin césped que cortar ni vecino con quien lidiar. —Se inclinó sobre ella para mirar por la ventanilla—. Mira, ahí está Dublín.

Brianna lo miró, sintiendo cariño por él.

—Pero cuando te vayas de Irlanda, ¿adónde irás?

—No lo he decidido todavía. ¿Ves? Ahí es donde radica el encanto.

—Tienes una casa magnífica. —Menos de tres horas después de que hubieran aterrizado en Dublín, Gray se encontraba sentado con las piernas extendidas hacia el fuego de la chimenea en la sala de Rogan—. Te agradezco que me hayas acogido.

—Con mucho gusto —dijo Rogan, que le había ofrecido una copa de brandy después de la cena.

Estaban solos por el momento, pues Brianna y Maggie se habían ido a la casa de su abuela a ayudarla con los detalles de última hora.

A Rogan todavía le costaba trabajo imaginarse a su abuela como una futura y nerviosa novia. Y todavía más trabajo le costaba imaginarse al hombre que justo en ese momento estaba elogiando a su cocinero como su futuro abuelo.

—No pareces muy feliz.

—¿Qué? —Rogan se volvió a mirar a Gray y se obligó a sonreír—. No, lo lamento. No tiene nada que ver contigo, supongo que me siento un poco intranquilo con respecto a lo que va a ocurrir mañana.

—¿Nervioso por tener que entregar a la novia? —Lo mejor que pudo hacer Rogan fue gruñir. Entonces, interpretando correctamente a su anfitrión, Gray se mordió la lengua y trató de aligerar la incomodidad—: Niall es un personaje muy interesante.

—Un personaje —murmuró Rogan—. Efectivamente.

—En la cena, tu abuela tenía estrellas en los ojos.

Entonces Rogan suspiró. La verdad es que nunca la había visto tan feliz.

—Están locamente enamorados.

—Pues bien... —Gray le dio vueltas a su brandy—. Nosotros somos dos y él está solo. Podríamos reducirlo, llevarlo a los muelles y montarlo en un barco con destino a Australia.

—No creas que no lo he considerado —replicó Rogan, pero sonrió de nuevo, ahora más relajado—. Uno no puede escoger a la familia, ¿no es cierto? Pero tengo que admitir que ese hombre la adora. Y Maggie y Brie están tan complacidas que me encuentro derrotado y con todos los votos en contra.

—A mí me cae bien —dijo Gray, y sonrió como disculpándose—. ¿Cómo puede caerte mal un hombre que se pone una chaqueta del color de una calabaza de Halloween con unos zapatos de lagarto con borlas?

—Eso es. —Rogan levantó una de sus elegantes manos—. En cualquier caso, nos alegra darte la posibilidad de asistir a una boda durante tu estancia en Irlanda. ¿Estás cómodo en Blackthorn?

—Brianna tiene la habilidad de hacer que uno se sienta cómodo.

—Así es.

La expresión de Gray se ensombreció y frunció el ceño mientras miraba su copa.

—Hace unos días sucedió algo que creo que deberías saber. Brianna no quiere que lo mencione, especialmente a Maggie, pero me parece que tú tendrías que hacerte cargo.

—Cuéntame.

—Alguien entró en el hotel.

—¿En Blackthorn? —Sorprendido, Rogan puso a un lado su copa.

—Brianna y yo estábamos fuera, en el cobertizo que usa para sembrar. Debimos de estar allí media hora, tal vez un poco más. Cuando volvimos a la casa, alguien había puesto patas arriba todo el lugar.

—¿Cómo?

—Sí, lo revolvieron todo —explicó Gray—. Fue una búsqueda rápida y desordenada, diría yo.

—Eso no tiene sentido —comentó Rogan, pero se inclinó hacia delante, preocupado—. ¿Robaron algo?

—Algo de dinero en efectivo que tenía en mi habitación. —Gray se encogió de hombros—. Eso parece todo. Brianna dice que ninguno de los vecinos habría hecho algo así.

—Y tiene razón. —Rogan se recostó contra el respaldo de la silla y tomó de nuevo su copa, pero no bebió—. Es una comunidad muy unida y todos aprecian a Brie. ¿Avisasteis a la policía?

—Brianna no quiso, le pareció que no serviría de nada. Pero hablé con Murphy en privado.

—Buena decisión —aprobó Rogan—. Yo creo que debió de ser un forastero que pasaba por allí. Pero incluso esa posibilidad parece fuera de lugar. —Poco satisfecho con la teoría, empezó a golpetear la copa con los dedos—. Has estado en el hotel durante algún tiempo ya, así que debes de tener una percepción de la gente, de la atmósfera...

—La parada siguiente es Brigadoon —murmuró Gray—. La lógica apunta a que es algo que no se repetirá, y eso es lo que cree Brianna. —Se encogió de hombros—. Sin embargo, no creo que esté mal que estés pendiente cuando regreses.

—Por supuesto. —Rogan frunció el ceño—. Puedes estar seguro de ello.

—Tienes un cocinero espléndido, Rogan. —Niall entró empujando un carrito en el que llevaba unos platos y una enorme tarta de chocolate. Era un hombre gordo que exhibía sus quince kilos de más como si fueran una insignia de honor. Y de hecho parecía un alegre Jack O'Lantern con su chaqueta naranja y su corbata verde limón—. Un príncipe es lo que es. —Niall se detuvo y sonrió—. Me ha preparado este postrecito para ayudarme a calmar los nervios.

—Pues yo también estoy un poco nervioso. —Sonriendo, Gray se levantó y empezó a cortar la tarta él mismo.

Niall se desternilló de la risa y le dio a Gray una fuerte palmada en la espalda.

—Éste es mi muchacho. Buen apetito. ¿Por qué no nos comemos esta tarta y después nos echamos un billar? —Se volvió hacia Rogan—. Después de todo, es mi última noche como hombre libre. Se han acabado las fiestas con los amigos. ¿Alguien quiere un whisky para bajar el postre?

—Whisky —repitió Rogan mirando la amplia y sonriente cara de su futuro abuelo—. Creo que me vendría bien.

Y se tomaron varios. Y después, unos cuantos más. Para cuando abrieron la segunda botella, Gray tuvo que entornar los ojos para ver las bolas sobre la mesa, pero, al parecer, seguían moviéndose. Entonces terminó cerrando un ojo del todo.

Oyó que las bolas chocaron unas contra otras y se alejó de la mesa.

—Un punto para mí, señores, un punto para mí —dijo, apoyándose pesadamente sobre su taco.

—Parece que este yanqui bastardo no puede perder esta noche. —Niall le dio una palmada tan fuerte a Gray en la espalda que casi lo mandó de bruces contra la mesa—. Pon las bolas de nuevo, Rogan, muchacho, para que echemos otra partida.

—No puedo verlas —dijo Rogan despacio antes de levantar una de sus manos frente a su cara y observarla—. No siento los dedos.

—Otro whisky es lo que necesitas. —Niall se dirigió al aparador como un marinero en una cubierta flotante—. Ni una gota —dijo entonces con tristeza levantando la botella vacía—. No queda ni una maldita gota.

—No queda más whisky en Dublín. —Rogan se separó de la pared que lo estaba sosteniendo, pero se tambaleó hacia atrás de nuevo—. Nos lo hemos bebido todo. Ay, Jesús, tampoco puedo sentir la lengua, creo que la he perdido.

—Déjame ver. —Dispuesto a ayudar, Gray puso pesadamente las manos sobre los hombros de Rogan—. Sácala. —Con los ojos entrecerrados, asintió con la cabeza—. Está bien, amigo, y en su lugar. De hecho, tienes dos lenguas, ése es el problema.

—Mañana me voy a casar con mi Chrissy. —Niall se puso de pie y se tambaleó peligrosamente hacia la izquierda, después hacia la derecha; tenía los ojos vidriosos y la sonrisa, brillante—. La pequeña y hermosa Chrissy, la bella de Dublín.

Entonces se cayó de bruces al suelo como lo habría hecho una secuoya. Grayson y Rogan lo miraron desde lo alto, apoyados solidariamente el uno en el otro.

—¿Qué hacemos con él? —preguntó Gray.

Rogan se pasó una de sus dos lenguas por los labios.

—¿Crees que está vivo?

—No lo parece.

—No empecéis el funeral todavía. —Niall levantó la cabeza—. Sólo ayudadme a ponerme de pie, muchachos, y bailaré hasta el amanecer —dijo, y se le cayó la cabeza otra vez, golpeando el suelo con un sonido sordo.

—Niall no está tan mal, ¿no? —preguntó Rogan—. Cuando estoy borracho, quiero decir.

—Es un príncipe. Ven, levantémoslo. No puede bailar sobre la cara.

—Bien. —Se tambalearon hasta Niall. Para cuando pudieron ponerlo de rodillas, estaban sin aliento y riéndose como tontos—. Levántate, imbécil. Es como tratar de mover una ballena varada en la playa...

Niall abrió los ojos, legañosos, echó hacia atrás la cabeza y empezó a cantar con una temblorosa pero conmovedora voz de tenor.

—Si Dios hubiese hecho de vino el mar, yo me habría vuelto pato para nadar —gruñó mientras se ponía de pie, casi mandando a volar a Gray—. Bebamos más, que ante jugo tan sabroso mi gaznate es un brocal.

—Tendrás suerte si puedes nadar hasta la cama —le dijo Rogan.

Niall empezó a cantar otra canción.

—Quiero morir en el pub, donde un moribundo tiene el vino cerca, entonces alegres ángeles entonarán un clamor: Dios sea clemente con este bebedor.

Inspirado por el whisky, Rogan se unió a la canción mientras los tres se tambaleaban.

—Cuando estamos en el pub, vivimos todos sin límite, aunque esté la mente muerta.

La canción divirtió a Gray tanto como a sus compañeros, y entonces, riéndose por lo bajo, se unió al coro. Y con la armonía y el afecto de los borrachos, los tres se tambalearon hasta el vestíbulo. Justo cuando estaban llegando a las escaleras y habían cambiado de canción a *Dicey Riley* vieron que Maggie y Brie acababan de llegar.

—Bueno, yo diría que no sólo llevaron a la pobre y vieja Dicey Riley a beber, ¿no te parece, Brie? —Maggie y Brie se quedaron de pie a medio camino de las escaleras, examinando al trío que estaba abajo.

—Sí, no sólo a ella. —Poniendo con cuidado las manos sobre sus caderas, Brianna meneó la cabeza—. Por la pinta que tienen, no han bebido lo que se dice unas gotitas.

—Por Dios, es preciosa, ¿verdad? —murmuró Gray.

—Sí —dijo Rogan sonriendo ampliamente a su esposa—. Me quita el aliento. Maggie, mi amor, ven a darme un beso.

—Lo que te voy a dar es un tortazo —replicó, pero se rio y empezó a bajar—. Vaya panda que formáis, sois unos borrachos lastimosos. Tío Niall, tú ya eres lo suficientemente mayor como para comportarte mejor.

—Mañana me caso, Maggie Mae. ¿Dónde está mi Chrissy? —Trató de dar una vuelta para buscarla, pero hizo que sus dos soportes casi cayeran como fichas de dominó.

—Durmiendo en su propia cama, como deberíais estar haciendo vosotros. Ven, Brie, saquemos a estos guerreros del campo de batalla.

—Estábamos jugando al billar —terció Gray, quien sonrió a Brianna—, y yo he ganado.

—Maldito yanqui —dijo Niall afectuosamente, y le plantó un fuerte beso en la boca a Gray.

—Eso está muy bien. —Maggie logró pasar un brazo alrededor a Rogan—. Vamos, éste es el camino. Un pie primero y luego el otro. —De alguna manera, lograron negociar los pasos y dejaron a Niall allí.

—Ve a acostar a Rogan, Maggie. Yo me encargo de éste y luego vuelvo a quitarle los zapatos al tío Niall.

—Cómo van a tener la cabeza mañana. —La perspectiva hizo que Maggie sonriera—. Muy bien, Sweeney, vamos a la cama. Y cuida tus manos. —Puesto que pensaba que Rogan era inofensivo como estaba, dio la orden entre risas—. No tienes idea de qué hacer con ellas en el estado en el que te encuentras.

—Te apuesto lo que quieras a que sí.

—Puaj, hueles a whisky y a tabaco. —Brianna suspiró y puso el brazo de Gray sobre sus hombros y lo ayudó a sostenerse—. Mi tío tiene ochenta años, por Dios, ¿cómo no habéis impedido que beba?

—Ese tal Niall Feeney es una mala influencia. Tuvimos que brindar por los ojos de Chrissy, por sus labios, por su pelo y por sus orejas. Creo que también brindamos por los dedos de sus pies, pero desde ese momento las cosas se empezaron a poner un poco borrosas.

—Y por qué será... Aquí está tu habitación. Vamos, camina un poco más.

—Hueles tan bien, Brianna... —Gray le olisqueó el cuello como un perro, aunque pensó que lo había hecho delicadamente—. Ven a la cama conmigo. Puedo mostrarte cosas, todo tipo de cosas maravillosas.

—Mmmmm. Ven, acuéstate, así. Muy bien. —Con eficacia, Brianna le levantó las piernas, se las puso sobre la cama y le quitó los zapatos.

—Ven, acuéstate conmigo. Puedo llevarte a lugares que no imaginas. Quiero estar dentro de ti.

A Brianna se le cayeron los zapatos de las manos cuando oyó las palabras de Gray. Levantó la cabeza bruscamente, pero él tenía los ojos cerrados y en la boca, una sonrisa ensoñadora.

—Calla ahora —murmuró ella—, duerme —le ordenó, y le puso una manta encima, le quitó un mechón de pelo de la cara y lo dejó roncando.

El sufrimiento era de esperar. Los excesos debían pagarse, y Gray siempre estaba dispuesto a pagar a su manera. Pero parecía un poco extremo tener que pasar una corta y despiadada temporada en el infierno por culpa de una noche tonta.

Sentía como si la cabeza se le hubiera partido en dos. No se notaba por fuera, algo que lo alivió en cuanto pudo arrastrarse hasta el espejo del baño a la mañana siguiente. Estaba demacrado, pero completo. Era obvio que la grieta de su cráneo estaba por dentro.

Probablemente estaría muerto cuando anocheciese.

Se vio los ojos como pequeñas y sólidas bolas de fuego. Tenía la boca pastosa y nauseabunda y sentía una opresión y un vaivén en el estómago, como si fuera un puño nervioso.

Empezó a desear estar muerto antes de que cayera la noche.

Puesto que no había nadie cerca, se permitió emitir algunos quejidos mientras se metía en la ducha. Habría podido jurar que todos los poros de su cuerpo hedían a whisky.

Salió de la ducha con el cuidado de un anciano o un enfermo, se amarró una toalla a la cintura e hizo lo que pudo por eliminar aquel infame sabor de la boca.

Cuando entró de nuevo en la habitación, gruñó y se puso las manos sobre los ojos, para evitar, esperó, que le estallaran. Algún sádico había entrado y había abierto las cortinas para que pasara la luz del sol.

Brianna abrió los ojos de par en par. Además de la toalla, que le colgaba floja de la cadera, Gray sólo llevaba encima algunas gotas de agua que le corrían por el cuerpo.

Su cuerpo era... La palabra *exquisito* acudió a su mente. Delgado, musculoso, reluciente. Brianna tuvo que entrelazar los dedos y tragar saliva.

—Te he traído el desayuno —apenas pudo decir—. Pensé que te sentirías mal.

Con cautela, Gray entreabrió los dedos apenas para poder ver a través de ellos.

—Entonces no era la ira de Dios. —La voz le sonó áspera, pero Gray temió que si trataba de aclararla, se causaría un daño permanente—. Por un momento pensé que estaba siendo castigado por mis pecados.

—Sólo son gachas, un par de tostadas y café.

—Café —dijo la palabra como si fuera una oración—. ¿Podrías servirme una taza?

—Claro. También te he traído aspirinas.

—Aspirinas... —Habría podido lloriquear—. Por favor.

—Ven, tómatelas primero. —Le pasó un par de pastillas con un vaso de agua—. Rogan está tan mal como tú —le dijo mientras Gray se tomaba las aspirinas, luchando con ella misma por no acariciar la humedad de ese pelo oscuro y rizado—. El tío Niall, sin embargo, está divinamente.

—Pues vaya. —Gray caminó cautelosamente hacia la cama y se sentó despacio, rezando para que la cabeza no se le cayera del cuello—. Antes de que continuemos, ¿tengo que disculparme por algo?

—¿Conmigo?

—Con cualquiera. No estoy habituado al whisky y tengo borrosos los detalles de anoche a partir de la segunda botella. —Levantó los ojos hacia ella y vio que le estaba sonriendo—. ¿Dije algo gracioso?

—No... Bueno, de hecho, sí, pero no es muy cortés por mi parte que me parezca divertido. —Entonces Brianna cedió y pasó una mano sobre el pelo húmedo de Gray igual que lo habría hecho por el pelo de un niño

164

glotón que hubiera comido demasiada tarta—. Estaba pensando que ha sido muy dulce que te hayas disculpado antes que cualquier otra cosa. —Su sonrisa se hizo más cálida—. Pero no, no hay nada por lo cual debas disculparte. Sólo estabas como una cuba, así que te comportaste como un idiota, pero no hiciste nada grave.

—Qué fácil para ti decirlo. —Apoyó la cabeza en una mano—. No suelo beber así. —Gesticulando, extendió su mano libre para coger la taza de café—. De hecho, creo que nunca había bebido tanto de una sola vez, ni creo que vuelva a hacerlo.

—Te sentirás mejor después de que hayas comido un poco. Tienes un par de horas antes de la boda, si te sientes como para ir.

—No me la perdería por nada del mundo. —Con resignación, Gray levantó el tazón de gachas. Olían bien. Tomó una cucharada y esperó a ver si su sistema las aceptaba—. ¿No voy a la boda contigo?

—No, yo me voy en un momento. Todavía hay cosas por hacer. Tú, Rogan y el tío Niall iréis juntos, pues no creemos que podáis meteros en un lío en un trayecto tan corto. —Gray gruñó y se metió otra cucharada de gachas en la boca—. ¿Necesitas algo más antes de que me vaya?

—Ya te has encargado de los puntos más importantes. —Inclinó la cabeza y la estudió—. ¿Anoche traté de convencerte de que te acostaras conmigo?

—Así es.

—Creo que me acuerdo... —Se rio espontáneamente—. No me imagino cómo pudiste resistirte.

—Con trabajo. Bueno, pues entonces me voy.

—Brianna —dijo Gray, lanzándole una mirada rápida y peligrosa—, la próxima vez no voy a estar borracho.

Puede que Christine Rogan Sweeney estuviera a punto de convertirse en bisabuela, pero, aun así, era una novia. Sin importar cuántas veces se hubiera repetido que era una tontería estar nerviosa, se sentía mareada y el estómago le daba vuelcos.

Se iba a casar en unos cuantos minutos. Iba a comprometerse con un hombre a quien quería profundamente e iba a aceptar el compromiso de él para con ella. E iba a ser una esposa una vez más, después de haber estado viuda durante tantos años.

—Estás preciosa —comentó Maggie, que se quedó a espaldas de Christine mientras ella se daba la vuelta para mirarse en el espejo de cuerpo entero.

El traje rosa pálido resplandecía con diminutas perlas bordadas en las solapas. Sobre el brillante pelo blanco llevaba un estiloso sombrero que le hacía juego y del que colgaba un ligero velo.

—Me siento preciosa —repuso, y se rio y se dio la vuelta para abrazar a Maggie y luego a Brianna—. No me importa quién lo sepa. Sólo me pregunto si Niall estará tan nervioso como yo.

—Está caminando de un lado a otro como si fuera un enorme gato —le contestó Maggie—. Y le ha estado preguntando la hora a Rogan cada diez segundos.

—Bien. —Christine dio un largo suspiro—. Está muy bien, entonces. Ya casi es la hora, ¿no?

—Casi. —Brianna la besó en ambas mejillas—. Voy a ir bajando para asegurarme de que todo está en su lugar. Te deseo toda la felicidad... tía Christine.

—Ay, querida —dijo Christine, y le brillaron los ojos—, qué dulce de tu parte.

—No empieces —le advirtió Maggie—, porque de lo contrario todas nos pondremos a llorar. Te haré una señal cuando estemos listas, Brie.

Con un rápido asentimiento de cabeza, Brianna salió deprisa. La casa estaba llena de empleados y camareros, pero una boda era una cuestión familiar, y Brianna quería que todo saliera perfecto.

Los invitados estaban reunidos en la sala; eran una explosión de color y risas. En un extremo, un arpista tocaba notas suaves y ensoñadoras. El pasamanos estaba envuelto con una larga guirnalda de rosas y floreros con rosas decoraban artísticamente todos los rincones de la casa.

Brianna se estaba preguntando si debería pasarse por la cocina, sólo para asegurarse de que todo estaba en orden, cuando vio a su madre y a Lottie. Se dirigió hacia ellas con una amplia sonrisa petrificada en su rostro.

—Mamá, estás fabulosa.

—Tonterías. Lottie me dio la lata para que me gastara un montón de dinero en un vestido nuevo —replicó, pero pasó bruscamente una mano sobre el suave lino de una manga.

—Es precioso, igual que el tuyo, Lottie.

La dama de compañía de Maeve se rio de buena gana.

—Pecamos de derrochadoras, así es. Pero no todos los días asistimos a una ceremonia tan elegante. Y con el arzobispo... —bajó la voz y le guiñó el ojo a Brie—. Imagínate.

Maeve resopló.

—Un sacerdote es un sacerdote, sin importar la ropa que lleve puesta. A mí me parece que debió pensárselo mejor antes de aceptar oficiar en semejantes circunstancias. Cuando dos personas han vivido en pecado...

—Mamá —Brianna mantuvo baja la voz, pero gélidamente firme—, por favor, no empieces, hoy no. Si pudieras...

—Brianna. —Gray se le acercó, le tomó una mano y se la besó—. Estás estupenda.

—Gracias. —Brie luchó por no sonrojarse cuando la mano de él se aferró posesivamente a la suya—. Mamá, Lottie, os presento a Grayson Thane, un huésped del hotel. Gray, te presento a Maeve Concannon y a Lottie Sullivan.

—Señora Sullivan. —Lottie se rio cuando Gray le cogió una mano y se la besó—. Señora Concannon, mis felicitaciones por tener unas hijas tan encantadoras y tan llenas de talento.

Maeve sólo frunció el ceño. El pelo de aquel hombre era tan largo como el de una niña, pensó. Y su sonrisa tenía más que una pizca de diabólica.

—Es usted yanqui, ¿cierto?

—Sí, señora. Y estoy disfrutando de su país infinitamente. Y de la hospitalidad de su hija.

—Los clientes por lo general no asisten a las bodas familiares.

—Mamá...

—No, es cierto —contestó Gray suavemente—. Ésa es otra de las cosas que me encantan de su país: a los extranjeros los tratan como amigos y a los amigos nunca como si fueran extranjeros. ¿Puedo acompañarlas hasta sus asientos?

Sin hacerse esperar, Lottie enganchó su brazo en el de Gray.

—Vamos, Maeve. ¿Con cuánta frecuencia un joven apuesto nos hace un ofrecimiento como éste? Eres escritor, ¿no?

—Así es —respondió Gray llevando a las dos mujeres hacia su sitio. Luego se volvió para mirar a Brianna por encima del hombro y le sonrió engreídamente.

Brianna habría podido besarlo. Y mientras suspiraba aliviada, vio que Maggie le hacía señas desde lo alto de la escalera.

Entonces el arpista empezó a tocar la marcha nupcial mientras Brianna se dirigía a la parte trasera de la habitación. Se le cerró la garganta cuando Niall ocupó su lugar frente a la chimenea y se giró para mirar hacia las escaleras. Tal vez Niall se estuviese quedando calvo y tuviese una buena barriga, pero en ese momento parecía joven, ávido y nerviosísimo.

La habitación bullía de expectación cuando Christine bajó las escaleras lentamente, dio media vuelta y con los ojos brillantes se dirigió hacia Niall. El arzobispo los bendijo y entonces empezó la ceremonia.

—Ten. —Un instante después, Gray se deslizó junto a Brianna y le ofreció un pañuelo—. Tengo el presentimiento de que lo vas a necesitar.

—Es una ceremonia muy bonita —comentó, y se llevó el pañuelo a los ojos. Las palabras la atravesaron como un suspiro: para amarse, para honrarse, para quererse.

Gray escuchó «hasta que la muerte os separe». Una sentencia vitalicia. Siempre había pensado que había una razón por la cual las personas lloraban en las bodas. Le pasó un brazo alrededor de la cintura a Brianna y le dio un apretón amistoso.

—Anímate —le murmuró—. Ya está acabando.

—Apenas está empezando —lo corrigió, y se consoló al descansar la cabeza sobre el hombro de él.

Poco después, los invitados estallaron en aplausos cuando Niall besó a la novia concienzuda y entusiastamente.

Capítulo 8

Los viajes en avión privado, el champán y las resplandecientes bodas de la alta sociedad estaban bien, pensó Brianna, pero se alegró de estar en casa. A pesar de que sabía que los cielos y el aire suave no eran de fiar, prefirió pensar que ya había pasado lo peor del invierno. Empezó a soñar con su invernadero nuevo mientras atendía los brotes de las semillas que había sembrado en el cobertizo. Y a planear cómo convertiría en una habitación el desván mientras tendía la ropa lavada.

Durante la semana que había transcurrido desde que había vuelto de Dublín había tenido la casa para ella sola, pues Gray se había encerrado en su habitación a trabajar. De vez en cuando salía a dar una vuelta o iba a olisquear la comida en la cocina. Y no estaba segura de si se sentía aliviada u ofendida de que Gray pareciera demasiado preocupado como para tratar de besarla de nuevo.

Aun así, se había visto obligada a admitir que su soledad era más placentera sabiendo que Gray estaba arriba. Por la noche podía sentarse junto al fuego a leer, tejer o esbozar sus planes sabiendo que en cualquier momento él podía aparecer en la sala y quedarse a acompañarla.

Pero no fue Gray quien la interrumpió mientras tejía en un frío atardecer, sino su madre y Lottie.

Oyó que un coche se detenía fuera, lo que no la sorprendió, pues con frecuencia vecinos y amigos paraban a saludarla cuando veían que tenía la luz encendida. Puso a un lado su labor y se dirigió a la puerta, y a medio camino pudo escuchar a su madre y a Lottie discutiendo fuera.

Brianna sólo pudo suspirar. Por razones que no lograba comprender, las dos mujeres al parecer disfrutaban riñendo.

—Buenas tardes a las dos —dijo, y saludó a cada una con un beso—. Qué maravillosa sorpresa.

—Espero que no te estemos interrumpiendo, Brie. —Lottie entornó sus alegres ojos—. A Maeve se le metió en la cabeza que debíamos venir, así que aquí estamos.

—Siempre es una alegría veros.

—Ya estábamos fuera, ¿verdad? —soltó Maeve—. Esta perezosa no ha querido cocinar hoy y nos ha tocado salir a un restaurante, sin importar si me sentía bien o no.

—Incluso Brie debe de cansarse a veces de su propia comida —contestó Lottie mientras colgaba el abrigo de Maeve en el perchero del corredor—, pese a lo buena que es. Además, es bueno salir de cuando en cuando y ver gente.

—No hay nadie que yo necesite ver.

—Querías ver a Brianna, ¿no es cierto? —A Lottie la complació anotarse un pequeño punto—. Por eso estamos aquí.

—Lo que quiero es un té decente, no ese asco que sirven en el restaurante.

—Ya lo preparo yo —dijo Lottie dándole una palmadita a Brianna en el brazo—. Te espera una agradable visita de tu madre. Ya sé dónde están las cosas.

—Y llévate ese perro contigo a la cocina. —Maeve le echó a *Con* una impaciente mirada de desagrado—. No voy a tolerar que venga a babearme.

—Me vas a acompañar, ¿no es cierto, muchacho? —Alegremente, Lottie le dio unas palmaditas a *Con* en la cabeza—. Ven con Lottie, eso es, buen chico.

Complaciente, e incluso con la esperanza de que le dieran un buen capricho, *Con* siguió a Lottie a la cocina.

—Ven a la sala a sentarte, mamá. Tengo puesta la chimenea.

—Qué desperdicio de combustible —murmuró Maeve—. La sala está suficientemente tibia sin ella.

Brianna hizo caso omiso del dolor de cabeza que le estaba naciendo por las cuencas de los ojos.

—Pero es reconfortante tenerla prendida. ¿Has cenado bien?

Maeve resopló mientras se sentaba. Le gustaba ver la chimenea encendida y la sensación que le producía, pero por nada del mundo iba a admitirlo.

—Lottie me arrastró a un sitio de Ennis y pidió pizza, ¡pizza con un montón de cosas encima!

—Sí, sé de qué lugar me hablas. Tienen una comida deliciosa. Rogan dice que allí la pizza sabe igual que la de Estados Unidos. —Brianna retomó su labor—. ¿Sabías que Kate, la hermana de Murphy, está embarazada de nuevo?

—Esa chica se reproduce como los conejos. ¿Cuántos hijos tiene ya, cuatro?

—Éste será el tercero. Tiene dos niños y espera que esta vez sea una niña. —Sonriendo, Brianna levantó la lana rosa pálido—. Le estoy tejiendo esta mantita para que le dé suerte.

—Dios le dará lo que le vaya a dar, sin importar de qué color le tejas la manta.

Las agujas de Brianna siguieron haciendo clic clac tranquilamente.

—Sí, supongo que sí. Ayer recibí una postal del tío Niall y la tía Christine. Una foto preciosa del mar y las montañas. Dicen que están pasándoselo de lo lindo en su crucero por las islas griegas.

—Luna de miel a su edad... —comentó, aunque en su corazón Maeve anhelaba conocer las montañas y los mares lejanos por sí misma—. Claro, si tienes dinero, puedes ir donde quieras y hacer lo que quieras. No todos podemos volar a lugares cálidos durante el invierno. Si yo pudiera, tal vez el frío no me cargaría tanto el pecho.

—¿Te encuentras mal? —La pregunta le salió automática, como la respuesta a las tablas de multiplicar que había aprendido en el colegio. E hizo que se avergonzara lo suficiente como para levantar la cara y esforzarse un poco más—. Lo siento, mamá.

—Estoy acostumbrada. El doctor Hogan no hace más que chasquear la lengua y decirme que estoy divinamente. Pero yo sé cómo me siento.

—Por supuesto, claro. —Brianna empezó a bajar el ritmo de las agujas mientras le daba forma a una idea en la cabeza—. Me pregunto si te sentirías mejor si pudieras ir a algún lugar a tomar el sol.

—Ja. ¿Y qué sitio es ése?

—Maggie y Rogan tienen una villa en el sur de Francia. Dicen que es muy bonito y cálido. ¿Te acuerdas de que Maggie me hizo unos dibujos?

—Sí, se fueron juntos de viaje a ese país extranjero antes de casarse.

—Ahora están casados —le contestó Brianna suavemente—. ¿No te gustaría ir, mamá, con Lottie? Podríais quedaros una o dos semanas. Te sentaría bien el descanso al sol, y el aire marino siempre resulta medicinal.

—¿Y cómo voy a llegar allá?

—Mamá, sabes que Rogan dispondría el avión para que te llevara.

Maeve pudo imaginárselo. El sol, los criados, la hermosa casona con vistas al mar... Ella podría haber tenido una casa así si... si...

—No le voy a pedir a esa niña ningún favor.

—No necesitas hacerlo. Yo puedo pedírselo por ti.

—No sé si estoy en condiciones de viajar —le contestó Maeve por el simple placer de hacer que las cosas fueran difíciles—. El viaje a Dublín me fatigó.

—Pues más razón para que te tomes unas vacaciones —le devolvió Brianna; conocía bien el juego—. Mañana hablaré con Maggie para arreglar el asunto. Y después te ayudaré a hacer las maletas, no te preocupes.

—Estás ansiosa de que me vaya, al parecer.

—Mamá... —replicó Brie, cuyo dolor de cabeza iba en vertiginoso aumento.

—Me iré, está bien. —Maeve levantó una mano—. Pero que quede claro que lo hago sólo por mi salud, porque el Señor sabe cómo me va a afectar los nervios estar entre tantos extranjeros. —Entrecerró los ojos—. ¿Y dónde está el yanqui?

—¿Grayson? Está arriba, en su habitación, trabajando.

—Trabajando —exhaló ruidosamente—. Quisiera saber desde cuándo trabajar es contar una historia. Mucha gente en este país cuenta historias.

—Ponerlas en papel es diferente, creo. Y a veces, cuando baja después de haber escrito largo rato, parece que ha estado cavando zanjas; así de cansado se le ve.

—En Dublín se le veía bastante vivaracho cuando no dejaba de ponerte las manos encima.

—¿Qué? —Brianna soltó las agujas y se quedó mirando a su madre.

—¿Crees que soy igual de ciega que achacosa? —A Maeve se le subieron los colores a las mejillas—. Me sentí muy humillada al comprobar cómo dejaste que te manoseara, y en público, encima.

—Estábamos bailando —dijo Brianna en un suspiro que dejó escapar entre los labios, que se le pusieron tensos y fríos—. Le estaba enseñando unos pasos.

—Vi lo que vi. —Maeve apretó la mandíbula—. Y te pregunto en este mismo instante si le has entregado tu cuerpo.

—Si le he... ¿Cómo te atreves a preguntarme tal cosa? —La lana rosa rodó por el suelo.

—Soy tu madre y puedo preguntarte lo que me venga en gana. No hay duda de que la mitad del pueblo está hablando de ello. Tú aquí sola con ese hombre noche tras noche.

—Nadie está hablando de ello. Administro un hotel y él es un huésped.

—Un conveniente camino hacia el pecado... Lo he dicho desde que insististe en abrir este negocio. —Maeve asintió con la cabeza como si la presencia de Gray en la casa confirmara su opinión—. No me has contestado, Brianna.

—Y no debería, pero lo voy a hacer. No, no me he entregado a él ni a nadie más.

Maeve aguardó un momento en silencio y después asintió otra vez.

—Nunca has sido mentirosa, así que te voy a creer.

—Pues la verdad es que me tiene sin cuidado lo que creas. —Sabía que era ira lo que le hizo temblar las rodillas cuando se puso de pie—. ¿Crees que me siento feliz y orgullosa de no haber conocido nunca a un hombre, de no haber encontrado a alguien que me ame? No deseo pasarme la vida sola o estar siempre haciendo cosas para los bebés de otras mujeres.

—No me levantes la voz, niña.

—¿Qué bien hace levantarla? —Brianna respiró profundamente y luchó por calmarse—. ¿Qué bien hace no levantarla? Voy a ayudar a Lottie con el té.

—Te vas a quedar donde estás. —Con una expresión severa en la boca, Maeve ladeó la cabeza—. Deberías dar gracias a Dios de rodillas por la vida que llevas, niña. Tienes un techo sobre la cabeza y dinero en el bolsillo. Puede que no me guste cómo te ganas la vida, pero has alcanzado pequeños éxitos con tus decisiones en cuanto a lo que muchos considerarían una forma de vida honesta. ¿Crees que un hombre y unos bebés pueden reemplazar eso? Pues bien, estás equivocada si es así.

—Maeve, ¿ahora por qué le estás dando la lata a la niña? —Cansinamente, Lottie entró y puso la bandeja sobre la mesa.

—No te metas, Lottie.

—Por favor —dijo Brianna, quien fría y calmadamente inclinó la cabeza—, déjala que termine.

—Por supuesto que voy a terminar. Una vez tuve algo que podía llamar mío. Y lo perdí. —A Maeve le temblaron los labios, pero los apretó—. Perdí la oportunidad de ser lo que quería ser. Todo por culpa de la lujuria. Con una hija en el vientre, ¿qué más podía ser sino la mujer de un hombre?

—La mujer de mi padre —dijo Brianna despacio.

—Así que lo fui. Concebí una hija en el pecado y lo he pagado toda mi vida.

—Tuviste dos hijas —le recordó Brianna.

—Sí, claro que sí. La primera, tu hermana, está marcada. Salvaje ha sido y lo seguirá siendo. Pero tú fuiste una hija del matrimonio y el deber.

—¿Deber?

Con las manos sobre los brazos de la silla, Maeve se inclinó hacia delante y habló con amargura.

—¿Crees que yo quería que me tocara de nuevo? ¿Crees que disfrutaba que me recordara por qué nunca iba a poder ser lo que deseaba en lo más profundo de mi corazón? Pero la Iglesia dice que el matrimonio debe concebir hijos. Así que cumplí con mi deber según dice la Iglesia y dejé que me plantara otro hijo en el vientre.

—Deber —repitió Brianna, y las lágrimas que quería verter se le congelaron en el corazón—. Sin amor, sin placer, ¿de ahí es de donde provengo?

—No hubo más necesidad de compartir mi cama con él una vez que supe que estaba encinta. Sufrí otro duro parto, otro alumbramiento, y le agradecí a Dios que fuera el último.

—Nunca compartiste la cama con él en todos esos años...

—No habría más hijos. Contigo hice lo que pude por absolver mi pecado. Tú no eres salvaje como Maggie. En ti hay frialdad y control. Usarás eso para mantenerte pura, a menos que dejes que algún hombre te tiente. Rory casi lo logra.

—Yo amaba a Rory. —Odiaba sentirse tan cerca de las lágrimas. Por su padre, pensó, y la mujer que amaba y había dejado marchar.

—Entonces eras sólo una niña —repuso Maeve desestimando el dolor del corazón partido de la juventud—, pero ahora eres una mujer, y lo suficientemente bonita como para atraer la mirada de un hombre. Quiero que recuerdes lo que puede pasarte si cedes. El que está arriba puede ir y venir a su antojo. Si lo olvidas, puedes encontrarte sola y con un bebé creciendo bajo tu delantal y el corazón lleno de vergüenza.

—Con mucha frecuencia me pregunté por qué no había amor en esta casa. —Brianna se tragó un aliento tembloroso e hizo un esfuerzo para que la voz no le temblara—. Sé que no amabas a papá, por alguna razón no podías. Me dolía saberlo. Pero cuando supe por Maggie que solías cantar, que tenías una carrera y que la habías perdido, pensé que te entendía y que podía sentir compasión por el dolor que debiste de sufrir.

—Nunca podrás saber lo que es perder todo lo que siempre has soñado.

—No, no puedo. Pero tampoco puedo entender a una mujer, cualquier mujer, que no puede albergar amor en su corazón para los hijos que llevó en su vientre y que dio a luz. —Levantó las manos y se tocó las mejillas. No estaban húmedas, sino, por el contrario, frías y secas, como mármol en contacto con sus dedos—. Siempre culpaste a Maggie, sencillamente por haber nacido. Y ahora veo que yo no fui para ti sino un deber, una especie de penitencia por un pecado previo.

—Te crie con cuidado —empezó Maeve.

—Con cuidado... Sí, es cierto que nunca me levantaste la mano como lo hiciste con Maggie. Es un milagro que no creciera odiándome sólo por eso. Eras fuego con ella y fría disciplina conmigo. Y funcionó bien. Nos hizo, supongo, lo que somos. —Con cautela, se sentó de nuevo y tomó la labor entre las manos—. Quería amarte. Solía preguntarme por qué no podía darte más que lealtad y deber. Ahora veo que no era por una carencia mía, sino tuya.

—Brianna, ¿cómo puedes decirme tales cosas? —Profundamente impresionada, Maeve se puso de pie—. Yo sólo he tratado de ahorrarte problemas, de protegerte.

—No necesito protección. Estoy sola, ¿no es cierto?, y soy virgen, tal como quieres. Estoy tejiendo una manta para el hijo de otra mujer, como lo he hecho antes y como lo volveré a hacer otra vez. Tengo mi negocio, como dijiste. Nada ha cambiado aquí, madre, salvo el desahogo de mi conciencia. Te voy a seguir dando lo que siempre te he dado, nada menos, sólo que desde hoy voy a dejar de flagelarme por no poder darte más. —Con los ojos secos, levantó la mirada—. Lottie, ¿podrías por favor servir el té? Quiero contarte cómo van a ser las vacaciones que tú y mamá vais a disfrutar pronto. ¿Has estado en Francia?

—No. —Lottie se tragó el nudo que tenía en la garganta. El corazón le sangraba por ambas mujeres. Miró con lástima a Maeve, sin saber cómo consolarla. Suspiró y empezó a servir el té—. No —repitió—, nunca he estado allí. ¿Vamos a ir?

—Sí, claro. —Brianna retomó el ritmo del tejido—. Muy pronto, si así lo queréis. —Leyó la compasión en los ojos de Lottie y entonces hizo un esfuerzo por sonreír—. Tendrás que ir a comprar un biquini.

Lottie recompensó a Brianna con una carcajada. Después de poner la taza de té en la mesa, junto a Brianna, Lottie le acarició la fría mejilla.

—Buena chica —murmuró.

Una familia procedente de Helsinki se quedó un fin de semana en el hotel. Brianna se mantuvo ocupada atendiendo a la pareja y a sus tres hijos. Con mucha lástima, tuvo que mandar a *Con* a casa de Murphy, pues al parecer el rubio niño de tres años no podía resistirse a tirarle de la cola y las orejas, un oprobio que *Concobar* sufría en silencio.

Esos inesperados huéspedes ayudaron a Brianna a mantener la mente lejos de la agitación emocional que su madre le había provocado. La familia era estrepitosa y bulliciosa, y estaba tan hambrienta como un clan de osos recién salidos de la hibernación.

A Brianna le encantó cada minuto que los tuvo en casa.

Le dio a cada niño un beso de despedida y los despachó con una docena de pastelillos para el siguiente tramo de su viaje al sur. En el mismo momento en que el coche se perdió en la distancia, Gray se acercó a Brianna por detrás.

—¿Ya se han ido?

—¡Ay! —exclamó Brie llevándose una mano al corazón—. Casi me matas del susto. —Dándose la vuelta, metió de nuevo en el moño unos mechones de pelo que se le habían escapado—. Pensé que ibas a bajar a despedirte de los Svenson. El pequeño Jon ha preguntado por ti.

—Todavía tengo sus pegajosas huellas digitales marcadas en la mitad del cuerpo y en la mayoría de mis papeles. —Con una sonrisa irónica se metió los pulgares en los bolsillos delanteros del pantalón—. Simpático chico, pero, por Dios, es incansable.

—Por lo general los niños de tres años son activos.

—Ni que lo digas. Un paseo a caballito y quedé comprometido de por vida.

Brianna sonrió al recordarlo.

—Estabas muy tierno con él. Me imagino que siempre se acordará del yanqui que jugó con él en el hotel irlandés —dijo, inclinando la cabeza—. Cuando se fue llevaba en la mano la camionetita que le compraste ayer.

—La vi cuando estaba dando una vuelta por el pueblo, eso fue todo —replicó él encogiéndose de hombros.

—Sólo la viste casualmente, claro —le contestó Brianna con un ligero asentimiento de cabeza—, igual que las dos muñecas para las niñas.

—Así es. En cualquier caso, siempre disfruto de los HOP.

—¿HOP?

—Los hijos de otras personas. Pero ahora —empezó Gray, deslizando firmemente las manos alrededor de la cintura de Brianna—, estamos solos de nuevo.

Brianna presionó una mano en el pecho de Gray antes de que éste pudiera rodearla con su cuerpo en un movimiento protector instintivo.

—Tengo recados que hacer.

Gray bajó la mirada hacia la mano de ella y levantó una ceja.

—¿Recados?

—Así es, y me espera una montaña de ropa para lavar cuando vuelva.

—¿Vas a tender la ropa lavada? Me encanta mirarte cuando cuelgas la ropa de las cuerdas, especialmente cuando hay brisa. Es increíblemente sexy.

—Qué cosas tan tontas dices.

La sonrisa de Gray se hizo más amplia.

—Y ni que decir de cuando te sonrojas.

—No estoy sonrojada —aseguró ella, pero podía sentir el calor en las mejillas—. Estoy impaciente. Necesito irme, Grayson.

—¿Qué tal esto? Te llevaré a donde tengas que ir. —Antes de que ella pudiera decir nada, Gray bajó la cabeza y frotó ligeramente sus labios contra los de ella—. Te he echado de menos, Brianna.

—No puede ser cierto. ¡Si he estado aquí todo el tiempo!

—Te he echado de menos. —Vio cómo la joven bajaba las pestañas. Las respuestas de Brianna, tímidas e inciertas, le daban una particular sensación de poder. Puro ego, pensó divertido—. ¿Dónde está tu lista?

—¿Mi lista?

—Siempre haces listas para todo. —Brianna levantó la mirada de nuevo. Esos brumosos ojos verdes lo miraban con atención y un poco de miedo. Gray sintió una oleada de calor que le subía desde los talones hasta el bajo vientre. Apretó los dedos convulsivamente alrededor de su cintura antes de que se pudiera obligar a dar un paso atrás y respirar—. Tomarlo despacio me está matando —susurró.

—¿Qué dices?

—No importa. Trae tu lista y lo que necesites para llevarte.

—No tengo lista. Sólo necesito ir a casa de mi madre para ayudarlas a ella y a Lottie a hacer las maletas, pues se van de viaje. No hay necesidad de que me lleves.

—Conducir me vendría bien. ¿Cuánto tiempo planeas estar allí?

—Dos horas, a lo sumo tres.

—Puedo llevarte y después recogerte. Voy a salir, de todas maneras —dijo, y añadió antes de que ella pudiera discutir—: Así también ahorraremos gasolina.

—Está bien, si estás seguro. Estaré preparada en un minuto.

Mientras esperaba, Gray se paró frente a la casa, junto al jardín. En el mes que llevaba allí, había visto tormentas, lluvia y la luminosa luz del sol irlandés. Se había sentado en los pubs del pueblo y había escuchado los chismes y la música tradicional. Había caminado por los senderos que los granjeros usaban para llevar sus vacas de un campo a otro y por los tortuosos escalones de castillos en ruinas, escuchando al tiempo ecos de guerra y muerte. Había visitado cementerios y se había quedado de pie al borde de acantilados de vértigo observando el mar incesante.

Sin embargo, de todos los lugares en donde había estado, ninguna vista parecía ser más atractiva que la que se apreciaba desde el jardín delantero de Brianna. Pero Gray no estaba del todo seguro de si era el sitio o la mujer a quien estaba esperando. De cualquier modo, decidió, el tiempo que pasara allí con certeza sería uno de los episodios más satisfactorios de su vida.

Después de dejar a Brianna en la primorosa casa de las afueras de Ennis, Gray vagó por ahí. Durante más de una hora estuvo trepando por las rocas en el Burren, tomando fotos mentales. La diáfana inmensidad lo fascinaba, al igual que el Altar del Druida, que atraía a tantos turistas con su cámara dispuesta.

Condujo sin rumbo y se detuvo aquí y allá, en una pequeña playa desierta salvo por un niño y un perro enorme, en un campo donde las cabras pacían y el viento susurraba a través de altos pastizales, en un pueblecito en donde le compró a una mujer una golosina, la cual, después de contar las monedas con dedos retorcidos por la artritis, le ofreció una sonrisa tan dulce como la luz del sol...

Una abadía en ruinas con una torre redonda atrajo su atención y se detuvo a la vera del camino para echar un vistazo de cerca. Le fascinaban las torres redondas de Irlanda, pero las había visto más que nada en la costa este. Para protegerse, suponía él, de invasiones procedentes del mar de Irlanda. Esa torre estaba completa e intacta y se alzaba en un ángulo singular. Gray pasó algún tiempo dando vueltas a su alrededor, examinándola y preguntándose cómo podía integrarla en su libro.

Allí también había tumbas, algunas antiguas y otras nuevas. Siempre le había intrigado la manera tan cómoda en que las diferentes generaciones se relacionaban en la muerte cuando rara vez lo lograban en vida. En cuanto a él, escogería el modo vikingo: una barca a la deriva por el mar con una antorcha. Pero a pesar de ser un hombre que se ganaba la vida con la muerte, prefería no detenerse demasiado en pensamientos sobre su propia mortalidad.

Casi todas las tumbas por las cuales pasó estaban cubiertas de flores. Muchas tenían cajas de plástico por encima que estaban empañadas por la condensación, y los retoños no mostraban más que una pizca de color. Se preguntó por qué no encontraba eso divertido. Tendría que haber sido así. Pero, por el contrario, estaba conmovido, colmado de devoción por los muertos.

Habían pertenecido a alguien alguna vez, pensó. Tal vez ésa era la definición de familia: pertenecer a alguien alguna vez, pertenecer siempre.

Él nunca había tenido ese problema. O ese privilegio.

Caminó entre las tumbas un poco más, preguntándose cuándo los maridos, las esposas y los hijos irían a dejar las coronas y las flores. ¿En el aniversario de la muerte? ¿En el cumpleaños? ¿El día del santo con cuyo nombre el muerto había sido bautizado? O en Pascua, tal vez, que era una fiesta importante para los católicos. Decidió que se lo preguntaría a Brianna. Era algo que definitivamente podía servirle para su libro.

No habría podido decir por qué se detuvo justo en ese momento ni por qué decidió mirar hacia abajo, a una lápida en particular. Pero lo hizo, y se quedó solo, de pie, con la brisa jugueteando con su pelo, mirando hacia la tumba de Thomas Michael Concannon.

¿El padre de Brianna?, se preguntó, y sintió una extraña angustia en el corazón. Las fechas parecían coincidir. O'Malley le había contado muchas historias sobre Tom Concannon cuando había ido a tomar cerveza al pub. Eran historias llenas de afecto, sentimiento y humor.

Gray sabía que había muerto de repente, en el acantilado de Loop Head y que sólo Maggie había estado con él. Pero las flores sobre la tumba, Gray estaba seguro, eran obra de Brianna.

Las había plantado en la tierra, sobre la tumba. Y a pesar de que el invierno había sido inclemente con ellas, Gray notó que hacía poco que las habían desyerbado. Algunas valientes hojas verdes estaban haciendo su aparición en busca del sol.

Nunca había estado de pie sobre la tumba de alguien a quien conociera. Sin embargo, visitaba con frecuencia a los muertos, aunque no como peregrinaje a la tumba de alguna persona a quien quisiera. Pero tuvo una sensación que lo hizo arrodillarse y pasar ligeramente una mano sobre el cuidadosamente atendido montículo. Deseó haber llevado flores.

—Tom Concannon —murmuró—, la gente te recuerda con cariño. Hablan de ti en el pueblo y sonríen cuando mencionan tu nombre. Supongo que es el mejor epitafio que cualquier persona pudiera pedir.

Extrañamente contento, se sentó junto a Tom un rato y observó cómo la luz del sol y las sombras jugaban sobre las piedras que los vivos habían plantado para honrar a los muertos.

Gray le dio a Brianna tres horas. Era obvio que había sido más que suficiente, puesto que salió de la casa casi en el mismo momento en que él aparcó junto a la acera. Su sonrisa de bienvenida se convirtió en una mirada inquisitiva cuando vio a Brie más de cerca.

Tenía el rostro pálido, y él sabía que era como se ponía cuando estaba molesta o conmovida. A pesar de que tenía la mirada tranquila, los ojos mostraban rastros de nerviosismo. Miró hacia la casa y vio que la cortina se movía. Apenas pudo vislumbrar brevemente el rostro de Maeve, pero notó que estaba tan pálido e infeliz como el de su hija.

—¿Habéis hecho todo el equipaje? —le preguntó Gray a Brianna en cuanto ésta subió al coche, tratando de mantener suave el tono.

—Sí. —Sentándose, Brianna apretó entre las manos su bolso, como si fuera lo único que pudiera evitar que se derrumbara—. Gracias por venir a buscarme.

—Muchas personas consideran que hacer las maletas es una labor ardua. —Gray arrancó y por primera vez mantuvo una velocidad moderada.

—Puede serlo. —Por lo general, disfrutaba haciéndolas. Los nervios de visitar un lugar nuevo y, más aún, los de regresar a casa—. Pero ya hemos terminado y están listas para viajar por la mañana.

Dios, cómo quería cerrar los ojos, escapar del dolor que le palpitaba en la cabeza y el sentimiento de culpa que la embargaba y dormir.

—¿Quieres decirme qué te tiene molesta?

—No estoy molesta.

—Estás tensa, triste y tan blanca como una pared.

—Es personal. Un asunto de familia. —A Gray le sorprendió que lo hiriera la respuesta tajante de ella, pero sólo se encogió de hombros y guardó silencio—. Lo siento. —Entonces Brianna sí cerró los ojos. Quería paz. ¿No podía darle alguien un momento de paz?—. No pretendía ser descortés.

—Olvídalo. —No necesitaba los problemas de ella, se recordó Gray a sí mismo. Entonces la miró de reojo y maldijo por lo bajo. Brie parecía exhausta—. Quiero hacer una parada.

Brianna empezó a poner objeciones, pero decidió mantener los ojos y la boca cerrados. Gray había sido muy amable al llevarla y recogerla, se dijo. Sin duda podría aguantar unos minutos más antes de enterrar toda la tensión en el trabajo.

Gray no volvió a hablar. Iba conduciendo por instinto, con la esperanza de que la elección que había hecho devolviera el color a las mejillas de Brie y la calidez a su voz.

Brie no abrió los ojos hasta que Gray se detuvo y apagó el coche. Entonces a duras penas miró hacia el castillo en ruinas.

—¿Necesitabas parar aquí?

—Quería parar aquí —la corrigió—. Encontré este lugar el primer día que pasé aquí. Y está desempeñando un papel primordial en mi novela. Me gusta la sensación que da. —Se bajó del coche, dio un rodeo por delante y le abrió la puerta a Brianna—. Ven. —Cuando no se movió, Gray se inclinó hacia ella y le desabrochó el cinturón de seguridad él mismo—. Vamos, Brianna, es un lugar fantástico. Espera a ver la vista que hay desde lo alto.

—Tengo ropa que lavar —se quejó ella, y escuchó el malhumor en su propia voz mientras se bajaba del coche.

—No se va a ir a ninguna parte —dijo Gray, tomándola de la mano y guiándola por el pasto sin cortar.

Brianna no tuvo el corazón para apuntar que las ruinas tampoco se iban a ir a ninguna parte.

—¿Estás usando este lugar en tu libro?

—En la gran escena del crimen —contestó, y sonrió ante la reacción de ella: incomodidad y superstición brillaron en sus ojos—. No estarás asustada, ¿no? Por lo general no represento mis escenas.

—No seas tonto —replicó, pero empezó a temblar en cuanto pusieron un pie entre los muros de piedra.

El pasto crecía silvestre en el suelo, briznas de verde se abrían paso por las grietas de las rocas. Sobre su cabeza, Brianna podía ver dónde habían estado las distintas plantas alguna vez, hacía tantos años. Pero ahora el tiempo y la guerra habían abierto la vista hacia el cielo, en donde las nubes flotaban silenciosamente como fantasmas.

—¿Qué crees que hacían aquí, justo en este punto? —le preguntó Gray.

—Vivir, trabajar. Pelear.

—Demasiado general. Usa tu imaginación. ¿Puedes ver a las personas caminando por aquí? Es invierno, y está helando. En el suelo, por debajo de los barriles de agua, se han congelado anillos de hielo que se quiebran como ramitas bajo los zapatos. El aire pica por el humo de las chimeneas. Un bebé llora de hambre, y sólo se calla cuando su madre le ofrece su seno. —La llevó con él, física, emocionalmente, hasta que pudo verlo igual—. Hay soldados entrenando allá afuera y se escucha el sonido de espada contra espada. Un hombre corre, cojeando por una herida antigua, el vapor de su aliento se arremolina ante su cara como frías nubes. Ven, vamos arriba. —Tiró de ella por las estrechas y tortuosas escaleras. De tanto en tanto había una abertura en la roca, una especie de cueva. Brianna se preguntó si la gente solía dormir allí o si guardaban mercancía. O tal vez eran para esconderse del enemigo, que siempre los encontraba—. Una vieja sube por aquí, lleva una lámpara de aceite en la mano; tiene una cicatriz arrugada en el dorso de la mano y en sus ojos se adivina el miedo. Otra mujer trae juncos frescos para el suelo, pero es joven y va pensando en su amante. —Gray mantuvo la mano de Brianna entre la suya, y sólo se detenía cuando llegaban a un nivel intermedio—. Debieron de ser los cromwellianos, ¿no crees?, los que lo saquearon. Debió de haber gritos, el hedor a humo y sangre, ese horrible sonido sordo del metal cortando hueso y los chillidos agudos de un hombre cuando el dolor lo doblega. Lanzas atravesando a personas por el estómago, sujetándolas al suelo, donde las extremidades se convulsionan hasta que los nervios mueren. Los cuervos sobrevuelan el cielo, esperando el festín. —Se dio la vuelta y la miró: Brianna tenía los ojos vidriosos y abiertos de par en par. Entonces se rio—. Perdón, me he emocionado.

—No es sólo una bendición tener una imaginación como la tuya. —Tembló de nuevo y tragó con dificultad—. Pero no quiero que me lo hagas ver tan claramente.

—La muerte es fascinante, en especial cuando es violenta. Los hombres siempre están acechando a los hombres. Y éste es un lugar increíble para situar aquí un asesinato, del tipo de esta época.

—De tu tipo —murmuró Brianna.

—Mmm... El asesino va a jugar con la víctima primero —empezó a explicar Gray al tiempo que retomaba el ascenso por las escaleras. Estaba inmerso en sus propias palabras, pero podía ver que Brianna ya no estaba preocupada por lo que había pasado en casa de su madre—. Deja que la atmósfera y esos humeantes fantasmas se filtren en el miedo como un veneno lento. No se va a apresurar, le gusta la caza, la ansía. Puede oler el miedo, como cualquier lobo, puede percibirlo. Es el aroma que le llega a la sangre y la hace palpitar, lo excita como el sexo. Y la presa corre, persiguiendo ese fino vestigio de esperanza. Pero ella está jadeando, y se oye el eco de sus jadeos, que se lleva el viento. Se cae, las escaleras son traicioneras en la oscuridad, con el sonido de la lluvia. Están mojadas y resbaladizas; son un arma en sí mismas. Pero logra llegar arriba, con los pulmones a punto de explotar y la mirada salvaje.

—Gray...

—Ahora ella es casi tan animal como él. El terror la ha despojado de capas de humanidad, al igual que el buen sexo lo haría, o el hambre extrema. La mayoría de las personas creen haber experimentado las tres sensaciones, pero es raro incluso conocer del todo una sola. Pero ella conoce la primera ahora, conoce el terror como si fuera sólido y estuviera vivo, como si pudiera enroscársele alrededor del cuello. Quisiera encontrar un lugar donde esconderse, pero no hay escapatoria. Y oye los pasos del asesino subiendo las escaleras, despacio, sin descanso, detrás de ella. Entonces llega a la cima. —Llevó a Brianna de las sombras hacia el amplio saliente amurallado en donde la luz del sol se derramaba—. Y está atrapada. —Brianna saltó cuando Gray la hizo girar y casi gritó. Él, estallando en risas, la levantó del suelo—. Dios, qué buen público eres.

—No tiene gracia —dijo, y trató de liberarse del abrazo de él.

—Es maravilloso. Estoy planeando hacer que la mutile con una daga antigua, pero... —Enganchó el brazo bajo las rodillas de Brianna y la llevó hasta el muro—. Tal vez sólo deba dejarla caer por aquí.

—¡Detente! —Por puro instinto de supervivencia, Brianna pasó los brazos alrededor de Gray y se aferró a él.

—¿Por qué no se me ocurrió esto antes? El corazón se te va a salir del pecho y me tienes abrazado firmemente.

—Patán.

—Has dejado de pensar en tus problemas, ¿no es cierto?

—Me guardaré mis problemas, gracias, y me mantendré alejada de esa imaginación retorcida que tienes.

—No, nadie puede —aseguró, y la atrajo aún más hacia sí—. De eso se trata la ficción, ya sea en libros, películas, lo que sea. Te da un receso de la realidad y te permite preocuparte de los problemas de alguien más.

—¿Y qué hace por ti, que eres el que cuenta la historia?

—Lo mismo. Exactamente lo mismo. —Volvió a ponerla sobre el suelo y le dio la vuelta, para que viera la vista—. Es como una pintura, ¿no te parece? —Con suavidad la atrajo hacia sí, hasta que la espalda de ella encajó perfectamente contra él—. Desde el primer momento que vi este lugar me cautivó. Estaba lloviendo el primer día que vine y casi parecía que los colores se iban a correr con el agua.

Brianna suspiró. Después de todo, allí estaba la paz que anhelaba. A su manera indirecta y dando rodeos, Gray se la había dado.

—Casi es primavera —murmuró Brianna.

—Tú siempre hueles a primavera. —Inclinó la cabeza y le acarició con los labios la nuca—. Y sabes a primavera.

—Estás logrando que las piernas me tiemblen otra vez.

—Entonces más te vale sujetarte a mí. —Le dio la vuelta y le puso una mano bajo el mentón—. No te he besado en días.

—Ya lo sé. —Hizo acopio de toda su valentía y le sostuvo la mirada—. He estado deseando que lo hicieras.

—Ésa era la idea. —Gray puso sus labios sobre los de Brianna y se agitó cuando ella deslizó las manos de su pecho hasta su cara.

Brianna se abrió a él, dispuesta, con su ligero ronroneo de placer, que era tan excitante como una caricia. Con el viento revoloteando alrededor de ellos, Gray la apretó contra su cuerpo, teniendo cuidado de que sus manos fueran suaves, y su boca, gentil.

Todo el estrés, la fatiga y la frustración se desvanecieron. Brie se sintió en casa, eso fue lo único que pudo pensar. Y en casa era en donde siempre quería estar.

En un suspiro, descansó la cabeza sobre el hombro de Gray y le pasó los brazos por la espalda.

—Nunca me había sentido así.

Él tampoco, pero ése era un pensamiento peligroso que debía considerar después.

—Nos hace bien —murmuró Gray—. Hay algo bueno con respecto a esto.

—Así es. —Brianna levantó su mejilla para tocar la de él—. Ten paciencia conmigo, Gray.

—Eso pretendo. Te deseo, Brianna, y cuando estés lista... —Dio un paso atrás y pasó las manos a lo largo de los brazos de ella hasta que sus dedos se encontraron—. Cuando estés lista.

Capítulo 9

Gray se preguntó si su apetito había aumentado debido a que tenía otro tipo de hambre que estaba lejos de ser satisfecha. Pensó que tal vez sería mejor tomárselo filosóficamente y deleitarse en un banquete nocturno con el pudin de Brianna. Preparar té también se estaba convirtiendo en un hábito, así que puso a calentar la tetera sobre la estufa antes de servirse una buena porción de dulce.

Pensó que no había vuelto a estar tan obsesionado con el sexo desde los trece años. Por aquel entonces el objeto de su deseo había sido Sally Anne Howe, otra de las residentes del orfelinato Simon Brent Memorial. La buena Sally Anne, pensó ahora Gray, con su cuerpo en flor y que estaba más que dispuesta a compartir sus encantos con cualquiera que le pasara de contrabando cigarrillos o golosinas.

Entonces Gray pensaba que ella era una diosa, la respuesta a las plegarias de un adolescente cachondo. Ahora, sin embargo, miraba hacia atrás con lástima y rabia, pues había tomado conciencia del ciclo de abusos y de los fallos del sistema que habían hecho que una joven bonita pensara que su único valor yacía entre sus piernas.

Cuando apagaban la luz, Gray tenía muchos sueños sudorosos con Sally Anne. Y había tenido la suerte de poder robarle un paquete completo de Marlboro a uno de los consejeros. Veinte cigarrillos habían equivalido a veinte polvos, recordó. Y había sido un aprendiz veloz.

Con el paso de los años había aprendido un poco más, de chicas de su misma edad y de profesionales que ejercían su oficio en callejones oscuros que olían a grasa rancia y sudor agrio.

Acababa de cumplir dieciséis años cuando se escapó del orfelinato y se puso en camino, con la ropa que le cupo en una mochila que se echó a la espalda y en el bolsillo veintitrés dólares entre monedas y billetes arrugados.

Libertad era lo único que quería. Nada de reglas, regulaciones ni el ciclo infinito del sistema en el que había estado atrapado la mayor parte de su vida. La había encontrado, de modo que la usó y pagó por ella.

Vivió y trabajó en las calles mucho tiempo antes de darse un nombre y fijarse un propósito. Por suerte poseía un talento que evitó que se lo tragaran otras ansias.

A los veinte escribió su primera, noble y triste novela autobiográfica. El mundo editorial no se impresionó. A los veintidós logró estructurar una novelita inteligente e impecable. Los editores no la pidieron a gritos, pero un ligero interés por parte del ayudante de un editor lo tuvo encerrado en el cuartucho de una pensión aporreando las teclas de una máquina de escribir manual durante semanas. Y logró que se la compraran. Por una bicoca. Antes de eso, nunca nada había significado tanto para él. Nada había vuelto a hacerlo desde entonces.

Diez años después podía escoger cómo vivir, y pensaba que había escogido bien.

Sirvió el agua hirviendo en la jarra y se metió una cucharada de pudín en la boca. Se volvió para mirar la puerta de Brianna y se dio cuenta de que la luz se filtraba por la ranura inferior. Sonrió. También a ella la había escogido.

En una bandeja acomodó la jarra de té y dos tazas y, con ella en la mano, golpeó en la puerta.

—Adelante.

Brianna estaba sentada ante su pequeño escritorio, tan bien colocada como una monja con su pijama de franela y sus pantuflas. Tenía el pelo suelto y le caía sobre los hombros. Con dificultad, Gray tragó la saliva que se le acumuló en la boca.

—He visto que tenías la luz encendida. ¿Quieres un poco de té?

—Bueno, gracias. Justo estaba terminando de revisar unos papeles.

Con se desenroscó de su lugar a los pies de Brianna y fue a restregarse contra Gray.

—Yo también. —Puso a un lado la bandeja para acariciar el pelambre del perro—. El asesinato me da hambre.

—¿Has matado a alguien hoy?

—Brutalmente. —Gray lo dijo con tal deleite que Brianna se rio.

—Tal vez eso es lo que te hace estar de un humor similar todo el tiempo —reflexionó ella—. Todos esos asesinatos altamente emocionales purgan tu sistema. ¿Alguna vez...? —Se contuvo, al tiempo que extendía una mano para recibir de Gray la taza de té que le ofrecía.

—Adelante, pregunta. Casi nunca preguntas nada sobre mi trabajo.

—Porque me imagino que todo el mundo lo hace.

—Así es —dijo, y se puso cómodo—, pero no me importa.

—Bien, pues me preguntaba si alguna vez has creado algún personaje basado en alguien a quien conoces y después lo has matado.

—Pues, por ejemplo, a un estirado camarero de Dijon. Lo estrangulé.

—Ay —exclamó Brie, y se frotó el cuello con una mano—. ¿Cómo fue?

—¿Para él o para mí?

—Para ti.

—Satisfactorio. —Se llevó otra cucharada de pudin a la boca—. ¿Quieres que mate a alguien por ti, Brie? Tus deseos son órdenes para mí.

—No, por el momento no. —Se levantó y algunos de sus papeles cayeron al suelo.

—Necesitas una máquina de escribir —le dijo mientras la ayudaba a recoger los papeles—. Mejor aún, un ordenador. Te ahorraría tiempo al escribir cartas de trabajo.

—No si me toca buscar cada tecla. —Mientras Gray leía la correspondencia de Brie, ella levantó una ceja, divertida—. Eso no es muy interesante.

—Hmm. Perdón, lo hago por hábito. ¿Qué es Triquarter Mining?

—Parece que es una compañía en la que mi padre debió de invertir. Encontré un certificado de acciones entre sus cosas en el desván. Ya les he escrito una vez.

—Y añadió un poco exasperada—: Pero no he recibido respuesta. Por eso les estoy escribiendo de nuevo.

—Diez mil acciones. —Gray frunció los labios—. Eso no es cualquier cosa.

—Sí lo es, no te imaginas. Tendrías que haber conocido a mi padre: siempre estaba tras algún proyecto que lo haría millonario, pero que siempre le costaba más de lo que nunca le produciría. Sin embargo, tengo que hacerme cargo de esto. —Levantó una mano—. Ésa es una copia del certificado. Rogan tiene guardado el original, por seguridad, me dijo, y me dio la fotocopia.

—Debiste pedirle que verificara qué clase de empresa es.

—No quería molestarlo. Ya tiene suficiente en qué pensar con la apertura de la nueva galería... Y con Maggie.

Gray le devolvió la fotocopia.

—Incluso si costara un dólar cada acción, es una cantidad considerable.

—Me sorprendería si valiera más de un centavo cada una. Dios sabe que él no pudo haber pagado mucho más que eso. Lo más probable es que la compañía ya haya quebrado.

—Entonces te habrían devuelto la carta que enviaste.

—Ya has estado aquí el tiempo suficiente para conocer cómo es el correo irlandés —le dijo sonriendo—. Creo que... —Ambos miraron a *Con*, que empezó a gruñir—. ¿*Con*?

En lugar de responder a su ama, el perro gruñó de nuevo y se le erizó el pelo del lomo. En dos zancadas

Gray llegó hasta la ventana, pero no vio nada más que niebla.

—Neblina —murmuró Gray—. Iré a ver. No —le dijo tajantemente a Brie cuando la vio dispuesta a salir también—. Está oscuro, hace frío, hay mucha humedad y tú te vas a quedar aquí.

—No hay nada fuera.

—*Con* y yo vamos a echar un vistazo. Vamos. —Gray chasqueó los dedos y, para sorpresa de Brianna, el perro respondió de inmediato y salió siguiéndole los talones.

Brianna siempre tenía una linterna en el primer cajón de la cocina. Gray la sacó antes de abrir la puerta. *Con* se sacudió y, en cuanto Gray le dijo «Ve», saltó hacia la oscuridad de la noche. En unos segundos, el sonido de sus patas al galope se ahogó en el silencio.

La neblina distorsionaba la luz de la linterna. Gray empezó a caminar con cautela, aguzando los ojos y los oídos. Oía a *Con* ladrar, pero no podía establecer con certeza dónde o a qué distancia. Se detuvo en las ventanas de la habitación de Brianna y apuntó la luz hacia el suelo. Allí, en la inmaculada cama de margaritas, vio una sola huella.

Era pequeña, notó Gray, tanto como para ser la de un niño. Podía ser tan sencillo como eso, niños pasándose de listos. Pero cuando continuó rodeando la casa, escuchó el sonido de un motor poniéndose en marcha. Maldiciendo, apretó el paso. Entonces *Con* apareció rompiendo la neblina como un buzo emergiendo sobre la superficie de un lago.

—¿No has tenido suerte? —Para reconfortarse, Gray le acarició la cabeza al animal y ambos se quedaron un momento mirando hacia la espesura de la niebla—. Bueno, creo que ya sé de qué se trata todo esto. Vamos a casa.

Brianna estaba mordiéndose las uñas cuando entraron por la puerta de la cocina.

—¿Por qué habéis tardado tanto?

—Queríamos darle toda la vuelta a la casa —contestó. Dejó la linterna sobre la encimera y se pasó una mano por el pelo húmedo—. Esto podría estar relacionado con lo que pasó el otro día.

—No veo por qué. No has encontrado a nadie, ¿no?

—Porque no hemos sido lo suficientemente rápidos. O hay otra explicación posible —dijo, y se metió las manos en los bolsillos—: Yo.

—¿Tú? ¿Qué quieres decir?

—Ya me ha pasado algunas veces: algún fanático hiperentusiasta descubre dónde me alojo. Algunas veces llaman al lugar haciéndose pasar por viejos amigos míos, otras veces sólo me persiguen como si fueran mi sombra. De vez en cuando se meten en mi habitación para buscar algún *souvenir*.

—Eso es terrible.

—Es molesto, pero prácticamente inofensivo. Una vez, en el Ritz de París, una mujer con bastantes recursos logró abrir la puerta de mi habitación, se desnudó y se metió en mi cama. —Trató de sonreír—. Fue... embarazoso.

—Embarazoso —repitió Brianna después de lograr cerrar la boca—. ¿Qué...? No, creo que no quiero saber qué hiciste.

—Llamé a seguridad. —Los ojos le brillaron divertidos—. Hay límites en cuanto a lo que hago por mis lectores. En cualquier caso, es probable que hayan sido niños, pero si ha sido alguno de mis adorables fanáticos, tal vez quieras que me vaya a otro sitio.

—Claro que no. —Su instinto protector hizo su aparición—. No tienen derecho a entrometerse en tu intimidad de esa manera y sin lugar a dudas no te irás de aquí debido a ello. —Exhaló ruidosamente—. Es que no solamente son tus historias, ¿sabes?, las que logran envolver a la gente, todo parece tan real, y siempre hay algo heroico que se erige sobre todo lo demás, sobre la avaricia, la violencia y el dolor. Y también es tu foto.

A Gray le encantó la descripción que acababa de hacer Brianna de su trabajo, pero contestó distraídamente.

—¿Qué pasa con ella?

—Tu cara —respondió, y se volvió a mirarlo—. Tienes una cara hermosa.

Gray no supo si reírse o hacer una mueca de dolor.

—¿En serio?

—Sí, es... —Se aclaró la garganta. Vio en los ojos de Gray un destello que conocía demasiado bien como para no confiar en él—. Y la pequeña biografía que está en la contracubierta del libro, todo lo que no dice, mejor dicho. Es como si vinieras de ninguna parte. Todo el misterio que te rodea es atractivo.

—Es cierto que vengo de ninguna parte. Pero ¿por qué no volvemos a mi cara?

Brianna dio un paso atrás.

—Creo que hemos tenido suficientes emociones esta noche.

Gray siguió avanzando hacia delante, hasta que pudo poner sus manos sobre los hombros y sus labios quedamente sobre los de ella.

—¿Vas a poder dormir?

—Sí —contestó, exhalando perezosamente el aire que había estado reteniendo—. *Con* me va a hacer compañía.

—Qué suerte tiene ese perro. Anda, ve a dormir —añadió, y esperó hasta que ambos se acomodaran en sus respectivas camas y después hizo algo que Brianna nunca había hecho en todos los años que llevaba viviendo en esa casa: cerró las puertas con cerrojo.

El mejor lugar para esparcir noticias o enterarse de ellas era, lógicamente, el pub del pueblo. En las semanas que Gray llevaba en el condado de Clare había desarrollado un especial afecto por O'Malley's. Por supuesto, durante sus investigaciones había visitado diversos pubs de la zona, pero O'Malley's se había convertido para él en lo más cercano a lo que sería el bar de su barrio.

Pudo escuchar la cadencia de la música incluso antes de entrar. Murphy, pensó. Eso era suerte. En el momento en que Gray entró, lo saludaron por su nombre con un alegre bullicio. O'Malley empezó a servirle una Guiness antes de que se sentara en la barra.

—Bueno, ¿y cómo va el relato estos días? —le preguntó O'Malley.

—Va bien. Dos muertos, ningún sospechoso.

Sacudiendo la cabeza, O'Malley le puso la cerveza delante.

—No entiendo cómo un hombre puede jugar con la muerte todo el día y, sin embargo, estar sonriente por la noche.

—Antinatural, ¿no es cierto? —le contestó Gray sonriendo.

—Tengo una historia que contarte —le dijo David Ryan, que siempre se sentaba al final de la barra y siempre estaba pegado a un cigarrillo americano.

Gray se acomodó en su asiento, entre la música y el humo. Siempre había una historia que contar, y él era tan buen público como narrador.

—En el campo, cerca de Tralee, vivía una joven tan hermosa como un amanecer. Tenía el pelo como el oro sin tocar y los ojos tan azules como Kerry. —Las voces se fueron apagando y Murphy bajó el sonido de la música, para que apenas fuera el telón de fondo de la historia—. Y sucedió que dos hombres empezaron a cortejarla —continuó David—. Uno era un intelectual y el otro, un campesino. La joven los quería a los dos, a su manera, pues era tan inconstante de corazón como encantadora de rostro. Así que, disfrutando de la atención masculina, como cualquier joven casadera, dejó que ambos se prendaran de ella y les hizo promesas a ambos. Pero en el corazón del joven campesino empezó a crecer una mancha negra, hombro con hombro con el amor que sentía por la muchacha. —Hizo una pausa, como lo hacen con frecuencia quienes cuentan historias, y examinó la punta candente de su cigarrillo. Le dio una buena calada y exhaló el humo—. Entonces, una noche, esperó a su rival a la vera del camino y cuando el intelectual llegó silbando, porque la joven le había dado sus besos libremente, el campesino le saltó encima al novel amante y lo tumbó en el suelo. Lo arrastró bajo la luz de la luna a través de los campos y a pesar de que el pobre diablo todavía respiraba, lo enterró en lo más profundo de la tierra. Al amanecer sembró sobre el intelectual su cosecha y así terminó con la competencia. —David hizo otra pausa, le dio una calada a su cigarrillo y bebió de su cerveza.

—¿Y? —preguntó Gray, totalmente cautivado por la historia—. Se casó con la joven, claro.

—No, en realidad no se casaron. La joven se escapó ese mismo día con un muchachito de mala calaña. Pero el campesino tuvo la mejor cosecha de heno de toda su vida.

El público estalló en carcajadas y Gray sólo pudo menear la cabeza. Se consideraba a sí mismo un mentiroso profesional, y muy bueno. Pero allí la competencia era feroz. Entre risas, Gray cogió su cerveza y fue a sentarse junto a Murphy.

—Davey tiene una historia para cada día de la semana —le dijo Murphy, acariciando con suavidad los botones de su acordeón.

—Creo que mi agente lo acogería bajo su tutela en un abrir y cerrar de ojos. ¿Has oído algo, Murphy?

—No, nada útil. La señora Leery cree haber visto un coche en el camino el día del incidente. Cree que es verde, pero no le prestó mayor atención.

—Alguien anduvo husmeando por el hotel anoche. Lo perdí entre la neblina —recordó Gray disgustado—. Pero fuese quien fuese estuvo lo suficientemente cerca como para dejar una huella en el lecho de flores que hay ante la ventana de Brie. Tal vez fueran unos niños —dijo, y bebió de su cerveza—. ¿Alguien ha estado preguntando por mí?

—Tú eres el tema diario de conversación —le contestó Murphy secamente.

—Ah, la fama... Pero no, me refiero a extraños.

—No que yo haya oído. Deberías ir a preguntar a la oficina de correos. ¿Por qué?

—Creo que podría ser un fan descontrolado. Ya me ha pasado antes. Pero, otra vez —dijo, y se encogió de hombros—, así es como funciona mi cabeza, siempre conjeturando más de lo que hay.

—Hay una docena de hombres a un silbido de distancia si alguien te causa problemas, a ti o a Brie. —Murphy levantó la mirada al sentir que habían abierto la puerta. Entonces entró Brianna, acompañada de Maggie y Rogan. Levantó una ceja y miró de nuevo a Gray—. Y una docena de hombres o más que te arrastrarían hasta el altar si no cuidas esa chispa que hay en tus ojos.

—¿Qué? —Gray levantó su cerveza de nuevo y curvó los labios—. Sólo estoy mirando.

—Sí, claro. Soy un vagabundo —cantó Murphy— que casi nunca está sobrio. Soy un vagabundo de alto nivel. Porque cuando bebo, siempre estoy pensando qué hacer para conseguir a mi amada.

—Este vaso está medio vació —murmuró Gray, y se levantó y se dirigió hacia Brianna—. Pensé que tenías cosas que remendar.

—Así es.

—La amenazamos para que viniera —explicó Maggie, y dio un pequeño suspiro al tiempo que se acomodaba en un asiento.

—La convencimos —corrigió Rogan—. ¿Quieres un vaso de Harp, Brie?

—Bueno, gracias.

—Té para Maggie, Tim —ordenó Rogan, y le sonrió a su esposa mientras ésta refunfuñaba—. Un vaso de Harp para Brie, una Guiness para mí y, Gray, ¿otra para ti?

—Así está bien, gracias. —Gray se inclinó sobre la barra—. Todavía recuerdo la última vez que bebí contigo.

—Hablando del tío Niall —los interrumpió Maggie—, él y su esposa están pasando unos días en Creta. Toca algo alegre, ¿vale, Murphy?

Sintiéndose complacido, Murphy empezó a tocar *Whiskey in the Jar* y la acompañó con el golpeteo de sus botas.

Después de prestarle atención a la letra de la canción, Gray preguntó:

—¿Por qué vosotros los irlandeses estáis siempre cantándole a la guerra?

—¿Eso hacemos? —Maggie sonrió y bebió de su té mientras esperaba para unirse al coro.

—Algunas veces cantáis sobre la traición o la muerte, pero por lo general cantáis sobre la guerra.

—¿Es un hecho científicamente demostrado? —Sonrió por encima del borde de su taza—. No podría decirlo. Pero puede que se deba a que hemos tenido que pelear por cada centímetro de nuestra propia tierra durante siglos. O...

—No la hagas empezar —le pidió Rogan—. Ahí dentro hay un corazón rebelde.

—Dentro de cada hombre y mujer irlandeses hay un corazón rebelde. Murphy tiene una gran voz. ¿Por qué no cantas con él, Brie?

—Prefiero escuchar —contestó Brie disfrutando el momento, y bebió de su cerveza.

—Me gustaría escucharte —le dijo Gray acariciándole el pelo.

—Brie tiene la voz de un ángel —dijo Maggie, entrecerrando los ojos por el gesto de Gray—. Siempre nos preguntamos de dónde la habría sacado, hasta que supimos que nuestra madre cantaba de joven.

—¿Qué tal *Danny Boy*?

Maggie entornó los ojos.

—Tenía que ser un yanqui quien pidiera esa canción. La escribió un inglés, extranjero. Más bien canta *James Connolly*, Murphy. Brie va a cantar contigo.

Con un movimiento resignado de cabeza, Brianna fue a sentarse junto a Murphy.

—Juntos tienen una armonía maravillosa —murmuró Maggie sin quitarle la mirada de encima a Gray.

—Mmm. Brie canta por la casa cuando se le olvida que hay alguien por ahí.

—¿Cuánto tiempo planeas quedarte en el hotel? —le preguntó, haciendo caso omiso del gesto de desaprobación de Rogan.

—Hasta que termine —contestó un ausente Gray.

—¿Y después al siguiente lugar?

—Así es: después al siguiente lugar.

A pesar del hecho de que Rogan tenía la mano aferrada a la nuca de Maggie, ella empezó a hacer alguno de sus comentarios. Pero fueron los ojos de Gray, más que la molestia de su marido, lo que la hizo detenerse. El deseo que se adivinaba en ellos despertó su instinto protector. Pero ahora había algo más. Se preguntó si él era consciente de ello.

Cuando un hombre miraba a una mujer de esa manera, estaba involucrando mucho más que las hormonas. Maggie pensó que tenía que considerar el asunto y descifrar qué le parecía. Mientras tanto, levantó su taza sin dejar de mirar a Gray.

—Veremos qué pasa —murmuró Maggie—. Ya veremos.

Una canción se convirtió en dos, y dos, en tres. Canciones de guerra, canciones de amor, las delicadas y las tristes. Gray empezó a construir una escena en su cabeza.

El pub lleno de humo está colmado de ruido y música, es un santuario ajeno a los horrores del exterior. La voz de la mujer cautiva al hombre, que no quiere dejarse cautivar. En este punto, pensó Gray, justo en este punto es cuando el héroe pierde la batalla. Ella está sentada ante el fuego, con las manos reposando quedamente sobre su regazo, su voz invadiendo el recinto, encantadora y sin esfuerzo, sus ojos tan hipnóticos como la melodía.

Entonces él se enamora de ella, hasta el punto de no temer dar su vida por ella, si es necesario. Con certeza, la vida le ha cambiado. Con ella podría olvidar su pasado y mirar hacia el futuro.

—Estás pálido, Gray. —Maggie le dio unos golpecitos a Gray en el brazo hasta que reaccionó y se recostó contra el respaldo de la silla—. ¿Cuántas cervezas te has tomado?

—Sólo ésta —contestó, y se frotó las mejillas con una mano para ayudarse a tomar conciencia—. Sólo estaba... trabajando —concluyó. Eso era, por supuesto.

Sólo había estado pensando en personajes, en cómo construir una mentira. No se trataba de nada personal.

—Parecía un trance.

—Es lo mismo —dijo. Se le escapó un suspiro y entonces se rio de sí mismo—. Creo que después de todo sí me voy a tomar esa otra cerveza.

Capítulo 10

Con la escena del pub que había imaginado dándole vueltas en la cabeza, Gray no pasó una noche apacible. A pesar de que no podía borrarla, al parecer tampoco podía escribirla. Al menos no como le gustaría.

Una cosa que despreciaba era la idea del bloqueo del escritor. Por lo general, él podía quitárselo de encima y seguir trabajando hasta que la desagradable amenaza pasaba. A veces pensaba que era como si el bloqueo fuera una nube negra que le pasara por encima y después fuera a posarse sobre otro escritor infortunado.

Pero esa vez estaba atascado. No podía moverse dentro de la escena ni más allá de ella. Se había pasado gran parte de la noche frunciéndoles el ceño a las palabras que había escrito. Frío, pensó. Se estaba enfriando. Por eso la escena resultaba fría.

Ansioso era lo que estaba, admitió amargamente. Se sentía frustrado sexualmente por una mujer que podía hacerlo retroceder con una sola mirada sosegada.

Le servía de mucho obsesionarse con su casera, cuando más bien debería estar obsesionado por el asesinato...

Farfullando para sí mismo, decidió levantarse del escritorio y caminó hacia la ventana. Fue sólo suerte que lo primero que viera cuando se asomó fuera a Brianna.

Allí estaba ella bajo su ventana, bien colocada como una monja, vestida con un mojigato vestido rosa y con el pelo recogido en un sometido moño. ¿Por qué tenía puestos unos tacones?, se preguntó, y se acercó más a la ventana. Suponía que Brianna debía de pensar que esos zapatos sencillos y sin adornos eran cómodos, pero dibujaban sus piernas maravillosamente.

Mientras él seguía observando por la ventana, Brianna se subió al coche por el asiento del conductor, con movimientos tanto prácticos como llenos de gracia. Primero pondría el bolso sobre el asiento del copiloto, pensó Gray. Y así lo hizo. Después, se puso con cuidado el cinturón de seguridad y revisó los espejos; nada de acicalarse en el espejo retrovisor, notó Gray, sólo un rápido ajuste para asegurarse de que estaba bien alineado. Entonces giró la llave.

A pesar de que tenía la ventana cerrada, Gray oyó las toses del cansado motor. Brianna lo intentó una segunda vez. Y una tercera. Para entonces, Gray ya había sacudido la cabeza y se encontraba bajando las escaleras.

—¿Por qué diablos no has hecho arreglar esa cosa? —le gritó al tiempo que salía por la puerta delantera.

—Qué desastre. —Brianna ya estaba fuera del coche tratando de levantar el capó—. Funcionaba bien hace un par de días.

—Este cacharro no debe de haber funcionado bien en diez años —dijo, y la apartó, sintiéndose molesto porque rebosaba frescor y él se sentía como ropa sucia—. Si necesitas ir al pueblo a por algo, llévate mi coche. Veré qué puedo hacer con éste.

Como defensa ante las palabras secas de Gray, Brianna levantó la mandíbula.

—Muchas gracias, pero no voy al pueblo, sino a Ennistymon.

—¿Ennistymon? —Incluso habiendo logrado ubicar el pueblo en su mapa mental, levantó la cabeza de debajo del capó el tiempo suficiente para quedarse mirándola—. ¿A hacer qué?

—Voy a echarle un vistazo a la galería nueva. La van a inaugurar en un par de semanas y Maggie quiere que vaya a verla. —Brie se quedó detrás de Gray, mirándole la espalda mientras él luchaba con cables y maldecía—. Te he dejado una nota en la cocina y comida que puedes calentar, puesto que estaré fuera la mayor parte del día.

—Esto no te llevará a ninguna parte. La correa del ventilador está rota, la manguera de la gasolina está goteando y es bastante probable que el arranque del motor haya tenido suficiente. —Se enderezó y notó que Brianna llevaba puestos unos pendientes, unos finos aros de oro que apenas le rozaban el lóbulo de las orejas. Le añadían un aire de celebración que lo irritaba sin motivo aparente—. No tienes nada que hacer al volante de esta chatarra.

—Pues es lo que tengo. Te agradezco que te tomes la molestia, Grayson. Veré si Murphy puede...

—No representes esa película de reina del hielo conmigo —comentó, y cerró de un golpe el capó, con tanta fuerza que Brianna se sobresaltó. «Bien, prueba que tiene sangre en las venas», pensó él—. Y no me hables de Murphy. Él no puede hacer más que yo. Métete en mi coche, vuelvo enseguida.

—¿Y por qué habría de subirme a tu coche?

—Para que pueda llevarte al maldito Ennistymon.

Con los dientes apretados, Brianna se llevó las manos a las caderas.

—Es muy amable por tu parte ofrecerte, pero...

—Súbete al coche —le ordenó Gray mientras caminaba hacia la casa—. Necesito empaparme la cabeza.

—Yo te la dejaría en remojo —murmuró Brianna.

De un tirón abrió la puerta de su coche y sacó su bolso. ¿Quién le había pedido que la llevara?, quiso saber. Porque prefería recorrer a pie todos y cada uno de los kilómetros que había a Ennistymon antes que sentarse junto a un hombre como ése. Y si quería llamar a Murphy, pues... maldición, claro que lo haría.

Pero primero quería sosegarse.

Respiró hondo, otra vez, antes de caminar lentamente entre sus flores. La tranquilizaba, como siempre, el verde claro que apenas empezaba a retoñar. Necesitaban un poco de trabajo y cuidado, pensó, inclinándose para cortar una hoja de maleza. Si al día siguiente hacía buen tiempo, empezaría. Para Semana Santa su jardín estaría en pleno esplendor.

Las fragancias, los colores... Sonrió al ver el pequeño y valiente narciso que estaba brotando.

Entonces escuchó el portazo. Su sonrisa se evaporó, se levantó y se dio media vuelta.

Gray no se había tomado la molestia de afeitarse, notó Brie. Tenía el pelo húmedo y recogido en una coleta con una cinta de cuero, y su ropa se veía limpia aunque un poco andrajosa. Ella sabía perfectamente bien que aquel hombre tenía ropa decente. ¿Acaso no se la lavaba y planchaba ella misma?

Gray le lanzó una mirada y sacó las llaves del coche del bolsillo de los vaqueros.

—Al coche.

Ah, desde luego Gray necesitaba que le bajaran los humos, y bastante. Brianna caminó hacia él despacio; tenía hielo en los ojos y fuego en la lengua.

—¿Y qué es lo que te tiene tan alegre esta mañana?

Algunas veces, incluso un escritor entendía que las acciones podían hablar más claramente que las palabras. Sin darle a ninguno de los dos tiempo de pensar, la atrajo hacia sí, la miró con satisfacción al notar la sorpresa en su cara y le plantó con fuerza un beso en la boca.

Fue un beso brusco y ávido, lleno de frustración. A Brianna el corazón le dio un vuelco y sintió como si la cabeza le fuera a explotar. Tuvo un momento para temer, un momento para ansiar, pero entonces él la separó de sí otra vez.

Sus ojos, oh, sus ojos tenían una expresión feroz... Los ojos de un lobo, pensó Brianna atontadamente, llenos de violencia y fuerza increíbles.

—¿Lo has entendido? —le soltó él, furioso con ella, consigo mismo, cuando Brie sólo pudo quedarse allí, mirándolo. Como un niño, pensó, a quien acaban de golpear sin ninguna razón. Era una sensación que recordaba demasiado bien—. Dios, estoy enloqueciendo. —Se frotó las manos contra la cara, tratando de enjaular a la fiera—. Lo siento. Súbete al coche, Brianna. No te voy a asaltar. —Le hirvió la sangre otra vez cuando ella no se movió, ni siquiera parpadeó—. ¡Te he dicho que no voy a tocarte, maldita sea!

Brianna logró hablar, finalmente, aunque la voz no le salió tan firme como lo hubiera deseado.

—¿Por qué estás furioso conmigo?

—No lo estoy —contestó, y dio un paso atrás. Control, se recordó a sí mismo. Por lo general era bastante bueno en ello—. Lo siento —repitió—. Deja ya de mirarme como si te acabara de golpear.

Pero lo había hecho. ¿Acaso no sabía él que la ira, las palabras duras y el resentimiento hacían más daño que una mano violenta?

—Voy dentro. —Brie encontró sus defensas, el fino muro que contenía el enojo—. Necesito llamar a Maggie para avisarle de que no voy a poder ir.

—Brianna. —Trató de detenerla, pero entonces levantó ambas manos en un gesto que era en partes iguales frustración y súplica—. ¿Cómo de mal quieres que me sienta?

—No lo sé, pero supongo que te sentirás mejor después de comer.

—No, ahora me va a preparar el desayuno... —dijo, y cerró los ojos y respiró profundamente, tratando de calmarse—. ¿Acaso no hace mucho dijiste que yo tenía un humor similar todo el tiempo? —le preguntó en voz baja y mirándola de nuevo—. Pues estás bastante más que un poco lejos de la realidad. Los escritores somos unos bastardos miserables, Brie. Somos temperamentales, malvados, egoístas y egocéntricos.

—Tú no eres ninguna de esas cosas. —Brie no pudo explicar por qué se sintió obligada a salir en su defensa—. Tal vez temperamental, pero ninguna de las otras.

—Lo soy, dependiendo de cómo vaya el libro. Y en este momento va bastante mal, así que me comporto mal. Me he chocado contra una pared, una maldita fortaleza, y me he desahogado contigo. ¿Quieres que me disculpe de nuevo?

—No —le dijo suavizándose, levantó una mano y le acarició la mejilla sin afeitar—. Pareces cansado, Gray.

—No he pegado ojo en toda la noche —repuso, manteniendo las manos en los bolsillos y la mirada fija en los ojos de ella—. Ten cuidado con lo compasiva que eres, Brianna. El libro es sólo parte de lo que me está haciendo sentir mal esta mañana. Tú eres el resto. —Brianna retiró la mano de la cara de Gray como si hubiera tocado una llama. Su respuesta, tan inmediata, hizo que Gray sonriera—. Te deseo. Me duele desearte de esta manera.

—¿De veras?

—No deberías estar tan complacida contigo misma.

—No he querido... —contestó Brie sonrojándose.

—Ése es parte del problema. Ven, sube al coche. Por favor —añadió—. Se me va a soltar un tornillo si me quedo hoy aquí tratando de escribir algo.

Ésa era la tecla correcta que había que presionar. Brianna se subió al coche y esperó a que Gray se subiera por el otro lado.

—Tal vez si mataras a alguien más...

Gray soltó una carcajada; qué bien se sentía al reírse a pesar de todo.

—Sí, lo estoy pensando.

La galería Worldwide del condado de Clare era una joya. Recién construida, había sido diseñada como una elegante casa solariega rodeada de jardines. No se parecía a la espaciosa catedral de Dublín, ni al opulento palacio de Roma, pero era una edificación majestuosa concebida especialmente para albergar y exhibir el trabajo de artistas irlandeses. Una vez había sido el sueño de Rogan y hoy era su realidad y la de Maggie.

Brianna había diseñado los jardines. Y aunque no había podido sembrar ella misma las plantas, los jardineros habían usado sus planos para hacerlo: los caminos enladrillados estaban flanqueados por rosas y en enormes lechos semicirculares habían sembrado altramuces y amapolas, claveles y dedaleras, aguileñas, dalias y todas sus flores favoritas.

Toda la galería estaba construida en ladrillo de color rosa pálido, con largos y gráciles ventanales terminados en gris opaco. En el imponente vestíbulo, el suelo estaba cubierto por baldosas blancas y azules, del techo colgaba una gran araña Waterford y se veía la curva de la escalera de caoba que subía al segundo piso.

—Ésta es obra de Maggie —murmuró Brianna, cautivada por la escultura que dominaba la entrada principal.

Gray vio dos figuras entrelazadas, vidrio helado con sólo una chispa de calor. La figura era explícitamente sexual, extrañamente romántica.

—Es *Entrega*. Maggie se la regaló a Rogan antes de que se casaran. Y él, por supuesto, no la tiene a la venta.

—Puedo ver por qué —dijo, y tuvo que tragar saliva. El vidrio sinuoso era una bofetada erótica para su ya alterado sistema—. Es un impresionante inicio del recorrido.

—Maggie tiene un don especial, ¿no te parece? —Suavemente, apenas con las puntas de los dedos, Brianna acarició el frío vidrio que su hermana había creado a punta de fuego y sueños—. Un don especial hace que la persona que lo tiene se vuelva temperamental, supongo. —Sonriendo ligeramente se volvió para mirar por encima del hombro a Gray. Se le veía tan inquieto, pensó. Tan impaciente con todo, especialmente consigo mismo—. Y difícil, porque siempre se está exigiendo demasiado a sí misma.

—Y les hace la vida un infierno a quienes están alrededor cuando no consigue lo que quiere. —Gray se le acercó y en lugar de tocar el vidrio, la tocó a ella—. No me guardes rencor, ¿vale?

—¿Qué sentido tendría? —Encogiéndose de hombros, Brianna dio una vuelta, admirando las líneas claras y sencillas del vestíbulo—. Verás, Rogan quería que la galería fuera un hogar para el arte. Así que tiene una sala, una sala de dibujo, incluso un comedor y salitas auxiliares arriba. —Tomó a Gray de la mano y lo llevó hacia unas puertas dobles que estaban abiertas—. Todas las pinturas, las esculturas e incluso los muebles son obra de artistas y artesanos irlandeses. Y... ¡ay! —Se quedó paralizada y miró hacia dentro. Primorosamente acomodado sobre un brazo y el respaldo de un diván yacía un suave cobertor de un verde azulado fuerte que iba difuminándose hasta llegar a verde claro. Se acercó y lo acarició—.

Yo hice este cobertor —murmuró—, se lo regalé a Maggie por su cumpleaños. Y lo ha puesto aquí. Lo han puesto en una galería de arte.

—¿Y por qué no habrían de hacerlo? Es precioso... —Con curiosidad, Gray se acercó para verlo mejor—. ¿Tú lo tejiste? ¿En un telar?

—Sí, no tengo mucho tiempo para tejer en telar, pero... —se interrumpió, pues temía empezar a llorar—. Imagínate. Está en una galería de arte, entre todas estas pinturas y cosas maravillosas.

—Brianna —dijo entonces una voz masculina.

—Joseph.

Gray observó al hombre mientras atravesaba la habitación para terminar envolviendo a Brianna en un abrazo fuerte y cálido. Del tipo artístico, pensó Gray frunciendo el ceño. Llevaba un pendiente de turquesa en una oreja, el pelo recogido en una coleta que le caía sobre la espalda y vestía un traje italiano. Entonces recordó: lo había visto en la boda de Dublín.

—Cada vez que te veo estás más hermosa.

—Y tú cada vez dices más tonterías —repuso, pero se rio—. No sabía que estuvieras aquí.

—He venido sólo a pasar el día, para ayudar a Rogan con algunos detalles.

—¿Y Patricia?

—Se ha quedado en Dublín. Entre la niña y la guardería no ha podido venir.

—Ah, la niña, ¿cómo está?

—Preciosa, igual que la madre. —Entonces Joseph reparó en Gray y le tendió la mano—. Tú debes de ser Grayson Thane. Yo soy Joseph Donahue.

—Ay, lo siento. Gray, Joseph es el encargado de la galería de Rogan en Dublín. Pensé que os habíais conocido en la boda.

—Técnicamente no. —Gray le dio un apretón de mano amistoso a Joseph. Recordaba que tenía una esposa y una hija.

—Voy a tener que quitármelo de encima y decirte que soy un gran fan tuyo.

—No es problema.

—He traído un libro pensando que podría pedirle a Brie que te lo llevara para que me lo firmaras. ¿Será mucha molestia?

Gray pensó que probablemente, después de todo, Joseph Donahue podría llegar a caerle bien.

—En absoluto, lo haré con mucho gusto.

—Eres muy amable. Voy a avisar a Maggie de que ya estáis aquí. Quiere enseñaros la galería ella misma.

—Es un trabajo bellísimo el que habéis hecho aquí, Joseph. Todos vosotros.

—Vale cada hora de locura que hemos tenido. —Echó una mirada rápida y satisfecha al recinto—. Iré a por Maggie. Curiosead un poco mientras tanto. —Se detuvo en la puerta de salida, se dio media vuelta y sonrió—. Y aseguraos de preguntarle sobre la venta de una pieza al presidente.

—¿El presidente? —repitió Brianna.

—Sí, el presidente de Irlanda, querida. Esta mañana ha hecho una oferta por *Indomable*.

—Imagínate... —susurró Brianna cuando Joseph se marchó—. El presidente de Irlanda conoce el trabajo de Maggie.

—Puedo asegurarte que todo el mundo conoce a Maggie.

—Sí, ya lo sé, pero parece... —Se rio al sentirse incapaz de describirlo—. Qué maravilloso es esto. Mi padre habría estado tan orgulloso... Y Maggie, ay, debe de estar flotando. Tú sabes qué se siente, ¿no es cierto? Cuando alguien lee uno de tus libros.

—Sí, lo sé.

—Debe de ser fantástico tener talento, tener algo que dar que conmueva a la gente.

—Brie. —Gray levantó un extremo del suave cobertor—. ¿Cómo le llamas a esto?

—Ah, eso es algo que cualquiera puede hacer, sólo lleva tiempo. A lo que me refiero es al arte, a algo que perdure. —Se acercó a una pintura audaz, un paisaje colorido del ajetreado Dublín—. Siempre he deseado... No es que sienta envidia de Maggie. Aunque sí sentí un poco cuando se fue a estudiar a Venecia y yo me quedé en casa. Pero ambas hicimos lo que necesitábamos hacer. Y ahora ella está haciendo algo importante.

—Igual que tú. ¿Por qué haces eso? —le espetó, irritado con ella—. ¿Por qué piensas que lo que haces y lo que eres es de segunda clase? Tú puedes hacer más que cualquier otra persona que haya conocido.

Brianna sonrió y se volvió a mirarlo.

—Tan sólo es que a ti te gusta cómo cocino.

—Sí, me gusta tu cocina. —No sonrió—. Y cómo tejes, y tus flores. La manera en que haces que huela el aire, la manera en que doblas el pico de las sábanas cuando haces la cama. Cómo tiendes la ropa en las cuerdas

223

y cómo planchas mis camisas. Haces todas esas cosas y más y, encima, haces que parezcan fáciles.

—Bueno, es que no se requiere mucho...

—Sí, sí lo requiere —la interrumpió sintiendo que se le caldeaban los ánimos sin que pudiera encontrar una razón aparente—. No sabes cuántas personas no pueden hacer un hogar, o no les importa, no saben cómo cocinar, no saben cómo cultivar. Prefieren tirar todo lo que tienen por la borda antes que cuidarlo. Tiempo, cosas, hijos...

Se detuvo, sorprendido de lo que le había brotado, sorprendido de que hubiera estado allí esperando a salir. ¿Durante cuánto tiempo había estado escondiéndose allí?, se preguntó. ¿Y qué se necesitaba para enterrarlo de nuevo?

—Gray...

Brianna levantó una mano para acariciarle la mejilla, para tranquilizarlo, pero él dio un paso atrás. Nunca se había considerado una persona vulnerable, o no en demasiados años. Pero en ese momento se sintió demasiado frágil para dejarse tocar.

—A lo que me refiero es que lo que haces es importante. No deberías olvidarte de eso. Quiero dar una vuelta —anunció, y le dio la espalda abruptamente, apuró el paso hacia la puerta lateral y salió.

—Bien... —Maggie entró por la puerta del vestíbulo—. Ése ha sido un arrebato interesante.

—Necesita una familia —murmuró Brianna.

—Brie, es un hombre adulto, no un bebé.

—La edad no erradica la necesidad. Está demasiado solo, Maggie, y ni siquiera lo sabe.

—No puedes acogerlo como si fuera un gato callejero. —Ladeando la cabeza, Maggie se acercó más a Brie—. ¿O sí?

—Tengo sentimientos hacia él. No pensé que pudiera volver a sentir esto por nadie más. —Bajó la mirada hacia sus manos, que había entrelazado al frente. Deliberadamente, las soltó—. No, no es cierto. Esto es diferente de lo que sentía por Rory.

—Maldito Rory.

—Como siempre dices... —empezó Brianna, sonriendo—, ésa es la familia. —Le dio un beso en la mejilla a su hermana—. Dime, ¿qué se siente ante el hecho de que el presidente quiera comprarte una pieza?

—Siempre y cuando su dinero sea bueno... —replicó, y entonces Maggie echó la cabeza hacia atrás y se rio—. Es como ir a la luna y volver. No puedo evitarlo. Nosotros los Concannon no somos lo suficientemente sofisticados como para tomarnos las cosas con calma. Ay, cómo quisiera que papá...

—Ya lo sé.

—Bueno... —Maggie respiró hondo—. Debo decirte que el detective que contrató Rogan todavía no ha podido encontrar a Amanda Dougherty. Está siguiendo pistas, signifique lo que signifique.

—Tantas semanas, Maggie, lo que debe de estar costando...

—No empieces a fastidiarme para que acepte tu dinero. Me casé con un hombre rico.

—Y todo el mundo sabe que lo único que querías era su riqueza.

—No. Quería su cuerpo. —Le guiñó el ojo y enganchó su brazo en el de su hermana—. Y tu amigo Grayson Thane tiene uno que no pasaría desapercibido para ninguna mujer, me he dado cuenta.

—Yo también me he dado cuenta.

—Bien. Eso demuestra que no te has olvidado de cómo mirar. Recibí una postal de Lottie.

—Yo también. ¿Te importa que se queden una tercera semana?

—En lo que a mí respecta, mamá puede quedarse el resto de su vida en esa villa. —Suspiró ante la expresión de Brianna—. Está bien, está bien. Me alegro de que se lo esté pasando bien, aunque no lo vaya a admitir.

—Mamá te está agradecida, Maggie. Es sólo que su naturaleza no le permite decírtelo.

—Ya no necesito que me lo diga. —Puso una mano sobre su abultada barriga—. Tengo todo lo que quiero, y eso supone una gran diferencia. Nunca supe que podía sentir algo tan fuerte por nadie. Pero entonces llegó Rogan. Después, pensé que no podía sentir nada más fuerte por nadie ni por nada. Y ahora me pasa esto. Así que tal vez entienda un poco cómo el hecho de que una mujer no quiera y no ame al niño que crece dentro de ella pueda ser la mayor desgracia, así como quererlo y amarlo puede ser la mayor alegría.

—A mí tampoco me quería.

—¿Qué te hace decir algo así?

—Ella misma me lo dijo. —Brianna se dio cuenta de que sintió que se le quitaba un peso enorme de encima al pronunciarlo en voz alta—. Deber. Me concibió sólo por deber. Y no para con papá, sino para con la Iglesia. Es una forma muy fría de ser traído al mundo.

Maggie sabía que no era ira lo que Brianna necesitaba, de modo que actuó en concordancia. Le puso las manos alrededor de la cara.

—Peor para ella, Brie. No te sientas culpable. Y en lo que a mí respecta, si no hubiera cumplido con su deber, yo habría estado sola.

—Él nos amaba. Papá nos amaba.

—Así es. Y eso fue suficiente. Ven, no te preocupes más por ello. Quiero mostrarte lo que hemos hecho en el segundo piso.

Detrás de la pared del vestíbulo, Gray dejó escapar un largo suspiro. La acústica de la edificación era demasiado buena para contar secretos. Pensó que ahora entendía en parte la tristeza que rondaba los ojos de Brianna. Era extraño que tuvieran en común la falta de cuidado materno.

No era que esa carencia lo torturara a él, se aseguró. Había superado eso hacía años. Había dejado atrás al niño solitario y asustado en las habitaciones del Simon Brent Memorial.

Pero ¿quién era Rory?, se preguntó. ¿Y por qué Rogan había tenido que contratar a un detective para buscar a una mujer llamada Amanda Dougherty?

Gray había descubierto hacía mucho que la mejor manera de encontrar respuestas era haciendo las preguntas adecuadas.

—¿Quién es Rory?

La pregunta sacó violentamente a Brianna de sus sosegadas ensoñaciones mientras Gray conducía ligeramente por la carretera sinuosa y angosta que los alejaba de Ennistymon.

—¿Qué?

—No qué, sino quién. —Tuvo que orillarse cuando un Volkswagen que venía en dirección contraria dobló una curva por su lado del camino. Probablemente un yanqui sin experiencia, pensó con un alto grado de suficiencia—. ¿Quién es Rory? —repitió.

—Has estado escuchando los chismes del pub, ¿no?

En lugar de interpretarlo como una advertencia, la frialdad en la voz de Brianna lo incitó más.

—Desde luego, pero no fue allí donde escuché el nombre. Tú lo mencionaste cuando estabas hablando con Maggie en la galería.

—Entonces estabas escuchando a hurtadillas una conversación privada.

—Eso es redundante. No es escuchar a hurtadillas a menos que sea una conversación privada.

Brianna se enderezó en su asiento.

—No necesito que corrijas mi gramática, gracias.

—No es gramática, es... No importa. —Dejó que sus ánimos, y los de ella, se calmaran por un momento—. Entonces, ¿quién es?

—¿Y por qué habría de importarte?

—Sólo estás logrando que sienta más curiosidad.

—Es un chico a quien conocía. Estás tomando el camino equivocado.

—En Irlanda no hay caminos equivocados. Lee las guías turísticas. ¿Fue él quien te hizo daño? —La miró de reojo y asintió—. Bueno, eso lo contesta. ¿Qué pasó?

—¿Quieres ponerlo también en uno de tus libros?

—Tal vez, pero primero es un interés personal. ¿Lo amabas?

—Mucho. Me iba a casar con él.

Gray se descubrió a sí mismo frunciendo el ceño ante esa respuesta y golpeteando con un dedo sobre el volante.

—¿Y por qué no lo hiciste?

—Porque me dejó plantada a dos pasos del altar. ¿He satisfecho tu curiosidad?

—No. Sólo me dice que Rory obviamente era un imbécil. —No pudo evitar la siguiente pregunta, y le sorprendió que deseara hacerlo—. ¿Todavía lo amas?

—Eso sería extremadamente idiota por mi parte, teniendo en cuenta que todo pasó hace diez años.

—Pero todavía te duele.

—Ser despreciado duele —contestó lacónicamente—. Ser objeto de lástima en el pueblo duele. Pobre Brie, pobre y querida Brie, abandonada dos semanas antes del día de la boda. Su novio la dejó con el vestido de novia y el ajuar y se fugó a Estados Unidos en lugar de convertirla en su esposa. ¿Es suficiente para ti? —Levantó la cara para mirarlo—. ¿Quieres saber si lloré? Sí, lloré. ¿Que si esperé a que volviera? Sí, también lo hice.

—Puedes golpearme si te hace sentir mejor.

—Dudo que así sea.

Brianna hizo un sonido que era en parte molestia y en parte recuerdo.

—¿Por qué se fue?

—No sé, nunca lo he sabido. Ésa fue la peor parte. Vino un día y me dijo que no me quería, que no me aceptaría como su mujer y que nunca me perdonaría lo que le había hecho. Y cuando traté de preguntarle qué quería decir, me empujó y me tiró al suelo.

—¿Hizo qué? —Gray apretó los dedos alrededor del volante.

—Me empujó y me hizo caer —contestó ella calmadamente—. Y mi orgullo no me dejó ir tras él. Así que se fue, viajó a Estados Unidos.

—Bastardo.

—Con frecuencia he pensado eso mismo, pero la cosa es que no sé por qué me abandonó. Así que, después de un tiempo, regalé mi vestido de novia. Kate, la hermana de Murphy, lo usó cuando se casó con Patrick.

—Él no vale la tristeza que te embarga los ojos.

—Tal vez no. Pero el sueño sí. ¿Qué estás haciendo?

—Me detengo. Caminemos hasta los acantilados.

—No voy vestida para caminar sobre terreno agreste —protestó, pero él ya estaba fuera del coche—. No llevo los zapatos apropiados, Gray. Te puedo esperar aquí, si quieres ir a echar un vistazo.

—Quiero echar un vistazo contigo —afirmó, y la sacó del coche y después la cogió en brazos.

—¿Qué estás haciendo? ¿Te has vuelto loco?

—No queda muy lejos, y piensa en esas bonitas fotos nuestras que esos turistas van a llevarse a casa. ¿Sabes francés?

—No. —Desconcertada, volteó la cara para mirarlo de frente—. ¿Por qué?

—Se me ocurrió que si habláramos en francés, los turistas pensarían que somos, ya sabes, franceses. Entonces le contarían al primo Fred de Dallas la historia de esa pareja tan romántica que vieron cerca de la costa —dijo, besándola suavemente antes de ponerla de pie cerca del borde de una ladera rocosa.

Ese día el agua era del color de los ojos de Brianna, notó Gray. Ese brumoso y frío verde que inducía a soñar.

El cielo estaba tan claro que podían ver los recios montículos de las Islas de Arán y el pequeño ferry que recorría el trayecto entre Innismore y el continente. Olía a fresco y el cielo, de un azul temperamental, podía, y probablemente lo haría, cambiar en cualquier momento. Los turistas, no muy lejos de ellos, hablaban con un fuerte acento texano que hizo sonreír a Gray.

—Esto es tan hermoso... Todo. Sólo tienes que girar la cabeza en esta parte del mundo para ver algo más que te quite el aliento. —Deliberadamente se volvió hacia Brianna—. Me quitas totalmente el aliento.

—Ahora estás tratando de halagarme para compensarme por fisgonear en mis asuntos.

—No, claro que no. Y no he terminado de fisgonear, y me gusta hacerlo, así que sería hipócrita si me disculpara por ello. ¿Quién es Amanda Dougherty y por qué la está buscando Rogan?

En la cara de Brianna se dibujó la sorpresa, la boca se le desencajó.

—Eres el hombre más grosero que existe.

—Eso ya lo sé. Cuéntame algo que no sepa.

—Voy al coche —afirmó, pero cuando se dio la vuelta, él sencillamente la tomó del brazo.

—Te cogeré dentro un minuto. Te partirás un tobillo con esos zapatos, especialmente si te vas a contonear por la ira.

—Yo no me contoneo, como dices tan floridamente. Además, eso no es de tu... —se interrumpió y exhaló ruidosamente—. ¿Para qué pierdo el tiempo diciéndote que no es de tu incumbencia?

—No tengo ni idea.

Brianna lo miró con los ojos entrecerrados. Imperturbable es lo que era. Y tan obstinado como dos mulas.

—Vas a seguir dándome la lata hasta que te lo cuente, ¿verdad?

—Ahora empiezas a entenderlo —dijo, pero no sonrió. En cambio, le quitó un mechón de pelo que se le había caído sobre la cara. Gray tenía la mirada intensa, inquebrantable—. Eso es lo que te tiene preocupada. Ella es quien te preocupa.

—No creo que comprendas nada.

—Te sorprendería saber lo que soy capaz de comprender. Ven, siéntate —ordenó. La guio hacia una roca y la obligó a sentarse, haciendo luego lo mismo junto a ella—. Cuéntame una historia. A veces es más fácil así.

Tal vez fuera así. Y tal vez contarlo todo la ayudaría a aligerar ese peso que cargaba en el corazón.

—Hace muchos años existió una mujer que tenía una voz de ángel, o eso era lo que decían. Ella deseaba con todo su corazón usar su voz para dejar una huella. Su vida como la hija de un mesonero no la satisfacía, así que se fue y empezó a pagarse su carrera con canciones. Un día tuvo que volver, porque su madre enfermó, y ella era una hija cumplidora de su deber, aunque no cariñosa. Una noche cantó en el pub del pueblo por puro gozo, para complacer al dueño y por unas pocas libras. Allí conoció a un hombre. —Brianna miró hacia el mar imaginándose a su padre viendo a su madre, oyéndola cantar—. Un destello ardió entre ellos. Pudo haber sido amor, pero no del tipo que perdura. Sin embargo, no se resistieron, o no pudieron hacerlo. Y así, no mucho después, ella se encontró encinta. La Iglesia, su educación y sus propias creencias no le dejaron otra opción que casarse y abandonar el sueño que albergaba en su corazón. Después de eso nunca pudo ser feliz ni tuvo la suficiente compasión para hacer feliz a su marido. Poco después de que la primera hija naciera, ella concibió otra vez. No debido al fuego, sino a su frío sentido del deber. Y una vez satisfecho ese deber, le negó a su marido su cama y su cuerpo de ahí en adelante. —Sólo verla hizo que Gray se mantuviera cerca de ella con su mano sobre la suya. Pero no habló. Todavía no—. Un día, en algún lugar cerca del río Shannon, él conoció a otra mujer. Hubo amor allí, un amor profundo y duradero. Sin importar cuál fuera el pecado, su amor fue más grande. Pero él tenía una esposa, como sabes, y dos hijas pequeñas. Y tanto él como la mujer que lo amaba sabían que no había futuro para ellos. Entonces ella lo dejó y volvió a Estados Unidos, su país. Le escribió tres cartas, cartas de amor llenas de afecto y comprensión. Y en la tercera le contó que estaba esperando un hijo suyo. Había decidido irse lejos, le dijo, y él no debía preocuparse porque era feliz de llevar una parte de él creciendo dentro de ella. —Una gaviota graznó, lo que hizo que Brie levantara la mirada. La observó alejarse hacia el horizonte antes de continuar con la historia—. Ella nunca le volvió a escribir, pero él nunca la olvidó. Esos recuerdos probablemente lo consolaron a lo largo de su helado matrimonio por deber y de todos los años de vacío. Creo que así fue, pues el nombre de ella fue lo último que dijo antes de morir. Pronunció el nombre de Amanda mientras miraba hacia la inmensidad del mar. Y toda una vida después de que esas cartas fueran escritas, una de las hijas del hombre las encontró, guardadas en el desván, donde él las había mantenido atadas con una cinta roja que ya se había desteñido. —Levantó la mirada hacia Gray—. No había nada que ella pudiera hacer para echar atrás el reloj y conseguir que esas vidas fueran mejores de lo que habían sido. Pero ¿acaso una mujer que ha amado así no merece saber que nunca la olvidaron? ¿Y no tiene derecho ese hijo a conocer su propia sangre?

—Puede causarte más dolor encontrarlos. —Gray miró hacia abajo, donde estaban sus manos entrelazadas—. El pasado tiene muchas trampas desagradables. Es un lazo poco convincente, Brianna, el que existe entre el hijo de Amanda y tú. Lazos más fuertes se rompen todos los días.

—Mi padre la amaba —contestó llanamente—. Y el hijo que ella dio a luz es mi familia. No hay nada más que hacer salvo buscarlos.

—No para ti —murmuró mientras sus ojos recorrían la cara de ella. Vio fortaleza allí, mezclada con tristeza—. Déjame ayudarte.

—¿Cómo?

—Conozco a mucha gente. Encontrar a alguien básicamente requiere investigación, llamadas telefónicas, relaciones.

—Rogan contrató a un detective en Nueva York.

—Ése es un buen inicio. Pero si él no encuentra algo pronto, déjame intentarlo, ¿vale? —Levantó una ceja—. Y no me digas que es amable por mi parte.

—Está bien, no lo diré, aunque es cierto. —Levantó sus manos entrelazadas y las acarició contra su mejilla—. Estaba furiosa contigo por presionarme, pero decírtelo me ha ayudado. —Inclinó la cara hacia la de él—. Sabías que así sería.

—Soy curioso por naturaleza.

—Sí que lo eres, pero sabías que me ayudaría.

—Por lo general así es. —Se puso de pie y la levantó de la roca—. Es tiempo de volver. Estoy listo para trabajar.

Capítulo 11

La cadena que aquella historia había echado alrededor del cuello de Gray lo mantuvo presa de su escritorio durante días. De vez en cuando, la curiosidad le vencía y abría la puerta de cuando en cuando a medida que los huéspedes iban y venían del hotel.

La había tenido sólo para él durante tantas semanas que pensó que el ruido y la conversación lo molestarían. Pero, por el contrario, fue acogedor, como el mismo hotel, y colorido, como las flores que estaban empezando a retoñar en el jardín de Brianna, brillante como esos primeros días preciosos de la primavera.

Cuando no salía de la habitación, siempre encontraba delante de su puerta una bandeja con comida. Y cuando lo hacía, cenaba y tenía nueva compañía en la sala. La mayoría de la gente que llegaba se quedaba sólo una noche, lo que le venía bien a Gray, que siempre había preferido el contacto rápido y poco complicado.

Pero una tarde bajó, con el estómago rugiéndole, y encontró a Brianna en el jardín delantero.

—¿Estamos solos?

Brianna lo miró por debajo del ala de su sombrero de jardinera.

—Durante uno o dos días. ¿Tienes hambre?

—Puedo esperar hasta que termines. ¿Qué estás haciendo?

—Estoy sembrando. Quiero unos pensamientos aquí. Siempre son arrogantes y engreídos. —Se sentó sobre las piernas—. ¿Has oído al cuco cantar, Grayson?

—¿Un reloj?

—No —dijo ella riéndose, y acomodó con ternura tierra alrededor de las raíces—. He oído al cuco cantar cuando he salido a andar con *Concobar* temprano esta mañana, lo que augura buen clima. Y después he visto dos urracas parloteando, lo que significa que habrá prosperidad —añadió, y se inclinó y continuó su trabajo—, así que tal vez otro huésped encuentre el camino hasta aquí.

—Superstición, Brianna. Me sorprendes.

—No veo por qué. Ah, está sonando el teléfono. Una reserva.

—Yo contesto. —Como Gray ya estaba de pie, le ganó a Brianna en llegar primero al teléfono de la sala—. Hotel Blackthorn, buenos días. ¿Arlene? Sí, soy yo. ¿Cómo estás, preciosa?

Frunciendo ligeramente los labios, Brianna se quedó en la entrada limpiándose las manos con un trapo que tenía metido en la cintura del pantalón.

—En cualquier lugar en donde pueda colgar mi sombrero —le dijo Gray a Arlene en respuesta a su pregunta de si se estaba sintiendo como en casa en Irlanda. Cuando vio que Brianna iba a salir de la habitación, le extendió una mano en gesto de invitación—. ¿Cómo va todo en Nueva York? —Vio a Brianna dudar, pero luego dio un paso adelante. Al acercarse a él, Gray entrelazó sus dedos con los de ella y empezó a darle besitos en los nudillos—. No, no me he olvidado, aunque no lo he pensado mucho tampoco. Sí, los ánimos me incitan, cariño. —Aunque Brianna frunció el ceño y tiró de la mano, él la mantuvo agarrada firmemente, sonriendo—. Me alegra escuchar eso. ¿Cuál es la oferta? —Hizo una pausa, mientras escuchaba y seguía sonriendo a Brianna—. Es muy generoso, Arlene, pero sabes lo que pienso sobre los compromisos a largo plazo. Los prefiero de uno en uno, como siempre. —Mientras escuchaba lo que le decía Arlene al otro lado de la línea, hacía ligeros sonidos de aceptación e interés, al tiempo que le mordisqueaba a Brianna la muñeca. No le hacía mal a su ego sentir el pulso desbocado de ella—. Suena más que bien. Dales largas a los ingleses un poco más, si ves que puedes. No, no he leído el *London Times*... ¿En serio? Bien, pues es bastante útil, ¿no es cierto? No, no estoy siendo un sabiondo. Es maravilloso, gracias. Yo... ¿Qué? ¿Un fax? ¿Aquí? —Se rio por lo bajo, se inclinó hacia delante y le dio un beso rápido y amistoso en la boca a Brianna—. Que Dios te bendiga, Arlene. No, mándalo por correo postal. Mi ego puede esperar. Te avisaré tan pronto llegue, preciosa. Sí, estaré en contacto.

Se despidió y colgó con la mano de Brianna todavía entre la suya. Cuando Brie habló, la frialdad de su voz bajó diez grados la temperatura de la habitación.

—¿No crees que es grosero coquetear con una mujer por teléfono cuando estás dándole besos a otra?

La ya complacida expresión de Gray se iluminó aún más.

—¿Celosa, querida?

—Por supuesto que no.

—Sólo un poco. —Tomó su otra mano antes de que pudiera escaparse y se las llevó a la boca—. Bueno, al menos es un progreso. Casi odio decirte que Arlene es mi muy casada agente, que, aunque ocupa un lugar importante en mi corazón y en mi chequera, es veinte años mayor que yo y la orgullosa abuela de tres niños.

—Ah... —Brianna odiaba sentirse tonta tanto como odiaba sentirse celosa—. Supongo que ahora sí quieres comer, ¿no?

—Por una vez, en lo último en lo que estoy pensando es en comida. —Estaba claro en sus ojos en qué estaba pensando, de modo que la atrajo hacia sí—. Estás preciosa con ese sombrero.

Brianna ladeó la cabeza justo a tiempo de esquivar la boca de Gray. Sus labios apenas acariciaron la mejilla de ella.

—¿Entonces son buenas noticias? ¿El motivo de la llamada?

—Muy buenas. A mi editor le han gustado los capítulos de muestra que le mandé hace un par de semanas y ha hecho una oferta.

—Qué bien. —A Brianna le pareció que Gray debía de tener bastante hambre por la manera en que le estaba mordisqueando la oreja—. Supongo que vendes tus libros antes de escribirlos, como un contrato.

—No hago contratos múltiples. Me hacen sentir enjaulado. —Tanto, que acababa de rechazar una oferta espectacular por tres novelas—. Negociamos un libro cada vez. Y con Arlene jugando en mi equipo, todo funciona muy bien.

Una extraña calidez estaba propagándose por el cuerpo de Brianna mientras los labios de Gray descendían lentamente por su cuello.

—Me dijiste cinco millones. A mí me cuesta trabajo imaginarme tanto dinero.

—No esta vez —dijo, y pasó a su mandíbula—. Arlene ha logrado negociarlo por seis y medio.

Impresionada, Brianna retrocedió.

—¿Millones? ¿De dólares americanos?

—Parece dinero del Monopoly, ¿verdad? —Se rio—. Arlene no está conforme con la oferta de los ingleses, y puesto que mi último libro está estable en el número uno de la lista del *London Times*, los está presionando un poco. —Con aire ausente, la tomó de la cintura y presionó sus labios contra las cejas de ella, en la sien—. *Punto de apoyo* se estrena el próximo mes en Nueva York.

—¿Se estrena?

—Mmmm. La película. Arlene pensó que tal vez yo querría ir al estreno.

—De tu propia película. Pues deberías.

—El debería no existe, además parece una noticia trasnochada. Ahora estoy en *Escenas del pasado*.

Los labios de Gray se detuvieron a juguetear con las comisuras de los labios de Brianna. A ella le resultaba difícil respirar.

—¿*Escenas del pasado*?

—El libro en el que estoy trabajando ahora. Es lo único que importa. —Entrecerró los ojos, su mirada se perdió—. Él tiene que encontrar el libro. Mierda, ¿cómo se me ha podido pasar eso? Es el punto central. —Gray se separó de Brianna y se pasó una mano por el pelo—.

Una vez que lo encuentre, no tendrá opción, ¿no es cierto? Eso es lo que lo hace personal.

Cada terminación nerviosa del cuerpo de Brianna estaba vibrando debido a la huella de los labios de Gray.

—¿De qué estás hablando? ¿De qué libro?

—El diario de Delia, que es lo que une pasado y presente. Él no va a poder zafarse una vez que lo haya leído. Va a tener que... —Sacudió la cabeza, como un hombre saliendo, o entrando, de un trance—. Necesito ponerme a trabajar.

Gray estaba a mitad de las escaleras y a Brianna el corazón todavía le retumbaba dentro del pecho.

—¿Grayson?

—¿Qué?

Brie notó, entre irritada y divertida, que Gray ya estaba inmerso en su propio mundo. Tenía en los ojos esa chispa de impaciencia y Brie dudó de que la viera siquiera.

—¿No quieres comer?

—Déjame una bandeja en la puerta cuando puedas. Gracias —añadió, y terminó de subir deprisa.

Bien. Pues Brianna se llevó las manos a las caderas y logró reírse. Aquel hombre la había seducido completamente y ni siquiera se había dado cuenta. Se había ido con Delia y su diario, con sus asesinatos y sus mutilaciones, y la había dejado con el cuerpo quejándose como un reloj averiado.

Pero así era mejor, se aseguró. Todos esos besos y mordiscos la habían debilitado. Y era absurdo, ¿no es cierto?, dejarse debilitar por un hombre que se iría de su casa y de su país tan despreocupadamente como se había ido de la sala.

Pero, ah, pensó mientras caminaba hacia la cocina, la hacía preguntarse cómo sería. Cómo sería tener toda esa energía, toda esa atención, toda esa habilidad concentradas sólo en ella, aunque fuera por un período corto de tiempo. Aunque fuera sólo por una noche. Entonces sabría lo que es darle placer a un hombre. Y recibir el placer de un hombre. La soledad podría ser amarga después, pero el momento podría ser dulce.

Podría. Demasiados «podría», se advirtió a sí misma, y le preparó a Gray una bandeja con una generosa porción de cordero frío y croquetas de queso. La subió y la dejó dentro de la habitación, sin hablar. Gray no se percató de su presencia, ni ella esperaba que lo hiciera. No cuando estaba volcado sobre su pequeño ordenador, con los ojos entrecerrados fijos en la pantalla y los dedos galopando sobre las teclas. Ni siquiera gruñó cuando Brie sirvió el té y le dejó la taza sobre el escritorio.

Cuando Brie se sorprendió a sí misma sonriendo y con la urgencia de acariciar el sedoso pelo de puntas doradas de Gray, decidió que era buen momento de caminar hasta casa de Murphy para pedirle que le arreglara el coche.

El ejercicio la ayudó a aliviar los últimos vestigios inquietos de necesidad. Ésa era su época favorita del año, la primavera, cuando los pájaros trinaban, las plantas florecían y las colinas resplandecían de verde, tanto que uno tenía que admirarlas.

La luz estaba dorada y el aire tan claro que Brianna podía escuchar el ronroneo del tractor de Murphy dos campos más allá. Encantada con el día, balanceó la cesta que llevaba en la mano y empezó a cantar para sí misma.

Salvó un pequeño muro de piedra y sonrió al ver a un potro de patas temblorosas que lactaba ávidamente de su madre mientras ésta pacía con tranquilidad. Se detuvo un instante a admirar a la madre y a la cría y después continuó su camino.

Tal vez después de ver a Murphy fuese a casa de Maggie, pensó. Ya sólo quedaban unas semanas para que su sobrino naciera. Alguien necesitaba cuidar del jardín de Maggie y lavarle la ropa. Entonces vio a *Con* galopar por el campo en su dirección. Riéndose, se detuvo y se agachó a saludarlo.

—¿Qué has estado haciendo? ¿Sembrando? ¿O sólo cazando conejos? No, no es para ti —le dijo levantando la cesta antes de que el perro metiera la nariz dentro—. Pero hay un buen hueso esperándote en casa. —Al escuchar el saludo de Murphy, se enderezó y levantó una mano para saludarlo.

Murphy apagó el tractor y salió de un salto mientras ella andaba hacia él a través de la tierra recién removida.

—Buen día para sembrar.

—El mejor —estuvo de acuerdo Murphy, y miró de reojo la cesta—. ¿Qué tienes ahí, Brie?

—Un soborno.

—Bah, estoy hecho de la materia más fuerte.

—Bizcocho esponjoso.

Murphy cerró los ojos y suspiró exageradamente.

—Soy tu hombre.

—Claro que lo eres —dijo ella, pero mantuvo la cesta tentadoramente fuera del alcance de Murphy—. Se trata nuevamente de mi coche.

—Brianna, cielo —empezó Murphy mirándola con dolor—, es hora de celebrar su funeral. Su tiempo ha pasado.

—¿No podrías echarle un vistazo?

La miró y después miró la cesta.

—¿Me vas a dar todo el bizcocho?

—Cada migaja.

—Hecho. —Tomó la cesta y la puso sobre el asiento del tractor—. Pero te lo advierto: necesitarás comprar un coche nuevo antes de que llegue el verano.

—Si no queda otro remedio, lo haré. Pero tengo el corazón puesto en mi invernadero, así que necesito que el coche aguante un poco más. ¿Tuviste tiempo de ver los dibujos que hice del invernadero, Murphy?

—Sí, y puede hacerse. —Aprovechando una pausa, sacó un cigarrillo y lo prendió—. Sólo les hice un par de ajustes.

—Eres un hombre encantador, Murphy —replicó Brie, y, sonriendo, le dio un beso en la mejilla.

—Eso me dicen todas las mujeres. —Se tiró de un mechón rizado que le caía sobre la cara—. ¿Y qué pensaría tu yanqui si pasara por aquí y te viera coqueteando conmigo en mi propia tierra?

—No es mi yanqui. —Brianna se cambió de lugar cuando Murphy levantó una ceja—. Te cae bien, ¿no?

—Es difícil que no le caiga bien a uno. ¿Te está preocupando, Brianna?

—Tal vez un poco —suspiró, y cedió. No había nada en su mente y en su corazón que no pudiera decirle a Murphy—. De hecho, mucho. Me gusta mucho y no sé exactamente qué hacer al respecto. Le tengo mucho afecto, tanto que no te lo imaginas. Y es tan diferente de lo que sentía con Rory...

Con la sola mención del nombre, Murphy frunció el ceño y bajó la mirada hacia la punta encendida de su cigarrillo.

—Rory no se merece ni uno solo de tus pensamientos.

—No desperdicio tiempo pensando en él, pero ahora, con Gray, me acuerdo. Verás, Murphy... él se va a ir... como se fue Rory. —Desvió la mirada. Podía decirlo, pero no toleraba la compasión en los ojos de Murphy al hacerlo—. Trato de entenderlo, de aceptarlo. Me digo que sería más fácil si por lo menos supiera por qué. Me falta eso...

—No te falta nada, Brie —dijo Murphy de golpe—. Olvídalo.

—Lo he hecho. Lo hice... o casi. Pero yo... —Sintiéndose abrumada, se dio la vuelta para mirar hacia las colinas—. ¿Qué es lo que tengo, o no tengo, que aleja a un hombre? ¿Le pido demasiado o no lo suficiente? ¿Acaso proyecto algún tipo de frialdad que los espanta?

—No hay nada frío en ti. Deja de culparte por la crueldad de otra persona.

—Es que sólo me tengo a mí misma para preguntarme. Han pasado diez años. Y ésta es la primera vez en todo este tiempo que siento algo por alguien. Me asusta porque no sé cómo podré superar otra desilusión. Gray no es Rory, lo sé, sin embargo...

—No, no es Rory. —Furioso de verla tan perdida, tan triste, tiró el cigarrillo lejos—. Rory era un idiota que no pudo ver lo que tenía y prefirió creer cualquier mentira que le dijeron. Deberías dar gracias a Dios de que se marchase.

—¿Qué mentira?

El fuego que ardía en los ojos de Murphy se enfrió.

—La que fuese. Bueno, tengo que ponerme a trabajar, Brie. Mañana paso a ver tu coche.

—¿Qué mentira? —insistió, poniéndole una mano sobre el brazo. Tenía un ligero pitido en los oídos, un puño apretado en el estómago—. ¿Qué sabes al respecto, Murphy, que no me has contado?

—¿Qué podría saber? Rory y yo nunca fuimos amigos.

—No, no lo fuisteis —dijo ella despacio—. A él nunca le caíste bien. Tenía celos de ti porque tú y yo somos amigos. Nunca entendió que tú eres como un hermano para mí. Nunca pudo verlo —continuó, mirando a Murphy con cautela—. Y una o dos veces discutimos debido a ello, porque Rory decía que yo era muy ligera de besos cuando se trataba de ti.

Algo se adivinó en la cara de Murphy antes de que pudiera evitarlo.

—Pues bien, ¿no te he dicho que era un imbécil?

—¿Le dijiste algo sobre eso? ¿Él te dijo algo? —Brianna aguardó. El frío que le estaba creciendo dentro del cuerpo la desbordó—. Vas a decírmelo, por Dios que tienes que hacerlo. Tengo derecho. Lloré como una loca por él, sufrí viendo cómo todos me compadecían. Vi a tu hermana casarse con el vestido que cosí con mis propias manos para mí. Durante diez años he sentido un enorme vacío por dentro.

—Brianna...

—Vas a decírmelo. —Decidida, inquebrantable, lo miró directamente a los ojos—. Sé que tienes la respuesta. Si eres mi amigo, dímelo.

—No es justo.

—¿Acaso ha sido justo dudar de mí todos estos años?

—No quiero hacerte daño, Brianna. —Suavemente, le acarició una mejilla—. Antes me cortaría un brazo.

—Me haría menos daño saber.

—Tal vez. Tal vez. —No podía saberlo. Nunca había podido saberlo—. Maggie y yo pensamos...

—¿Maggie? —lo interrumpió sorprendida—. ¿Maggie también lo sabe?

Ay, estaba metido hasta el cuello, pensó Murphy, y no había marcha atrás sin hundirlos a todos.

—El amor que te tiene tu hermana es tan fiero, Brianna... Haría cualquier cosa por protegerte.

—Te digo lo que ya le he dicho a ella miles de veces: no necesito que me protejan. Ahora cuéntame lo que sabes.

Diez años, pensó, era demasiado tiempo para guardar un secreto para un hombre honesto. Diez años era, también, demasiado tiempo de culpa para una mujer inocente.

—Un día vino a buscarme; yo estaba aquí fuera, trabajando en el campo. Apareció de la nada, me pareció a mí, y me atacó. Y, como a mí tampoco me caía bien él, fui a su encuentro. No fui muy vehemente, hasta que dijo lo que dijo: que tú... habías estado conmigo. —Todavía se sentía avergonzado, y bajo la vergüenza, descubrió, seguía yaciendo la rabia aguda que no se había apaciguado con el tiempo—. Dijo que nos habíamos burlado de él a sus espaldas y que no iba a casarse con una puta. Le rompí la nariz por eso —dijo con fiereza. Al recordarlo, apretó los puños—. No lo lamento. Habría

247

podido romperle los huesos también, pero me dijo que había sido tu propia madre quien se lo había dicho. Le dijo que habías estado acostándote conmigo a escondidas y que era probable que llevaras un hijo mío en tu vientre.

Brianna se puso tan pálida como la muerte y el corazón le crujió.

—¿Mi madre le dijo eso?

—Le dijo que su conciencia no le permitía dejar que se casara contigo en la iglesia sabiendo que habías pecado conmigo.

—Ella sabía que no era cierto —susurró Brie—. Ella sabía que tú y yo no habíamos hecho nada.

—Sus razones para creerlo o decirlo sólo son de su incumbencia. Maggie llegó cuando me estaba limpiando y le conté todo antes de pensarlo mejor. Al principio pensé que iría a darle una paliza a Maeve con sus propios puños y tuve que detenerla hasta que se calmó un poco. Hablamos y Maggie dijo que Maeve lo había hecho para que no te fueras de casa.

Ah, sí, pensó Brianna. Una casa que nunca había sido un hogar.

—Para que la atendiera y cuidara de la casa y de mi padre.

—No sabíamos qué hacer, Brianna. Te juro que yo mismo te habría arrastrado del altar con mis propias manos si hubieras seguido adelante con la idea de casarte con ese gusano. Pero se fue al día siguiente, y estabas tan dolida... No tuve el valor, ni Maggie tampoco, de decirte lo que el muy cerdo había dicho.

—No tuviste el valor —repitió ella, apretando los labios—. Lo que no teníais, Murphy, ni tú ni Maggie, era derecho a ocultarme la verdad. No teníais derecho, igual que mi madre no tenía derecho a decir semejantes cosas.

—Brianna...

Ella retrocedió antes de que Murphy pudiera tocarla.

—No, déjame. No puedo hablar contigo en este momento. No puedo —dijo, y se dio media vuelta y corrió.

No lloró. Tenía las lágrimas congeladas en la garganta y rehusó dejarlas derretirse. Corrió a través de los campos, sin ver nada, nada más que la bruma de lo que había sido. O de lo que casi había sido. Toda su inocencia quedó hecha trizas. Todas sus ilusiones se pulverizaron. Toda su vida era un montón de mentiras. Había sido concebida en una mentira, había sido criada en una mentira, la habían alimentado en una mentira.

Cuando llegó a su casa, estaba sollozando. Se detuvo y apretó las manos tan fuerte como pudo, hasta que las uñas se le enterraron en la carne. Los pájaros todavía estaban trinando y las flores que ella misma había sembrado continuaban bailando al viento, pero ya no la conmovieron. Se vio a sí misma como había ocurrido hacía tanto tiempo, sorprendida y horrorizada cuando la mano de Rory la había empujado haciéndola caer. Todos esos años después, todavía podía visualizar la escena perfectamente, el desconcierto que había sentido al levantar la cabeza para mirarlo, la rabia y el disgusto en la cara de él antes de darse la vuelta y dejarla allí tirada...

La habían tachado de puta, ¿no es cierto? Su propia madre. El hombre que amaba. Qué broma tan divertida, puesto que no sabía lo que era tener el peso de un hombre encima.

Abrió la puerta sin hacer ruido y la cerró tras de sí. De modo que su destino había sido decidido por su madre esa mañana de hacía tanto tiempo. Pues bien, ahora, ese mismo día, ella iba a tomar las riendas de su destino en sus propias manos.

Resuelta, subió las escaleras, abrió la puerta de la habitación de Gray y la cerró después de entrar.

—¿Grayson?

—¿Sí?

—¿Me deseas?

—Pues claro. Más tarde. —Volvió en sí, la miró sólo enfocando a medias—. ¿Qué? ¿Qué me has dicho?

—¿Me deseas? —repitió. Tenía la columna tan rígida como la pregunta—. Me dijiste que así era y te comportaste como si fuera así.

—Yo... —Hizo un esfuerzo sobrehumano para dar el paso de la imaginación a la realidad. Brianna estaba tan pálida como el hielo, los ojos le brillaban como si en ellos hubiera gotas de hielo y, notó Gray, dolor—. Brianna, ¿qué sucede?

—Es una pregunta sencilla. Te agradecería que me la contestaras.

—Por supuesto que te deseo. ¿Cuál es el...? ¿Qué diablos estás haciendo? —Saltó de la silla como un resorte y en dos zancadas estuvo al lado de Brie, al tiempo que ella se empezaba a desabotonar la camisa con rapidez—. Detente. Maldición, ¡deja eso!

—Has dicho que me deseas. Te estoy complaciendo.

—He dicho que te detengas. —En un movimiento, se plantó frente a ella y empezó a cerrarle la camisa—. ¿Qué bicho te ha picado? ¿Qué ha ocurrido?

—No tiene importancia —contestó ella, y sintió que iba a empezar a temblar, pero trató de controlarse—. Has estado intentando convencerme de que me acueste contigo y ya estoy lista. Si no tienes tiempo ahora, dímelo. —Sus ojos relampaguearon—. Estoy acostumbrada a que me dejen para después.

—No es cuestión de tiempo...

—Estupendo. —Se alejó de él y se dirigió a la cama—. ¿Prefieres las cortinas cerradas o abiertas? A mí me da igual.

—Deja las estúpidas cortinas. —La pulcra manera en que Brie dobló la colcha logró lo mismo de siempre: que el estómago se le cerrara en un puño de lujuria—. No vamos a hacer esto.

—Entonces no me deseas... —Cuando se enderezó, la camisa a medio abrir de Brianna permitió a Gray entrever un tentador fragmento de piel pálida y algodón blanco.

—Me estás matando —murmuró él.

—Bien. Entonces te dejo para que puedas morir en paz. —Con la cabeza en alto, Brie caminó hacia la puerta. Gray alcanzó a llevar una mano a la puerta de un golpe para mantenerla cerrada.

—No te irás a ninguna parte hasta que me expliques qué es lo que está pasando.

—Nada al parecer, al menos en lo que a ti respecta. —Se paró con la espalda pegada contra la puerta, olvidándose de cómo respirar despacio, constantemente, y cómo arrancarle el dolor a su voz—. Seguro que en alguna parte habrá un hombre dispuesto a dedicarme un rato para darme un revolcón.

—Estás haciendo que me enfade —le dijo apretando los dientes.

—Pues es una lástima. Te pido disculpas, siento haberte molestado. Es sólo que pensé que hablabas en serio. Verás, ése es mi problema —murmuró al tiempo que los ojos se le inundaban de lágrimas—: Siempre creo a la gente.

Tendría que lidiar con las lágrimas, comprendió Gray, y con cualquier otro embrollo emocional en el que ella estuviera envuelta sin tocarla.

—¿Qué ha pasado?

—Me he enterado... —Ya no tenía la mirada fría, sino devastada y desesperada—. Me he enterado de que nunca ha habido un hombre que me amara, que me amara de verdad. Y que mi propia madre mintió, mintió horriblemente, para quitarme incluso esa pequeña oportunidad de ser feliz. Le dijo que yo me había acostado con Murphy. Le dijo eso, y que era probable que yo estuviera encinta. ¿Cómo podía casarse conmigo creyendo tal cosa? ¿Cómo pudo creerla si me amaba?

—Espera un momento. —Gray hizo una pausa, tratando de organizar en su cabeza el borbotón de palabras de Brianna—. ¿Me estás diciendo que tu madre le dijo a ese tipo con el que te ibas a casar, el tal Rory, que habías estado acostándote con Murphy y que podrías estar embarazada de él?

—Se lo dijo para que no me fuera de esta casa. —Recostó la cabeza contra la puerta y cerró los ojos—. Esta casa como era antes. Y él la creyó. Creyó que yo podía hacer algo así, y la creyó tanto que ni siquiera me preguntó si era cierto. Sólo me dijo que no me quería y se fue. Y todo este tiempo Maggie y Murphy lo han sabido y no me lo habían dicho.

«Pisa con cuidado —se advirtió Gray—. Arena movediza emocional».

—Mira, viéndolo desde fuera y teniendo en cuenta que soy un observador profesional, yo diría que tu hermana y Murphy mantuvieron la boca cerrada porque no querían herirte más de lo que ya estabas.

—Es mi vida, ¿no te parece? ¿Entiendes lo que es no saber por qué no te quieren? ¿Ir por la vida sabiendo que no te quisieron pero sin saber por qué?

Sí que lo sabía, lo sabía con exactitud, pero Gray no creyó que ésa fuera la respuesta que Brianna quería escuchar.

—Ese tipo no te merecía. Eso debería darte algo de satisfacción.

—Pues no. No en este momento. Pensaba que tú me la darías.

Gray dio un cauteloso paso atrás al tiempo que el aire se agotaba dentro de sus pulmones. Una mujer hermosa, una que, desde el primer momento, le había hecho hervir la sangre. Inocente. Ofreciéndose.

—Estás molesta —logró decir con voz tensa—. No estás pensando con claridad. Además, por más que me duela, existen reglas.

—No quiero excusas.

—Quieres un sustituto. —La rápida violencia de la afirmación los sorprendió a ambos. Gray no se había percatado de ese pequeño germen que había estado creciendo dentro de su cabeza, y entonces lo dejó salir—. No voy a ser el maldito suplente de un imbécil llorón que te abandonó hace diez años. El pasado apesta. Bien, pues bienvenida a la realidad. Cuando llevo a una mujer a la cama, ella debe estar pensando en mí. Sólo en mí.

Cualquier ligero color que hubiera subido a las mejillas de Brianna se desvaneció de nuevo.

—Lo siento. No quería que pensaras de esa manera. No era mi intención que lo interpretaras así.

—Se entiende así porque eso es exactamente lo que es. ¡Cálmate! —le ordenó, muerto del susto ante la posibilidad de que Brianna empezara a llorar nuevamente—. Cuando descubras qué es lo que quieres, házmelo saber.

—Yo sólo... necesitaba sentir que alguien, tú, me querías, me deseabas. Pensé... Tenía la esperanza de que me quedara algo para recordar. Sólo una vez... quería saber lo que se siente cuando te toca un hombre a quien le tienes afecto. —El color le volvió a las mejillas y la humillación se le dibujó en la cara mientras Gray la miraba—. No importa. Y lo siento mucho.

Abrió la puerta de un tirón y desapareció.

Brianna lo sentía, pensó Gray, mirando hacia el espacio vacío donde ella había estado. Podía sentir el aire vibrar en la estela de su partida.

«Bien hecho, amigo», se dijo, disgustado, mientras caminaba de un lado a otro de la habitación. «Buen trabajo. Alguien que está en el suelo siempre se siente mejor cuando lo pateas». Pero, maldición, maldición, Brianna lo había hecho sentir tal como le había dicho. Como si fuera un reemplazo bastante conveniente del amor perdido. Gray se sintió miserable por ella, por tener que afrontar una traición tal, un rechazo de esa magnitud. No había nada que él entendiera mejor.

Pero él lo había superado, ¿no? Entonces también Brie podría.

Brianna quería que la tocara, sólo necesitaba que la calmara. Con la cabeza palpitando, caminó hasta la ventana y volvió. Lo deseaba, buscaba un poco de compasión, de comprensión. Un poco de sexo. Y él la había echado corriendo. Igual que el siempre popular Rory.

¿Qué se suponía que Gray debía haber hecho? ¿Cómo podía haberla llevado a la cama cuando alrededor de ella bullían todo ese dolor, ese miedo y esa confusión? No necesitaba las complicaciones de otras personas. No las quería.

Ah, pero cómo la deseaba...

Recostó la cabeza contra el cristal de la ventana y soltó un taco. Sencillamente podía irse. Nunca le había costado ningún trabajo poner distancia. Podía sentarse de nuevo, retomar los hilos de su historia y sumergirse en ella.

O... podía tratar de hacer algo que mitigara toda esa frustración que los embargaba a ambos.

El segundo impulso le pareció más atractivo, toda una vida más atractivo. Aunque también muchísimo más peligroso. La ruta segura era para los cobardes, se dijo. Entonces tomó las llaves de su coche, bajó las escaleras y salió de la casa.

Capítulo 12

Si había algo que Gray sabía hacer con estilo era crear escenas con ambiente. Dos horas después de que hubiera salido del hotel, estaba de vuelta en su habitación dando los últimos toques a los detalles. No pensó más allá del primer paso. Algunas veces era más sabio, y seguro, ciertamente, no detenerse en cómo se desarrollaría la escena o se terminaría el capítulo. Después de dar una última mirada a su alrededor, asintió para sí mismo y bajó a buscar a Brianna.

—Brianna.

Brie no se dio la vuelta de la encimera, en donde estaba decorando meticulosamente una tarta de chocolate. Ya estaba más tranquila, pero no menos avergonzada por su comportamiento. Se había estremecido más de una vez en las últimas dos horas pensando en cómo se le había ofrecido a Gray.

Cómo se había arrojado a sus pies y él la había rechazado.

—Sí, aquí estoy. La cena está lista —dijo tranquilamente—. ¿Quieres que te sirva aquí abajo?

—Necesito que subas.

—Está bien. —Se sintió tremendamente aliviada de que Gray no quisiera celebrar una acogedora cena en la cocina—. Voy a prepararte la bandeja.

—No. —Le puso una mano sobre el hombro, y se sintió intranquilo cuando notó que a ella se le tensaban los músculos—. Necesito que subas.

Bien. Pues tendría que afrontarlo tarde o temprano. Limpiándose las manos cuidadosamente en su delantal, se dio la vuelta. No pudo adivinar nada en la cara de Gray; ni la condena ni la rabia con las que la había tratado hacía un rato. No fue de mucha ayuda.

—¿Hay algún problema?

—Sube. Después me dirás.

—Está bien. —Lo siguió. ¿Debía disculparse de nuevo? No estaba segura. Tal vez lo mejor fuera fingir que no había pasado nada. Suspiró ligeramente cuando se acercaron a la habitación de Gray. Ay, esperaba que no fuera la fontanería. En ese momento el gasto sería...

Brianna se olvidó de la fontanería en cuanto entró en la habitación. Se olvidó de todo.

Gray había encendido velas por todas partes y la luz se derramaba como oro derretido sobre el gris de la habitación. Había flores repartidas en seis floreros diferentes: tulipanes y rosas, freesias y lilas. En una cubitera de plata descansaba una botella helada de champán, todavía con el corcho puesto. De alguna parte salía música. Era música de arpa. Miró, desconcertada, hacia el estéreo que estaba sobre el escritorio.

—Me gusta dejar las cortinas abiertas —le dijo Gray.

Brianna cruzó las manos debajo del delantal, donde sólo ella sabía que estaban temblando.

—¿Por qué?

—Porque uno nunca sabe cuándo va a poder atrapar un rayo de luna.

Brie sonrió ligeramente al escucharlo.

—No. Quiero decir que por qué has hecho todo esto.

—Para hacerte sonreír. Para darte tiempo de decidir si esto es lo que realmente quieres. Para ayudarme a persuadirte de que así es.

—Te has tomado muchas molestias... —Recorrió con la mirada la cama y después nerviosamente miró hacia el florero de rosas—. No tenías por qué hacerlo. He hecho que te sientas obligado.

—Por favor, no seas tonta... Es decisión tuya —dijo, pero se acercó a ella y le quitó una de las horquillas del pelo—. ¿Quieres que te demuestre todo lo que te deseo?

—Yo...

—Creo que tengo que demostrártelo, aunque sea sólo un poco. —Le quitó todas las horquillas, hasta dejarle caer el pelo suelto, y entonces metió las manos en él—. Después puedes decidir cuánto quieres dar. —La besó en la boca, un beso tan suave como el aire, tan erótico como el pecado. Cuando los labios de Brie se separaron temblando, Gray deslizó su lengua entre ellos, provocadoramente—. Esto te dará una idea. —Le besó la mandíbula, subió hasta la sien y después volvió a las comisuras de sus labios—. Dime que me deseas, Brianna. Quiero oírtelo decir.

—Te deseo. —No podía oír su propia voz, sólo la vibración en su garganta, donde la boca de él estaba besándola—. Te deseo, Gray. No puedo pensar... Necesito...

—Sólo a mí. Esta noche sólo me necesitas a mí, y yo sólo te necesito a ti. —Persuasivamente, bajó las manos por la espalda de ella—. Acuéstate conmigo, Brianna. —La levantó y la cogió en brazos—. Hay tantos lugares a los que quiero llevarte...

La acostó sobre la cama, donde la colcha y las mantas habían sido dobladas a manera de invitación. El pelo de Brianna se derramó sobre la impecable ropa de cama como fuego dorado, atrapando en sus sutiles ondas destellos de la luz de las velas. En sus ojos se había desatado una tormenta debido a la lucha entre las dudas y las necesidades.

A Gray el estómago se le encogió sólo con mirarla. De deseo, sí, pero también de miedo. Iba a ser su primer amante. Sin importar lo que pasara después, Brianna iba a recordar esa noche el resto de su vida y lo iba a recordar a él.

—No sé qué debo hacer —confesó Brie, y cerró los ojos, excitada, avergonzada, encantada.

—Pero yo sí. —Gray se acostó a su lado y la besó en la boca una vez más. Brie temblaba contra él, lo que le produjo una sensación ardiente de pánico que le contrajo las entrañas. ¿Y si se movía demasiado rápido? ¿Y si se movía demasiado despacio? Para tranquilizarlos a los dos, Gray le separó los dedos nerviosos a Brie y se los besó uno por uno—. No estés asustada, Brianna. No me tengas miedo. No voy a hacerte daño.

Pero sí estaba asustada, y no sólo por el dolor que sabía que implicaba la pérdida de la inocencia. También temía no ser capaz de dar placer ni de sentir plenamente toda la verdad del acto.

—Piensa en mí —murmuró Gray, profundizando el grado del beso y del estremecimiento. Si no lograba nada más, por lo menos, se juró, iba a exorcizar hasta el último de los fantasmas del dolorido corazón de Brianna—. Piensa en mí —y cuando lo repitió, supo, desde alguna parte escondida en la profundidad, que él necesitaba ese momento tanto como ella.

Dulce, pensó Brianna entre brumas. Qué extraño que la boca de un hombre pudiera saber tan dulce y pudiera ser fuerte y suave a la vez. Fascinada por el sabor y la textura, dibujó con la punta de su lengua los labios de Gray y escuchó el suave ronroneó de él en respuesta.

Uno a uno los músculos de Brianna se fueron desentumeciendo a medida que el sabor de él se fue filtrando dentro de su cuerpo. Y qué bello era que la besaran como si fuera a seguir siendo así hasta que el tiempo se detuviera. Qué sólido y agradable era el peso de Gray sobre ella, y qué fuerte se sentía su espalda cuando se atrevió a dejar que sus manos exploraran.

Gray se puso tenso y ahogó un quejido cuando los dedos dubitativos de Brianna se deslizaron sobre sus caderas. Ya estaba duro, así que cambió de posición ligeramente, preocupado de que pudiera asustarla.

Lentamente, se ordenó. Con delicadeza.

Deslizó el tirante del delantal por encima de la cabeza de Brie y desató el que lo sujetaba a la cintura para quitárselo después. Brianna mantuvo los ojos bien abiertos y curvó los labios.

—¿Me besarías otra vez? —La voz le sonó espesa como la miel, cálida—. Cuando lo haces, lo veo todo dorado.

Gray descansó sus cejas sobre las de ella y esperó un momento hasta que pensó que podría darle la gentileza que ella le estaba pidiendo. Entonces tomó su boca y se la bebió amorosamente, con suavidad. Brianna parecía derretirse debajo de él, el estremecimiento daba paso a la docilidad.

Brianna no sentía nada más que la boca de Gray, esa boca maravillosa que se daba un suntuoso banquete sobre su piel. Entonces él puso una mano sobre su garganta, como si verificara el pulso que galopaba allí antes de seguir su camino hacia abajo.

Ella no se había dado cuenta de que Gray le había abierto la camisa. Entonces abrió los ojos de par en par cuando sintió sus dedos siguiendo la curva de sus senos sobre el sujetador. Gray mantuvo sus ojos fijos en los de ella, con tal concentración que la hizo temblar otra vez. Brie empezó a protestar, a hacer un sonido de negativa, pero la caricia de los dedos de Gray era muy excitante, apenas un roce de sus yemas contra su piel.

No era aterrador, pensó Brianna. Más bien era relajante y tan dulce como los besos. Y mientras se dejaba ir, los dedos inteligentes de él se deslizaron debajo del algodón y encontraron el punto sensible.

El primer jadeo de Brianna se abrió paso a través de él, el sonido, la sensación excitante del cuerpo de ella arqueándose de sorpresa y placer. Gray a duras penas estaba tocándola, pensó sintiendo cómo le palpitaba la sangre. Brianna no sabía cuánto más había aún. Dios, él estaba desesperado por mostrárselo.

—Relájate —dijo, y la besó una y otra vez mientras sus dedos seguían excitándola. Llevó la mano que tenía libre a la espalda de ella para desabrocharle el sujetador—. Sólo siéntelo.

Brianna no tenía opción. Las sensaciones bullían dentro de ella como diminutas flechas de placer e impacto. La boca de él se tragaba el aliento ahogado de la joven mientras le terminaba de quitar la ropa y la dejaba desnuda hasta la cintura.

—Dios, eres tan bella...

Mirar por primera vez esa piel pálida como la leche, esos senos pequeños que cabían perfectamente en la palma de su mano, hizo que casi se perdiese. Incapaz de resistirse, bajó la cabeza y los saboreó.

Brianna gimió, larga, profunda, gravemente. Los movimientos del cuerpo de ella bajo el de Gray eran puro instinto, él lo sabía, y no un ardid deliberado para hacerle perder el control. Entonces la complació, suavemente, y encontró que su placer crecía desde el de ella.

La boca de Gray era tan cálida, y el aire, tan denso... Cada vez que él apretaba, tiraba, lamía, le desencadenaba una reacción en la boca del estómago. Un revoloteo que crecía y crecía en algo más parecido al dolor, demasiado parecido al placer, tanto, que no se podían separar.

Gray le murmuró suaves palabras de amor que le dieron vueltas en la cabeza como si fueran un arco iris. Lo que le dijera no tenía importancia, le habría confesado Brianna si hubiera podido. Nada importaba mientras él no dejara de tocarla nunca, nunca.

Gray se sacó la camisa por la cabeza, ansiando la sensación de piel contra piel. Cuando descendió de nuevo a ella, Brianna hizo un ligero sonido y lo envolvió entre sus brazos.

Sólo pudo suspirar cuando Gray empezó a recorrerla con la boca el torso, las costillas. Se le calentó la piel, los músculos se le contrajeron y le temblaron bajo las manos y la boca de él. Gray supo que Brianna estaba perdida en un oscuro túnel de sensaciones.

Con cuidado, le desabrochó los pantalones, lo que le fue descubriendo nueva piel lentamente para explorar con delicadeza. Brianna levantó las caderas una vez inocentemente, y entonces Gray tuvo que apretar los dientes y controlar la desgarradora necesidad de tomar, de poseer y satisfacer el acoso de su tirante cuerpo.

Brianna le enterró las uñas en la espalda, haciéndolo gemir de placer mientras la acariciaba las caderas desnudas. Sabía que ella se arquearía de nuevo y le rogó a cualquier dios que estuviera escuchando que le diera fortaleza.

—No hasta que estés lista —le murmuró Gray, y de nuevo la besó en los labios con infinita paciencia—, te lo prometo. Pero quiero verte. Entera. —Se hizo a un lado y se arrodilló junto a ella. Otra vez adivinó el miedo en sus ojos, aunque el cuerpo le temblaba debido a esas necesidades contenidas durante tanto tiempo. No pudo calmar su propia voz ni sus manos, pero las mantuvo quietas—. Quiero tocarte todo el cuerpo. —Mantuvo los ojos fijos en los de ella mientras se quitaba los vaqueros—. Por completo.

Cuando terminó de desnudarse, la mirada de Brianna se dirigió inexorablemente hacia su miembro. Y se multiplicó su temor. Sabía lo que estaba a punto de suceder. Después de todo, era la hija de un granjero, por más pobre que éste hubiera sido. Habría dolor y sangre y...

—Gray...

—Tienes la piel tan suave... —Observándola, pasó un dedo muslo arriba—. Muchas veces me he preguntado cómo serías, pero eres mucho más hermosa de lo que me había imaginado.

Inquieta, Brianna se cubrió los senos con un brazo. Gray la dejó y volvió a donde había empezado, con besos suaves, lentos e hipnóticos. Y después caricias con manos pacientes y hábiles que sabían dónde una mujer anhela que la toquen, incluso cuando la mujer no lo sabe. Impotente, Brianna se rindió bajo él, con la respiración agitada convirtiéndose en jadeos mientas Gray le acariciaba el vientre plano con una mano para después descender hacia el terrible y glorioso fuego.

«Sí —pensó él controlando el delirio—. Ábrete para mí. Déjame. Tan sólo déjame». Brianna estaba húmeda y caliente cuando la tocó. Un gruñido emergió de la garganta de Gray cuando la joven se retorció y trató de resistirse.

—Suéltate, Brianna. Déjame llevarte, déjame.

Brianna estaba suspendida de un acantilado abismal aferrada al borde sólo con la punta de los dedos. El terror manó dentro de ella. Se estaba resbalando. Perdía el control. Estaban pasando demasiadas cosas en su interior de una sola vez como para que su carne ardiente pudiera contenerlas... La mano de Gray era como una antorcha que encendía su piel, que la lastimaba sin piedad hasta que la obligó a soltarse y sumergirse en lo desconocido.

—Por favor —sollozó—. Dios mío, por favor.

Entonces el placer, como una corriente líquida, discurrió dentro y fuera de ella, robándole el aliento, la conciencia, la visión. Durante un momento glorioso se volvió ciega y sorda a todo salvo a sí misma y los choques de terciopelo que la hacían convulsionar.

Se abrió a sus manos y lo hizo gemir como un hombre agonizante. Gray tembló al mismo tiempo que ella, y después enterró la cara en su piel haciéndola gemir de nuevo.

Poniendo a prueba la cadena de su propio control, Gray esperó a que Brianna llegara a la cumbre.

—Abrázame, aférrate a mí —murmuró, embriagado con sus propias necesidades mientras luchaba por abrirse paso delicadamente dentro de ella. Brianna era tan estrecha, tan apretada, y estaba tan deliciosamente caliente... Gray usó cada gramo de voluntad para no embestirla ávidamente cuando la sintió cerrarse alrededor suyo—. Sólo un segundo —le prometió—. Sólo un segundo, después todo será bueno otra vez.

Pero Gray estaba equivocado. Nunca dejó de ser bueno. Brianna lo sintió rompiendo la barrera de su inocencia y llenándola de sí mismo, y sólo experimentó una gran alegría.

—Te amo —le dijo Brianna al tiempo que se arqueaba para darle la bienvenida.

Gray escuchó las palabras y sacudió la cabeza para negarlas. Pero ella lo estaba envolviendo, llevándolo hacia un pozo de generosidad. Y él, impotente, no pudo hacer nada más salvo sumergirse.

Para Brianna volver al espacio y al tiempo fue como deslizarse ligeramente sobre una delgada y blanca nube.

Suspiró y dejó que la suave gravedad se apoderara de ella hasta que una vez más se encontró en el viejo camastro con la luz de las velas titilando en rojo y dorado en sus párpados cerrados y el increíblemente placentero peso de Gray hundiéndola en el colchón.

Pensó entre la bruma que ningún libro que hubiera leído, ninguna charla que hubiera escuchado en boca de otras mujeres, ninguna ensoñación secreta que hubiera tenido le habría podido enseñar lo maravilloso que era tener el cuerpo de un hombre desnudo presionado contra su cuerpo.

El cuerpo en sí mismo era una creación sorprendente, más hermoso de lo que se había imaginado. Los largos y musculosos brazos eran tan fuertes como para levantarla, pero a la vez tan delicados como para abrazarla como si fuera una frágil cáscara de huevo vacía.

Las manos eran de palma amplia y dedos largos y sabían exactamente dónde tocar y presionar. Entonces seguían los hombros anchos, la bella, delgada y larga espalda, las caderas angostas que desembocaban en unos muslos fuertes y unas pantorrillas firmes.

Duro. Sonrió para sí misma. ¿No era un milagro que algo tan duro, tan resistente y fuerte pudiera estar recubierto de piel tan suave y delicada?

Ah, el cuerpo de un hombre sí que era una cosa gloriosa, pensó.

Gray sabía que si ella seguía tocándolo, enloquecería silenciosamente. Pero si dejaba de hacerlo, estaba seguro, se quejaría.

Esas bellas manos domésticas se estaban deslizando sobre él, acariciándolo ligeramente, explorando, dibujando, probando, como si quisieran memorizar cada músculo y curva de su cuerpo de hombre.

Todavía estaba dentro de ella, no podía soportar la idea de separarse. Sabía que debía hacerlo, debía salir y darle tiempo de recuperarse, porque por más que había hecho todo lo posible por no hacerle daño, el acto implicaba un poco de malestar.

Y, sin embargo, él estaba tan satisfecho, y a ella se la veía tan feliz... Todos los nervios que le habían invadido de sólo pensar en tomarla por primera vez, su primera vez, se habían fundido en dicha perezosa.

Cuando esas ligeras caricias lo empezaron a estimular de nuevo, se obligó a moverse, y entonces se levantó sobre los codos para mirarla.

Brianna estaba sonriendo. Gray no pudo averiguar por qué ese gesto le pareció tan entrañable, tan perfectamente encantador. Tenía los labios curvados en una sonrisa, los ojos cálidamente verdes y la piel ligeramente sonrojada. Ahora que ese primer torrente de necesidades y nervios estaba calmado podía disfrutar del momento, las luces, las sombras, el placer de la excitación. Presionó los labios contra sus cejas, sus sienes, sus mejillas, su boca.

—Preciosa Brianna.

—Ha sido muy bonito. —La voz le sonó grave, todavía áspera debido a la pasión—. Tú has hecho que fuera bonito.

—¿Cómo te sientes ahora?

—Débil —le contestó, pensando que Gray le preguntaba no sólo por amabilidad, sino por curiosidad. Se rio—. Invencible. ¿Por qué crees que algo tan natural como esto debería suponer una diferencia tan grande en la vida?

Gray frunció el ceño, pero se suavizó de inmediato. Responsabilidad, pensó, era su responsabilidad. Tenía que recordarse que Brie era una mujer adulta y que la decisión había sido de ella.

—¿Te sientes cómoda con esa diferencia?

Brie le sonrió amplia, bellamente, y le acarició una mejilla.

—He esperado tanto por ti, Gray...

La señal interna de defensa de Gray se prendió. Incluso inmerso en ella, tibio, condenado y medio excitado, la señal empezó a prenderse y a apagarse. «Ten cuidado —le advirtió una parte fría y controlada de su mente—. Alerta: intimidad».

Brianna notó el cambio en sus ojos, un sutil pero distintivo distanciamiento, incluso cuando le cogió la mano que él tenía en su mejilla y le besó la palma.

—Te estoy aplastando —dijo Gray. Brie quiso replicar «no, quédate», pero Gray ya se estaba separando de ella—. No nos hemos tomado el champán. —Cómodo con su desnudez, se levantó de la cama—. ¿Por qué no te das una ducha mientras yo abro la botella?

De repente, Brianna se sintió incómoda, extraña, cuando no se había sentido sino natural con él yaciendo sobre y dentro de ella. Entonces vio las sábanas y pasó una mano sobre ellas.

—Las sábanas... —empezó, y se sorprendió sonrojándose y sin poder decir nada. Sabía que se iban a manchar con su inocencia.

—Yo me encargaré. —Viendo que el sonrojo se hacía más intenso y entendiendo lo que pasaba, Gray se acercó a ella y le levantó la cara por el mentón—. Yo puedo cambiar las sábanas, Brie. E incluso si no sabía hacerlo antes, he aprendido viéndote. —Acarició sus labios con los de ella, la voz se le hizo más grave—: ¿Sabes con cuánta frecuencia me has enloquecido con sólo verte estirar y meter bajo el colchón mis sábanas?

—No. —Sacó la lengua y la apoyó sobre el labio superior un momento, llena de placer y deseo—. ¿De veras?

Gray sólo pudo reírse, y entonces apoyó su frente en la de la joven.

—¿Qué gran obra habré hecho para merecer esto, para merecerte? —Dio un paso atrás, pero sus ojos ya se habían encendido de nuevo, haciendo que el corazón de Brianna palpitara despacio y fuerte contra sus costillas—. Anda, ve a ducharte. Tengo ganas de hacerte el amor otra vez —le dijo con acento irlandés, lo que hizo que ella curvara los labios—, si te apetece.

—Bueno, está bien. —Inhaló profundamente, dándose ánimo para levantarse desnuda de la cama—. Me gustaría mucho. No tardo nada.

Cuando Brianna entró en el baño, Gray respiró profundamente también. Para estabilizar su sistema nervioso, se dijo.

Nunca había conocido a ninguna mujer como ella. No sólo era que nunca había saboreado la inocencia, lo que ya habría sido suficiente, sino que ella era única para él. Sus respuestas: esa duda y esa avidez contradiciéndose. Todo recubierto con su total confianza.

Le había dicho que lo amaba.

Era mejor no detenerse en ello. Las mujeres tendían a fantasear y a darle un matiz emocional al sexo en la mayoría de los casos. Con toda certeza cuando una mujer experimentaba el sexo por primera vez tendía a confundir lujuria con amor. Las mujeres usaban las palabras y las necesitaban. Gray lo sabía bien, por esa razón escogía con mucho cuidado las suyas.

Pero algo había sucedido en su interior cuando ella le había susurrado esa frase tan manida. La calidez y la necesidad lo habían inundado y, por un instante, tan sólo un latido, había sentido una necesidad desesperada de creerlo. Y de hacerse eco de esas palabras.

Pero por experiencia propia sabía que no había que fiarse. Y aunque haría cualquier cosa que estuviera a su alcance para evitar que Brianna sufriera y todo lo que pudiera por hacerla feliz mientras estuvieran juntos, existían límites en cuanto a lo que podía darle y de hecho le daría. No sólo a ella, sino a cualquier persona.

«Disfruta el momento —se dijo—. Eso es todo lo que hay». Esperaba poder enseñar a Brianna a que lo disfrutara también.

Brianna se sintió extraña mientras se envolvía en la toalla con la piel recién lavada. Diferente. Era algo que nunca podría explicar a un hombre, supuso. Ellos no perdían nada cuando se entregaban por primera vez. No tenían que desgarrarse por dentro para dejar entrar a alguien más. Pero no le había dolido, recordó, ni siquiera la sensación de ardor entre los muslos la hizo pensar en términos de invasión violenta. Había sido en unidad en lo que ella había pensado. El sencillo y dulce vínculo de la unión de dos personas.

Se observó en el espejo empañado. Decidió que parecía cálida. Era la misma cara que había visto incontables veces en incontables espejos. Sin embargo, ¿no tenía ahora una suavidad en la que no había reparado antes? ¿En los ojos, alrededor de la boca? El amor había logrado eso. El amor que guardaba en su corazón, el amor que había saboreado por primera vez con su cuerpo.

Tal vez tan sólo era la primera vez que una mujer se sentía tan consciente de sí misma, absolutamente despojada de todo salvo de su carne y de su alma. Y, tal vez, pensó, dado que ella era mayor que la mayoría, el momento era aún más abrumador y preciado.

Gray la deseaba. Brie cerró los ojos para sentir mejor esos largos y lentos estremecimientos de complacencia. La deseaba un hombre apuesto con una mente brillante y un corazón amable. Toda su vida había soñado con encontrarlo. Y ahora lo había encontrado.

Entró en la habitación y lo vio. Había cambiado las sábanas y había puesto uno de sus pijamas de franela blanca a los pies de la cama. Estaba de pie con los vaqueros abiertos sujetados relajadamente en la cadera. En la mano tenía dos copas de champán burbujeante y en los ojos, el resplandor de las velas.

—Tenía la esperanza de que te pusieras esto —le dijo Gray cuando ella llevó la mirada hacia su mojigato y anticuado pijama—. He fantaseado con quitártelo desde esa primera noche, cuando te vi bajando por las escaleras con una vela en una mano y un lobo en la otra. Casi me mareé.

Brianna levantó una de las mangas. Cuánto deseaba que fuera de seda o de encaje o de algún material que le hiciera hervir la sangre a cualquier hombre.

—Creo que esto no es muy excitante que digamos.

—Crees mal.

Puesto que no tenía nada más que ponerse y parecía que a él le complacía, Brianna se puso el pijama. Lo deslizó desde la cabeza y dejó caer la toalla a medida que la franela caía sobre su cuerpo. El gemido sordo de Gray la hizo sonreír inciertamente.

—Brianna, qué visión. Deja la toalla —le murmuró cuando ella se inclinó a recogerla—. Ven acá. Por favor.

La joven dio un paso adelante, con una media sonrisa en la cara y los nervios amenazando con tragársela, con quitarle la copa de la mano a Gray. Bebió y se dio cuenta de que el vino espumoso no aliviaba en nada su garganta seca. Él la miraba, pensó ella, igual que un tigre miraría a un cordero antes de abalanzársele encima.

—No has cenado —le dijo.

—No. —«No la asustes, idiota», se advirtió a sí mismo, y luchó contra esa urgencia de devorar que lo invadía. Bebió de su copa sin quitarle la mirada de encima, deseándola—. Justo ahora estaba pensando que me gustaría cenar, que podríamos comer aquí arriba, juntos. Pero ahora... —Se le acercó y enredó un mechón de pelo húmedo de Brie en uno de sus dedos—. ¿Puedes esperar?

Así que sería sencillo de nuevo, pensó Brie. Y otra vez era decisión suya.

—La cena puede esperar —dijo, y a duras penas logró hacer que las palabras atravesaran el fuego de su garganta—, pero tú no.

Con toda naturalidad, caminó hacia sus brazos.

Capítulo 13

Un codo en las costillas sacó brumosamente a Brianna del sueño. Lo primero que vio esa mañana después de una noche de amor fue el suelo. Si Gray se acomodaba en otro milímetro más de cama, sencillamente ella se caería al suelo.

Le tomó sólo un par de segundos y un estremecimiento de frío en esa mañana helada darse cuenta de que no la estaba cubriendo ni una esquinita de sábana o manta. Por su parte, Gray estaba cómodamente envuelto a su lado, como una mariposa en su capullo.

Estaba atravesado en el colchón y dormía como un tronco. Brianna deseó haber podido pensar que la posición fetal de aquel hombre y su codo enterrándose cerca de sus riñones eran demostraciones de afecto, pero más bien le parecieron de avaricia. Intentó empujarlo y moverlo, pero él no se dio por enterado.

De modo que así era el asunto, pensó. Obviamente, Gray no estaba acostumbrado a compartir. Brianna se habría quedado a luchar por su parte, sólo por principios, pero el sol brillaba fuera y tenía cosas que hacer.

Sus esfuerzos para deslizarse de la cama silenciosamente para no despertarlo fueron innecesarios. En el

273

momento en que sus pies tocaron el suelo, Gray gruñó y luego se dio la vuelta para acaparar el último extremo del colchón que no había invadido todavía.

Sin embargo, los vestigios del romance estaban por toda la habitación. Las velas se habían consumido en su propia cera durante la noche. La botella de champán estaba vacía dentro de la cubitera de plata y las flores perfumaban el aire. Las cortinas abiertas atrapaban rayos de sol en lugar de rayos de luna.

Gray había organizado todo perfectamente para ella, recordó. Había sabido cómo hacerlo perfecto.

Pero ese amanecer no estaba siendo como ella se lo había imaginado. Durante el sueño, Gray no parecía un chico inocente que soñaba, sino un hombre muy satisfecho consigo mismo. No había habido suaves caricias o murmullos de buenos días para darle la bienvenida a su primer día como amantes. Sólo un gruñido y un empellón para enviarla a hacer sus cosas.

Los muchos estados de ánimo de Grayson Thane, reflexionó Brianna. Tal vez podría escribir un libro sobre ese tema ella misma.

Divertida, recogió del suelo su pijama, se lo puso y se dirigió hacia abajo.

Pensó que le iría bien una taza de té para que la sangre fluyera por su cuerpo. Y dado que el tiempo parecía tan prometedor, podría lavar la ropa y tenderla para aprovechar el aire matutino. También se le ocurrió que a la casa le sentaría bien ser ventilada, de manera que empezó a abrir las ventanas a medida que avanzaba por ella. Cuando llegó a la de la sala, vio a Murphy inclinado bajo el capó del coche.

Lo observó un momento, sintiendo las emociones combatiendo en su interior. La furia luchaba contra la lealtad y el afecto que sentía por él, pero empezó a perder la batalla a medida que Brie salió de la casa y se acercó por el camino del jardín.

—No esperaba verte aquí —empezó diciéndole.

—Te dije que iba a echarle un vistazo... —replicó él, volviéndose a mirarla. Brie estaba de pie en el camino, en pijama, con el pelo revuelto y descalza. A diferencia de Gray, a Murphy no se le calentó la sangre. Para él, ella era sencillamente Brianna. Se tomó un momento para adivinar en su expresión algún signo de ira o perdón y, al no encontrarlo, volvió al trabajo—. El arranque del motor está bastante mal —murmuró Murphy.

—Eso me han dicho.

—El motor está enfermo, como un caballo viejo. Puedo conseguir algunos repuestos y reparártelo, pero te va a costar bastante dinero.

—Si pudiera sobrevivir hasta el verano, hasta el otoño... —Brie caminó hacia Murphy mientras él maldecía entre dientes. Sencillamente no podía ser fría con él. Murphy había sido su amigo desde que tenía memoria. Y había sido por amistad, era consciente, por lo que él había hecho lo que había hecho—. Murphy, lo siento.

Entonces él se enderezó y se giró hacia ella; en sus ojos se adivinaba claramente todo lo que estaba sintiendo.

—Yo también. Nunca quise hacerte daño, Brie. Dios es testigo.

—Ya lo sé. —Se acercó y le pasó el brazo alrededor del torso—. No debí ser tan dura contigo, Murphy. Contigo no, contigo nunca.

—Admito que me asustaste. —La abrazó con fuerza—. Pasé toda la noche preocupado, temía que no pudieras perdonarme... y que no me hornearas más panecillos.

Brianna se rio, que era lo que Murphy esperaba que hiciera. Entonces sacudió la cabeza y le dio un beso debajo de la oreja.

—Estaba más furiosa al pensar en todo el asunto que realmente contigo. Yo sé que lo hiciste porque me quieres. Y también Maggie. —Sintiéndose segura con la cabeza apoyada en el hombro de Murphy, cerró los ojos—. Pero mi madre, Murphy, ¿por qué haría algo así?

—No lo sé, Brie.

—No me lo dirías, más bien —murmuró, y se apartó de él para mirarlo a la cara. Era un hombre tan atractivo, pensó, con un corazón tan bondadoso... No era correcto pedirle que condenara o defendiera a su madre. Le dieron ganas de verlo sonreír—. Dime, Murphy, ¿Rory te hizo mucho daño?

Murphy hizo un sonido de burla, puramente masculino, pensó Brianna.

—Lo que Rory tenía eran puños débiles sin una pizca de estilo. No me habría puesto una mano encima si no me hubiera atacado por sorpresa.

Brianna metió la lengua entre los dientes, de medio lado.

—Sí, estoy segura de que así habría sido. ¿Y le rompiste la nariz por mí, Murphy?

—Eso y más. La nariz le sangraba copiosamente cuando terminé con él, y había perdido uno o dos dientes.

—Eso fue muy heroico por tu parte —dijo, y le dio un beso ligero en cada mejilla—. Lamento que mi madre te usara de esa manera.

—Me alegra que fuera yo el que le plantara el puño en la cara —repuso él encogiéndose de hombros—, ésa es la verdad. Nunca me cayó bien ese bastardo.

—No —contestó ella suavemente—. Ni a ti ni a Maggie. Al parecer vosotros dos veíais algo que yo no podía ver. O yo veía algo que no existía.

—No te preocupes ya más por eso, Brie. Han pasado diez años. —Murphy iba a darle una palmadita en la espalda, pero se dio cuenta de que tenía las manos llenas de grasa—. Entra en casa o te ensuciarás. ¿Qué estás haciendo aquí fuera sin zapatos?

—Haciendo las paces contigo —respondió sonriendo, y entonces se volvió hacia la carretera, pues oyó que un coche se acercaba. Era Maggie. Brianna cruzó los brazos y frunció el ceño—. La has avisado, ¿no? —le murmuró a Murphy.

—Pensé que era lo más adecuado —afirmó, y a continuación pensó que sería mejor retroceder y alejarse de la línea de fuego.

—Bueno, se me ocurrió —empezó Maggie, que apareció por detrás de una aguileña, sin quitarle a Brianna los ojos de encima— que tal vez querrías hablar conmigo.

—Sí, así es. ¿No crees que tenía derecho a saber, Maggie?

—No era eso lo que me preocupaba, sino tú.

—Yo lo amaba. —El suspiro profundo que exhaló era en parte alivio de que el sentimiento perteneciera ya totalmente al pasado—. Y lo amé más tiempo del que lo habría hecho si hubiera sabido la verdad.

—Tal vez tengas razón, lo lamento por eso, pero no soportaba la idea de decírtelo. —Para incomodidad de los tres, a Maggie se le aguaron los ojos—. Sencillamente, no pude. Estabas tan dolida, tan triste y tan perdida... —Apretando los labios, luchó por no llorar—. No sabía qué era lo mejor.

—Fue decisión de ambos —añadió Murphy—. No queríamos que volvieras con él, Brie.

—¿Acaso creéis que habría querido seguir con él? —Una oleada de calor, y una aún más grande de orgullo, la recorrió por dentro. Sacudió la cabeza echándose el pelo para atrás—. ¿Me tenéis en tan bajo concepto? Rory creyó lo que mamá le dijo. Por supuesto que no hubiera vuelto con él. —Exhaló atropelladamente y después respiró despacio otra vez—. Y estoy pensando que si yo hubiera estado en tus zapatos, Margaret Mary, probablemente habría hecho lo mismo. Te quiero lo suficiente como para haber hecho lo mismo. —Se frotó las manos y les hizo un gesto de invitación—. Vamos dentro y os preparo té. ¿Ya has desayunado, Murphy?

—Nada que valga la pena mencionar.

—Te llamo cuando esté listo, entonces. —Tomó a Maggie de la mano y, cuando se dio la vuelta en dirección a la casa, vio a Gray de pie en la entrada. No hubo manera de detener la avalancha de color que le inundó la cara, una combinación de placer y bochorno que hizo que se le desbocara el pulso. Pero logró que la voz le sonara lo suficientemente estable y el saludo le saliera natural—. Buenos días, Grayson. Estoy a punto de empezar a preparar el desayuno.

Así que Brianna quería que parecieran fríos y normales, pensó Gray, y devolvió el saludo con un movimiento de cabeza.

—Veo que voy a tener compañía en la mesa esta mañana. Buenos días, Maggie.

Maggie lo estudió mientras caminaba con Brianna hacia la casa.

—Buenos días para ti también, Gray. Se te ve... descansado.

—Me viene bien el aire irlandés. —Se hizo a un lado para dejarlas pasar—. Voy a ver en qué anda Murphy. —Caminó hasta el coche y se detuvo junto al capó abierto—. ¿Cuál es el veredicto?

Murphy se recostó contra el coche y lo miró.

—Puede decirse que sigue fuera de servicio.

Entendiendo que ninguno de los dos estaba hablando de motores, Gray se metió los pulgares en los bolsillos delanteros del pantalón y se balanceó sobre los talones.

—¿Sigues estando pendiente de ella? No puedo culparte por ello, pero ten claro que yo no soy Rory.

—Nunca he pensado que lo seas. —Murphy se rascó la barbilla, pensando—. Nuestra Brie es una mujer fuerte, pero ¿sabes?, incluso las mujeres recias pueden sufrir cuando se las trata con descuido.

—No pretendo ser descuidado —dijo, y levantó una ceja—. ¿Estás pensando en darme una paliza, Murphy?

—Todavía no. —Sonrió—. Me caes bien, Grayson, así que espero que no me llamen para romperte los huesos.

—Eso va por los dos. —Satisfecho, Gray volvió la mirada hacia el motor—. ¿Vamos a darle a esta cosa un entierro decente?

Murphy suspiró larga y sentidamente.

—Ojalá pudiéramos.

En armonía, los dos hombres se inclinaron bajó el capó a ver qué se podía hacer.

En la cocina, Maggie esperó hasta que el café empezara a perfumar el ambiente y *Con* engullera alegremente su desayuno. Brianna se había vestido apresuradamente y, con el delantal en su sitio, estaba atareada cortando lonchas de beicon.

—Hoy me he levantado tarde —empezó a decir Brianna—, así que no tengo tiempo de preparar panecillos o bizcochos frescos, pero tengo bastante pan.

Maggie se sentó a la mesa, pues sabía que su hermana prefería que no la ayudaran a hacer sus cosas.

—¿Estás bien, Brianna?

—¿Por qué no habría de estarlo? ¿También vas a querer salchichas?

—Lo que sea. Brie... —Maggie se pasó una mano por el pelo—. Ha sido tu primera vez, ¿no? —Cuando Brianna dejó a un lado el cuchillo y no dijo nada, Maggie se levantó y fue hacia ella—. ¿Creíste que no me daría cuenta simplemente viéndoos juntos? Con esa manera que tiene de mirarte... —Con gesto ausente, se acarició la abultada barriga mientras caminaba de un lado a otro—. Y por el aspecto que tienes, también.

—¿Acaso llevo un letrero alrededor del cuello que dice «pecadora»? —le preguntó Brianna fríamente.

—Maldición, sabes que no es eso lo que he querido decir. —Exasperada, se paró frente a su hermana y se encaró con ella—. Cualquier persona con un poco de agudeza se habría dado cuenta de lo que hay entre vosotros. —Y su madre era aguda, pensó Maggie sombríamente. Maeve estaría de regreso en cuestión de días—. No quiero intervenir ni dar consejos que no me están pidiendo. Sólo quiero saber... Necesito saber que estás bien.

Entonces Brianna sonrió y dejó que se le relajaran los hombros.

—Estoy bien, Maggie. Gray fue muy bueno conmigo. Muy suave y gentil. Es un hombre amable y cordial.

Maggie tocó la mejilla de su hermana con un dedo y le pasó la mano por el pelo.

—Estás enamorada de él.

—Sí.

—¿Y él?

—Está acostumbrado a vivir por su cuenta, a ir y venir a su antojo, sin ninguna atadura.

—¿Y tú quieres cambiarlo? —le preguntó Maggie ladeando la cabeza.

—¿Crees que no puedo? —le respondió con un ligero refunfuño y entonces se dio la vuelta hacia el horno.

—Creo que Gray es un imbécil si no te ama. Pero cambiar a un hombre es como caminar sobre melaza: demasiado esfuerzo para avanzar muy poco.

—Pero la cuestión no es tanto cambiarlo como hacer que vea las opciones que tiene. Puedo construir un hogar para él, Maggie, si me deja. —Sacudió la cabeza—. Ay, pero es demasiado pronto para pensar tanto. Por ahora me ha hecho feliz, y eso es suficiente de momento.

Maggie deseó que así fuera.

—¿Qué vas a hacer con respecto a mamá?

—En lo que concierne a Gray, no voy a dejar que ella lo estropee. —A Brianna se le helaron los ojos cuando se volvió para poner unas patatas en cuadraditos dentro de la sartén—. En cuanto a lo otro, no lo he decidido aún. Pero lo voy a manejar yo sola, Maggie. ¿Me entiendes?

—Por supuesto. —Pesada como estaba, entrando en su octavo mes de embarazo, decidió sentarse—. Ayer nos llamó el detective de Nueva York.

—¿En serio? ¿Ha encontrado a Amanda?

—Es un asunto más complicado de lo que pensamos. El detective ha encontrado a un hermano de Amanda, un policía retirado que vive en Nueva York.

—Puede ser un buen principio, ¿no es cierto? —Brianna empezó a batir la masa para hacer tortitas.

—Más bien un escollo, me temo. Al principio el hombre se negó incluso a admitir que tenía una hermana. Cuando el detective lo presionó, tenía una copia del certificado de nacimiento de Amanda y otros papeles, ese tal Dennis Dougherty le dijo que no había visto ni hablado con ella en más de veinticinco años. Que ella ya no era su hermana y etcétera porque se había metido en problemas y había tenido que huir de casa. Le dijo que ni sabía ni le importaba dónde estaba.

—Qué triste para él, ¿no? —murmuró Brianna—. ¿Y los padres de Amanda?

—Ambos murieron ya. La madre el año pasado. También tiene una hermana. Está casada y vive en la costa oeste del país. El detective habló con ella también, y aunque parecía más noble de corazón, tampoco fue de ninguna ayuda.

—Pero ella debe saber... —protestó Brianna—. Con seguridad debe saber cómo encontrar a su propia hermana.

—Ése no parece el caso. Por lo visto, hubo un revuelo familiar cuando Amanda contó que estaba embarazada y no quiso decir quién era el padre de la criatura. —Maggie hizo una pausa y apretó los labios—. No sé si estaba protegiendo a papá, a ella misma o al bebé. Pero, según la hermana, se dijeron palabras amargas por ambos lados. Al parecer, son irlandeses muy tradicionales y cuando se vieron con una hija embarazada y sin casarse, fue como si Amanda hubiera enfangado el nombre de la familia. Querían que se escondiera en algún lugar, tuviera el niño y lo diera en adopción. Al parecer, ella no estuvo de acuerdo, así que sencillamente se marchó. Si se puso en contacto con sus padres después, el hermano no lo sabe o no quiere decirlo, y la hermana tampoco.

—Así que no tenemos nada.

—Casi. El detective descubrió que cuando Amanda vino a Irlanda y conoció a papá, venía con una amiga, así que ahora está siguiendo su rastro.

—Entonces tendremos paciencia. —Brie puso en la mesa una tetera y frunció el ceño—. Estás pálida, Maggie.

—Sólo es que estoy cansada. Dormir ya no es tan fácil como solía serlo.

—¿Cuándo tienes la próxima cita con el médico?

—Esta misma tarde. —Maggie sonrió mientras se servía una taza de té.

—Yo te llevo. No creo que debas conducir.

—Pareces Rogan —le dijo con un suspiro—. Va a venir desde la galería para llevarme personalmente.

—Bien. Entonces te quedarás aquí conmigo hasta que venga a buscarte. —Más preocupada que complacida cuando Maggie no argumentó nada, Brianna fue a llamar a los hombres para servirles el desayuno.

Brianna pasó el día de bastante buen humor, mimando a Maggie y acomodando a una pareja de estadounidenses que ya se habían quedado en Blackthorn hacía un par de años. Gray se fue con Murphy en busca de algunos repuestos para el coche. El cielo se mantuvo despejado y el aire, tibio. Después de despedir a Maggie y a Rogan, Brianna le dedicó una hora de jardinería a su pequeño sembrado de especias.

Ropa de cama recién lavada ondeaba al viento colgada de las cuerdas, se escuchaba música que salía por la ventana abierta, sus huéspedes disfrutaban de unos bizcochos en la sala y su perro dormitaba a su lado en un retazo de sol.

No habría podido ser más feliz.

Con levantó las orejas y ella misma alzó la cabeza cuando escuchó que dos coches se acercaban.

—Ése es el camión de Murphy —le dijo a *Con*, pero éste ya estaba de pie moviendo la cola—. No reconozco el otro. ¿Crees que será otro cliente?

Contenta ante la perspectiva, Brianna se puso de pie, se sacudió la tierra del delantal y caminó alrededor de la casa. *Con* corrió delante de ella, ladrando alegremente a modo de saludo.

Entonces vio a Murphy y a Gray, ambos luciendo una sonrisa tonta en la cara mientras el perro los saludaba como si hubieran pasado días en lugar de horas desde la última vez que los había visto. Su mirada se detuvo en el bien cuidado sedán azul de un modelo reciente que estaba aparcado delante del camión de Murphy.

—Pensaba que había oído dos coches —dijo, y miró alrededor con ansiedad—. ¿Ya han entrado?

—¿Quiénes? —preguntó Gray.

—Las personas que han venido en este coche. ¿Traen equipaje? Tendré que preparar más té.

—Yo he venido conduciendo este coche —le contestó Gray—. Aunque me encantaría tomarme un té.

—Eres un tipo valiente —dijo Murphy por lo bajo—. Yo no tengo tiempo para tomarme un té —añadió, dirigiéndose hacia el camión y preparándose para marcharse—. Mis vacas deben de estar buscándome —afirmó, y entornó los ojos hacia Gray, sacudió la cabeza y se subió al camión.

—¿Qué es todo esto? —preguntó Brianna en voz alta viendo el camión de Murphy alejarse por la carretera—. ¿Qué os traéis entre manos y por qué has venido conduciendo tú este coche si ya tienes uno?

—Alguien tenía que hacerlo, y a Murphy no le gusta que nadie aparte de él conduzca su camión. ¿Qué te parece? —De una manera muy masculina, Gray pasó una mano a lo largo del parachoques delantero del automóvil tan amorosamente como lo habría hecho sobre un hombro suave y sedoso.

—Es muy bonito, supongo.

—Anda como los mejores. ¿Quieres ver el motor?

—No, no creo, pero gracias. —Frunció el ceño, mirándolo—. ¿Te has cansado del otro?

—¿Del otro qué?

—Coche. —Se rio y se echó el pelo hacia atrás—. ¿Qué estás tramando, Grayson?

—¿Por qué no te sientas dentro? Así podrás sentirlo. —Animado por la risa de Brianna, la tomó del brazo y la empujó hacia el asiento del conductor—. Tiene apenas treinta mil kilómetros. —Murphy le había advertido que llevarle un coche nuevo a Brianna sería tan absurdo como escupir al viento.

Dispuesta a darle gusto a Gray, Brianna se subió al coche y puso las manos sobre el volante.

—Está muy bien. Parece un coche.

—Pero ¿te gusta? —Apoyó los codos en el marco de la ventana y le sonrió.

—Es un buen coche, Gray, y estoy segura de que disfrutarás conduciéndolo.

—Es para ti.

—¿Para mí? ¿Qué quieres decir con que es para mí?

—Ese cacharro tuyo se ha ido al cielo de los chatarreros. Murphy y yo estábamos de acuerdo en que no tenía remedio, así que te he comprado éste.

Gray tuvo que saltar hacia atrás cuando Brianna abrió de un golpe la puerta y le pegó con el borde en la barbilla.

—Pues bien, puedes llevártelo por donde lo has traído —dijo con voz inquietantemente fría—. No estoy lista para comprar un coche nuevo y, cuando lo esté, yo tomaré la decisión.

—Tú no lo vas a comprar —le dijo Gray frotándose la dolorida barbilla—, yo voy a comprarlo. Mejor dicho, ya lo he comprado. —Se enderezó y se dispuso a razonar ante la frialdad de la joven—. Necesitas un medio de transporte fiable y te lo estoy dando. Así que deja de ser tan orgullosa.

—¿Te parezco orgullosa? Pues eres tú el que está siendo arrogante, Grayson Thane, al ir y comprarme un coche sin consultarme siquiera. No voy a permitir que se tomen tales decisiones sin mi consentimiento. Y no necesito que me cuiden como si fuera una niña.

Brianna quería gritar, y Gray podía ver que estaba luchando contra el impulso con cada respiración y que la furia creciente daba paso a una dignidad helada, lo que le daba ganas de sonreír. Pero, como era un hombre listo, su expresión permaneció seria.

—Es un regalo, Brianna.

—Un regalo es una caja de bombones.

—Una caja de bombones es un cliché —la corrigió, y entonces decidió volver a empezar—. Digamos, pues, que ésta es mi versión de la caja de bombones. —Se volvió y la apresó entre su cuerpo y el lateral del coche—. ¿Quieres que me angustie cada vez que conduces hasta el pueblo?

—No tienes por qué angustiarte.

—Por supuesto que sí. —Antes de que Brianna pudiera escapar, Gray la abrazó—. Te veo caminando tambaleándote por la carretera con nada más que el volante en la mano.

—Hay que culpar a tu imaginación por ello. —Giró la cabeza, pero Gray logró besarle en el cuello—. Detente. No vas a lograr salirte con la tuya de esta manera.

Él, sin embargo, pensó que sí.

—¿De verdad tienes cien libras para malgastar en una causa perdida, mi práctica Brianna? ¿Y de verdad quieres pedirle al pobre Murphy que venga a echarle un vistazo a esa cosa inútil todos los días sólo para que puedas conservar tu orgullo? —Brianna empezó a protestar, pero Gray le cubrió la boca con un beso—. Sabes que no —murmuró—. Es sólo un coche, Brianna, una cosa.

A Brie la cabeza le empezó a dar vueltas.

—Pero no puedo aceptar una cosa así. ¡Deja de besarme! Tengo huéspedes en la sala.

—He estado esperando todo el día para besarte. De hecho, he estado esperando todo el día para llevarte de nuevo a la cama. Hueles deliciosamente.

—Es romero, de mi semillero de especias. Déjame ya, que no puedo pensar.

—No pienses, simplemente bésame. Aunque sea sólo una vez.

Si la cabeza no le hubiera estado dando vueltas, habría tenido más cuidado. Pero los labios de Gray ya estaban sobre los de ella, que se empezaron a suavizar, a abrir. En señal de bienvenida.

Gray la tomó despacio, profundizando el beso lentamente, grado a grado, saboreando el calentamiento paulatino de ella, el suave perfume de las especias que se desprendía de sus manos, que se alzaron hacia la cara de él, y el cuerpo de ella cediendo al suyo, despacio, casi con renuencia.

—Tienes una boca tan maravillosa, Brianna. —Se la mordisqueó, complaciéndose—. Me pregunto cómo he conseguido mantenerme lejos de ella tanto tiempo.

—Estás tratando de distraerme.

—Te he distraído a ti, y a mí mismo también. —La alejó de sí tanto como largos eran sus brazos, sin quitarle las manos de los hombros; estaba maravillado de que un beso que él pretendía que fuera juguetón lo hubiera dejado con el corazón a toda máquina—. Olvidémonos de lo práctico y de todas las otras razones intelectuales que iba a usar para convencerte de que te quedaras con el maldito coche. Quiero hacer esto por ti, porque es importante para mí. Me haría muy feliz que te lo quedaras.

Brianna habría podido mantenerse firme contra lo práctico, habría podido hacer caso omiso de las razones intelectuales, pero ¿cómo podía negarse a esa suave petición o abstraerse de esa mirada seria?

—No es justo que apeles a mi corazón —murmuró.

—Ya lo sé —maldijo con impaciencia—. Por supuesto que lo sé. Debería alejarme de ti en este momento, Brianna. Hacer las maletas, marcharme y no volver —maldijo de nuevo mientras ella mantenía la mirada fija en sus ojos—. Seguramente llegará un momento en el que desearás que así hubiera sido.

—No, no será así. —Cruzó los brazos, asustada de que si lo tocaba, podría no querer soltarlo jamás—. ¿Por qué me has comprado este coche, Grayson?

—Porque lo necesitas —soltó, y después se tranquilizó un poco—. Porque necesitaba hacer algo por ti. No es gran cosa, Brie. El dinero no significa nada para mí.

—Sí, ya lo sé —respondió Brie arqueando una ceja—. Nadas en la abundancia, ¿no es cierto? ¿Acaso crees que me importa tu dinero, Grayson? ¿Crees que siento cariño por ti porque me puedes comprar coches nuevos?

Gray abrió la boca para contestar, pero tuvo que cerrarla de nuevo, ligeramente humillado.

—No, no lo creo. No creo que te importe lo más mínimo —contestó.

—Bien, entonces tenemos eso claro. —Gray estaba tan necesitado, pensó Brie, y ni siquiera lo sabía. El regalo había sido tanto para él como para ella. Y eso era algo que ella podía aceptar. Se dio la vuelta para echarle otra mirada al coche—. Es muy amable por tu parte lo que has hecho, y no te he dado las gracias correctamente, ni por pensarlo ni por hacerlo.

Gray se sintió extraño, como un niño que está a punto de ser perdonado por haber cometido alguna travesura descuidada.

—Entonces te vas a quedar con él...

—Sí. —Se giró hacia él y lo besó—. Y muchas gracias.

Gray sonrió ampliamente.

—Murphy me debe cinco libras.

—¿Habéis apostado sobre mí? —La diversión le tiñó la voz—. Es tan típico...

—Fue idea suya.

—Mmm. Déjame ver si mis huéspedes están contentos, después podemos ir a dar un paseo en mi coche nuevo.

Gray fue a buscarla esa noche, como ella esperaba que fuera, y de nuevo a la noche siguiente, mientras los clientes dormían pacíficamente en el piso de arriba. Tenía el hotel lleno, que era como más le gustaba. Cuando se sentó esa noche con su libro de cuentas, lo hizo con el corazón contento. Estaba a punto de poder comprar los materiales para construir el invernadero.

Gray la encontró sentada tras su pequeño escritorio, envuelta en su bata, con los ojos ensoñadores y tamborileando con un bolígrafo sobre sus labios.

—¿Estás pensando en mí? —le murmuró al oído, y le besó el cuello.

—En realidad, estaba pensando en la exposición al sol y el vidrio tratado.

—Voy después de un invernadero... —Estaba subiendo por la mandíbula de ella cuando sus ojos entrevieron la carta que Brie tenía abierta sobre el escritorio—. ¿Qué es eso? ¿La respuesta de la compañía minera?

—Sí, finalmente. Han organizado su contabilidad. Nos van a dar mil libras cuando devolvamos el certificado de las acciones.

—¿Mil? —Se enderezó frunciendo el ceño—. ¿Por diez mil acciones? No parece correcto.

Brianna sólo sonrió y se levantó de la silla para ir a peinarse. Por lo general era un ritual que Gray disfrutaba, pero esa vez se quedó de pie con la mirada fija en los papeles que había sobre el escritorio.

—No conociste a mi padre —le dijo—. Ya es mucho que nos vayan a dar algo de dinero; es mucho más de lo que esperaba. De hecho, es una fortuna. Usualmente, sus proyectos costaban mucho más que lo que producían.

—Un décimo de libra por cada acción. —Levantó la carta—. ¿Cuánto dicen que tu padre pagó por las acciones?

—La mitad de eso, como puedes ver. No recuerdo nada que él haya hecho que haya producido tanto. Ahora sólo tengo que pedirle a Rogan que les mande el certificado.

—No lo hagas.

—¿No? —Hizo una pausa y se quedó con el cepillo en la mano—. ¿Por qué no?

—¿Rogan ha verificado qué tipo de compañía es?

—No. Ya tiene suficiente en qué pensar con Maggie y la apertura de la galería la semana que viene. Sólo le pedí que me guardara el certificado.

—Déjame llamar a mi corredor de bolsa. Mira, seguro que no viene mal saber un poco más sobre esta empresa, tener algo de información. Unos pocos días de retraso no afectarán en nada a tu respuesta, ¿verdad?

—No, pero parece demasiado lío para ti.

—En absoluto. Sólo tengo que hacer una llamada. Y a mi corredor le encanta que le metan en líos. —Puso la carta sobre el escritorio de nuevo, se dirigió hacia ella y le quitó el cepillo de la mano—. Déjame hacerlo. —La volvió para que se mirara en el espejo y empezó a peinarla—. Eres como un cuadro de Tiziano —murmuró—. Todas esas sombras dentro de las sombras...

Brianna se quedó sentada muy quietecita mirándolo mientras la peinaba. Le impresionó darse cuenta de lo íntima que parecía esa escena, lo excitante que era dejar que él la peinara, ver sus dedos meterse entre su pelo después de pasar el cepillo. Mucho más de lo que le hormigueaba el cuero cabelludo. Entonces los ojos de él se fijaron en los de ella en el espejo. El deseo la aguijoneó cuando vio la llamarada de necesidad en la mirada de Gray.

—No, todavía no —le dijo, y la mantuvo sentada en su sitio cuando ella empezó a volverse hacia él. Puso el cepillo a un lado y le quitó el pelo de la cara—. Mira

—murmuró, y bajó los dedos hacia el cinturón de su bata—. ¿Te has preguntado qué aspecto tenemos cuando estamos juntos? —La idea era tan impactante, tan emocionante, que Brianna no pudo hablar. Los ojos de Gray se mantuvieron fijos en los de ella a medida que abría la bata y la echó a un lado—. Yo me lo imagino. A veces la imagen no me deja trabajar, pero es difícil que me importe.

Sus manos subieron lentamente sobre los senos de Brianna haciéndola estremecerse antes de empezar a desabotonar el pijama de cuello alto. Impotente y sin poder hablar, observó las manos de él moverse sobre su cuerpo, sintió el calor irradiándose debajo de su piel, sobre su piel. Parecía que sus piernas se desvanecían sin dejarle otra opción que recostarse hacia atrás contra él. Como en un sueño, vio cómo le iba quitando el pijama desde los hombros y presionaba sus labios sobre la piel desnuda. Sintió una sacudida de placer, un destello de calor. Respiró con un ligero ronroneo de aceptación cuando Gray le lamió con la punta de la lengua la curva del cuello.

Era tan sorprendente ver al mismo tiempo que sentía... Abrió los ojos de par en par cuando Gray le sacó el pijama por la cabeza. No protestó. No pudo. Miró con asombro a la mujer en el espejo. A ella misma, pensó confusamente. Era a ella misma a quien observaba, pues podía sentir ese ligero y devastador contacto de las manos de él al ahuecarlas para acoger sus senos.

—Tan pálida... —dijo Gray con voz grave—. Como marfil cubierto de pétalos de rosas. —Con los ojos oscurecidos e intensos, le acarició los pezones con los pulgares y entonces la sintió estremecerse, la escuchó gemir.

Era hermoso y erótico ver su cuerpo curvarse hacia atrás, sentir el peso de ella ceder suavemente contra él mientras se apoderaba de ella el placer. Gray bajó la mano a través de su torso, sintiendo cada músculo temblar bajo su palma. El perfume del pelo de Brianna invadió sus sentidos, la suavidad de esas largas extremidades blancas y la visión de ellas estremeciéndose en el espejo.

Gray quería dar, darle como nunca antes había deseado darle a nadie. Quería calmar y excitar, proteger y encender. Y ella, pensó él presionando sus labios contra su garganta de nuevo, era tan perfecta, tan increíblemente generosa...

Sólo un contacto, pensó Gray, sólo se requería el contacto de su mano para derretir toda esa fría dignidad y esas maneras sosegadas.

—Brianna. —El aire se le atragantaba en los pulmones, pero se mantuvo impasible hasta que ella levantó la mirada nublada hasta el reflejo de la de él—. Mira lo que pasa cuando te llevo al clímax.

Brie empezó a hablar, pero la mano de Gray se deslizó hacia abajo suavemente, acogiéndola y tocándola donde ya estaba tibia y húmeda. A ella casi se le atragantó el nombre de él, medio enfadada, medio escéptica. Gray la frotó suavemente al principio, persuasivamente. Tenía los ojos en fiera concentración.

Era sorprendente, impresionante ver la mano de Gray poseerla allí y sentir esas largas y lentas caricias que evocaban un tirón en respuesta desde su centro. Sus propios ojos le mostraron que se estaba moviendo hacia él ahora, dispuesta, ansiosa, casi suplicante. Brianna olvidó y abandonó cualquier pensamiento de pudor al levantar los brazos y entrelazarlos tras la nuca de Gray; sus caderas respondían a su ritmo creciente.

Y a Brianna la atravesó una dulce lanza de placer. Su cuerpo todavía estaba estremeciéndose cuando Gray la levantó y la llevó hasta la cama para mostrarle más.

Capítulo 14

—La inauguración es mañana y él me ha echado de allí. —Con la barbilla apoyada sobre un puño, Maggie miró a Brianna por la espalda—. Y me ha confinado a tu cocina para que seas mi guardiana.

Con paciencia, Brianna terminó de glasear los *petit fours* que había preparado para el té. Tenía ocho huéspedes, contando a Gray y a tres activos chicos.

—Margaret Mary, ¿no te dijo el médico que no pasaras mucho tiempo de pie y que dado que el bebé ya ha encajado la cabeza puedes dar a luz antes de lo previsto?

—¿Qué sabe él? —Irritada como un niño, Maggie frunció el ceño—. Voy a seguir embarazada el resto de mi vida. Y si Sweeney cree que me va a prohibir ir mañana a la inauguración de la galería, está muy equivocado.

—Rogan no ha dicho que pretenda hacer eso. No quiere que... —Brie por poco dijo «estorbes», pero alcanzó a pensar mejor sus palabras—. No quiere que despliegues demasiada actividad mañana.

—También es mi galería —murmuró. Le dolía la espalda como si fuera una muela y estaba sintiendo contracciones. Sólo punzadas, se aseguró a sí misma, probablemente por el cordero que había comido a mediodía.

—Claro que lo es —contestó su hermana conciliadoramente—. Y todos estaremos allí mañana para la inauguración. La publicidad en los periódicos me pareció preciosa. Estoy segura de que será un gran éxito.

—¿Dónde está el yanqui? —preguntó Maggie después de gruñir.

—Está trabajando. Se encerró para evitar que la niña alemana siga entrando a curiosear en su habitación. —Sonrió al recordarlo—. Es un encanto con los niños. Anoche jugó con ella un buen rato, lo que hizo que la niña se enamorara de él y ahora no lo quiera dejar en paz.

—Y tú estás pensando en que sería un padre fantástico.

—No he dicho eso —repuso Brianna—. Pero sí, lo sería. Deberías verlo cuando... —Se interrumpió cuando oyó que la puerta principal se abría—. Si llegan más huéspedes, tendré que dejarles mi habitación y dormir en la sala.

—O podrías dejar de hacerte la difícil y dormir en la habitación de Gray —comentó Maggie, pero después hizo una mueca cuando reconoció las voces que venían del vestíbulo—. Ah, justo a tiempo. Tenía la esperanza de que hubiera cambiado de opinión y se hubiera quedado a vivir en Francia.

—No empieces, Maggie —le dijo Brie mientras sacaba otros *petit fours*.

—Las viajeras están de vuelta —dijo alegremente Lottie cuando entró en la cocina seguida de Maeve—. Qué casa tan espléndida tienes, Maggie, parece un palacio. Lo hemos pasado maravillosamente.

—Habla por ti —espetó Maeve al tiempo que ponía su bolso sobre la encimera—. Sólo hemos visto a un montón de extranjeros medio desnudos corriendo a lo largo de la playa.

—Algunos de los hombres eran una verdadera belleza. —Lottie se rio—. Había un viudo norteamericano que coqueteó con Maeve.

—Sólo era un adulador —dijo, pero Maeve no pudo evitar sonrojarse—. Estaba perdiendo el tiempo, pues yo no les presto atención a los de su estilo. —Sentándose, le echó una mirada severa a Maggie. Disfrazó su preocupación con una mueca en los labios—. Se ve que ya estás a punto. Pronto apreciarás lo que sufre una madre cuando pare.

—Muchas gracias.

—Ah, pero si la chica es fuerte como una yegua —le dijo Lottie a Maggie con voz cálida y dándole palmaditas en la mano—. Y tan joven como para tener media docena de hijos.

Maggie entornó los ojos y logró reírse.

—No sé quién de vosotras dos me deprime más.

—Qué bien que hayáis vuelto a tiempo para la inauguración de la nueva galería; es mañana. —Brianna cambió de tema sutilmente mientras servía el té.

—Ja. ¿Qué voy a hacer yo perdiendo el tiempo en una galería de arte? —soltó Maeve.

—No nos perderíamos la inauguración por nada del mundo. —Lottie lanzó una mirada severa en dirección a Maeve—. Maeve, sabes muy bien que me dijiste que te gustaría ver el trabajo de Maggie y todo lo demás.

Maeve se revolvió incómodamente en su silla.

—Lo que dije fue que me sorprendía que montaran tanto revuelo por unas fruslerías de vidrio. —Maeve frunció el ceño en dirección a Brianna antes de que Lottie la abochornara aún más—. No he visto tu coche a la entrada. ¿Se ha estropeado del todo?

—Me dijeron que no tenía remedio. Pero tengo uno nuevo, el azul que está aparcado delante.

—Uno nuevo... —Maeve bajó la taza de golpe—. ¿Despilfarrando el dinero en un coche nuevo?

—Es su dinero —espetó Maggie acaloradamente, pero Brianna la interrumpió con una mirada.

—No es nuevo, excepto para mí. Es un coche usado, y yo no fui quien lo compró. —Se preparó para la embestida de su madre—: Grayson me lo regaló.

Hubo silencio por un momento. Lottie bajó la mirada hacia su taza de té y frunció los labios. Maggie se preparó para saltar en defensa de su hermana y trató de hacer caso omiso de las punzadas que sentía.

—¿Te lo regaló? —La voz de Maeve sonó dura como una roca—. ¿Has aceptado semejante regalo de un hombre? ¿Acaso no te importa lo que la gente vaya a pensar o decir?

—Me imagino que la gente va a pensar que fue un gesto muy generoso, y eso mismo es lo que va a decir. —Puso a un lado la espátula del glaseado y se llevó su taza de té a los labios. Las manos le iban a empezar a temblar de un momento a otro. Lo sabía, y lo odiaba.

—Lo que va decir es que te vendiste por un coche. ¿Lo has hecho? ¿Es eso lo que has hecho?

—No. —La palabra le salió absolutamente calmada—. El coche es un regalo y lo acepté como tal. No tiene nada que ver con que seamos amantes.

Así que lo he podido decir, pensó Brie. Tenía el estómago encogido y sus manos estaban a punto de temblar, pero lo había dicho.

Maeve se levantó de la mesa de un golpe. Tenía la boca blanca y los ojos le relampagueaban.

—¡Te has vuelto una prostituta!

—No es cierto. Me he entregado a un hombre al que le tengo cariño y a quien admiro. Y me he entregado por primera vez —le contestó, sorprendida de que las manos no le hubieran empezado a temblar—. A pesar de que una vez dijiste algo diferente.

Maeve miró a Maggie, llena de amargura e ira.

—No he sido yo quien se lo ha dicho —confesó Maggie con suficiente calma—. Tenía que haberlo hecho, pero no lo hice.

—Realmente poco importa cómo me he enterado. —Brianna cruzó los brazos. Sintió un enorme frío en su interior, una terrible gelidez, pero iba a terminar con aquello—. Perdí cualquier oportunidad de felicidad que habría podido tener con Rory.

—Él no era nada —soltó Maeve—. El hijo de un granjero que nunca se iba a convertir en un hombre. Sólo habrías tenido una casa llena de niños berreando.

—Yo quería tener hijos. —Una punzada de dolor atravesó el hielo—. Yo quería tener una familia y un hogar, pero nunca sabremos si lo hubiera logrado con Rory. Tú te encargaste de evitarlo e involucraste a un buen hombre en tus mentiras. ¿Para mantenerme a salvo, madre? No lo creo, aunque quisiera creerlo. Lo hiciste para mantenerme atada. ¿Quién te habría seguido atendiendo y cuidando de esta casa si me hubiera casado con Rory? Tampoco lo sabremos.

—Hice lo que era mejor para ti.

—Mejor para ti, mamá.

Maeve tuvo que sentarse, sentía las piernas débiles.

—¿Entonces así es como me pagas todo lo que he hecho por ti? ¿Entregándote en pecado al primer hombre que se te aparece en el camino?

—Me he entregado con amor al único hombre que me ha tocado.

—¿Y qué vas a hacer cuando te plante un hijo en el vientre y se vaya silbando por donde llegó?

—Ése es mi problema.

—Ahora está hablando como tú. —Enfurecida, Maeve se volvió hacia Maggie—. ¡La has puesto en mi contra!

—Eso lo has hecho tú misma.

—No involucres a Maggie en esto. —En un gesto protector, Brianna puso una mano sobre el hombro de su hermana—. Este asunto es entre tú y yo, mamá.

—Habrá alguna posibilidad de... —Feliz de haber tenido una tarde de escritura exitosa, Gray entró en la cocina para encontrarse con semejante compañía. A pesar de que sintió la tensión en el ambiente, trató de sonreír amigablemente—. Buenas tardes, señora Concannon, señora Sullivan. Qué bien que ya hayan vuelto.

Maeve apretó las manos.

—Maldito bastardo... Te vas a quemar en el infierno con mi hija a tu lado.

—Cuida tus palabras en mi casa, mamá. —La orden aguda de Brianna los sorprendió a todos más que las palabras amargas de Maeve—. Gray, te pido disculpas por la grosería de mi madre.

—No te disculpes ante nadie por mí.

—No. —Gray estuvo de acuerdo, asintiendo con la cabeza hacia Maeve—. Puede decirme lo que quiera, señora Concannon.

—¿Le prometiste amor y matrimonio y devoción de por vida para meterla en tu cama? ¿Acaso crees que no sé lo que dicen los hombres para conseguir lo que desean?

—No me prometió nada —empezó Brianna, pero Gray la interrumpió con una mirada seria.

—No, no le hice ninguna promesa. Brianna no es una persona a la que le diría mentiras. Y tampoco es alguien a quien le daría la espalda si alguien me dijera algo de ella que no me gustara.

—¿También le has contado nuestros asuntos familiares? —Maeve se giró hacia Brianna—. ¿No es suficiente para ti haber condenado tu alma al infierno?

—¿Te vas a pasar toda la vida condenando a tus hijas al infierno? —le espetó Maggie antes de que Brianna pudiera hablar—. ¿Puesto que tú no pudiste ser feliz tienes siempre que tratar de que nosotras también seamos infelices? Brie lo ama. Si fueras capaz de ver a través de tu propia amargura, te darías cuenta de ello, y eso es lo que debería importarte. Pero Brianna ha estado a tu servicio y a tu disposición toda su vida, así que no puedes soportar la idea de que pueda encontrar algo, a alguien para ella.

—Ya basta, Maggie —murmuró Brianna.

—No basta. Tú no se lo vas a decir, nunca lo has hecho, de modo que tendrá que oírlo de mí. Me ha odiado desde el momento en que nací y a ti te ha usado. Para ella no somos hijas, sino penitencia y sostén, respectivamente.

¿Acaso me ha deseado felicidad, aunque fuera una sola vez, con Rogan o con el bebé?

—¿Y por qué habría de haberlo hecho? —le respondió Maeve con los labios temblorosos—. ¿Para que me echaras en cara mis buenos deseos? Nunca me has dado el amor que es el derecho de una madre.

—Lo habría hecho. —A Maggie el aire empezó a faltarle cuando se levantó de la mesa con rabia—. Dios sabe que quise hacerlo y que Brianna lo ha intentado. ¿Alguna vez le has agradecido todo lo que ha dejado para tu conveniencia? Por el contrario, arruinaste cualquier oportunidad que tuvo de tener la familia y el hogar que quería. Pues bien, no lo vas a hacer de nuevo, esta vez no. No vas a venir a su casa a hablarles a ella y al hombre que ama de esa manera.

—Le hablo a mi propia carne y sangre como me da la gana.

—Ya basta. —La voz de Brianna sonó aguda como un latigazo. Estaba pálida y helada, y el temblor que había logrado mantener a raya se había convertido en estremecimientos—. ¿Siempre tenéis que atacaros de esa forma? No voy a ser el espacio que uséis para haceros daño. Tengo huéspedes en la sala y prefiero que no se enteren de las miserias de mi familia. —Respiró inestablemente—. Maggie, siéntate y tranquilízate.

—Entonces libra tus propias batallas —le contestó su hermana con furia—. Me voy —y cuando lo decía, tuvo que aferrarse al respaldo de la silla, pues una punzada de dolor la atravesó.

—Maggie. —Aterrorizada, Brianna la sostuvo—. ¿Qué te pasa? ¿Es el bebé?

303

—Creo que es una contracción —dijo, pero se convirtió en una oleada que la dejó pasmada.

—Te has puesto pálida. Siéntate y no discutas conmigo.

Lottie, que era enfermera retirada, se levantó deprisa de la silla y fue hasta Maggie.

—¿Cuántas contracciones has tenido, querida?

—No sé. Creo que han ido y venido toda la tarde. —Exhaló un suspiro de alivio cuando pasó el dolor—. No es nada, de verdad. Me faltan dos semanas todavía, o algo parecido.

—El médico dijo que podía ser en cualquier momento a partir de ahora —le recordó Brianna.

—¿Qué sabe el médico?

—Es cierto, es cierto. —Lottie empezó a masajearle los hombros a Maggie—. ¿Te duele algo más, querida?

—La espalda, un poco —admitió Maggie—. Me ha estado enloqueciendo todo el día.

—Mmmm. Bien, respira tranquilamente y relájate. No, no le des más té, Brianna —dijo antes de que Brie pudiera servirlo—. Veremos poco a poco.

—No estoy de parto —aseguró Maggie, y levantó la cabeza un poco mareada ante la idea—. Es sólo el cordero que me he comido.

—Puede ser, sí. Brie, no le has servido té a tu joven amigo.

—Estoy bien. —Gray pasó la mirada de una mujer a otra tratando de decidir qué debía hacer. Irse, pensó, era la mejor opción para todos—. Creo que voy a seguir con mi trabajo.

—He disfrutado mucho de tus libros —le dijo Lottie alegremente—. He leído dos mientras hemos estado de vacaciones. Me pregunto cómo logras imaginarte historias así y ponerlas con todas esas palabras tan maravillosas. —Lottie siguió parloteando y mantuvo a Gray y a todos los demás distraídos hasta que Maggie contuvo el aliento—. Ya está, con sólo cuatro minutos de diferencia, diría yo. Respira, cariño, así, muy buena chica. Brie, creo que deberías llamar a Rogan ya, que se reúna con nosotros en el hospital.

—¡Ay! —Por un momento Brianna no pudo pensar y mucho menos moverse—. Debería llamar al médico.

—Eso estaría bien. —Lottie tomó la mano de Maggie y la sostuvo con fuerza mientras Brianna corría de un lado a otro—. No te preocupes, cariño. He ayudado a traer muchos bebés a este mundo. ¿Tienes una maleta preparada en casa, Maggie?

—Sí, en mi habitación. —Exhaló un suspiro cuando pasó la contracción. Qué extraño, pensó ya más tranquila—. Dentro del armario.

—Nuestro joven amigo irá a por ella, ¿verdad?

—Por supuesto —respondió Gray, contento de poder salir de la casa, lejos de la aterradora perspectiva de un alumbramiento—. Voy de inmediato.

—Tranquilo, Gray. —Con una nueva sensación de calma envolviéndola, Maggie logró reírse—. No voy a dar a luz sobre la mesa de la cocina.

—Bien —dijo, y le sonrió inciertamente y salió deprisa.

—Voy a traerte tu abrigo —le dijo Lottie a Maggie, y le lanzó a Maeve una mirada expresiva—. No te olvides de respirar constantemente.

—No. Gracias, Lottie. Estaré bien.

—Estás asustada. —Lottie se inclinó y le acarició una mejilla a Maggie con afecto—. Y es natural. Pero lo que te está pasando es igual de natural. Algo que sólo una mujer puede hacer, algo que sólo una mujer puede entender. El buen Señor sabe que si los hombres pudieran hacerlo, habría menos personas en el mundo.

La idea hizo que Maggie sonriera.

—Sólo estoy un poquito asustada. Pero no sólo por el dolor, sino por saber qué debo hacer después.

—Lo sabrás. Pronto vas a ser madre, Margaret Mary. Que Dios te bendiga.

Maggie cerró los ojos cuando Lottie salió de la cocina. Podía sentir los cambios dentro de su cuerpo, su magnitud. Se imaginó el cambio en su vida, el giro que iba a dar. Sí, pronto sería madre. Pronto iba a poder acunar entre sus brazos al bebé que ella y Rogan habían creado, en lugar de tenerlo dentro de su vientre. «Te amo —pensó—. Te juro que sólo te voy a demostrar amor».

El dolor empezó a embargarla de nuevo y un largo quejido emergió de su garganta. Apretó los ojos con más fuerza y se concentró en respirar. A través de la bruma del dolor sintió una mano cubriendo la suya. Al abrir los ojos vio el rostro de su madre frente a ella; tenía lágrimas en los ojos y, tal vez por primera vez en su vida, vio en su expresión una verdadera comprensión.

—Te deseo felicidad, Maggie —le dijo Maeve despacio—, con tu bebé.

Por lo menos durante un momento fue como si se hubiera tendido un puente entre la brecha que las separaba. Maggie volvió la mano y apretó la palma de su madre contra la suya.

Cuando Gray regresó a toda prisa, llevaba aferrada la maleta en una mano. Lottie estaba ayudando a Maggie a subirse al coche de Brianna y todos los huéspedes estaban fuera despidiéndolas con la mano.

—Gracias por darte prisa. —Brianna cogió la maleta y miró alrededor distraídamente—. Rogan va de camino al hospital. Colgó antes de que pudiera despedirme. Y el médico me ha dicho que había que llevarla ya al hospital. Tengo que ir con ella.

—Por supuesto. Estará bien.

—Ya lo sé. —Brianna se mordió la uña del pulgar—. Tengo que irme, pero... los huéspedes.

—No te preocupes por nada aquí, yo me hago cargo.

—Pero no sabes cocinar...

—Los llevaré a cenar a un restaurante, a todos. No te preocupes, Brie.

—No. Qué tonta, es que estoy distraída. Lo siento, Gray.

—No lo sientas. —Ya calmado, tomó el rostro de Brianna entre sus manos—. Ni siquiera pienses en nada de eso ahora. Sólo ve y ayuda a tu hermana a dar a luz.

—Así lo haré. ¿Podrías por favor llamar a la señora O'Malley? Su teléfono está en mi libreta. Dile que venga. Ella se encargará de todo hasta que yo vuelva a casa. Y también llama a Murphy, que quería saber. Y...

—Brie, vete. Llamaré a todo el condado. —A pesar del público, le dio un beso rápido y fuerte en la boca—. Dile a Rogan que me mande un puro.

—Sí, está bien. Me voy —dijo, y se subió al coche deprisa.

Gray se quedó de pie fuera viéndolas alejarse, con Lottie y Maeve tras ellas.

Familias, pensó sacudiendo la cabeza y sintiendo un estremecimiento. Gracias a Dios él no tenía que preocuparse por eso.

Pero Gray se preocupaba por Brianna. Y más cuando la tarde se hizo noche. La señora O'Malley llegó a duras penas media hora después de que Gray la llamase para pedirle auxilio. Moviéndose entre sartenes y ollas, parloteó alegremente sobre la experiencia del parto hasta la saciedad. Gray se había retirado a su habitación.

Se sintió mejor cuando Murphy llegó y se tomaron un whisky para brindar por Maggie y el bebé. Pero a medida que el hotel se fue haciendo más y más silencioso y la hora más y más tardía, Gray no pudo ponerse a trabajar ni pudo dormirse, dos actividades que siempre usaba como evasión.

Estar despierto le dio mucho tiempo para pensar. A pesar de que no quería pensar en la escena de la cocina, ésta se repetía en su cabeza una y otra vez. ¿En qué lío había metido a Brianna sólo por desearla y haber llevado a la práctica ese deseo? No había considerado su familia ni su religión. ¿Acaso Brianna creía lo mismo que su madre? Pensar en almas y la condenación eterna hizo que se sintiera incómodo. Todo lo eterno hacía que se sintiese incómodo. Y ciertamente la condenación era algo que encabezaba la lista.

¿O habría dicho Maggie lo que pensaba Brianna? Difícilmente eso era menos perturbador. Toda esa cháchara sobre el amor... Desde su punto de vista, el amor podía ser tan peligroso como la condenación, y él prefería no tener nada que ver con ninguna de las dos cosas en el plano personal.

¿Por qué las personas no podían hacer fáciles las cosas?, se preguntó mientras se dirigía a la habitación de Brianna. Las complicaciones eran parte inherente a la ficción, pero en la realidad la vida era mucho más fácil mirada día a día.

Pero tuvo que admitir que era estúpido, e increíblemente ingenuo, pretender que Brianna Concannon no era una complicación. ¿Acaso no había tenido ya que admitir que ella era única? Intranquilo, destapó una botellita que estaba sobre su tocador; olía a Brie.

Gray sólo quería estar con ella por ahora, se dijo a sí mismo. Ambos disfrutaban de su mutua compañía y se gustaban. En ese momento particular y en ese lugar particular, ambos se venían muy bien el uno al otro. Por supuesto, él podría desistir en cualquier momento. Por supuesto que podría. Con un ligero gruñido tapó de nuevo la botellita, pero el aroma se quedó con él.

Brianna no estaba enamorada de él. Tal vez pensaba que así era, porque él era su primer hombre. Era natural. Y tal vez, sólo tal vez, él estaba un poco más involucrado con ella de lo que había estado con nadie más. Porque ella no se parecía a nadie más. Así que también era natural.

A pesar de todo, cuando su libro estuviera terminado, ellos tendrían que llegar a su final también. Él seguiría moviéndose. Levantó la cabeza y se vio en el espejo. No había sorpresas allí, pensó. Era la misma cara. Si en el fondo de sus ojos se veía una vaga luz de pánico, escogió hacer caso omiso de ella.

Grayson Thane se miró de nuevo con atención. El hombre que había creado de la nada. Un hombre con quien se sentía cómodo. Un hombre, se dijo ahora, que iba por la vida como se le antojaba. Libre, sin equipaje, sin arrepentimientos.

Tenía recuerdos, claro, pero podía bloquear los poco placenteros. Había estado haciéndolo durante años. Un día, pensó, miraría atrás y recordaría a Brianna, y eso sería suficiente.

¿Por qué diablos no había llamado Brianna?

Se miró una vez más en el espejo, pero se dio la vuelta antes de poder ver algo que prefería evadir. No había necesidad de que ella llamara, se dijo, y empezó a curiosear los libros que estaban sobre la repisa. Al fin y al cabo era un asunto de Brianna, un asunto de familia, y él no tenía parte en él. No quería ser parte de él. Sólo tenía curiosidad, eso era todo, por saber cómo estaban Maggie y el bebé. Si estaba esperando despierto, era sólo por satisfacer su curiosidad.

Sintiéndose mejor, escogió un libro y se acomodó en la cama de Brianna a leer.

Brianna encontró a Gray en su cama a las tres de la madrugada. Se asombró con una mezcla de alegría y fatiga al verlo dormido sobre las mantas con un libro abierto sobre el pecho. Se quedó mirándolo tontamente, lo sabía, pero era una noche para tonterías.

Se desvistió en silencio, dejó la ropa doblada sobre una silla y se puso el pijama. En el baño, se quitó el cansancio de la cara y al ver su expresión sonriente en el espejo, se rio.

Al regresar a la habitación, se inclinó para acariciar a *Con*, que estaba acurrucado sobre la alfombra a los pies de la cama. Suspirando, apagó la luz y se acostó sin quitar las mantas. De inmediato, Gray se dio la vuelta hacia ella y le pasó el brazo por encima y le olió el pelo.

—Brie —le dijo, somnoliento—, te he echado de menos.

—Ya estoy aquí. —Se volvió, acomodándose a su abrazo—. Ahora duerme.

—Es difícil dormir sin ti. Hay demasiados sueños antiguos sin ti.

—Sssss. —Lo acarició y empezó a quedarse dormida—. Ya estoy aquí.

Entonces Gray tomó conciencia total de repente, pestañeando, confundido.

—Brie —dijo, y se aclaró la garganta y se sentó—, ya has vuelto.

—Sí. Te has quedado dormido leyendo.

—Ah, sí. —Después de frotarse la cara con las manos, se volvió y la vio en la tenue luz. Entonces recordó—. ¿Maggie?

—Está bien. De hecho, está de maravilla. Ha sido tan hermoso, Gray... —Emocionada de nuevo, se sentó y se abrazó las piernas—. Empezó a maldecir a Rogan y a jurar todo tipo de horribles venganzas contra él. Él se quedó besándole las manos y diciéndole que respirara. Entonces Maggie se rio, le dijo que lo amaba y empezó a maldecirlo de nuevo. Nunca había visto a un hombre más nervioso, sobrecogido y amoroso, todo al mismo tiempo. —Suspiró; no se había dado cuenta de que las lágrimas le resbalaban por las mejillas—. Hubo mucha confusión y cháchara, discusiones, tal como uno esperaría. Y cada vez que trataron de sacarnos, Maggie amenazó con levantarse e irse con nosotros. «Mi familia se queda, o me iré con ella», dijo. Así que nos quedamos. Y fue tan... maravilloso.

Gray le secó las lágrimas.

—¿Vas a decirme qué ha sido?

—Un niño. —Brianna resopló—. El más guapo de todos los niños. Tiene el pelo negro, como el de Rogan. Se le riza sobre la cabecita como un halo. Y tiene los ojos de Maggie. Ahora los tiene azules, por supuesto, pero la forma es la de los de Maggie. Y empezó a manotear, como maldiciéndonos por traerlo a este lío, con los dedos apretados en pequeños puños. Le han puesto Liam. Liam Matthew Sweeney. Y me han dejado cogerlo. —Descansó la cabeza sobre el hombro de Gray—. Y me ha mirado.

—¿Vas a decirme que te sonrió?

—No —contestó, pero ella sonrió—. No, no me sonrió. Sólo me miró muy serio, como preguntándose qué iba a hacer con todo esto. Nunca había tenido en mis brazos una vida tan nueva. No se parece a nada, a nada en el mundo. —Volvió la cara hacia el cuello de Gray—. Hubiera querido que estuvieras allí.

Para su sorpresa, Gray se dio cuenta de que él también lo hubiera querido.

—Pero alguien tenía que quedarse cuidando el rancho. Tu señora O'Malley vino en un suspiro.

—Dios la bendiga. Mañana la llamo para darle las gracias y las buenas nuevas.

—No cocina tan bien como tú.

—¿No te lo parece? —Sonrió para sí misma, encantada—. Quisiera que no lo repitieras.

—Soy la diplomacia en persona. Bueno, entonces —le dijo dándole un beso en la sien— ha tenido un niño. ¿Cuánto ha pesado?

—Tres kilos y medio.

—Y la hora. ¿Te has fijado a qué hora ha nacido?

—Humm, creo que era la una y media.

—Mierda. Al parecer el alemán va a ganar la apuesta.

—¿Perdón?

—La apuesta. Teníamos una apuesta con respecto al bebé. Sexo, peso, hora del nacimiento. Estoy casi seguro de que el alemán, Krause, es el que más se ha acercado.

—¿Una apuesta? ¿Y de quién fue la idea?

Gray se pasó la lengua sobre los dientes.

—De Murphy. Al parecer quiere apostar por todo.

—¿Y cuál fue tu apuesta?

—Niña, tres kilos y trescientos gramos, justo a la medianoche. —Le dio otro beso—. ¿Dónde está mi puro?

—Rogan te ha mandado uno muy fino. Lo tengo en el bolso.

—Lo llevaré al pub mañana. Alguien va a estar obligado a pagar unas cuantas rondas.

—También puedes apostar por eso. —Brianna exhaló ligeramente y entrecruzó los dedos—. Grayson, con respecto a esta tarde... mi madre...

—No tienes que decirme nada al respecto. Entré en mal momento a la cocina, eso es todo.

—Eso no es todo, y es absurdo fingir que así es.

—Está bien. —Sabía que ella iba a insistir en hablar al respecto, pero no soportaba ver que se le bajara el ánimo—. No vamos a fingir nada, pero no pensemos en ello esta noche. Hablaremos sobre el tema después, todo lo que necesites. Esta noche es para celebraciones, ¿no te parece?

El alivio la entibió. Las emociones la habían tenido en una montaña rusa lo suficiente todo ese día.

—Sí, tienes razón.

—Apuesto a que no has comido.

—No, es cierto.

—Puedo traer un plato de pollo frío que ha sobrado de la cena. ¿Quieres? Podemos comer en la cama.

Capítulo 15

Fue bastante fácil evitar temas serios durante la semana siguiente. Gray se sumergió en su trabajo y Brianna tuvo que estirar su tiempo entre los huéspedes del hotel y su nuevo sobrino. Cada vez que tenía un minuto libre, encontraba una excusa para ir a la casa de Maggie a mimarlos a ella y al bebé. Maggie estaba tan cautivada por su hijo que prácticamente no se había quejado más de cinco segundos por no haber podido ir a la inauguración de la nueva galería.

Gray tuvo que admitir que el niño era un verdadero triunfador. Se había acercado hasta la casa de Maggie un par de veces que necesitaba estirar las piernas y aclarar la mente.

Al final de la tarde era la mejor hora, cuando la luz tomaba ese brillo luminoso tan característico de Irlanda, y el aire era tan claro que Gray podía ver a kilómetros más allá de las colinas color esmeralda con el sol sumergiéndose en la delgada cinta que era el río y que lo hacía resplandecer como una espada de plata.

Esa tarde encontró a Rogan en camiseta y vaqueros viejos; estaba en el jardín delantero desyerbando laboriosamente. Una visión interesante, pensó Gray, puesto

315

que Rogan era un hombre que podía contratar a una cuadrilla de jardineros.

—¿Qué tal, papá? —Sonriendo, Gray se inclinó sobre la puerta del jardín.

Rogan se dio la vuelta sobre los talones de sus gastadas botas.

—Ah, un hombre. Ven a hacerme compañía. Me han desalojado. Mujeres... —Inclinó la cabeza hacia la cabaña—. Brie y Kate, la hermana de Murphy, y otras mujeres del pueblo están visitando a Maggie y discutiendo la lactancia y las historias de guerra de la sala de partos.

—Dios santo. —Gray le echó una mirada de dolor a la cabaña y abrió la puerta para entrar—. A mí me suena más a que has escapado en lugar de que te han echado fuera.

—Es cierto. Como había tanta gente, no me podía acercar a Liam. Y Brianna apuntó que Maggie no debía desyerbar el jardín todavía, y la verdad es que ya era hora de limpiarlo. Entonces levantó una ceja hacia mí de esa manera que tiene de hacerlo y no tuve más remedio que entender la indirecta. —Miró anhelosamente hacia la cabaña—. Podríamos entrar silenciosamente en la cocina para sacar un par de cervezas.

—Es más seguro estar aquí fuera. —Gray se sentó y cruzó las piernas. Para ayudar, se inclinó y arrancó una mala hierba. O al menos lo parecía—. Quería hablar contigo de todas formas. Sobre el certificado de las acciones.

—¿A qué certificado te refieres?

—Al de Triquarter Mining.

—Ah, sí. Me había olvidado del asunto con todo lo que ha pasado. Ya han contestado a Brianna, ¿no es cierto?

—Alguien escribió. —Gray se rascó la barbilla—. Le pedí a mi corredor que investigara un poco y lo que ha encontrado es interesante.

—¿Estás pensando en invertir?

—No, y no podría si así fuera. No existe ninguna empresa con ese nombre. Ni en Gales ni en ningún lugar que mi corredor pudiera encontrar.

—¿Habrá quebrado? —Rogan frunció las cejas.

—No parece que alguna vez haya existido Triquarter Mining, lo que debería significar que el certificado que tienes no vale nada.

—Es extraño entonces que alguien esté dispuesto a pagar mil libras por él. A tu hombre se le ha debido de pasar algo por alto. Tal vez la empresa sea muy pequeña y por eso no aparece en las listas más habituales.

—Eso pensé yo, y él también. Entonces fue lo suficientemente curioso como para buscar un poco más, e incluso llamó al teléfono que está impreso en la carta.

—¿Y?

—El número no existe. Se me ocurrió que cualquier persona puede mandar imprimir papelería con un membrete, al igual que cualquiera puede alquilar un apartado de correos como el apartado de Gales al que ha escrito Brianna.

—Es cierto. Pero eso no explica por qué alguien pagaría por algo que no existe. —Rogan estiró a medias las cejas—. Tengo que atender unos negocios en Dublín. Aunque no creo que Brianna me perdone por llevarme a Maggie y a Liam, tenemos que irnos al final de la semana. Sólo me ocupará unos días, así que puedo verificar este asunto mientras esté allí.

—Yo creo que valdría la pena un viaje a Gales. —Gray se encogió de hombros mientras Rogan lo miraba detenidamente—. Tú estás un poco atareado en este momento, pero yo no.

—¿Estás pensando en ir a Gales tú mismo?

—Siempre he querido jugar a los detectives. ¿No te parece que es demasiada coincidencia que poco después de que Brianna encontrase el certificado y enviase la carta alguien haya puesto patas arriba el hotel? —Volvió a mover los hombros—. Me gano la vida atando cabos y convirtiéndolos en una trama.

—¿Y le vas a contar a Brianna lo que estás pensando hacer?

—En parte, en todo caso. He estado pensando en hacer un viaje relámpago a Nueva York... A Brianna tal vez le apetezca un fin de semana en Manhattan.

—Me imagino que es posible, si puedes convencerla de dejar el hotel durante la temporada alta —le contestó levantando las cejas.

—Creo que ya tengo eso solucionado.

—Y Nueva York queda a un paso de Gales...

—No debe de ser difícil desviarse cuando regresemos a Clare, creo yo. Y tomarse un par de días más de vacaciones. Pensaba ir por mi cuenta, pero si tengo que hablar con alguien oficial, creo que la voy a necesitar a ella, o a Maggie o a la madre. —Sonrió de nuevo—. Pero considero que Brie es mi decisión obvia.

—¿Cuándo os vais?

—En un par de días.

—Te mueves rápido —comentó Rogan—. ¿Crees que vas a poder lograr que Brianna se mueva igual de rápido?

—Voy a necesitar todo mi encanto, pero he estado ahorrando.

—Bueno. Si lo logras, por favor, mantente en contacto conmigo. En cualquier caso, averiguaré lo que pueda por mi parte. A propósito, si necesitas un incentivo extra, puedes mencionar que tenemos varias piezas de Maggie en exhibición en la Worldwide de Nueva York.

El sonido de risas femeninas llenó el aire. Salieron de la casa rodeando a Maggie, que tenía a Liam acunado en un brazo. Parlotearon animadamente, se despidieron, le hicieron unos mimos de última hora a Liam y, finalmente, se subió cada una en su bicicleta y se pusieron en marcha.

—Déjame cogerlo. —Gray se acercó a Maggie y tomó al bebé entre sus brazos. Le encantaba la manera en que Liam lo miraba con sus solemnes ojos azules—. ¿Qué? ¿No estás hablando todavía? Rogan, creo que es tiempo de que alejemos a este chico de tantas mujeres y nos lo llevemos al pub a que se tome una cerveza.

—Ya tuvo su ración de la tarde, me temo —le contestó Maggie—, pero gracias. Leche materna.

Gray le acarició a Liam la barbilla.

—¿Cómo es posible que te hayan puesto un vestido? Estas mujeres te están volviendo un mariquita, chico.

—No es un vestido. —Brianna se inclinó para darle un beso al bebé sobre la cabeza—. Es un faldón. Muy pronto empezará a usar pantalones. Rogan, sólo tienes que calentar la cena que os he traído cuando os entre hambre. —Frunció el ceño al ver el intento de arreglar el jardín de su cuñado—. No es bueno jugar con la maleza, tienes que arrancarla de raíz.

Rogan sonrió, se le acercó y le dio un beso en la mejilla.

—Sí, señora.

Apartándolo, Brianna se rio.

—Bueno, me voy. Gray, devuelve al bebé. Los Sweeney han tenido más que suficiente compañía por un día. ¿Has puesto en alto las piernas? —le preguntó a Maggie.

—Lo haré. Gray, haz que ella también las levante —le ordenó—. Ha estado llevando dos casas durante días.

Gray tomó a Brianna de la mano.

—Si quieres, puedo llevarte en brazos de regreso.

—No seas tonto. Vosotros dos, cuidaos. —Dejó su mano en la de Gray mientras caminaban fuera del jardín y hacia el camino—. Ya ha crecido tanto... —murmuró—. Y ahora sí sonríe, sonríe directamente. ¿Alguna vez has pensado qué se le cruza por la mente a un bebé cuando te está mirando?

—Me imagino que se pregunta si esta vida será muy diferente de la pasada.

Sorprendida, Brianna volvió la cabeza para mirarlo.

—¿De verdad crees en ese tipo de cosas?

—Claro. Un solo viaje nunca ha tenido mucho sentido para mí. Nunca logramos hacer las cosas bien en un solo intento. Y al estar en un lugar como éste, puedes sentir el eco de las almas viejas cada vez que respiras.

—Algunas veces siento que he caminado por aquí antes —dijo, y se detuvo y se apartó del camino para acariciar unas fucsias rojas en flor que estaban en un extremo—, pero en un tiempo diferente, en una piel diferente.

—Cuéntame una historia.

—Se respira tranquilidad en el aire, una especie de paz. El camino sólo tiene una variante, que es angosta pero está bien delineada. Puedo oler el carbón quemándose en las chimeneas. Estoy cansada, pero está bien porque voy a casa, donde alguien me espera. Mi hombre me espera justo delante. Algunas veces incluso puedo verlo allí de pie, con la mano levantada saludándome. —Se detuvo nuevamente y sacudió la cabeza ante su propio disparate—. Es absurdo. Sólo estaba imaginando.

—No tiene por qué serlo. —Gray se inclinó y cortó una flor silvestre de la linde del camino; se la dio—. La primera vez que caminé por aquí no pude verlo rápidamente ni el suficiente tiempo. Y no sólo era porque era nuevo para mí, sino porque era como recordar. —En un impulso, Gray se volvió hacia ella, la tomó entre sus brazos y la besó.

Entonces era eso, comprendió Gray. Ahora y antes, cuando la abrazaba y tenía su boca sobre la de ella, veía una imagen de ello en algún lugar de su cabeza. Era como si recordara.

Alejó la sensación. Decidió que era hora de empezar a convencer a Brianna de que hiciera lo que él quería.

—Rogan me ha dicho que tiene que volver a Dublín durante un tiempo. Maggie y Liam se van con él.

—Ah. —Sintió una rápida puñalada de pesar antes de poder aceptarlo—. Bueno, ellos tienen una vida allí también. Tiendo a olvidarlo cuando están aquí.

—Los vas a echar de menos.

—Sí, así es.

—Yo también necesito hacer un viaje.

—¿Un viaje? —En ese instante sintió un ataque de pánico que luchó por controlar—. ¿Adónde vas?

—A Nueva York, al estreno. ¿Te acuerdas?

—Tu película. —Se esforzó por sonreír—. Debe de ser emocionante para ti.

—Podría serlo si vienes conmigo.

—¿Ir contigo? —Se detuvo en seco y lo miró—. ¿A Nueva York?

—Un par de días. O tres o cuatro. —La acunó entre sus brazos de nuevo y la llevó en un vals improvisado—. Podríamos quedarnos en el Plaza, como Eloise.

—¿Eloise? ¿Quién...?

—No importa. Después te lo explico. Podemos tomar el Concorde y estaremos allí en menos de lo que canta un gallo. También podemos ir a conocer la Worldwide de allá —añadió como incentivo extra— y hacer todas esas cosas que hacen los turistas y cenar en restaurantes ridículamente caros. Creo que incluso hasta podrías traerte unos nuevos menús.

—Pero no puedo. De verdad. —La cabeza le daba vueltas y no tenía nada que ver con los rápidos giros del baile—. El hotel...

—La señora O'Malley me dijo que ella podía reemplazarte.

—¿Reemplazarme?

—Sí, ayudar mientras no estés —dijo, elaborando la idea—. Quiero que vengas conmigo, Brianna. La película es importante, pero no será divertida si no estás conmigo. Es un gran momento para mí, y no quiero que sólo sea una obligación tener que ir.

—Pero Nueva York...

—Está a un pestañeo de distancia en el Concorde. Murphy con gusto cuidaría de *Con* y la señora O'Malley se haría cargo del hotel.

—Ya has hablado con ellos —repuso, tratando de detener la danza vertiginosa, pero Gray seguía dándole vueltas.

—Por supuesto. Sabía que dirías que no irías si no estaba todo arreglado.

—No iría, y no puedo...

—Haz esto por mí, Brianna. —Sin misericordia, sacó su mejor arma: la confianza—. Te necesito allí.

Brianna exhaló un largo y lento suspiro.

—Grayson.

—¿Eso es un sí?

—Debo de estar loca —contestó, y se rio—. Sí.

Dos días después, Brianna se encontró a bordo del Concorde atravesando el Atlántico. Tenía el corazón atorado en la garganta. Y así había estado desde que había cerrado la maleta. Iba a Nueva York, así como así. Había dejado su negocio en manos de otra persona. Manos capaces, estaba segura, pero no las suyas.

Había accedido a ir a otro país, a atravesar un océano entero con un hombre que ni siquiera era de su familia, en un avión que era bastante más pequeño de lo que se había imaginado.

Con seguridad había perdido la razón.

—¿Nerviosa? —Gray le cogió la mano y se la llevó a los labios.

—Gray, no tenía que haber hecho esto. No sé qué mosca me ha picado —dijo, pero por supuesto que lo sabía. Era él. Él se le había metido en el cuerpo de todas las maneras posibles.

—¿Estás preocupada por la reacción de tu madre?

Había sido espantoso. Las palabras hirientes, las acusaciones, las predicciones... Pero Brianna sacudió la cabeza. Había decidido hacer caso omiso de los sentimientos de Maeve en cuanto a Gray y la relación que estaba manteniendo con él.

—Sólo hice las maletas y me fui.

—Difícilmente —se burló Gray—. Has hecho docenas de listas, has cocinado como para un mes y metiste la comida en el congelador, has limpiado el hotel de cabo a rabo... —Se interrumpió porque se dio cuenta de que Brianna más que nerviosa parecía aterrorizada—. Cariño, relájate. No hay nada de qué asustarse. Nueva York no es tan mala como dicen.

No era Nueva York en lo que Brianna tenía puesta la cabeza cuando enterró la cara en el hombro de Gray. Era en él. Entendía, aunque él no, que ella no habría hecho eso por nadie más en el mundo, salvo por su familia. Entendía, aunque Gray no, que él se había convertido en una parte intrínseca y vital de su vida, como si fuera su carne y su sangre.

—Háblame de Eloise otra vez.

—Es una niña pequeña —empezó Gray, manteniendo aferrada la mano de ella entre la suya, calmándola— que vive en el Plaza con su niñera, su perro *Weenie* y su tortuga *Skipperdee*.

Brianna sonrió, cerró los ojos y dejó que Gray le contara la historia.

Cuando llegaron, había una limusina esperándolos en el aeropuerto. Gracias a Rogan y Maggie, Brianna ya había estado en una antes, de modo que no se sintió como una completa imbécil. En el lujoso asiento trasero de la limusina encontró un precioso ramo de tres docenas de rosas blancas y una botella helada de Dom Perignon.

—Grayson. —Abrumada, Brianna sumergió el rostro entre las flores.

—Lo único que tienes que hacer es disfrutar —dijo. Descorchó la botella de champán y dejó que burbujeara hasta el borde—. Y yo, que seré tu genial anfitrión, te voy a mostrar todo lo que hay que ver en la Gran Manzana.

—¿Por qué la llaman así?

—No tengo ni idea. —Le pasó una copa de champán y cuando Brianna la cogió, brindó con ella—. Eres la mujer más hermosa que he conocido en mi vida.

Brianna se sonrojó y se pasó la mano a tientas por el pelo despeinado por el viaje.

—Seguro que estoy estupenda —repuso.

—No, estás mejor con tu delantal. —Cuando ella se rio, Gray se inclinó y le mordisqueó la oreja—. De hecho, estaba preguntándome si podrías usarlo para mí alguna vez.

—Pero si lo uso a diario...

—No, no. Me refiero a sólo el delantal.

Entonces el color le inundó las mejillas a Brianna y le echó una mirada distraída a la nuca del chófer a través del vidrio de seguridad.

—Gray...

—Está bien, lidiaremos con mis fantasías lascivas más tarde. ¿Qué quieres hacer primero?

—Yo... —empezó, pues todavía estaba tartamudeando ante la idea de estar en su cocina sin nada más que el delantal.

—Vamos de compras —decidió Gray—. Después de que nos registremos en el hotel y yo haga un par de llamadas, nos vamos de compras.

—Quiero comprar algunos recuerdos. Y quisiera pasar por esa tienda de juguetes; esa que es tan importante.

—F.A.O. Schwartz.

—Sí, ésa. Tendrán algo fantástico para Liam, ¿no es cierto?

—Absolutamente. Pero yo estaba pensando más bien en la Quinta con la 47.

—¿Qué es eso?

—Te llevaré.

Gray apenas le dio tiempo a Brianna para que admirara la arquitectura palaciega del Plaza, el opulento vestíbulo del hotel con su alfombra roja y sus deslumbrantes arañas, el fantástico uniforme del personal, los magníficos arreglos florales y las gloriosas vitrinas que exhibían joyas asombrosas.

Subieron en el ascensor hasta el último piso y Brie deambuló por la suntuosa suite, que estaba tan alta que se veía por completo el verde exuberante de Central Park. Gray la apremió para que entrara y para cuando Brianna se había refrescado un poco del viaje, estaba esperándola impacientemente para que se diese prisa en salir.

—Vamos a caminar. Es la mejor manera de ver Nueva York. —Gray tomó el bolso de Brianna y se lo cruzó sobre el pecho, de tal manera que colgaba de un hombro y caía a un lado de la cadera—. Ponte el bolso siempre así, y ponle una mano encima. ¿Son cómodos esos zapatos que llevas puestos?

—Sí.

—Entonces estás lista. —Brianna todavía estaba tratando de recuperar el aliento cuando Gray la sacó del hotel—. Nueva York es una ciudad espléndida en primavera —le dijo Gray mientras empezaban a caminar por la Quinta Avenida.

—Qué de gente...

Brianna vio a una mujer caminar apresuradamente con las piernas desnudas bajo una corta y brillante falda de seda. Y otra con unos amplios pantalones rojos de cuero que tenía tres pares de aros colgando de la oreja izquierda.

—A ti te gusta la gente.

—Sí —contestó ella mientras observaba a un hombre que marchaba junto a ellos gritando órdenes por su teléfono móvil.

Gray la sacó del camino de una bicicleta que iba a toda prisa.

—A mí también. De vez en cuando.

Gray le llamó la atención sobre diferentes cosas, le prometió que la dejaría quedarse el tiempo que quisiera en la gran tienda de juguetes y disfrutó viéndola asombrarse con los escaparates de las tiendas y la maravillosa variedad de gente que corría por las calles.

—Una vez estuve en París —le dijo, sonriendo al vendedor callejero de perritos calientes— para asistir a una exposición de Maggie. Pensé que nunca iba a ver algo más grandioso que eso —añadió, y riéndose le apretó la mano a Gray con fuerza—, pero esta ciudad lo es.

A Brianna Nueva York le encantó. El constante y casi violento ruido del tráfico, las resplandecientes ofertas que exhibían los escaparates tienda tras tienda, la gente, absorta en sí misma, apresurada y ocupándose de sus propios asuntos, y los imponentes rascacielos que se levantaban en todas partes y convertían las calles en cañones.

—Aquí.

Brianna observó el edificio de la esquina, donde cada uno de los escaparates exhibía joyas y gemas.

—Ah, ¿qué es esto?

—Es un bazar, querida. —Zumbando de emoción de tan sólo estar allí con ella, Gray abrió la puerta de un golpe—. Un carnaval.

El aire de la tienda estaba colmado de voces. Los compradores chocaban unos con otros a lo largo de los pasillos, mirando las vitrinas. Brianna vio diamantes, anillo tras anillo resplandeciendo a través del vidrio. Piedras de colores como un arco iris, el brillo seductor del oro...

—Vaya, qué lugar. —A Brie le encantó caminar por los pasillos de la mano de Grayson. Parecía que estuvieran en otro mundo, con todos los vendedores y compradores discutiendo el precio de collares de rubí y anillos de zafiro. Cuántas cosas que contar cuando volviera a Clare. Se detuvo frente a una vitrina y se rio—. Dudo mucho que encuentre mis recuerdos aquí.

—Yo sí. Perlas, creo. —Le hizo una señal con un dedo a la dependienta para que se mantuviera alejada y examinó él mismo las piezas del escaparate—. Las perlas son lo indicado.

—¿Vas a comprar un regalo?

—Exacto. Éste. —Le hizo un gesto a la dependienta. Ya tenía una imagen en la cabeza, y las tres hileras de perlas encajaban perfectamente. Escuchó a medias la cháchara de la mujer que exaltaba la belleza y el valor del collar. Tradicional, dijo, sencillo y elegante. Una reliquia. Y, por supuesto, una ganga. Gray tomó el collar entre sus dedos, lo sopesó y examinó los brillantes orbes—. ¿Qué opinas, Brianna?

—Es magnífico.

—Por supuesto que lo es —contestó la dependienta sintiendo que era probable que hiciera una venta—. No va a encontrar nada que se le compare, ciertamente no a ese precio. Un estilo clásico como ése lo puede usar con cualquier cosa: un vestido de noche, un traje de día, con un suéter de cachemir, una blusa de seda o un sencillo vestido negro.

—El negro no le va bien —dijo Gray mirando a Brianna—. Un azul medianoche, colores pasteles, verde musgo, tal vez.

A Brianna el estómago empezó a contraérsele cuando la dependienta continuó con el tema.

—¿Sabe? Tiene razón. Con su constitución, debería elegir joyas de tonos pastel. No muchas mujeres pueden ponerse ambas cosas. Pruébeselo. Así podrá constatar usted misma lo maravillosamente que le sienta.

—Gray, no. —Brianna dio un paso atrás y se estrelló con otro comprador—. No puedes. Es ridículo.

—Querida —la interrumpió la mujer—, cuando un hombre quiere comprar un collar como éste, es absurdo oponerse. Y encima estando con el cuarenta por ciento de descuento.

—Yo creo que usted puede ser más convincente que eso —le dijo Gray descortésmente. No era cuestión de dinero; si a duras penas le había echado un vistazo a la pequeña etiqueta atada discretamente al broche de diamantes... Era por placer—. Veamos cómo te queda.

Brianna se quedó quieta con los ojos llenos de angustia mientras Gray le ponía el collar alrededor del cuello. Le cayó como un milagro sobre la sencilla blusa de algodón que llevaba puesta.

—No puedes comprarme algo como esto —negó, por más que los dedos le picaban por ir directos al collar y acariciar las perlas.

—Por supuesto que puedo. —Se inclinó hacia ella y le dio un beso informal—. Déjame que me divierta. —Se enderezó y la examinó con los ojos entrecerrados—. Creo que es exactamente lo que estaba buscando. —Le lanzó una mirada a la dependienta—. Convénzala mejor.

—Querida, prácticamente se las estoy regalando. Esas perlas le quedan perfectas.

—Mmmmm. —Gray giró el pequeño espejo que había sobre el mostrador hacia Brianna—. Mírate —le sugirió—. Vive con ellas un minuto. Déjeme ver ese prendedor de allá, el corazón de diamantes.

—Ah, ésa es una pieza muy bella. Usted tiene buen ojo. —Reverencialmente, la dependienta sacó el prendedor y lo puso sobre una almohadilla de terciopelo negro—. Veinticuatro brillantes tallados de la mejor calidad.

—Bonito. Brie, ¿no te parece que a Maggie le gustaría? Un regalo por el bebé.

—Oh... —A Brianna le estaba costando trabajo que la mandíbula no se le desencajara. Primero, por su propia imagen en el espejo luciendo un collar de perlas alrededor del cuello y, luego, por la idea de que Gray le comprara diamantes a su hermana—. Le encantaría, ¿cómo no, si es bellísimo? Pero no puedes...

—¿En cuánto me deja los dos?

—Pues... —La dependienta tamborileó con los dedos sobre su pecho. Como si le doliera, tomó una calculadora y empezó a hacer cuentas. Anotó una cantidad en una libreta que hizo que a Brianna se le detuviera el corazón.

—Gray, por favor...

Él le hizo un gesto para que guardara silencio.

—Creo que puede ofrecerme algo mejor que eso.

—Me está matando usted —le respondió la mujer.

—Tal vez pueda aguantar un poco más de dolor.

La mujer refunfuñó, murmuró algo sobre los márgenes de ganancia y la calidad de su mercancía, pero volvió a hacer las cuentas, bajó un poco y se dio un golpecito sobre el corazón.

—Estoy cortando mi propia garganta.

Gray le guiñó el ojo a la dependienta y sacó la billetera.

—Envuélvalos y mándemelos al Plaza.

—Gray, no.

—Lo siento. —Le desabrochó el collar y se lo pasó descuidadamente a la complacida dependienta—. Podrás tenerlo esta noche. No es buena idea andar por la calle con él puesto.

—No es eso lo que quiero decir y tú lo sabes.

—Tiene usted una voz muy hermosa —le dijo la dependienta a Brie para distraerla—. ¿Es irlandesa?

—Sí, así es. Gray, verás...

—Es su primer viaje a Estados Unidos y quiero que tenga algo especial que le quede de recuerdo. —Tomó la mano de Brianna y le besó cada dedo de tal manera que hizo que incluso el corazón cínico de la vendedora suspirara—. Eso es lo que más quiero.

—No tienes que comprarme cosas.

—Ésa es parte de la belleza del asunto. Nunca pides nada.

—¿Y de qué parte de Irlanda es usted, querida?

—Del condado de Clare —murmuró Brianna, sabiendo que había perdido de nuevo—; queda al oeste.

—Estoy segura de que debe de ser muy bonito. Y van a ir a... —Cuando cogió la tarjeta de crédito de Gray, la mujer leyó el nombre y se sobresaltó—. ¡Grayson Thane! Por Dios, ¡me he leído todos sus libros! Soy una gran admiradora suya. Cuando se lo cuente a mi marido no se lo va a creer. Él también es un admirador suyo. La próxima semana vamos a ir a ver su película. Estamos que no podemos esperar. ¿Me daría un autógrafo? ¡Milt no se lo va a creer!

—Por supuesto. —Gray tomó la libreta que ella le ofrecía—. ¿Ésta es usted, Marcia? —le preguntó leyendo la tarjeta de presentación exhibida sobre el mostrador.

—Así es, ésa soy yo. ¿Vive en Nueva York? En la contraportada de sus libros nunca dice dónde vive.

—No, no vivo aquí —contestó, y le sonrió y le entregó de vuelta la libreta, tratando de distraerla para que no le hiciera más preguntas.

—Para Marcia —leyó la dependienta—. Una gema entre las gemas. Con cariño, Grayson Thane. —Después de leer le sonrió, pero no tanto como para olvidar hacerlo firmar el recibo de la tarjeta de crédito—. Venga cada vez que esté buscando algo especial. Y no se preocupe, señor Thane, haré que le envíen esto a su hotel de inmediato. Usted disfrute de su collar, querida. Y usted, de Nueva York.

—Gracias, Marcia. Salude a Milt de mi parte. —Complacido, Gray se volvió para mirar a Brianna—. ¿Quieres dar otra vuelta por la tienda?

Atontada, Brianna apenas pudo negar con la cabeza.

—¿Por qué haces eso? —le preguntó ella cuando salieron a la calle de nuevo—. ¿Cómo haces que sea imposible decirte que no cuando quiero decirte que no?

—Con gusto —le dijo ligeramente—. ¿Tienes hambre? Yo sí. Vamos a comernos un perrito caliente.

—Gray —lo detuvo Brianna—, es la cosa más bonita que he tenido en mi vida —le dijo solemnemente—. Igual que tú.

—Muy bien. —La tomó de la mano y la llevó a la siguiente esquina, calculando que ya la había ablandado lo suficiente como para que le dejara comprar el vestido perfecto para el estreno de la película.

Brianna discutió. Y perdió. Para equilibrar las cosas, Gray se apartó cuando ella insistió en pagar las baratijas que compró para llevar a Irlanda. Le divirtió ayudarla a calcular el cambio de esa moneda norteamericana desconocida para ella que le habían cambiado en el banco del aeropuerto. Le fascinó que ella pareciera más obnubilada con la tienda de juguetes que con la joyería o las tiendas de ropa que visitaron. Y cuando la inspiración hizo su aparición, la descubrió incluso más encantada con una tienda de utensilios de cocina especializados.

Encantado con ella, le cargó los paquetes y las cajas hasta el hotel, para luego llevarla a la cama, dejando pasar el tiempo con una larga y exuberante jornada de sexo.

Después la llevó a Le Cirque, donde cenaron y bebieron vino y, en un arranque de romanticismo nostálgico, la llevó más tarde a bailar al Rainbow Room, donde disfrutó tanto como ella de la decoración antigua y el sonido de la *big band*.

Después le hizo el amor otra vez, hasta que ella se durmió exhausta a su lado, mientras él permanecía despierto. Estuvo despierto un largo rato, oliendo las rosas que le había dado, acariciando la seda de su pelo y escuchando su queda y constante respiración.

En algún momento de ese duermevela, Gray pensó en cuántos hoteles había dormido solo. En cuántas mañanas se había levantado solo, con la única compañía de la gente que inventaba en su cabeza.

Pensó cuánto prefería esa forma de vida. Siempre había sido así. Y cómo, con ella acurrucada a su lado, no era capaz de capturar de nuevo la sensación de satisfacción solitaria que tenía antes.

Seguramente la recuperaría otra vez cuando se les terminara el tiempo. Incluso estando medio dormido se advirtió a sí mismo no pensar en el mañana, y ciertamente tampoco en el ayer.

El hoy era en donde vivía. Y el hoy era lo más cercano a la perfección.

Capítulo 16

Para la tarde siguiente, Brianna seguía estando cautivada con Nueva York, tanto como para mirar hacia todas partes al mismo tiempo. No le importaba que pareciera obvio que era una turista: sacó todas las fotos que pudo y miró hacia arriba con la cabeza echada hacia atrás para ver la punta de todos los rascacielos. Si estaba sorprendida, ¿qué importaba? Nueva York era un espectáculo elaborado y ruidoso especialmente diseñado para dejar pasmados los sentidos.

En la suite se dedicó juiciosamente a recorrer la guía, haciendo cuidadosas listas y tachando todos los sitios que había visto. Pero ahora tenía que afrontar la perspectiva de un almuerzo de negocios con la agente de Gray.

—Arlene es una maravilla —le aseguró Gray a Brianna al tiempo que la apremiaba por la calle—. Te va a caer bien.

—Pero este almuerzo —a pesar de que disminuyó la velocidad, Gray no dejó que se rezagara, como hubiera preferido ella— es como una reunión de negocios. Yo debería esperarte en algún lugar o tal vez deberíamos reunirnos cuando hayas terminado. Podría irme a la catedral de San Patricio ahora y...

—Te dije que te llevaría a la catedral después del almuerzo.

Y así lo haría, Brianna lo sabía. Gray estaba más que dispuesto a llevarla a cualquier lugar. Mejor dicho, a todas partes. Justo esa mañana habían estado en la cúspide del Empire State y Brianna se había quedado maravillada. También había montado en metro y había desayunado en un deli. Todo lo que había hecho, todo lo que había visto estaba dándole vueltas dentro de la cabeza como un caleidoscopio de colores y sonidos.

Y, sin embargo, Gray le había prometido más.

Pero la perspectiva de almorzar con una agente neoyorquina, obviamente una mujer formidable, era intimidante. Brianna habría encontrado una manera irrevocable de excusarse, tal vez incluso inventarse que tenía dolor de cabeza o que estaba cansada, si Gray no hubiera parecido tan emocionado con la idea.

Vio cómo Gray metía casualmente un billete en una taza de metal que tenía un hombre que estaba recostado contra una pared de un edificio. Nunca dejaba pasar uno. Sin importar lo que dijera el letrero escrito a mano: indigente, desempleado o veterano del Vietnam, todas las personas que pedían en la calle llamaban su atención. Y su billetera.

A Gray todo le llamaba la atención, reflexionó Brianna. No se perdía detalle de nada y lo veía todo. Y esos pequeños actos de bondad hacia los extraños que otras personas ni admitían que existían eran una parte inherente a él.

—Eh, amigo, ¿necesita un reloj? Tengo unos relojes muy bonitos aquí. Sólo veinte dólares. —Un hombre negro delgado abrió un maletín para exhibir una variedad de relojes Gucci y Cartier—. Tengo uno muy bonito para la señorita.

Para consternación de Brianna, Gray se detuvo.

—¿En serio? ¿Y funciona bien?

—Eh —dijo el hombre con una sonrisa—, ¿qué parezco? Los relojes cuentan el tiempo, amigo. Y tienen el mismo aspecto que los que cuestan mil dólares en la Quinta Avenida.

—A ver... —Gray escogió uno mientras Brianna se mordía el labio. A ella el hombre le pareció peligroso, la forma en que los ojos miraban de un lado a otro—. ¿Lo fastidian mucho en esta esquina?

—No. Tengo un representante. Ése es un buen reloj, de calidad, y le va bien a la señorita. Veinte dólares.

Gray sacudió el reloj y se lo puso cerca del oído.

—Bien. —Le pasó al hombre un billete de veinte—. Vienen un par de policías en esta dirección —dijo por lo bajo, y metió la mano de Brianna entre su brazo.

Cuando Brianna miró atrás, el hombre se había desvanecido.

—¿Eran relojes robados? —le preguntó a Gray asustada.

—Probablemente no. Mira, aquí tienes. —Le puso el reloj en la muñeca—. Puede que funcione un día, o un año. Nunca puedes saberlo con certeza.

—¿Entonces por qué lo has comprado?

—Pues porque el tipo tiene que ganarse la vida de alguna manera, ¿no? El restaurante está por aquí.

Eso distrajo a Brianna lo suficiente como para que empezara a tirar de la chaqueta de su vestido. Se sentía como una campesina aburrida y tonta con su bolso de «I Love New York» en el que llevaba los *souvenirs* que había comprado del Empire State.

Tonterías, se aseguró a sí misma. Conocía gente nueva todo el tiempo. Le gustaba la gente nueva. El problema era, pensó mientras Gray la metía en el Four Seasons, que esta vez era la gente de Gray. Trató de no mirar alrededor mientras Gray la guiaba escaleras arriba.

—Señor Thane, cuánto tiempo ha pasado. —El *maître* lo saludó cálidamente—. La señora Winston ya está aquí.

Atravesaron el recinto, que estaba flanqueado por una larga y reluciente barra; las mesas cubiertas con manteles ya estaban repletas con la gente que iba a almorzar. Una mujer se levantó en cuanto vio a Gray.

Lo primero que vio Brianna fue el hermoso vestido rojo y el resplandor dorado de la solapa y de las orejas. Entonces vio el corto, sedoso y rubio cabello y la espontánea y amplia sonrisa antes de que la mujer se envolviera en el abrazo entusiasta de Gray.

—Qué bueno verte, belleza.

—Mi trotamundos favorito... —Tenía la voz ronca con un ligero tinte arenoso.

Arlene Winston era una mujer pequeña. Apenas alcanzaba el metro y medio de estatura, pero se notaba que hacía ejercicio semanalmente, pues tenía una figura atlética. Gray le había dicho a Brianna que Arlene tenía nietos, pero prácticamente no tenía arrugas en la cara y sus ojos color miel contrastaban con su complexión suave y sus rasgos como de duende. Con los brazos todavía alrededor de la cintura de Gray, Arlene le extendió una mano a Brianna.

—Y tú debes de ser Brianna. Bienvenida a Nueva York. ¿Nuestro chico te ha mantenido entretenida?

—Sí, así es. Es una ciudad estupenda. Me complace conocerla, señora Winston.

—Por favor, llámame Arlene y trátame de tú.

Por un breve momento, Arlene tomó la mano de Brianna entre las suyas y le dio un golpecito. A pesar de que el gesto fue amistoso, Brianna se dio cuenta de que Arlene la estaba tanteando. Gray se mantuvo al margen, sonriendo.

—¿No es una belleza?

—Sí que lo es. Venga, sentémonos. Espero que no os importe, pero he pedido champán. Una pequeña celebración.

—¿Los ingleses? —le preguntó Gray mientras se acomodaba.

—Así es. —Arlene sonrió al tiempo que les llenaban los vasos con el agua de manantial de la botella que estaba sobre la mesa—. ¿Quieres que despachemos ese negocio de una vez o prefieres esperar a después del almuerzo?

—Despachémoslo de una buena vez.

Complaciente, Arlene despidió al camarero y entonces alcanzó su maletín y sacó de él una pila de faxes.

—Aquí está el acuerdo con los ingleses.

—Menuda mujer eres, Arlene —le dijo Gray, y le guiñó un ojo.

—Las otras ofertas por derechos internacionales están ahí, y por el audio. Apenas estamos empezando a hablar con la gente de los estudios cinematográficos. Y aquí tengo tu contrato. —Cambió de posición para darle tiempo a Gray de que mirara los papeles, y entonces

sonrió a Brianna—. Gray me ha contado que eres una cocinera increíble.

—A él le gusta comer.

—Sí, es cierto. Administras un hotel divino, por lo
que he oído. Blackthorn, ¿no es así?

—Blackthorn Cottage, así es. No es un lugar muy
grande.

—Hogareño, me imagino. —Arlene examinó a Brianna por encima del borde de su vaso de agua—. Y tranquilo.

—Tranquilo, ciertamente. La gente viene al oeste
por los paisajes.

—Que me han dicho que son espectaculares. Nunca he estado en Irlanda, pero te aseguro que Gray me ha
aguijoneado la curiosidad. ¿Cuántas personas puedes
atender?

—Tengo cuatro habitaciones para huéspedes, así
que depende del tamaño de las familias. Ocho se pueden
quedar cómodamente, pero a veces tengo doce o más
con niños.

—¿Y tú cocinas para todos y administras el hotel sola?

—Es muy parecido a administrar una familia —le
explicó Brianna—. La mayoría de la gente se queda sólo
una o dos noches y sigue su camino.

Casualmente, Arlene hizo que Brianna se explayara,
y ella midió cada palabra, cada inflexión, juzgándola.
Gray era más que un cliente para ella. Mucho más. Decidió que era una mujer interesante. Reservada, un poco
nerviosa. Obviamente muy capaz, reflexionó, tamborileando un dedo de perfecta manicura contra el mantel
mientras seguía pidiéndole detalles a Brianna sobre la
campiña irlandesa.

A Arlene le pareció también que Brianna era una mujer que se cuidaba, de buenos modales y... ah... vio que la mirada de Brianna vagaba, sólo por un segundo, para posarse sobre Gray. Y vio lo que quería ver.

Brianna devolvió la mirada y vio que Arlene había arqueado las cejas, así que entonces luchó por no sonrojarse.

—Grayson me dijo que tienes nietos.

—Así es. Y después de una copa de champán es muy probable que saque sus fotos y las empiece a mostrar.

—Me encantaría verlas. De verdad. Mi hermana acaba de tener un bebé. —Todo en ella era cálido, su voz, sus ojos—. Y también tengo fotos.

—Arlene —dijo Gray levantando los ojos de la carpeta y concentrándose de nuevo—, eres la reina de los agentes.

—Y no te olvides nunca de ello. —Le pasó un bolígrafo y llamó al camarero para que les trajera el champán y el menú—. Firma el contrato, Gray, y vamos a celebrarlo.

Brianna calculó que había bebido más champán desde que conocía a Gray que en toda su vida anterior. Mientras jugaba con la copa, examinó el menú y trató de no hacer una mueca al ver los precios.

—Vamos a tomar unas copas con Rosalie al final de la tarde —estaba diciendo Gray, refiriéndose a la reunión que había planeado con su editora— y después vamos al estreno. Vas a ir, ¿no?

—No me lo perdería por nada del mundo —le aseguró Arlene—. Yo quiero pollo —añadió devolviéndole

342

el menú al camarero que los estaba atendiendo—. Bueno —continuó después de que los tres hubieran pedido—, cuéntame cómo va el libro.

—Va bien. De hecho, increíblemente bien. Nunca me había pasado que todo encajara tan bien como esta vez. Tanto, que ya casi tengo el primer borrador finalizado.

—¿Tan rápido?

—Está fluyendo —contestó Gray descansando la mirada en Brianna— casi como si fuera magia. Tal vez sea la atmósfera. Irlanda es un lugar mágico.

—Gray trabaja mucho —apuntó Brianna—. A veces no sale de la habitación durante varios días seguidos. Y no sirve de nada interrumpirlo, porque te echa corriendo como si fuera un terrier.

—¿Y tú insistes?

—Por lo general no. —Brianna sonrió cuando Gray le puso una mano encima de la suya—. Estoy acostumbrada a ese tipo de comportamiento porque mi hermana es igual.

—Ah, sí, la artista. Entonces ya tenías experiencia en lidiar con el temperamento artístico...

—Así es —dijo Brianna riéndose—. La gente creativa tiene una vida más difícil que el resto de nosotros, creo yo. Gray necesita tener cerrada la puerta de su mundo cuando está dentro de él.

—¿No es perfecta?

—Creo que es así —le contestó Arlene, complaciente. Y como era una mujer paciente, esperó hasta el final del almuerzo para hacer el siguiente movimiento—. ¿Vas a pedir postre, Brianna?

—No podría, gracias.

—Gray sí; no engorda ni un gramo —dijo sacudiendo la cabeza—. Pide algo pecaminoso, Gray. Brianna y yo iremos al tocador de señoras, donde podremos hablar de ti en privado.

Cuando Arlene se puso de pie, Brianna no tuvo otra opción que seguirla. Le lanzó una mirada confundida a Gray por encima del hombro mientras se alejaba con la mujer.

El tocador de señoras era tan glamouroso como el resto del restaurante. Sobre una repisa había frascos de agua de colonia y lociones y hasta cosméticos. Arlene se sentó frente al espejo, cruzó las piernas y le hizo un ademán a Brianna para que se sentara a su lado.

—¿Estás emocionada por el estreno de esta noche?

—Sí. Es un gran momento para Gray, ¿no? Sé que ya han hecho películas sobre sus libros; una vez vi una, pero me pareció mejor el libro.

—Buena chica. —Arlene se rio y sacudió la cabeza—. ¿Sabías que antes de ti Gray nunca había traído a una mujer para que yo la conociera?

—Yo... —Brianna dudó. No sabía cuál sería la mejor respuesta.

—Me parece que eso dice mucho. Nuestra relación es mucho más que puramente profesional.

—Lo sé. Él te tiene tanto afecto... y habla de ti como si fueras su familia.

—Yo soy su familia. O lo más cercano que él se permitiría tener. Lo quiero profundamente. Y me sorprendí enormemente cuando me dijo que iba a venir a Nueva York contigo. —Con aire natural, Arlene abrió su cajita de polvos compactos y se los aplicó bajo los ojos con ligeros golpecitos—. Me pregunté cómo se las habría arreglado una lagarta irlandesa para enredar a mi muchacho. —Cuando a Brianna se le helaron los ojos y se le abrió la boca, Arlene levantó una mano antes de que pudiera decir nada—. Ésa es la primera reacción de una madre sobreprotectora. Y tengo que decirte que mi opinión ha cambiado después de conocerte. Así que, por favor, perdóname.

—Por supuesto —dijo Brianna, pero su voz resultó rígida y formal.

—Ahora estás molesta conmigo, y claro que deberías estarlo. Conozco a Gray desde hace más de diez años, y lo adoro. Todos estos años me he preocupado por él, lo he acosado, lo he tranquilizado. Y he guardado la esperanza de que pudiera encontrar a alguien a quien pudiera querer, alguien que lo hiciese feliz, porque no lo es. —Cerró la polvera y, más por costumbre que por cualquier otra cosa, sacó un lápiz de labios—. Probablemente Gray sea la persona mejor adaptada que conozco, pero tiene una enorme falta de felicidad en algún rincón de su corazón.

—Lo sé —murmuró Brianna—. Está demasiado solo.

—Lo estaba. ¿Te has dado cuenta de cómo te mira? Casi parece atontado. Eso me habría preocupado si no hubiera visto cómo lo miras tú a él.

—Lo amo —se escuchó decir Brianna.

—Ay, querida, ya he notado eso. —Arlene tomó una de las manos de Brianna—. ¿Te ha contado Gray algo de sí mismo?

—Muy poco. Se lo guarda para él solo y finge que no está ahí.

—No es una persona que comparta sus sentimientos —le contestó Arlene después de asentir con la cabeza y apretando los labios—. He estado tan cerca de él todos estos años, lo más cerca que uno puede estar de alguien, y prácticamente tampoco sé nada. En una ocasión, después de ganar por primera vez un millón de dólares, se emborrachó un poco y me contó más de lo que habría querido. —Sacudió la cabeza—. Pero creo que no debo contarte nada, porque es como si hubiera sido un sacerdote en confesión... Supongo que lo entiendes.

—Sí.

—Sólo te voy a decir lo siguiente: Gray tuvo una infancia miserable y una juventud difícil. A pesar de ello, o tal vez por ello, es un hombre bondadoso y generoso.

—Sé que lo es. A veces es demasiado generoso. ¿Cómo logras que deje de comprarte cosas?

—Nada, lo dejas, porque es algo que necesita hacer. El dinero no es importante para él. El símbolo del dinero sí es vital, pero el dinero en sí mismo no es nada más que un medio para llegar a un fin. Y estoy a punto de darte un consejo, aunque no me lo hayas pedido: no desfallezcas, sé paciente. El único hogar de Gray es su trabajo, y él se encarga de que así sea. Me pregunto si se ha dado cuenta de que tú le estás preparando un hogar en Irlanda.

—No. —Brianna se relajó lo suficiente para sonreír—. No se ha percatado de ello. Ni yo misma lo había

346

hecho hasta hace muy poco tiempo. Sin embargo, su libro está casi terminado.

—Pero tú no. Y ahora tienes a alguien que está de tu lado, si sientes que lo necesitas.

Horas más tarde, Gray le subió el cierre del vestido a Brianna, lo que la hizo pensar en las palabras de Arlene. Era el gesto de un amante, reflexionó mientras Gray le daba un beso sobre el hombro. De un marido.

Brianna le sonrió en el espejo.

—Estás guapísimo, Grayson.

Así era. Estaba resplandeciente en su traje negro sin corbata, con esa sofisticación tan natural que ella siempre había asociado a las estrellas de cine y los músicos.

—¿Quién me va a mirar cuando estés a mi lado?

—¿Todas las mujeres?

—Ese es un buen pensamiento. —Sonriendo, le puso el collar de perlas alrededor del cuello y cerró el broche—. Casi perfecto —dijo al tiempo que le daba la vuelta para verla de frente.

El tono azul medianoche del vestido resaltaba cálidamente en la piel cremosa de Brianna. La línea del cuello era una curva escotada que rozaba la suave sinuosidad de los senos y dejaba desnudos los hombros. Se había peinado con el pelo recogido, de tal manera que Gray pudiera juguetear con los mechones que le colgaban sobre las orejas y la nuca.

Brianna se rio cuando Gray le dio una vuelta lentamente.

—Hace un rato has dicho que estaba perfecta.

—Así es. —Se sacó un estuche del bolsillo y lo abrió. Dentro había más perlas: dos lágrimas luminosas que pendían de un solitario de diamante cada una.

—Gray...

—Ssh —replicó, y le puso un pendiente en cada lóbulo. Un movimiento ya practicado, suave y natural, pensó ella irónicamente—. Ahora sí lo estás.

—¿Cuándo has comprado estos pendientes?

—Los escogí cuando compramos el collar. Marcia se puso muy contenta cuando la llamé y le dije que me los mandara también.

—Apuesto a que sí. —Incapaz de hacer nada más, levantó una mano y acarició uno de los pendientes. Sabía que todo era real, a pesar de que no pudiera imaginárselo: Brianna Concannon en una lujosa suite de un hotel palaciego de Nueva York, usando perlas y diamantes mientras el hombre que amaba le sonreía—. Supongo que no sirve de nada decirte que no debiste comprarlos.

—Absolutamente de nada. Sólo di que gracias.

—Gracias. —A modo de aceptación, presionó su mejilla contra la de él—. Ésta es tu noche, Grayson, y me has hecho sentir como una princesa.

—Piensa en lo estupendos que vamos a salir si alguno de los fotógrafos de la prensa se toma la molestia de sacarnos una foto.

—¿Si se molestan en sacarte una foto? —Brianna alcanzó a coger su bolso mientras Gray la arrastraba hacia fuera—. Es tu película, tú la escribiste.

—Yo escribí el libro.

—Eso es lo que he dicho.

—No. —Le pasó el brazo sobre los hombros mientras iban caminando hacia el ascensor. Puede que Brianna se viera como si fuera una extraña glamourosa, pero seguía oliendo a ella misma, suave, dulce y sutil—. Has dicho que es mi película, pero no lo es. Es la película del director, del productor, de los actores. Y del guionista. —Al abrirse las puertas, la dejó pasar primero y presionó el botón del vestíbulo—. El novelista está al final de la lista, cariño.

—Pero eso es ridículo. Es tu historia, son tus personajes.

—Eran. —Le sonrió. Brianna estaba indignada por él, y eso le pareció encantador—. Vendí la historia, así que sin importar qué cosa hayan hecho, para bien o para mal, no me oirás quejarme. Y seguro que esta noche los focos no estarán dirigidos a «basada en la novela escrita por».

—Pues así debería ser. No tendrían nada sin ti.

—Muy cierto.

Brianna lo miró de reojo al salir del ascensor al vestíbulo del hotel.

—Te estás burlando de mí.

—No, no lo estoy haciendo. Lo que estoy haciendo es adorándote. —La besó para demostrarlo y después la llevó hacia la puerta, donde los esperaba la limusina—. El truco para sobrevivir a una venta a Hollywood es no tomárselo demasiado personalmente.

—Habrías podido escribir el guión tú mismo.

—¿Acaso parezco un masoquista? —Casi se estremeció ante la idea—. Gracias, pero trabajar con un editor es lo más cercano que quiero estar jamás de escribir a comisión. —Se acomodó en el asiento mientras el vehículo se abría paso entre el tráfico neoyorquino—. Me pagan bien, ponen mi nombre en la pantalla unos pocos segundos y si la película es un éxito, y los chismes parecen indicar que ésta lo será, las ventas de mis libros se disparan.

—¿Y no te importa?

—En absoluto.

Les tomaron una foto en el momento en que llegaron al cine. Brianna pestañeó contra las luces, sorprendida y más que un poco desconcertada. Gray había anticipado que no le iban a prestar ninguna atención y, sin embargo, ya le habían clavado un micrófono en la cara antes de que hubiera dado dos pasos. Contestó a las preguntas con espontaneidad, siempre con la mano de Brianna firmemente entre la suya hasta que se abrieron paso hasta el cine.

Obnubilada, Brianna miró a su alrededor. Vio personas que sólo había visto en el papel cuché de las revistas o en la pantalla del cine o de la televisión. Algunas estaban paradas en el vestíbulo, como gente común, fumándose el último cigarrillo, charlando mientras bebían algo, chismorreando o hablando del trabajo. Gray le presentó gente aquí y allá. Respondió de la manera que le pareció más apropiada y se empapó de nombres y caras para contárselo luego a sus amigos de Clare.

Algunas personas estaban muy arregladas, otras bastante menos. Vio diamantes, pero también vaqueros. Vio gorras de béisbol y vestidos de miles de dólares. Olió a palomitas, como en cualquier cine de cualquier continente, al igual que el dulce perfume del chicle mezclado con otros olores más sutiles. Pero todo estaba cubierto con una fina y brillante aura de glamour.

Cuando se sentaron en su sitio en la sala, Gray pasó el brazo sobre el respaldo del asiento de Brianna y se volvió, de tal manera que le pudo susurrar al oído:

—¿Impresionada?

—Totalmente. Me siento como si hubiera entrado en una película en lugar de en la sala donde voy a ver una.

—La razón es que actos como éstos no tienen nada que ver con la realidad. Espera a que vayamos a la fiesta posterior a la película.

Brianna suspiró cautelosamente. Había recorrido un largo camino desde Clare, pensó. Un camino muy largo.

Pero no tuvo mucho tiempo para pensar. Se apagaron las luces, se iluminó la pantalla y en cuestión de segundos sintió la aguda y plateada emoción de ver el nombre de Gray aparecer un instante y después desvanecerse.

—Es maravilloso —susurró—; es algo realmente maravilloso.

—Veamos si el resto es igual de bueno —dijo él.

Brianna pensó que sí lo era. La acción se desarrolló con ese ritmo que mantiene a los espectadores al borde de la butaca y que la sumergió totalmente en la historia. No parecía importar que ya hubiera leído el libro y que ya supiera los giros de la trama o que reconociera bloques completos de las palabras de Gray en los diálogos. A pesar de eso, estuvo todo el rato con el estómago encogido, los labios apretados y los ojos bien abiertos. En algún momento Gray tuvo que ponerle un pañuelo en las manos para que pudiera secarse las lágrimas.

—Eres el público perfecto, Brie. No me explico cómo he podido ir al cine sin ti.

—Ssh —lo calló, y lo tomó de la mano, que mantuvo apretada entre las suyas a lo largo del intenso clímax y hasta el final de los créditos, cuando el cine estalló en aplausos.

—Diría que estamos ante un éxito.

—No se lo van a creer —le dijo Brianna cuando salieron del ascensor en su piso del Plaza varias horas después—. Ni siquiera yo me creería que he bailado con Tom Cruise. —Riéndose, un poco exaltada por el vino y la emoción, dio una pequeña pirueta—. ¿Tú te lo crees?

—Tengo que creerlo —le contestó abriendo la puerta—, pues lo he visto con mis propios ojos. Tom estaba encantado contigo.

—Bah, sólo quería hablar sobre Irlanda; me dijo que le tenía mucho cariño. Es encantador, y está locamente enamorado de su mujer. Y pensar que tal vez de verdad vayan a quedarse en el hotel...

—Después de esta noche no me sorprendería encontrar Blackthorn lleno de famosos. —Bostezando, Gray se quitó los zapatos—. Has encantado a todos los que han hablado contigo.

—Vosotros los yanquis os morís por el acento irlandés. —Se quitó el collar y lo acarició antes de meterlo en su estuche—. Estoy tan orgullosa de ti, Gray... Todo el mundo estaba diciendo que la película es maravillosa y toda esa cháchara sobre los Oscar. —Le sonrió mientras se quitaba los pendientes—. Imagínate: tú ganando un Oscar.

—No lo ganaría. —Se quitó el traje y lo tiró descuidadamente a un lado—. No he escrito la película.

—Pero... —Brianna hizo un sonido de disgusto, se quitó los zapatos y se bajó la cremallera del vestido—. No me parece que esté bien. Deberías ganar uno.

Gray sonrió y empezó a quitarse la camisa, y entonces se volvió a mirarla por encima del hombro. Sin embargo, la ocurrencia que iba a decir se secó como polvo en la punta de su lengua. Brianna se había quitado el vestido y estaba de pie, con sólo la ropa interior: el sujetador sin tirantes, también azul medianoche, que le había comprado para ponerse con el vestido. Seda. Encaje.

Sin estar preparado, de improviso se puso duro como el acero cuando ella se inclinó a desabrocharse la media ahumada que llevaba colgada del liguero. Sus hermosas manos de uñas cuidadas pero sin pintar se deslizaron hacia abajo por un muslo largo y suave, sobre la rodilla y la pantorrilla, enrollando con cuidado la media.

Brianna estaba diciendo algo, pero Gray no pudo oírla debido al zumbido de su cabeza. Una parte de su cerebro le advirtió que controlara esa oleada violenta de deseo, pero la otra parte lo urgió a que la poseyera, tal como deseaba hacerlo. Con fuerza, rápido y sin pensar.

Con las medias perfectamente dobladas, Brianna levantó los brazos y se quitó las horquillas del pelo. Gray apretó los puños a cada lado de su cuerpo al ver derramarse sobre los hombros desnudos de ella los rizos de fuego dorado. Pudo escuchar su propia respiración, demasiado acelerada, demasiado tosca. Y casi pudo sentir bajo sus manos la seda desgarrándose, pudo sentir la carne subyacente calentarse y el sabor de ese calor mientras su boca se posaba ávidamente sobre ella.

Se obligó a sí mismo a darse la vuelta. Sólo necesitaba un momento, se aseguró, para reconquistar el control. No estaría bien asustarla.

—Será tan divertido contarle esto a todo el mundo... —Brianna puso el cepillo sobre el tocador y, riéndose de nuevo, hizo otra pirueta—. No puedo creer que sea tan tarde y que yo esté tan despierta. Como una niña que ha comido demasiados dulces. Siento como si no tuviera que volver a dormir nunca más. —Se giró hacia él y lo abrazó por la cintura, apretándose contra su espalda—. Lo he pasado tan bien, Gray, que no sé cómo darte las gracias por todo.

—No tienes que agradecerme nada. —La voz le sonó ronca; tenía cada célula de su cuerpo totalmente alerta.

—Pero es que tú estás acostumbrado a este tipo de cosas. —Inocentemente, Brianna le dibujó una línea de besos rápidos y amistosos a lo largo de la espalda, entre hombro y hombro. Gray apretó los dientes para no gemir—. No creo que puedas imaginarte realmente lo emocionante que ha sido todo esto para mí. Pero estás muy tenso... —Instintivamente, empezó a masajearle la espalda y los hombros—. Debes de estar cansado, y yo parloteando como una urraca. Ven, acuéstate para que te dé un masaje y te deshaga todos esos nudos de la espalda.

—¡Basta ya! —La orden se le escapó. Entonces se dio la vuelta deprisa y la agarró de las muñecas, para que no pudiera hacer nada más que quedarse de pie y mirar. Se le veía furioso. No, se fijó ella, se le veía peligroso.

—¿Qué te pasa, Grayson?

—¿No te das cuenta de lo que me estás haciendo? —Cuando ella negó con la cabeza, Gray la apretó contra sí con fuerza, sus dedos clavándosele en la piel. Podía ver el desconcierto en los ojos de ella dando paso a la conciencia y después al pánico. Entonces no pudo más—. ¡Maldición! —Clavó la boca en la de ella, ávido, desesperado. Si ella lo hubiera rechazado, tal vez él habría retrocedido, pero, por el contrario, Brianna levantó una mano temblorosa y le acarició la mejilla. Entonces Gray se perdió—. Sólo una vez —murmuró arrastrándola hacia la cama—. Sólo una vez.

Y esa vez no fue el paciente y tierno amante que Brianna había conocido. Fuera de sí, fue salvaje y estuvo al borde de la violencia con sus manos apretando, rasgando y poseyendo. Todo en él fue tosco, su boca, sus manos, su cuerpo. Por un instante, mientras él se ocupaba de revolucionarle los sentidos, Brie pensó que sencillamente podría romperse como si fuera de vidrio.

Entonces la marea oscura de las necesidades de Gray la levantó impactándola, excitándola y aterrorizándola, todo al mismo tiempo.

Brianna gimió, aterrada, al tiempo que esos dedos incansables la llevaban sin piedad hasta la cima y más allá. Se le nubló la mirada, pero podía verlo a través de la bruma. A la luz que habían dejado encendida, los ojos de Gray resultaban feroces. Ella dijo su nombre otra vez, lo sollozó mientras él la levantó sobre las rodillas; entonces quedaron torso contra torso sobre la cama deshecha, las manos de él explorándola, empujándola implacablemente hacia la locura.

Impotente, Brianna se arqueó hacia atrás y se estremeció cuando él la mordisqueó con los dientes garganta abajo, sobre los senos. Le chupó los pezones con ansiedad, como si estuviera sediento de ella, mientras sus dedos impacientes la llevaban sin piedad mucho más alto.

Gray no podía pensar. Cada vez que le había hecho el amor a Brianna había luchado por mantener un rincón de su cabeza lo suficientemente frío para que sus manos se movieran suavemente, para que el ritmo fuera lento. Pero esa vez sólo sentía el calor, una especie de infierno alegre y glorioso que se le filtraba tanto por la mente como por el cuerpo y le quemaba hasta las cenizas su parte civilizada. Y ahora, bombardeado por su propia lujuria, y ansiando la de ella, el control estaba más allá de su alcance. Quería que ella se retorciera, se arqueara y gritara.

Y lo logró.

Incluso la seda desgarrada era demasiado estorbo. Entonces, frenéticamente, la arrancó desde el centro y empujó a Brianna sobre la espalda para poder devorar la nueva carne que había quedado al descubierto. Gray sentía las manos de ella aferrándosele al pelo, sus uñas enterrándose en sus hombros mientras él se abría paso hacia abajo, dándose un banquete. Entonces ella jadeó, se sacudió, gritó ahogadamente cuando la lengua de él se sumergió en ella.

Brianna se estaba muriendo. Nadie podía sobrevivir a ese calor, esa presión que seguía creciendo y explotando, creciendo y explotando hasta que su cuerpo fue sólo una masa temblorosa de nervios alterados y necesidades indescriptibles.

Las sensaciones la inundaron, agolpándose demasiado rápido como para separarlas. Sólo supo que Gray le estaba haciendo cosas, cosas increíbles, malvadas, deliciosas. El siguiente clímax la golpeó como un puñetazo.

Entonces se levantó y se aferró a él, luchando hasta que rodaron sobre la cama. La boca de ella lo recorrió, tan ávidamente e igual de frenética que antes la de él. Lo exploró con la mano y encontró su miembro erecto, lo acarició hasta que su sistema se estremeció con placer fresco y furioso cuando él gimió.

—Ya, ya. —Tenía que ser ya. Gray no podía detenerse. Sus manos resbalaron sobre la piel húmeda de ella y se aferraron con fuerza a sus caderas para levantarlas. Entonces la penetró profundamente, jadeando al tiempo que la ponía en posición para que ella tomara incluso más de él.

La penetró con fuerza, hundiéndose más cada vez que Brie se levantaba para encontrarlo. La miró a la cara mientras ella caía en picado sobre ese fiero pico final, sus nebulosos ojos se oscurecieron mientras sus músculos se contrajeron alrededor de él.

Con algo peligrosamente cercano al dolor, Gray se vació dentro de ella.

Capítulo 17

Gray rodó por encima de Brianna y se quedó mirando el techo. Sabía que podía maldecirse, pero no podía deshacer lo que había hecho. Todo el cuidado que había tenido antes, toda la precaución, y, en un instante, había echado todo a perder de un plumazo.

Ahora ella estaba acurrucada a su lado, temblando. Y él tenía miedo de tocarla.

—Lo siento —le dijo finalmente, y saboreó la inutilidad de la disculpa—. Nunca ha sido mi intención tratarte así. He perdido el control.

—Has perdido el control... —murmuró Brianna, y se preguntó cómo era posible que un cuerpo pudiera sentirse débil y lleno de energía al mismo tiempo—. ¿Crees que lo necesitabas? —La voz le sonó temblorosa, notó Gray, y ronca, se imaginó él que por la impresión.

—Sé que una disculpa es bastante inaceptable. ¿Quieres que te traiga algo? ¿Agua? —Cerró los ojos con fuerza y se maldijo otra vez—. Hablemos de conductas inaceptables. Déjame traerte tu pijama. Seguro que quieres ponértelo.

—No, así estoy bien. —Brianna cambió de posición de tal manera que pudo levantar la cara y examinarlo. Él no se volvió a mirarla, notó ella, sino que se quedó mirando el techo—. Grayson, no me has hecho daño.

—Por supuesto que sí. Te saldrán moratones que lo demostrarán.

—No soy frágil —le dijo con un ligero tono de exasperación.

—Te he tratado como... —No pudo decirlo, a ella no—. Debí ser suave.

—Ya lo has sido. Me gusta saber que has hecho un esfuerzo por ser suave. Y me gusta saber que algo que hice logró que te olvidaras de serlo. —Sonrió al acariciarle un mechón de pelo que tenía sobre la frente—. ¿Crees que me has asustado?

—Sé que te he asustado. —Se giró y se sentó—. Pero no me ha importado.

—Sí, me has asustado —replicó Brie, y luego hizo una pausa—. Pero me ha gustado. Te amo.

Gray hizo una mueca y le apretó la mano que ella había puesto sobre la de él.

—Brianna... —empezó sin tener ni idea de cómo continuar.

—No te preocupes. No necesito que tú también me lo digas.

—Escúchame: muchas veces las personas confunden el sexo con el amor.

—Me imagino que tienes razón, pero, Grayson, ¿crees que estaría aquí contigo si no fuera así? ¿Crees que habría estado contigo como lo he estado si no te amara?

Gray era bueno con las palabras. Docenas de excusas razonables y estratagemas le rondaron por la cabeza. Sin embargo, contestó:

—No. —Era mejor escoger la verdad—. No lo creo. Lo que lo hace aún peor —murmuró, y se levantó y se puso los pantalones—. Nunca debí dejar que las cosas llegaran tan lejos. Debí suponerlo. Es culpa mía.

—No es culpa de nadie. —Extendió la mano y tomó la de él para que se sentara de nuevo en la cama en lugar de que se pusiera a caminar de un lado a otro—. No debería entristecerte saber que eres amado, Grayson.

Pero así era. Lo hacía sentirse triste, asustado y, sólo por un momento, esperanzado.

—Brie, no puedo corresponderte como tú quisieras o te mereces. No hay futuro conmigo, no vamos a tener una casita en la pradera ni niños jugando en el jardín. No está dentro de mis planes.

—Es una lástima que opines así, pero no te estoy pidiendo eso.

—Es lo que quieres.

—Es lo que quiero, pero no lo que espero. —Le dirigió una sonrisa sorprendentemente tranquila—. Ya me han rechazado antes. Y sé muy bien lo que es amar y que la persona que amas no te corresponda, o al menos no tanto como quieres o necesitas. —Sacudió la cabeza antes de que él pudiera hablar—. A pesar de todo lo que quisiera seguir adelante contigo, Grayson, podría sobrevivir sin ti.

—No quiero hacerte daño, Brianna. Me importas. Me importas mucho.

—Ya lo sé —contestó arqueando una ceja—. Y sé que te preocupa porque te importo más de lo que nadie te había importado antes.

Gray abrió la boca, la cerró y después sacudió la cabeza.

—Sí, es cierto. Es terreno nuevo para mí. Para los dos. —Todavía sin mucha certeza de cómo debía moverse, le cogió una mano y se la besó—. Te daría más si pudiera. Y siento no haberte preparado un poco mejor para esta noche, aunque hubiera sido sólo un poco. Tú eres la primera... mujer sin experiencia con quien he estado, así que he tratado de que nos lo tomáramos con calma.

Intrigada, Brianna inclinó la cabeza.

—La primera vez debiste de estar tan nervioso como yo, supongo.

—Más. —Le besó la mano otra vez—. Mucho más, créeme. Estoy acostumbrado a mujeres que tienen experiencia y conocen las reglas. Mujeres experimentadas o profesionales, y tú...

—¿Profesionales? —Abrió los ojos de par en par—. ¿Le has pagado a una mujer para que tenga relaciones contigo?

Gray la miró. Debía de estar más aturdido de lo que había calculado para haber dicho algo así tan abruptamente.

—No recientemente. En cualquier caso...

—¿Por qué tendrías que haberlo hecho? ¿Alguien con tu apariencia, con tu sensibilidad?

—Mira, fue hace mucho tiempo. En otra vida. No me mires así —le espetó—. Cuando tienes dieciséis años y estás solo en la calle, nada es gratis. Ni siquiera el sexo.

—¿Por qué estabas solo y en la calle a los dieciséis años?

Gray se puso de pie, en retirada, pensó Brianna, y pudo adivinar vergüenza en sus ojos, e ira.

—No voy a hablar de eso.

—¿Por qué?

—Dios. —Temblando un poco, se pasó las manos por el pelo—. Es tarde. Necesitamos dormir.

—Grayson, ¿así de difícil es hablar conmigo? Prácticamente no hay nada que no sepas de mí. Tanto las cosas buenas como las malas. ¿Crees que pensaría mal si me hablas de ti?

Gray no estaba seguro y se dijo que le daba igual.

—No es importante, Brianna. No tiene nada que ver con la persona que soy ahora ni con que estemos en este lugar.

Los ojos de ella se enfriaron y se levantó a ponerse el pijama que había dicho que no quería.

—Desde luego, es cosa tuya dejarme fuera...

—No es eso lo que estoy haciendo.

—Como tú digas —le contestó después de meterse el pijama por la cabeza y abrochárselo.

—¡Maldición! Eres buena, ¿lo sabías? —Furioso con ella, se metió las manos en los bolsillos.

—No entiendo qué quieres decir.

—Sabes exactamente lo que quiero decir —le respondió de golpe—. Haciendo que la gente se sienta culpable, esparciendo un poco de hielo para salirte con la tuya.

—Estamos de acuerdo en que no es de mi incumbencia —dijo, y caminó hacia la cama y empezó a estirar las sábanas que habían arrugado momentos antes—. Pero si te sientes culpable, no es a causa mía.

—Tú llegas hasta mí. Sabes exactamente cómo llegar hasta mí. —Derrotado, siseó entre dientes—. ¿Quieres oírlo? Pues bien, siéntate, que te voy a contar una historia. —Le dio la espalda y hurgó en uno de los cajones en busca del paquete de cigarrillos que siempre llevaba, pero que sólo necesitaba cuando estaba trabajando—. La primera cosa que recuerdo es el olor. La basura justo antes de empezar a pudrirse, moho, colillas de cigarrillos trasnochados —empezó mientras observaba irónicamente el humo que se enroscaba hacia el techo—. Hierba. No como la de tu prado, sino la que se fuma. Probablemente nunca has olido la marihuana, ¿verdad?

—No, nunca. —Estaba sentada muy quieta con las manos sobre el regazo y los ojos clavados en Gray.

—Pues bien, ése es mi primer recuerdo real. El sentido del olfato es el más fuerte, los olores se quedan contigo, para bien o para mal. También recuerdo los sonidos. Las voces acaloradas, la música a gran volumen, alguien manteniendo relaciones sexuales en la habitación de al lado. Recuerdo tener hambre, pero no poder salir de mi habitación porque ella me había encerrado de nuevo. Se pasaba drogada la mayor parte del tiempo y no siempre se acordaba de que tenía un hijo que necesitaba comer. —Miró a su alrededor lentamente, buscando un cenicero, y luego se recostó contra la cómoda. Descubrió que después de todo no era tan difícil hablar de ello. Era casi como inventarse una escena. Casi—. Una vez me dijo que se había ido de casa a los dieciséis. Quería escapar de sus padres, de todas las reglas. Eran demasiado

363

anticuados y tradicionales, me dijo, y casi enloquecieron cuando descubrieron que su hija estaba fumando marihuana y metiendo hombres en su habitación. Ella sólo estaba viviendo su propia vida, haciendo sus propias cosas. Así que un día sencillamente se fue y haciendo autoestop se encontró en San Francisco. Allí podía jugar a ser una hippy, pero terminó metiéndose drogas duras, experimentando con mucha mierda, la cual pagaba rogando por ella o vendiéndose por ella. —Acababa de decirle a Brianna que su madre era una prostituta y una drogadicta, así que esperaba algún tipo de exclamación. Pero cuando ella sólo siguió en silencio, mirándolo con esos ojos fríos y cautelosos, él se encogió de hombros y continuó su relato—. Probablemente tenía como dieciocho años cuando se quedó embarazada de mí. Según ella, ya había abortado dos veces, así que le dio miedo hacerlo otra más. Nunca pudo estar muy segura de quién era el padre, pero tenía casi la certeza de que era uno de tres tipos. Se mudó con uno de ellos y decidió quedarse conmigo. Cuando yo tenía más o menos un año, se aburrió de él y se mudó con un tipo que hacía las veces de proxeneta y la proveía de drogas, pero le pegaba demasiado, de modo que lo echó. —Apagó el cigarrillo y guardó silencio el tiempo suficiente para que Brianna hiciera algún tipo de comentario, pero ella no dijo nada. Se quedó sentada en la cama como estaba, con las manos cruzadas sobre el regazo—. Bueno, podemos adelantarnos un par de años. Por lo que yo recuerdo, las cosas siguieron siendo bastante parecidas a como lo habían sido siempre. Ella pasaba de hombre en hombre y seguía enganchada a las drogas duras. Supongo que se podría decir que tenía una personalidad adictiva. Me pegaba de cuando en cuando, pero no puedo decir que me diera palizas, eso hubiera requerido demasiado esfuerzo e interés. Con frecuencia me encerraba para que no saliera a vagar cuando ella estaba en la calle o con el traficante de drogas que la proveía. Vivíamos en la miseria, y recuerdo el frío. En San Francisco el tiempo es realmente frío. Así fue como empezó el incendio. Alguien del edificio volcó un calefactor portátil. Yo tenía cinco años y estaba solo y encerrado en mi habitación.

—Ay, Dios mío, Grayson —dijo Brie, y presionó las manos contra la boca—. Dios santo.

—Me desperté ahogándome —continuó en la misma voz distante—. La habitación estaba llena de humo y podía escuchar las sirenas y los gritos. Yo mismo estaba gritando y pateando la puerta. No podía respirar y estaba asustado. Recuerdo que me tiré al suelo y lloré. Entonces un bombero entró tumbando la puerta y me cogió. No recuerdo que me sacara, no recuerdo el fuego en sí mismo, sólo el humo de mi habitación. Desperté en el hospital con una trabajadora social a mi lado. Una joven hermosa de grandes ojos azules y manos delicadas. Y también estaba un policía. Me puso nervioso porque me habían enseñado a desconfiar de cualquier persona que representara la autoridad. Me preguntaron si sabía dónde estaba mi madre, pero no lo sabía. Para cuando me recuperé y me dieron el alta, ya me habían metido en el sistema: me mandaron a un orfelinato mientras buscaban a mi madre. Nunca la encontraron. Nunca la volví a ver.

—No volvió a por ti.

—No, nunca volvió. Pero el cambio no fue tan malo. El orfelinato era limpio y nos alimentaban con regularidad. El gran problema para mí radicaba en que era un lugar estructurado y yo no estaba acostumbrado al orden. Estuve en hogares de acogida, pero me aseguré de que no funcionara. No quería ser una imitación del hijo de nadie, sin importar cómo de buena o de mala fuera la gente que me acogía, y hubo gente realmente buena. Pero yo era lo que llamaban un «intratable». Y me gustaba que fuera así. Ser un «buscalíos» me daba una identidad, así que me busqué muchos líos. Era un chico realmente rudo de lengua larga y mala actitud. Me gustaba pelear, porque era fuerte y rápido y por lo general podía ganar. Era predecible —comentó, riéndose—, eso era lo peor de todo. Era el resultado del ambiente del que procedía y estaba muy orgulloso de ello. Ningún maldito consejero, loquero o trabajador social iba a comprenderme. Me habían enseñado a odiar la autoridad, y ésa fue una cosa que mi madre me enseñó bien.

—Pero la escuela... El orfelinato... ¿Se portaron bien contigo?

Un destello de burla brilló en los ojos de Gray.

—Sí, maravillosamente. Tenía una habitación de dos por dos y una cama. —Exhaló un suspiro impaciente ante la expresión turbada de Brianna—. Uno es una estadística, Brianna, un número. Un problema. Y hay montones de estadísticas y de problemas de los cuales hay que hacerse cargo. Por supuesto, viéndolo en retrospectiva puedo decirte que sí hay algunas personas a las cuales les importa, que realmente tratan de marcar una diferencia, pero de todas maneras son el enemigo. Con todos sus exámenes y todas sus preguntas, sus reglas y su disciplina... Así que siguiendo el ejemplo de mi madre, me escapé a los dieciséis. Sobreviví en la calle gracias a mi ingenio. Nunca probé las drogas ni me prostituí, pero no hay mucho más que no haya hecho para sobrevivir. —Se despegó de la cómoda y empezó a caminar por la habitación—. Robé, engañé y estafé. Y un día tuve una revelación cuando un tipo al que estaba timando se dio cuenta y me dio una paliza que casi me mata. Se me ocurrió, mientras corría hacia un callejón con la boca llena de sangre y varias costillas rotas, que probablemente podría encontrar una manera mejor de ganarme la vida. Entonces me vine a Nueva York y vendí muchos relojes por la Quinta Avenida —continuó con una ligera sonrisa—. Fui trilero en la calle y empecé a escribir. Había recibido una educación aceptable en el orfelinato y me gustaba escribir. No podía admitirlo a los dieciséis, cuando era semejante gamberro, pero a los dieciocho, en Nueva York, no parecía tan malo. Lo que sí parecía malo, lo que sí empezó a parecerme realmente malo de repente, era que yo me había convertido en lo mismo que ella. Entonces decidí ser alguien más. Me cambié el nombre, me cambié a mí mismo. Conseguí un trabajo de verdad en un pequeño restaurante del Village sirviendo mesas. Me deshice de ese pequeño bastardo capa por capa hasta que me convertí en Grayson Thane. Y no miro atrás nunca. Porque no tiene sentido.

—Porque te duele —le dijo Brianna quedamente—. Y te pone furioso.

—Tal vez. Pero sobre todo porque no tiene nada que ver con la persona que soy ahora.

Brianna quiso decirle que tenía todo que ver con la persona que era, con lo que había hecho de sí mismo. Pero, en lugar de hacerlo, se puso de pie y se enfrentó a él.

—Amo a la persona que eres ahora —afirmó, y sintió una punzada sabiendo que él retrocedía ante lo que ella quería darle—. ¿Es tan angustioso para ti saberlo y saber que puedo sentir pena por el niño y por el joven, y al mismo tiempo admirar en lo que se han convertido?

—Brianna, el pasado no tiene importancia. No para mí —insistió—. Es diferente para ti. Tu pasado se remonta a siglos atrás. Tú estás anclada en él, en la historia, la tradición. Te ha formado y, por esa razón, el futuro para ti es igual de importante. Tú eres una planificadora a largo plazo. Yo no. No puedo serlo. Maldición, no quiero serlo. Sólo existe el ahora y las cosas como están ahora.

¿Acaso pensaba Gray que Brianna no podía entender eso después de lo que le había contado? Ella podía verlo demasiado bien: el niño maltratado, aterrorizado por el pasado, aterrorizado de no tener futuro, aferrándose desesperadamente a cualquier cosa que pudiera encontrar en el presente.

—Pues bien, estamos juntos ahora, ¿no es cierto? —Con ternura, tomó la cara de él entre sus manos—. Grayson, no puedo dejar de amarte para hacer que te sientas más cómodo. No puedo hacerlo para que yo me sienta más cómoda. Sencillamente así es. Perdí mi corazón contigo y no puedo recuperarlo. Dudo que lo hiciera incluso si pudiera. Esto no significa que tengas que recibirlo, aunque sería absurdo por tu parte no hacerlo, porque no te ha costado nada.

—No quiero hacerte daño, Brianna —replicó, y puso sus manos alrededor de las muñecas de ella—. No quiero hacerte sufrir.

—Ya lo sé —dijo, aunque la haría sufrir, por supuesto. Brie se preguntó si él comprendía que también se haría daño a sí mismo—. Nos concentraremos en el presente y estaremos agradecidos por él. Pero, dime una cosa —le dijo, y lo besó ligeramente—: ¿cómo te llamabas?

—Dios, no te rindes, ¿no?

—No. —Sonrió espontáneamente, sorprendentemente segura—. No es algo que considere un defecto.

—Logan —murmuró—. Michael Logan.

Brianna se rio, logrando que él se sintiera como un tonto.

—Irlandés. ¡Debí darme cuenta! Con esa labia que tienes y todo el encanto del mundo...

—Michael Logan —repitió él con ira— era un ladronzuelo mezquino, malvado y que no valía un comino.

—Michael Logan —retomó ella con un suspiro— era un muchacho al que no le prestaron atención y que tenía problemas y necesitaba que lo amaran y lo cuidaran. Y estás equivocado al odiarlo tanto. Pero lo vamos a dejar en paz.

Entonces lo desarmó al lanzarse entre sus brazos y descansar la cabeza sobre su hombro. Le acarició la espalda de arriba abajo, tranquilizándolo. Debía estar asqueada por lo que le había contado. Debía estar horrorizada por cómo la había tratado en la cama. Sin embargo, estaba allí, abrazándolo y ofreciéndole una aterradora fuente de amor.

—No sé qué hacer contigo —confesó él.

—No hay nada que tengas que hacer. —Brie acarició con sus labios el hombro de Gray—. Me has dado los meses más maravillosos de mi vida. Y te vas a acordar de mí, Grayson, hasta el último día de tu vida.

Gray suspiró largamente. No podía negarlo. Por primera vez en su vida iba a dejar un pedazo de sí mismo cuando se marchara.

Fue Gray quien se sintió extraño a la mañana siguiente. Desayunaron en la sala de la suite disfrutando de la vista del parque que se apreciaba desde la ventana. Gray estuvo esperando todo el tiempo que ella le lanzara a la cara algo de lo que le había contado la noche anterior. Había infringido la ley, había dormido con prostitutas y se había revolcado en las alcantarillas de las calles.

Sin embargo, ella estaba sentada frente a él, tan fresca como una mañana de Clare y hablando alegremente sobre la visita que harían a Worldwide antes de dirigirse al aeropuerto.

—¿Por qué no desayunas, Grayson? ¿No te encuentras bien?

—Estoy bien —contestó, y cortó sin mucho entusiasmo las tortitas que había pensado que quería—. Supongo que estoy empezando a echar de menos tu cocina.

Las palabras de Gray fueron la cosa más apropiada que hubiera podido decir. La mirada preocupada de Brianna se convirtió en una sonrisa encantada.

—Pues la tendrás de nuevo mañana. Te prepararé algo especial.

Gray respondió con un gruñido. Había pospuesto decirle que antes de ir a Clare irían a Gales porque no quería estropearle la diversión de Nueva York. En ese momento se preguntó por qué había pensado que podría, si nada de lo que le había soltado la noche anterior había perturbado su compostura.

—Hum, Brie, me había olvidado de decirte que vamos a desviarnos ligeramente en nuestro viaje de regreso a Irlanda.

—¿En serio? —Frunciendo el ceño, puso la taza de té de nuevo en su plato—. ¿Tienes que hacer algo en otra parte?

—No exactamente. Vamos a Gales.

—¿Gales?

—Sí. Quiero que vayamos a ver lo de tus acciones. ¿Recuerdas que te dije que le iba a pedir a mi corredor de bolsa que investigara la empresa?

—Sí. ¿Encontró algo raro?

—Brie, Triquarter Mining no existe.

—Pues claro que existe. Tengo el certificado y la carta.

—No hay ninguna compañía con ese nombre registrada en ninguna bolsa de valores del mundo. Y el teléfono que figura en el membrete de la carta no está operativo.

—¿Cómo es posible? Si me ofrecieron mil libras...

—Por esa razón vamos a ir a Gales. Me parece que vale la pena hacer el viaje para que investiguemos el asunto personalmente.

—Estoy segura de que tu corredor es muy competente, Gray —le dijo sacudiendo la cabeza—, pero debió de pasar algo por alto. Si una compañía no existe, no emite acciones y mucho menos ofrece comprarlas de nuevo.

—Emitiría acciones si fuera una fachada —le contestó pinchando una tortita mientras ella lo miraba—. Una estafa, Brie. Tengo un poco de experiencia en ese tipo de timos. Lo que se hace es alquilar un apartado de correos, un número de teléfono y buscar clientes —le explicó—, es decir, gente que quiera invertir, que quiera ganar dinero rápido. Uno consigue un buen traje, hace alarde de su mejor labia, organiza el papeleo, imprime certificados y documentos falsos y ya está. Uno coge el dinero y después desaparece.

Brianna se quedó en silencio, digiriendo las palabras de Gray. Podía ver a su padre cayendo en una trampa así. Tom siempre se había metido en negocios sin tener ningún tipo de cuidado y sin prever nada. Y la verdad era que ella no había esperado nada cuando había empezado a indagar en el asunto.

—Entiendo esa parte, creo. Y está muy acorde con la suerte de mi padre en los negocios. Pero ¿cómo explicas que me hayan contestado y, encima, me hayan ofrecido dinero?

—No puedo explicarlo —respondió, aunque se le habían ocurrido algunas ideas—. Por eso vamos a Gales. Rogan hizo los preparativos necesarios para que su avión nos espere en Londres y nos lleve a Gales. Cuando hayamos terminado, nos llevará de vuelta al aeropuerto de Shannon.

—Ya veo. —Con cuidado puso el cuchillo y el tenedor a un lado—. Has discutido este asunto con Rogan, porque es un hombre, y entre los dos habéis planeado lo que debe hacerse.

Gray se aclaró la garganta y se pasó la lengua sobre los labios.

—Quería que disfrutaras del viaje a Nueva York sin preocuparte por nada. —Cuando ella sólo le clavó sus fríos ojos verdes, Gray se encogió de hombros—. Estás esperando una disculpa, pero no vas a obtenerla. —Brianna cruzó las manos sobre el borde de la mesa y no dijo nada—. Se te da bien la frialdad —comentó Gray—, pero esta vez no te va a servir de nada. El fraude está fuera de tu alcance. Habría hecho este viaje solo, pero es probable que te necesite, puesto que el certificado está a nombre de tu padre.

—Y puesto que está a nombre de mi padre, es problema mío. Es muy amable por tu parte querer ayudar.

—¡A la mierda con eso!

Brianna se sobresaltó y sintió que se le encogía el estómago ante el inevitable enfrentamiento.

—¡No uses ese tono conmigo, Grayson!

—¡Entonces no uses tú ese tono irritado de maestra de escuela conmigo! —Cuando ella se puso de pie, a Gray los ojos le centellearon de la ira—. ¡No me dejes hablando solo, maldición!

—No voy a tolerar que me maldigan, me griten o me hagan sentir mal porque sólo soy la hija de un granjero de los condados del oeste.

—¿Y qué diablos tiene eso que ver con nada? —Cuando ella siguió caminando hacia la habitación, Gray se puso de pie de un golpe y se dirigió hacia ella. La cogió de un brazo y le dio la vuelta. Un destello de pánico le cruzó la cara a Brianna—. ¡Te he dicho que no me dejes hablando solo!

—Voy y vengo como me place, igual que tú, así que me voy a vestir ya y me voy a preparar para el viaje que tan bien has organizado.

—Si quieres morderme y arrancarme un pedazo de carne, adelante, está bien, pero vamos a finiquitar este asunto.

—Me da la impresión de que tú ya te has hecho cargo de eso. Me estás haciendo daño, Grayson.

—Lo siento —dijo él, y le soltó el brazo y metió las manos en los bolsillos—. Mira, sí pensé que ibas a estar un poco molesta, pero no creí que alguien tan razonable como tú fuera a sacar todo esto de quicio.

—Has organizado las cosas a mis espaldas, has tomado decisiones por mí, decidiste que yo no iba a ser capaz de hacerlo por mi cuenta y ¿soy yo la que está sacando las cosas de quicio? Bien, está muy bien entonces. Seguro que debería estar avergonzada de mí misma.

—Estoy tratando de ayudarte. —Gray levantó la voz de nuevo, de modo que hizo un esfuerzo por mantener su tono y su temperamento bajo control—. No tiene nada que ver con que seas la hija de un granjero. Tiene que ver con que no tienes experiencia. Alguien irrumpió en tu casa. ¿No ves relación?

Lo miró en silencio un momento y se puso pálida.

—No. Explícamela.

—Escribiste a la compañía preguntando por las acciones y al poco tiempo alguien entra en tu casa y la pone patas arriba, la registraron deprisa y descuidadamente. Tal vez con desesperación. No mucho después de eso, notamos que hay alguien al otro lado de la ventana. ¿Cuánto tiempo has vivido en esa casa, Brianna?

—Toda mi vida.

—¿Alguna vez había pasado algo así?

—No, pero... No.

—Entonces tiene sentido unir los puntos. Quiero ver cómo se ve el dibujo completo.

—Debiste haberme dicho todo esto antes. —Temblorosa, se sentó sobre el brazo de la silla—. No debiste ocultarme lo que estabas pensando.

—Es sólo una teoría. Por Dios, Brie, has tenido tantas cosas en qué pensar durante este tiempo... Tu madre, Maggie y el bebé, yo... El asunto de buscar a esa mujer con quien tu padre estuvo relacionado. No quería añadir más cosas a la lista.

—Estabas tratando de protegerme. Estoy intentando entender eso.

—Por supuesto que estaba tratando de protegerte. No me gusta verte preocupada. Te... —se interrumpió, sorprendido. ¿Qué era lo que casi acababa de decir? Dio un gran paso atrás; mentalmente, de esas palabras engañosas, físicamente, de ella—. Te aprecio, Brianna, y me importas mucho —dijo con cautela.

—Está bien. —Sintiéndose cansada de repente, se echó el pelo hacia atrás—. Lamento haber montado un escándalo por esto, pero no me vuelvas a ocultar cosas, Gray.

—No lo haré. —Le acarició una mejilla y el estómago le tembló—. Brianna...

—¿Sí?

—Nada —le contestó, y dejó caer la mano—. Nada. Es mejor que nos apresuremos si queremos pasar por Worldwide antes de irnos.

Estaba lloviendo en Gales y era demasiado tarde como para hacer nada más que registrarse en el hotelito grisáceo en el que Gray había reservado una habitación. Brianna sólo pudo hacerse una ligera impresión por la ventanilla del coche de la ciudad de Rhondda, de las sombrías hileras de casas apiñadas en bloques y los cielos tristes que cubrían la calle de lluvia. Les sirvieron una cena que ella no probó y luego cayeron como troncos en la cama, totalmente exhaustos.

Gray esperaba que Brianna se quejara. El alojamiento no era el mejor y el viaje había sido brutal, incluso para él, que estaba acostumbrado. Pero ella no dijo nada a la mañana siguiente, sólo se vistió y le preguntó qué debían hacer a continuación.

—Creo que primero debemos visitar esa oficina de correos y ver a dónde nos lleva. —La observó mientras ella se recogía el pelo con movimientos precisos y cuidados; tenía sombras bajo los ojos—. Estás cansada.

—Un poquito. El cambio de hora, me imagino. —Miró hacia la ventana; fuera, un sol acuoso luchaba por abrirse paso a través del vidrio—. Siempre pensé que Gales era un lugar silvestre y hermoso.

—Mucho del territorio es así. Las montañas y la costa son espectaculares. La península de Lleyn es preciosa, aunque es un poco turística y por lo general en vacaciones está llena de ingleses; y las tierras altas, dedicadas al pastoreo y muy apegadas a las tradiciones galesas. Si vieras los páramos a la luz de la tarde, te darías cuenta de lo hermoso y silvestre que es el país.

—Has estado en tantos lugares, Gray... Me sorprende que puedas recordarlos todos y diferenciar uno de otro.

—Siempre hay algo que se te fija en la mente. —Miró en redondo la habitación del hotel—. Siento mucho esto, Brie, pero era lo más conveniente. Si quieres tomarte uno o dos días, podría mostrarte los alrededores.

Brianna sonrió ante la perspectiva, ante la idea de dejar a un lado sus responsabilidades e irse de viaje con Gray por colinas y costas extranjeras.

—Necesito llegar a casa una vez que hayamos terminado lo que hemos venido a hacer aquí. No puedo imponerle a la señora O'Malley un viaje mucho más largo. —Se dio la vuelta desde el espejo—. Además, tú ya quieres ponerte a trabajar. Se te nota.

—¡Me has pillado! —La tomó de las manos—. Cuando termine el libro, tendré un poco de tiempo antes de que me toque viajar a promocionar el que está a punto de salir. Podríamos ir a alguna parte, a cualquier lugar que quieras: Grecia o el Pacífico Sur. Las Indias Occidentales. ¿Te gustaría? Algún lugar donde haya palmeras y playas, agua azul y cristalina, sol radiante.

—Suena maravilloso —replicó, y pensó que él, que nunca hacía planes, estaba haciéndolos ahora. También pensó que era mejor no decírselo—. Aunque puede ser difícil poder volver a salir pronto de nuevo. —Le apretó fuerte las manos antes de soltárselas e ir a por su bolso—. Estoy lista.

Encontraron con facilidad la oficina postal, pero la mujer que estaba detrás del mostrador pareció inmune al encanto de Gray. No era su labor dar los nombres de las personas que tenían alquilado un apartado de correos, les dijo tajantemente. Podían alquilar uno ellos mismos, si querían, y ella tampoco lo discutiría con extraños.

Cuando Gray le preguntó si conocía una compañía llamada Triquarter Mining, sólo recibió como respuesta un encogimiento de hombros y un fruncimiento de cejas. El nombre no le decía nada a la empleada. Entonces Gray consideró el soborno. Miró atentamente la expresión remilgada de la boca de la mujer y se arrepintió.

—Primer intento —dijo Gray en cuanto pusieron un pie fuera de la oficina de correos.

—No puedo creer que consideraras en algún momento que iba a ser fácil.

—No, pero algunas veces uno logra dar en el blanco cuando menos se lo espera. Vamos a tratar con algunas de estas compañías mineras.

—¿No deberíamos poner en conocimiento de las autoridades locales todo lo que sabemos?

—Ya llegaremos a eso.

Gray verificó incansablemente oficina tras oficina, haciendo las mismas preguntas y obteniendo las mismas respuestas. Nadie en Rhondda había oído hablar de Triquarter. Brianna dejó que él tomara el control de la situación por el simple placer de verlo trabajar. Le parecía que Gray podía adaptarse como un camaleón a cualquier personalidad que escogiera. Podía ser encantador, tajante, ejecutivo o taimado. Brianna supuso que así era como investigaba sobre un tema sobre el cual quisiera escribir.

Entonces Gray hizo incontables preguntas, a veces halagando y a veces intimidando. Después de cuatro horas, sabían más de las minas de carbón y de la economía de Gales de lo que Brianna quería recordar. Pero nada de Triquarter Mining.

—Necesitas un sándwich —decidió Gray.

—No podría decirle que no a uno.

—Bien. Entonces vamos a repostar combustible y a pensar de nuevo.

—No quisiera que te desilusionara que no hayamos encontrado nada.

—Pero si lo hemos hecho... Sabemos sin asomo de duda que no existe y nunca ha existido una compañía llamada Triquarter Mining. El apartado de correos es una farsa y es muy probable que todavía lo tenga alquilado quienquiera que haya organizado la charada.

—¿Por qué crees que es así?

—Lo necesitan hasta que cancelen el tema contigo y con cualquier otro inversor que tengan pendiente. Me imagino que ya deben de tener prácticamente resuelto todo. Probemos aquí —le dijo metiéndola en un pequeño pub. Los olores fueron lo suficientemente familiares como para hacerla sentir morriña, pero las voces le sonaron tan extrañas como para que pensara que eran exóticas. Se sentaron a una pequeña mesa y Gray cogió de inmediato la carta de plástico—. Mmm, pastel de carne. No debe de ser tan bueno como el tuyo, pero cumplirá su cometido. ¿Quieres probarlo?

—Está bien. Y un té.

Gray pidió y se inclinó hacia delante.

—¿Sabes, Brie? Estoy pensando que la muerte de tu padre, ocurrida tan poco después de que comprara las acciones, tiene mucho que ver con esto. Me dijiste que habías encontrado el certificado en el desván, ¿no es así?

—Sí, así es. No revisamos las cajas después de que mi padre muriese. Mi madre... Bueno, Maggie no tuvo el valor suficiente para hacerlo y yo lo dejé pasar porque...

—Porque Maggie tenía el corazón partido y tu madre te habría acosado.

—No me gustan las escenas. —Apretó los labios y miró hacia la mesa—. Es más fácil tomar distancia. —Levantó la mirada y luego echó un vistazo a lo lejos otra vez—. Maggie era la luz de la vida de mi padre. A mí me quería, sé que así era, pero la relación que ellos mantenían era muy especial. Y era sólo entre ellos dos. Cuando mi padre murió, Maggie estaba desolada, y ya había mucho revuelo porque él me dejó la casa a mí en lugar de a mi madre. Ella estaba enojada y amargada, así que dejé pasar las cosas. Verás, quería empezar mi negocio cuanto antes, de modo que fue fácil hacer caso omiso de las cajas. Les quitaba el polvo de cuando en cuando diciéndome siempre que ya tendría tiempo de mirarlas.

—Y finalmente lo tuviste.

—No sé por qué escogí ese día. Supongo que porque las cosas estaban acomodándose bastante bien. Mi madre tenía su propia casa y Maggie y Rogan estaban juntos. Y yo...

—Y tú ya no tenías tanto dolor en el corazón por él. Había pasado suficiente tiempo para que hicieras lo que había que hacer.

—Sí, es cierto. Pensé que podría revisar lo que él había guardado en el desván sin que me doliera tanto o sin desear tanto que las cosas hubieran sido diferentes. Y en parte también actué movida por la ambición —añadió con un suspiro—. Quería convertir el desván en otra habitación para huéspedes.

—Ésa es mi Brie —dijo, y la tomó de la mano—. Entonces él guardó el certificado en el desván por seguridad y los años pasaron sin que nadie lo encontrara o hiciera algo con él. Me imagino que los que están detrás de esto lo descartaron. ¿Para qué correr el riesgo de establecer contacto? Si verificaron algo, con seguridad se enteraron de que Tom Concannon había muerto y de que sus herederos no habían hecho nada con el certificado. Podía ser que se hubiera perdido, o dañado o traspapelado por equivocación. Pero entonces les escribiste una carta.

—Y henos aquí. Sin embargo, no explica por qué me ofrecieron dinero.

—Muy bien; vamos a suponer, que es uno de mis juegos favoritos. Supongamos que cuando hicieron el negocio, fue una estafa bastante sencilla, como te expliqué en Nueva York. Luego supón que alguien se volvió ambicioso o le sonrió la suerte y decidió expandir el negocio. Triquarter salió de escena, pero las fuentes, las ganancias, la organización todavía estaban allí. Tal vez decidieron montar otra estafa, o incluso un negocio legal. Tal vez usaron las reglas legales como fachada. Pero ¿no sería una sorpresa que las cosas empezaran a funcionar legalmente? Incluso a producir más ganancias que las estafas. Pero entonces tenían que cubrir ese lado oscuro o por lo menos esconderlo.

Brianna se frotó las sienes al tiempo que le pusieron el plato con la comida sobre la mesa.

—Es demasiado confuso para mí.

—Hay algo en esos certificados, pero es difícil decir qué. —Se llevó un buen bocado de pastel a la boca—. No. Ni siquiera está cerca del tuyo —aseguró, y después tragó—. Hay algo y esas personas lo quieren de vuelta e incluso están dispuestas a pagar por recuperarlo. Ah, pero no demasiado, no una cantidad que te hiciera sospechar o querer investigar más, sólo lo suficiente como para que pareciera que había valido la pena.

—Sabes cómo funciona este negocio, ¿no?

—Demasiado bien. Si no hubiera sido por la literatura... —Se interrumpió y se encogió de hombros. No era algo en lo que hubiera que hacer hincapié—. Pero podemos considerar una suerte que yo tenga algo de experiencia en estas lides. Haremos un par de paradas después de comer y después iremos a la policía.

Brianna asintió, aliviada ante la idea de dejar todo ese asunto en manos de las autoridades. El almuerzo la ayudó a levantar los ánimos. A la mañana siguiente estarían de regreso en casa. Para cuando empezó a tomarse el té ya estaba soñando con su jardín, con saludar a *Con*, con trabajar en su propia cocina.

—¿Has terminado?

—¿Hmm?

—¿Andas dándote un viajecito? —le preguntó Gray sonriendo.

—Estaba pensando en casa. Mis rosas deben de estar floreciendo.

—Estarás en tu jardín mañana a esta hora —le prometió, y después de contar los billetes para pagar la cuenta, se levantó. Fuera, le pasó el brazo sobre los hombros—. ¿Quieres probar el transporte público local? Si tomamos un autobús, atravesaremos la ciudad mucho más rápido. Claro que podemos alquilar un coche, si lo prefieres.

—No seas tonto. Por supuesto que el autobús está bien.

—Entonces, vamos... Espera. —La giró y la escondió tras la puerta del pub—. Vaya, vaya. Sí que es interesante —murmuró mientras miraba calle abajo—. Es sencillamente fascinante.

—¿Qué pasa? ¡Me estás espachurrando!

—Lo siento. Quiero que te quedes lo más atrás que puedas y eches un vistazo hacia allá, justo cruzando la calle —dijo, y los ojos empezaron a brillarle—, en dirección a la oficina de correos. Mira al hombre del paraguas negro.

Brianna sacó la cabeza y miró hacia donde señalaba Gray.

—Sí —dijo después de un momento—, veo a un hombre con un paraguas negro.

—¿No te resulta familiar? Piensa en hace un par de meses. Recuerdo que nos serviste salmón y natillas.

—No entiendo cómo te puedes acordar siempre tan bien de lo que comes —comentó, y se inclinó un poco más hacia fuera y aguzó la vista—. Me resulta bastante común, como un abogado o un empleado de banco.

—¡Bingo! O eso fue lo que nos dijo. Fíjate, es nuestro banquero retirado de Londres.

—¡El señor Smythe-White! —exclamó Brie, a quien el nombre le vino a la mente como un rayo y la hizo reír—. Pues es extraño, ¿no? ¿Por qué nos estamos escondiendo de él?

—Porque es extraño, Brie. Porque es muy, pero muy extraño que ese huésped tuyo, que no estaba en el hotel porque andaba haciendo turismo justo cuando lo pusieron patas arriba, esté caminando por una calle de una ciudad de Gales y a punto de entrar en la oficina de correos. ¿Cuánto quieres apostar a que tiene alquilado un apartado?

—Oh, Santo Dios —dijo Brianna, que se volvió a meter detrás de la puerta—. ¿Qué vamos a hacer?

—Esperar. Después lo seguiremos.

Capítulo 18

No tuvieron que esperar mucho tiempo. Cinco escasos minutos después de que Smythe-White hubiera entrado en la oficina de correos, salió de nuevo. Después de echar un vistazo rápido a la derecha y a la izquierda, apretó el paso calle arriba, con el paraguas balanceándose de su brazo como un péndulo.

—Maldición. La mujer lo ha echado a perder.

—¿Qué?

—Vamos, rápido. —Gray tomó la mano de Brianna y se apresuró tras Smythe-White—. La empleada de la oficina de correos, o quienquiera que sea, le ha dicho que estamos haciendo preguntas.

—¿Cómo lo sabes?

—Porque de pronto tiene prisa. —Gray miró a uno y otro lado de la calle y, maldiciendo, zigzagueó con Brianna entre un camión y un sedán. El corazón le palpitó en la garganta a la joven cuando ambos conductores respondieron con toda la furia de sus respectivos cláxones. Alertado, Smythe-White miró hacia atrás y los vio, y entonces empezó a correr.

—Quédate aquí —le ordenó Gray a Brianna.

—Por supuesto que no —replicó, y corrió detrás de él; sus largas piernas la mantuvieron apenas tres pasos más atrás. La presa habría podido escapar y desaparecer, empujando a la gente a su paso, pero difícilmente era una carrera pareja con dos perseguidores jóvenes y saludables pisándole los talones.

Como si hubiera llegado a la misma conclusión, se detuvo, jadeando, delante de una farmacia. Sacó del bolsillo un pañuelo blanco impecable y se enjugó el sudor de la frente; luego se dio la vuelta y abrió los ojos de par en par detrás de sus gafas con expresión de sorpresa.

—Vaya, señorita Concannon, señor Thane, qué sorpresa tan inesperada. —Tuvo la agudeza y las fuerzas para sonreír placenteramente mientras se apretaba la mano contra el corazón desbocado—. Sí que es cierto que el mundo es un lugar pequeño. ¿Están en Gales de vacaciones?

—No más que usted —le dijo Gray bruscamente—. Tenemos asuntos que discutir, amigo. ¿Quiere hablar aquí o en la comisaría?

Rodeado de un halo de inocencia, Smythe-White pestañeó. Tras hacer ese gesto que ya era familiar, se quitó las gafas y limpió los cristales.

—¿Asuntos? Me temo que no le entiendo. ¿Se trata del infortunado incidente ocurrido en su hotel, señorita Concannon? Como le dije entonces, no perdí nada y no tengo ninguna queja al respecto.

—No es una sorpresa que no haya perdido nada, dado que fue usted mismo quien puso patas arriba el hotel. ¿Por qué tuvo que tirar todas mis especias por el suelo?

—¿Discúlpeme?

—Bueno, parece que nos toca ir a la policía —dijo Gray, y tomó a Smythe-White del brazo.

—Me temo que no tengo tiempo de charlar ahora mismo, aunque me ha parecido maravilloso encontrármelos de esta manera tan imprevista —repuso el hombre tratando de zafarse de Gray, aunque infructuosamente—. Como probablemente hayan notado, tengo prisa. Tengo una cita de la cual me había olvidado totalmente, y ahora voy a llegar muy tarde.

—¿Quiere que le devolvamos el certificado o no? —Gray tuvo el placer de ver al hombre dudar, hacer una pausa y reconsiderar la situación. Detrás de los cristales de sus gafas, sus ojos cambiaron de expresión cautelosamente y de pronto se leyó en ellos astucia.

—Me temo que no entiendo lo que dice.

—Por supuesto que lo entiende perfectamente, igual que nosotros. Una estafa es una estafa en cualquier país y en cualquier idioma. No estoy seguro de cuál es la pena por fraude, abuso de confianza y falsificación en el Reino Unido, pero en mi país suelen ser bastante severos con los profesionales en estas lides. Por otra parte, usted usó el correo, Smythe-White, lo que probablemente fue un error. Una vez que uno le pone un sello y usa el servicio de correos para enviarlo, el fraude se convierte en fraude por correo, que es un delito mucho peor. —Dejó sudar a Smythe-White antes de continuar—. Y además está el asunto de que escogió Gales como base de operaciones, pero estafando al otro lado del mar de Irlanda, lo que hace internacional todo este asunto. Puede que le caiga una condena bastante larga.

—Bien, bien. No veo por qué hay que hacer uso de amenazas. —Smythe-White sonrió de nuevo, pero la frente se le había perlado de sudor—. Somos gente razonable y éste es un asunto pequeño, muy pequeño, que podemos resolver satisfactoria y fácilmente para todos.

—¿Por qué no hablamos sobre el tema?

—Sí, sí, por supuesto —contestó, y su semblante se iluminó de inmediato—. Podemos tomarnos algo mientras lo hablamos. Será un placer para mí invitarlos a un trago. Justo cruzando la esquina hay un pub. Es muy tranquilo. Podemos tomarnos amigablemente una o dos cervezas y aclarar bien todo el tema. ¿Qué me dicen?

—Claro, ¿por qué no? ¿Brie?

—Pero creo que deberíamos...

—Hable —le dijo Gray suavemente, y, todavía con la mano aferrada al brazo de Smythe-White, tomó con la otra el brazo de Brie—. ¿Desde cuándo está metido en este asunto? —le preguntó al hombre en tono de conversación.

—Ah, desde antes de que ninguno de ustedes hubiera nacido, supongo. Ya estoy fuera, de verdad, completamente. Justo hace dos años mi esposa y yo compramos una tienda de antigüedades en Surrey.

—Pensé que su esposa había muerto —apuntó Brianna mientras Smythe-White los guiaba hacia el pub.

—Oh, no, Iris está muy bien de salud, gracias. Haciéndose cargo del negocio mientras yo le ponía a este asunto el punto final. Nos va bastante bien —añadió al tiempo que entraban en el pub—. Bastante bien, sin lugar a dudas. Además de la tienda, tenemos acciones en otras empresas. Les aseguro que todo legal. —Siendo un caballero hasta el final, cogió una silla y le cedió el paso a Brianna para que se sentara—. Una agencia de viajes, First Flight Tours. Puede que hayan oído hablar de ella.

Impresionado, Gray arqueó una ceja.

—Se ha convertido en una de las más importantes de Europa.

—Me gusta pensar que mis habilidades administrativas tienen algo que ver en ello —respondió Smythe-White pavoneándose—. Inicialmente empezó como un pequeño negocio clandestino de contrabando. —Le sonrió a Brianna como disculpándose—. Querida, espero que no esté muy afectada.

—En este punto nada más puede impresionarme —le contestó Brianna sacudiendo la cabeza.

—¿Nos tomamos una cerveza? —preguntó jugando al anfitrión comedido—. Parece lo más apropiado. —Smythe-White dio por sentada la aceptación de Brianna y Gray y entonces pidió las tres cervezas—. Como les he dicho, pasábamos de contrabando algunas cosas, principalmente tabaco y licor. Pero la verdad es que no nos gustaba mucho y los viajes empezaron a dar más ganancias, y sin tener que correr ningún riesgo. Y cuando Iris y yo empezamos a envejecer, decidimos retirarnos, por decirlo de alguna manera. El asunto de las acciones fue una de las últimas estafas que hicimos. A mi Iris siempre le han gustado las antigüedades, de modo que usamos las ganancias de ese negocio para comprar la tienda y abastecerla. —Guiñó un ojo y sonrió sosamente—. Supongo que es de mal gusto mencionar esto.

—Pero no deje que lo detenga, continúe. —Gray se acomodó en el asiento después de que les sirvieran la cerveza.

—Entonces imagínense nuestra sorpresa y consternación cuando recibimos su carta, señorita Concannon. He seguido manteniendo ese apartado de correos aquí en Gales porque tenemos negocios aquí, pero Triquarter Mining estaba ya enterrado en el pasado y totalmente olvidado. Me da pena decir que su padre, que en paz descanse, se coló por las rendijas de nuestros esfuerzos por reorganizarnos. Pero déjeme decirle que en verdad me pareció que su padre era un hombre absolutamente encantador.

—Gracias —apenas pudo replicar Brianna en un suspiro.

—Iris y yo casi nos dejamos llevar por el pánico cuando recibimos la carta. Si nos relacionaran con esa antigua vida, nuestra reputación y nuestro pequeño negocio, que hemos construido con tanto amor durante los últimos años, podrían verse echados a perder. Y eso sin mencionar las... ah... —Se llevó el pañuelo a los labios y añadió—: Implicaciones legales.

—Habrían podido hacer caso omiso de la carta —le dijo Gray.

—Lo consideramos. Y al principio, de hecho, lo hicimos, pero la señorita Concannon escribió de nuevo, de manera que sentimos que debíamos hacer algo: recuperar el certificado. —Tuvo la gracia de sonrojarse—. No es bueno aceptarlo, pero puse mi nombre legal en el certificado. Por arrogancia, supongo, y porque no lo estaba usando en esa época. Entonces que esto saliera a la luz pública, que las autoridades conocieran el certificado, podría resultar bastante extraño.

—Es como dijiste que era —le murmuró Brianna a Gray, mirándolo fijamente—. Exactamente como dijiste.

—Es que soy bueno —le contestó, y le dio una palmadita en la mano—. Entonces decidió ir a Blackthorn a verificar la situación con sus propios ojos.

—Así es. Iris no pudo venir conmigo porque estábamos esperando que nos llegara un maravilloso pedido de piezas Chippendale. Tengo que admitir que me encantó la idea de andar de incógnito otra vez. Un poco de nostalgia, la sensación de aventura, ya saben. Y su hogar me cautivó, y también me preocupó saber que usted es familia política de Rogan Sweeney. Después de todo, él es un hombre importante, muy agudo. Me preocupó que él pudiera hacerse cargo de esto. Entonces, cuando la oportunidad se presentó, hice una pequeña búsqueda del certificado. —Puso una mano sobre la de Brianna y le dio un apretón fraternal—. Me disculpo por el desorden y todas las inconveniencias. Como se imaginarán, no tenía certeza de cuánto tiempo estaría solo en la casa y tenía la esperanza de que si podía hacerme con el certificado, podríamos ponerle punto final a este infortunado asunto. Pero...

—Le di el certificado a Rogan para que lo guardara —le dijo Brianna.

—Ah, me temía algo así. Me pareció raro que el señor Sweeney no hubiera hecho ningún seguimiento.

—Su mujer estaba a punto de dar a luz y tenía entre manos la apertura de una nueva galería. —Brianna se detuvo, pues se dio cuenta de que prácticamente estaba disculpándose por su cuñado—. Además, yo podía manejar el asunto sola.

—Eso empecé a sospechar sólo unas horas después de estar en su casa. Un alma organizada es peligrosa para alguien con mi antigua ocupación. Una vez regresé, pensando que tendría otra oportunidad, pero entre su perro y el héroe que tiene como huésped, tuve que volver por donde llegué.

—Usted estaba mirando por la ventana... —le dijo Brianna levantando la barbilla.

—Sin ninguna intención irrespetuosa, se lo prometo. Querida mía, tengo la edad suficiente como para ser su padre; además, estoy felizmente casado. —Resopló ligeramente, como si lo hubieran insultado—. Bien, le ofrecí comprarle las acciones, y la oferta sigue en pie.

—A diez centavos cada una —le recordó Gray secamente.

—Es el doble de lo que Tom Concannon pagó. Lo tengo por escrito, si quieren ver la prueba.

—Estoy seguro de que cualquier persona con su talento podría falsificar todos los papeles que quisiera.

—Estoy seguro de que usted se siente con el derecho de acusarme de ese tipo de comportamiento —le contestó Smythe-White con un largo y doloroso suspiro.

—Creo que la policía encontraría fascinante su comportamiento.

Con los ojos fijos en Gray, Smythe-White bebió precipitadamente de su cerveza.

—¿Y de qué serviría ahora? Somos dos personas en nuestros años dorados, que pagamos impuestos y somos esposos devotos. ¿Cuál es el sentido de arruinarnos y enviarnos a prisión por errores que hemos cometido en el pasado?

—Engañaban a la gente —le soltó Brianna—. Engañaron a mi padre.

—Le di a su padre exactamente lo que pagó, Brianna: un sueño. Después de cerrar el negocio conmigo fue un hombre feliz, con tantas esperanzas como muchas personas tienen de hacer algo con casi nada. —Le sonrió amablemente—. Lo único que él realmente quería era toda la esperanza que pudiera obtener.

Y como era cierto, Brianna no encontró nada que decir. Aunque al final repuso:

—Eso no hace que sea correcto lo que usted hizo.

—Pero nos enmendamos. Cambiar de estilo de vida es algo que requiere mucho esfuerzo, querida mía. Requiere trabajo, paciencia y determinación.

Brianna levantó la mirada y las palabras del hombre dieron justo en el blanco. Si lo que había dicho sobre sí mismo era cierto, en la mesa estaban sentadas dos personas que habían hecho ese esfuerzo. ¿Acaso condenaría ella a Gray por lo que había hecho en el pasado? ¿Acaso querría ver surgir algún error suyo del pasado que lo hundiera en el presente?

—No quiero que ni usted ni su esposa vayan a prisión, señor Smythe-White.

—Él conoce las reglas —la interrumpió Gray al tiempo que le daba un apretón fuerte en la mano—. Si juegas, tienes que pagar. Tal vez podamos obviar a las autoridades, pero la cortesía vale más que mil libras.

—Como le expliqué... —empezó a decir Smythe-White.

—Las acciones no valen un comino —lo interrumpió Gray—. Pero el certificado es otra cosa, y yo diría que bien vale unas diez mil.

—¿Diez mil libras? —vociferó Smythe-White. Brianna no pudo decir nada, sólo se quedó con la boca abierta—. Eso es chantaje. Es un robo a mano armada. Es...

—Una libra por acción —terminó la frase Gray—. Lo que es más que razonable si se tiene en cuenta de lo que se van a librar. Y considerando el sustancioso beneficio que les sacaron a los inversores, yo creo que el sueño de Tom Concannon debe hacerse realidad. Yo no creo que sea chantaje, sino justicia. Y la justicia no es negociable.

Pálido, Smythe-White se acomodó en su silla de nuevo y volvió a sacar el pañuelo del bolsillo para limpiarse la cara con él.

—Muchacho, me está estrangulando el corazón.

—No, el corazón no, la chequera, que está lo suficientemente abultada como para poder pagar lo que le pido. Le causó muchos problemas a Brie, la hizo sufrir y preocuparse. Puso patas arriba su casa. Ahora bien, aunque puede ser que yo sienta compasión por sus apuros, creo que usted no entiende bien lo que esa casa significa para ella. La hizo llorar.

—Oh, ¿en serio? —Smythe-White sacudió el pañuelo y se enjugó la cara otra vez—. Me disculpo muy sinceramente. Eso es espantoso, realmente espantoso. No tengo ni idea de qué diría Iris.

—Si es una mujer inteligente —replicó Gray arrastrando las palabras—, diría que pague y que le agradezca a Dios todo lo que tiene.

El hombre suspiró y se metió el pañuelo húmedo en el bolsillo.

—Diez mil libras. Es usted un hombre implacable, señor Thane.

—Herb, creo que puedo llamarte Herb, ¿no es cierto? Porque en este momento ambos sabemos que yo soy tu mejor amigo.

—Infortunadamente cierto —asintió tristemente, y, cambiando de táctica, miró esperanzadamente a Brianna—. Sé que le he causado angustias, y lo siento profundamente. Aclararemos todo este asunto. Me pregunto si podríamos cancelar la deuda con un trueque. ¿Qué tal un viaje para usted? ¿O muebles para su hotel? Tenemos unas piezas preciosas en la tienda.

—Dinero contante y sonante —dijo Gray antes de que Brianna pudiera pensar en una respuesta.

—Un hombre implacable —repitió Smythe-White dejando caer los hombros—. Supongo que no tengo mucha opción. Le voy a extender un cheque.

—No, tendrá que pagar en efectivo.

—Claro, por supuesto —dijo, y suspiró de nuevo—. Está bien. Haremos los preparativos. Naturalmente, como entenderán, no llevo esa cantidad conmigo cuando viajo por negocios.

—Naturalmente —concedió Gray—, pero puede conseguirla. La queremos para mañana.

—Yo creo que necesitaré uno o dos días a lo sumo; es un tiempo más razonable —empezó a decir Smythe-White, pero cuando vio el resplandor en los ojos de Gray, cedió—. Sin embargo, puedo llamar a Iris para que me envíe el dinero. No habrá problema en tenerlo aquí mañana.

—Nunca he creído que fuera un problema.

—Si me disculpan, necesito ir al baño —dijo Smythe-White sonriendo cálidamente. Y, sacudiendo la cabeza, se levantó y caminó hacia el fondo del pub.

—No entiendo nada —susurró Brianna cuando Smythe-White estuvo fuera de su vista—. He guardado silencio porque no has hecho más que darme puntapiés por debajo de la mesa, pero...

—Sólo te he tocado ligeramente —la corrigió Gray—, sólo ligeramente.

—Sí, claro. Voy a tener un moratón durante más de una semana. Pero lo que quiero decir es que le estás dejando ir y le estás haciendo pagar una cifra astronómica. No me parece correcto.

—Es totalmente correcto. Tu padre quería su sueño y lo va a conseguir. El viejo Herb sabe bien que a veces una estafa puede resultar amarga, y uno tiene que aceptarlo. Tú no quieres meterlo en prisión y yo tampoco.

—No, no quiero, pero aceptar el dinero...

—Él aceptó el de tu padre. Además, esas quinientas libras, por lo que me has contado, debían de suponer mucho dinero para tu familia y no debió de ser fácil compensar esa falta.

—Es cierto, pero...

—Brianna, ¿qué habría dicho tu padre?

Derrotada, apoyó la barbilla sobre el puño.

—Le habría parecido una broma estupenda.

—Exactamente. —Gray dirigió la mirada hacia el baño de los hombres y entrecerró los ojos—. Está tardando demasiado. Espera un minuto.

Brianna frunció el ceño hacia su vaso de cerveza y entonces se le curvaron los labios en una sonrisa. Sí, sin duda era una broma estupenda. Una que su padre habría apreciado enormemente.

No esperaba ver nada de dinero, y menos una cantidad tan grande. Para nada. Era suficiente con saber que habían aclarado las cosas y sin daño para ninguna de las partes.

Al levantar la mirada, vio acercarse a Gray, con los ojos en llamas, a toda prisa desde el baño de hombres y hacia la barra, donde tuvo una corta conversación con el camarero antes de volver a la mesa. La expresión de la cara se le aclaró de nuevo mientras se sentó a la mesa y bebió de su cerveza.

—¿Y bien? —Brianna le preguntó después de un momento de silencio.

—Se ha ido. Ha saltado por la ventana. Es muy astuto ese viejo bastardo...

—¿Se ha ido? —Sorprendida por el giro de los acontecimientos, Brie cerró los ojos—. Se ha ido —repitió—. Y pensar que estaba logrando que me cayera bien y que le creyera...

—Eso es exactamente lo que se supone que debe hacer un artista de la estafa. Pero, en este caso, creo que tenemos la sartén por el mango, como se suele decir.

—¿Por qué? ¿Qué crees que debemos hacer? Yo no quiero denunciarlo a la policía, Gray. No podría vivir sabiendo que ese hombrecillo y su mujer están en prisión. —Un pensamiento repentino emergió en su conciencia haciéndola abrir los ojos de par en par—. ¡Maldición! ¿Crees que es cierto que tiene esposa?

—Probablemente. —Bebió de su vaso, considerando la posibilidad—. Pero con lo que sabemos hasta ahora, ya podemos volver a Clare y dejar reposar a Smythe-White. Lo esperaremos. Será bastante fácil encontrarlo de nuevo si queremos, o cuando queramos.

—¿Cómo?

—Por medio de First Flight Tours. O con esto. —Ante los ojos atónitos de Brianna, Gray sacó una cartera del bolsillo—. Se la quité cuando estábamos en la calle, por seguridad —le explicó, pero ella sólo pudo mirarlo en silencio—. Después de todos estos años, ni siquiera me he oxidado. —Sacudió la cabeza—. Debería avergonzarme de mí mismo —añadió, pero entonces sonrió y golpeó la cartera contra la palma de su mano—. No me mires con esa expresión de espanto. Sólo hay un poco de dinero y documentos. —Con calma, sacó los billetes y se los guardó en el bolsillo—. Todavía me debe cien libras, más o menos. Yo diría que guarda todo el dinero que lleva en un clip. Aquí hay una dirección en Londres —continuó, guardando la cartera—. He revisado la cartera en el baño de hombres. Y también hay una foto de una mujer mayor bastante atractiva. Iris, supongo. Ah, y su nombre no es Smythe-White, sino John B Carstairs.

Brianna se presionó con los dedos entre los ojos.

—La cabeza me da vueltas.

—No te preocupes, Brie. Te garantizo que vamos a tener noticias de él otra vez. ¿Lista para irnos?

—Supongo —contestó, levantándose de la silla, todavía con la cabeza dándole vueltas por los sucesos del día—. Sí que tiene coraje ese tipo. Nos ha estafado incluso con las bebidas. No nos ha invitado, como dijo.

—No, sí nos ha invitado. —Gray pasó el brazo por encima del de ella y se despidió con la mano del camarero mientras salían del local—. Es el dueño del maldito pub.

—Él... —se interrumpió Brie, que miró a Gray fijamente y empezó a reírse.

Capítulo 19

Era bueno estar de vuelta en casa. Las aventuras y el glamour de viajar estaban muy bien, pensó Brianna, pero también lo estaban los placeres sencillos de la propia cama, el propio techo y el paisaje familiar que se veía a través de la ventana de su propia casa. No le importaría viajar de nuevo a alguna parte mientras tuviera un hogar adonde volver.

Contenta con su rutina, Brianna trabajó en su jardín, poniéndoles estacas a las espuelas de caballero y a los acónitos que estaban a punto de florecer mientras se deleitaba con el perfume de la lavanda en flor que inundaba el aire. Las abejas zumbaban un poco más allá, coqueteando con el altramuz.

Del extremo de la casa procedía el sonido de niños jugando y de los ladridos emocionados de *Con*, que corría detrás de una pelota que sus jóvenes visitantes estadounidenses le lanzaban para que la persiguiera.

Nueva York parecía estar tan lejano y parecía tan exótico como las perlas que Brianna había guardado muy en el fondo de uno de los cajones de su cómoda. Y el día que había pasado en Gales era como un juego colorido y extraño.

Levantó la mirada, ajustándose el ala del sombrero mientras examinaba la ventana de Gray. Había estado trabajando prácticamente sin parar desde que habían llegado. Brianna se preguntó dónde estaría ahora, en qué lugar, en qué tiempo y qué clase de personas lo rodearían. Y cómo estaría su humor cuando saliera de su encierro y la buscara de nuevo.

Probablemente estaría irritable si la escritura no había fluido, pensó. Susceptible como un perro callejero. Si las cosas le habían salido bien, tendría hambre, de comida y de ella. Sonrió para sí misma y con cariño ató las delicadas ramas a las estacas.

Qué maravilloso era sentirse deseada como él la deseaba. Era sorprendente para ambos, reflexionó Brianna. Gray no estaba más acostumbrado a la sensación que ella. Y le preocupaba un poco. Lentamente pasó un dedo sobre las campanillas, acariciándolas.

Gray le había contado cosas sobre sí mismo que ella sabía que no le había contado a nadie más. Y eso le preocupaba también. Qué absurdo haber pensando que ella podía menospreciarlo por lo que había tenido que pasar y lo que había tenido que hacer para sobrevivir.

Brianna sólo podía imaginarse el miedo y el orgullo de un muchacho que nunca había conocido el amor y las exigencias, el dolor y el consuelo de tener una familia. Cuán solo debía de haber estado y cuán solo se había obligado a estar después debido a ese miedo y a ese orgullo. Y, sin embargo, de alguna manera había logrado convertirse en un hombre admirable y cariñoso.

No, por supuesto que no lo menospreciaba ni pensaba mal de él. Saber sólo había hecho que lo amara más.

La historia de Gray la había hecho pensar en la suya y repasar su propia vida. Sus padres no se habían amado, y eso era doloroso. Pero Brianna sabía que su padre la había querido. Siempre lo había sabido y ése había sido su consuelo. Tenía un hogar y unas raíces que le mantenían el cuerpo y el alma anclados.

Y muy a su manera, Maeve la quería. Por lo menos su madre había sentido suficiente obligación hacia las hijas que había parido como para quedarse con ellas. Habría podido darles la espalda en cualquier momento, reflexionó Brianna. Esa opción no se le había ocurrido antes y ahora meditaba sobre ella mientras disfrutaba de las labores de jardinería.

Su madre habría podido abandonar a la familia que había creado y que no le gustaba. Habría podido volver a la carrera que había significado tanto para ella. Incluso si era sólo obligación lo que la había hecho quedarse, era más de lo que Gray había tenido.

Maeve era una mujer dura y amarga y con mucha frecuencia tergiversaba el significado de las Sagradas Escrituras que leía tan religiosamente para que se acomodara a su propia conveniencia. Podía usar el canon de la Iglesia como un martillo. Pero se había quedado.

Suspirando ligeramente, Brianna se dispuso a ponerle las estacas a la siguiente planta. Ya llegaría el tiempo para perdonar. Tenía la esperanza de que pudiera abrigar perdón en su corazón.

—Se supone que debes estar feliz cuando trabajas en el jardín, no preocupada.

Poniéndose una mano sobre el sombrero, Brianna levantó la cabeza para mirar a Gray. De un solo vistazo pudo deducir que era un buen día. Cuando Gray tenía un buen día, podían sentirse vibraciones de placer emanando de él.

—Estaba permitiendo que mi mente vagara.

—Yo también. Me he levantado un momento y he mirado por la ventana; entonces te he visto aquí abajo y eso ha sido todo: no he podido pensar en nada más.

—Es un día magnífico para estar fuera. Y has empezado a trabajar casi de madrugada. —Con un movimiento rápido y extrañamente tierno, ató otra rama a su estaca—. ¿Te va bien?

—Increíblemente bien. —Se sentó junto a ella y se deleitó con el perfume del aire—. A duras penas puedo seguirme el ritmo. Hoy he matado a una joven encantadora.

Brianna estalló en risas.

—Y pareces bastante complacido contigo mismo.

—Le tenía mucho afecto, pero debía irse. Su asesinato es el detonante de la indignación que desembocará en la caída del asesino.

—¿El asesinato se llevó a cabo en las ruinas adonde fuimos hace un tiempo?

—No, en otra parte. Este personaje encontró su destino en el Burren, cerca del Altar del Druida.

—Ah. —Brianna se estremeció, a pesar de sí misma—. Siempre le he tenido afecto a ese lugar.

—Yo también. El asesino la dejó extendida sobre la roca, como una ofrenda para un dios sediento de sangre. Desnuda, por supuesto.

—Por supuesto. Y supongo que un pobre e infortunado turista es quien la va a encontrar.

—Ya la ha encontrado. Un estudiante yanqui que está recorriendo Europa a pie. —Gray chasqueó la lengua—. No creo que pueda volver a ser el mismo después de haberla encontrado. —Inclinándose hacia Brianna, le dio un beso en el hombro—. ¿Y cómo va tu día?

—No tan lleno de sucesos. He despedido a los encantadores recién casados de Limerick esta mañana y después me he ocupado de los niños norteamericanos mientras sus padres dormían hasta tarde. —Con ojo de águila, vio una maleza en el lecho de flores y la arrancó sin piedad—. Me han ayudado a hacer bizcochos. Después toda la familia se ha ido a pasar el día a Bunratty, ¿sabes?, el parque tradicional. Y han llegado apenas hace un rato. Esta noche debe llegar otra familia, de Edimburgo. Se quedó aquí hace un par de años. Son una pareja y dos hijos adolescentes, que se enamoraron un poquito de mí esa vez.

—¿En serio? —Con lentitud, le recorrió el hombro con un dedo—. Voy a tener que intimidarlos.

—Bah, yo creo que ya han debido de superarlo. —Levantó la cabeza y sonrió con curiosidad cuando Gray se carcajeó—. ¿Qué pasa?

—Sólo estaba pensando que probablemente les arruinaste la vida a esos pobres chicos, porque nunca van a encontrar a alguien que se pueda comparar contigo.

—Qué tonterías dices —replicó, extendiendo el brazo para alcanzar otra estaca—. También he hablado con Maggie esta tarde. Parece que se van a quedar en Dublín una o dos semanas más. Cuando regresen, van a bautizar a Liam. Murphy y yo seremos los padrinos.

Gray cambió de posición y se sentó con las piernas cruzadas.

—¿Qué significa eso exactamente en el credo católico?

—No hay mucha diferencia, me imagino, con cualquier otro credo. Estaremos con el bebé durante el servicio como sus padrinos y prometeremos cuidarlo y criarlo si algo les llegara a pasar a Maggie y a Rogan.

—Parece una tremenda responsabilidad.

—Es un honor —dijo sonriendo—. ¿A ti no te bautizaron, Gray?

—No tengo ni idea. Probablemente no. —Encogió los hombros y arqueó una ceja ante la expresión pensativa de Brianna—. ¿Y ahora qué? ¿Te preocupa que vaya a arder en el infierno porque nadie me salpicó con agua la cabeza?

—No. —Incómoda, desvió la mirada—. El agua es sólo un símbolo. Le limpia a uno el pecado original.

—¿Y cómo de original es?

Brianna lo miró de nuevo y sacudió la cabeza.

—Tú no quieres que te explique el catecismo y esas cosas y yo tampoco estoy tratando de convertirte. Sin embargo, sé que a Maggie y a Rogan les encantaría que asistieras al bautizo.

—Por supuesto que iré. Será interesante. ¿Cómo está el niño, por cierto?

—Maggie me ha dicho que Liam crece como la mala hierba. —Brianna se concentró en lo que estaba haciendo y trató de impedir que el corazón le doliera mucho—. Le he contado lo del señor Smythe-White... Quiero decir, el señor Carstairs.

—¿Y qué ha dicho?

—Se ha reído tanto que incluso pensé que iba a estallar. Cree que ahora Rogan se va a tomar el asunto menos a la ligera, pero ambas estamos de acuerdo en que eso era muy típico de mi padre, meterse en un lío como ése. Es un poco como tenerlo de vuelta por un momento. «Brie, si no arriesgas un huevo, no vas a tener una gallina», diría. Y tengo que decirte que Maggie estaba muy impresionada por cómo lograste seguir al señor Carstairs y cómo lo dedujiste todo, y me pidió que te ofreciera el trabajo del detective que contratamos para lo otro.

—¿No habéis tenido suerte en la búsqueda?

—La verdad es que ha encontrado algo —respondió, sentándose sobre las pantorrillas y poniendo las manos sobre los muslos—. A alguien, a uno de los primos de Amanda Dougherty, creo; dijo que tal vez ella se hubiera ido al norte de Nueva York, hacia las montañas. Parece que ya había estado allí antes y que le gustaba mucho. El detective va a viajar a... hummm... ¿cómo se llama? El sitio donde Rip van Winkle se quedó dormido.

—¿Catskills?

—Sí, eso es. Así que, con suerte, encontrará algo allí.

Gray cogió una de las estacas para las plantas y se planteó qué tal sería como arma.

—¿Qué vas a hacer si descubres que tienes un hermanastro o una hermanastra?

—Pues creo que primero escribiría a la señorita Dougherty. —Ya lo había pensado cuidadosamente—. No quiero herir los sentimientos de nadie. Pero, por el tono de las cartas que le dirigió a mi padre, creo que es una mujer a quien le alegraría saber que ella y su hijo o su hija son bienvenidos.

—¿Y lo serían? —murmuró, poniendo a un lado la estaca—. ¿Ese muchacho o muchacha extraño de cuántos años, veintiséis, veintisiete, sería bienvenido?

—Por supuesto. —Brie inclinó la cabeza, sorprendida de que Gray dudara de que así sería—. Él o ella lleva la sangre de mi padre en las venas, ¿no? Como Maggie y como yo. Él no querría que le volviéramos la espalda a la familia.

—Pero él... —Gray se interrumpió y luego se encogió de hombros.

—Tú crees que él lo hizo —dijo Brianna suavemente—. No sé si las cosas ocurrieron así. Nunca sabremos, supongo, qué hizo cuando supo que Amanda estaba embarazada. Pero volverle la espalda, no, nunca. No era su naturaleza. Guardó las cartas y, conociéndolo, debió de sufrir por el niño que nunca pudo llegar a conocer. —Brianna dejó vagar su mirada, que siguió el vuelo de una mariposa moteada—. Mi padre era un soñador, Grayson, pero antes que nada era un hombre de familia. Sacrificó algo muy grande para mantener unida a su familia. Más de lo que nunca me hubiera imaginado hasta que leí esas cartas.

—No lo estoy criticando. —Pensó en la tumba y el lecho de flores que Brianna había sembrado encima—. Es sólo que odio verte angustiada.

—Me preocuparé menos cuando encontremos lo máximo que se pueda encontrar.

—¿Y tu madre, Brianna? ¿Cómo crees que va a reaccionar si todo esto sale a la luz?

A Brianna se le enfriaron los ojos y la barbilla empezó a temblarle obstinadamente.

—Ya lidiaré con eso si pasa y cuando pase. Ella tendrá que aceptar las cosas como son. Por una vez en su vida, tendrá que aceptarlas.

—Todavía estás enojada con ella —observó Gray—, por lo de Rory.

—Rory está superado y olvidado. Y así ha sido. —Gray la tomó de las manos antes de que pudiera alcanzar las estacas. Y aguardó pacientemente—. Está bien, estoy enojada. Por lo que hizo entonces y por cómo te habló. Pero tal vez más que nada porque hizo que lo que siento por ti pareciera malo. No se me da bien estar furiosa. Me produce dolor de estómago.

—Entonces espero que no te vayas a poner furiosa conmigo —le dijo él, y entonces escucharon el sonido de un coche que se aproximaba.

—¿Por qué habría de estarlo?

Sin decir nada, Gray se levantó, poniéndola a ella de pie también. Juntos vieron el coche acercarse y detenerse. Lottie se inclinó hacia la ventanilla y los saludó con la mano antes de que ella y Maeve salieran del vehículo.

—He llamado a Lottie —murmuró Gray, y le apretó la mano cuando la de ella se tensó dentro de la suya—. Las he invitado a que vinieran a visitarnos.

—No quiero otra discusión con ella teniendo huéspedes en casa. —La voz le sonó helada—. No debiste llamarlas, Grayson. Yo iba a ir a verlas mañana; hubiera preferido discutir en la casa de mi madre y no en la mía.

—Brie, tienes el jardín como de postal —le dijo Lottie mientras se acercaba—. Y qué día tan esplendoroso para lucirlo. —Abrazó a Brianna de esa manera maternal tan suya y le dio un beso en la mejilla—. ¿Lo habéis pasado bien en Nueva York?

—Sí, mucho.

—Viviendo la gran vida —dijo Maeve con un resoplido— y dejando atrás la decencia.

—Ay, Maeve, deja de dar la lata —replicó Lottie agitando la mano con impaciencia—. Yo quiero escuchar todas las historias de Nueva York.

—Vamos a casa y tomemos un té —las invitó Brianna—. Os he traído algunos *souvenirs*.

—Qué encanto eres. Maeve, *souvenirs* de América. —Sonrió a Gray mientras caminaban hacia la casa—. ¿Y tu película, Grayson? ¿Está bien?

—Mucho. —Gray tomó la mano de Lottie y la pasó a través de su brazo; le dio una palmadita—. Y después tuve que competir con Tom Cruise por la atención de Brianna.

—¡No! ¿En serio? —chilló Lottie abriendo los ojos de par en par por el asombro—. ¿Has oído eso, Maeve? ¡Brianna ha conocido a Tom Cruise!

—Yo no les presto atención a los actores de las películas —gruñó Maeve, impresionada hasta el tuétano—. Esa gente lleva una vida desenfrenada y todo son divorcios.

—¡Ja! Si nunca se pierde una película de Errol Flynn cuando las ponen en la tele. —Habiendo anotado un punto, Lottie bailó por la cocina y se dirigió hacia el fuego—. Yo preparo el té, Brianna. Así puedes ir a traernos los regalos.

—Tengo unas tartaletas de bayas para acompañar el té. —Brianna le lanzó una mirada a Gray mientras se dirigía a su habitación—. Las he horneado esta mañana.

—Ah, qué maravilla. ¿Sabes, Grayson? Mi hijo mayor, Peter, fue a Estados Unidos a visitar a unos primos que tenemos allí, en Boston. Conoció la bahía en donde vosotros los yanquis tirasteis el té de los ingleses del barco. Y ha vuelto dos veces más y ha llevado a sus hijos. Y uno de ellos, Shawn, se va a mudar allí, pues ha conseguido trabajo. —Siguió charlando sobre Boston y su familia mientras Maeve guardaba un silencio hostil. Unos momentos después, Brianna regresó con dos cajitas en las manos.

—Hay tantas tiendas en Nueva York... —comentó, totalmente decidida a parecer alegre—. Mires donde mires hay algo en venta. Ha sido difícil decidir qué traeros de regalo.

—Sea lo que sea será precioso. —Ansiosa por ver su regalo, Lottie puso sobre la mesa una fuente con las tartaletas y cogió la caja que le ofrecía Brianna—. Ay, mira esto... Qué belleza —comentó, y levantó hacia la luz un pequeño frasco decorativo, que lanzó destellos de azul intenso.

—Es para el perfume, si uno quiere, o sencillamente para ponerlo de adorno.

—Es precioso —dijo Lottie—. Mira las flores que tiene talladas en el vidrio. Son lirios. Qué amable por tu parte, Brianna. Ay, Maeve, el tuyo es rojo como un rubí, y tiene amapolas talladas. ¿No van a quedar divinos sobre la cómoda?

—Sí, son bonitos. —Maeve no pudo resistir la tentación de pasar el dedo por las flores grabadas sobre el vidrio. Si Maeve tenía una debilidad, eran las cosas bonitas; y siempre había sentido que no le habían tocado las suficientes—. Ha sido muy amable por tu parte acordarte aunque fuera ligeramente de mí mientras estabas alojándote en un hotel elegante y tratando con estrellas de cine.

—Tom Cruise —dijo Lottie, haciendo caso omiso del sarcasmo con facilidad—. ¿Es tan guapo como sale en las películas?

—Absolutamente, y también encantador. Puede que él y su mujer vengan a quedarse alguna vez.

—¿Aquí? —Deslumbrada ante la posibilidad, Lottie se puso una mano en el corazón—. ¿Aquí, en el hotel, en Blackthorn?

—Por lo menos eso dijo —le contestó Brianna con una sonrisa.

—Eso está por verse —murmuró Maeve—. ¿Por qué habría de quedarse un hombre rico y cosmopolita en un sitio como éste?

—Por la tranquilidad —respondió Brianna fríamente— y por algunas buenas cenas. Lo que todo el mundo quiere cuando viene a quedarse aquí.

—Y en Blackthorn uno encuentra bastante de ambas cosas —apuntó Gray—. Yo he viajado mucho, señora Concannon, y puedo decirle que nunca he estado en un sitio más encantador y cómodo que este hotel. Tiene que sentirse muy orgullosa del éxito de Brianna.

—Humm. Me imagino perfectamente que debes de estar muy cómodo aquí, en la cama de mi hija.

—Sólo un idiota no lo estaría —repuso Gray amablemente antes de que Brianna pudiera decir nada—. Y es a usted a quien hay que elogiar por criar a una hija tan cálida y de naturaleza tan bondadosa, que además es lo suficientemente inteligente y dedicada como para administrar un negocio exitoso. Brianna no deja de sorprenderme. —Con sus palabras, Gray dejó a Maeve fuera de juego, así que ésta no pudo más que quedarse en silencio. El cumplido había sido una pelota que no había estado esperando, de modo que se quedó rumiándolo en busca de un insulto disimulado mientras Gray se levantó y se dirigió a la encimera—. Yo también les he traído a ambas un regalito. —Había dejado la bolsa en la cocina antes de salir a ver a Brianna. Había preparado la escena, pensó ahora, como quería que se desarrollara.

—Ay, qué amable por tu parte... —Sorpresa y placer tiñeron la voz de Lottie cuando aceptó la caja que Gray le ofrecía.

—Son naderías —dijo Gray sonriendo a Brianna, que se había quedado muda mirándolo, totalmente desconcertada. El grito sofocado de placer de Lottie lo complació enormemente.

—¡Es un pajarito! Mira, Maeve, un pajarito de cristal. Mira cómo atrapa la luz.

—Puede colgarlo de una cuerda en una ventana —le explicó Gray—. Así verá un arco iris todo el tiempo. Usted me hace pensar en un arco iris, Lottie.

—Qué adulador, Grayson. Un arco iris, dices... —Se le aguaron los ojos, y entonces se levantó y le dio un fuerte abrazo a Gray—. Lo voy a colgar en la ventana delantera de la casa. Gracias, Grayson. Eres un encanto de hombre. ¿No te parece un encanto, Maeve?

Maeve gruñó y dudó si abrir o no su caja con el regalo. Tenía derecho a lanzarle el regalo a la cara en lugar de aceptar algo de un hombre de su calaña, pero el pájaro de cristal de Lottie era una cosa tan bonita... Entonces la combinación de avaricia y curiosidad hizo que cediera y abriera la caja.

Sin poder hablar, levantó el corazón de cristal con visos dorados. También tenía una tapa, y cuando la abrió, sonó música.

—¡Una caja de música! —Lottie aplaudió, emocionada—. Qué cosa tan bonita y tan bien pensada. ¿Qué melodía es la que suena?

—*Stardust* —murmuró Maeve, y se dejó cautivar desde antes de empezar a tararear al ritmo de la canción—. Es una canción antigua.

—Es un clásico —añadió Gray—. No tenían nada irlandés, pero me pareció que esa canción le gustaría, señora Concannon.

Los labios de Maeve se curvaron en una sonrisa mientras la música la hipnotizaba. Se aclaró la garganta y le lanzó a Gray una mirada llana.

—Gracias, señor Thane.

—Gray —le contestó él tranquilamente.

* * *

Treinta minutos después, Brianna tenía las manos sobre las caderas. Ella y Gray estaban solos en la cocina y la fuente de las tartaletas estaba vacía.

—Eso ha sido como un soborno.

—No como un soborno —respondió él imitándola—. Ha sido un soborno. Y uno bastante bueno. Tu madre me ha sonreído antes de irse.

Brianna resopló.

—No sé de quién debería estar más avergonzada, si de ella o de ti.

—Considéralo como una ofrenda de paz. No quiero que tu madre te haga sufrir por mi culpa, Brianna.

—Eres astuto, Grayson. Mira que regalarle una caja de música...

—Pensé que sería un estupendo regalo para ella. Cada vez que escuche la caja de música va a pensar en mí. Antes de que nos demos cuenta se habrá convencido de que no soy tan mal tipo después de todo.

—Al parecer ya has averiguado cómo vencer sus defensas, ¿no? —le contestó Brianna sin querer sonreír. Era inaudito.

—Un buen escritor es un buen observador. Tu madre está acostumbrada a quejarse. —Abrió el refrigerador y sacó una cerveza—. El problema es que estos días no tiene muchos motivos, lo que debe de ser terriblemente frustrante. —Abrió la botella y dio un sorbo—. Además, está asustada de que te hayas cerrado a ella y no sabe qué movimiento es el que debe hacer para cerrar la brecha.

—Entonces se supone que yo debo hacerlo.

—Lo harás, porque ésa es tu naturaleza. Ella lo sabe, pero le preocupa que esta vez sea la excepción. —Le acarició la barbilla con la punta de un dedo—. Pero no lo es. La familia es demasiado importante para ti y tú ya has empezado a perdonarla.

Brianna le dio la espalda y empezó a ordenar la cocina.

—No siempre es cómodo tener a alguien que puede ver a través de uno como si estuviera hecho de vidrio

—dijo, pero suspiró, tratando de escuchar a su propio corazón—. Tal vez ya haya empezado a perdonarla, pero no sé cómo de largo será el proceso. —Se puso a lavar las tazas meticulosamente—. Probablemente tu táctica de hoy lo haya acelerado.

—Ésa era la idea. —Se paró detrás de ella y la abrazó pasándole los brazos alrededor de la cintura—. Entonces no estás enfadada.

—No, no estoy enfadada. —Se dio la vuelta y apoyó la cabeza en la curva del hombro de Gray, que era donde más le gustaba apoyarse—. Te amo, Grayson.

Gray le acarició el pelo mientras miraba por la ventana sin decir ni una palabra.

Los siguientes días transcurrieron en un ambiente más bien opaco, lo que hacía que trabajar en su habitación fuera para Gray como estar en un crepúsculo eterno. Era fácil para él perder la noción del tiempo y dejarse absorber por el libro sin tener mucha conciencia del mundo que lo rodeaba.

Estaba cercando al asesino, en ese final y violento encuentro. Gray había desarrollado un sentido del respeto por la mente de su villano, reflejando perfectamente las mismas emociones de su héroe. Ese hombre era tan listo como retorcido, aunque no estaba loco, reflexionó Gray, mientras otra parte de su mente visualizaba la escena que estaba creando.

Algunas personas considerarían que el villano era un demente, pues no podían concebir que la crueldad y la falta de piedad de los asesinatos pudieran provenir de una mente que no hubiera perdido la razón. Pero Gray pensaba igual que su héroe. El asesino no estaba loco; por el contrario, estaba muy cuerdo, pero tenía la sangre demasiado fría. Sencillamente, sin ningún retorcimiento, era malvado.

Gray ya sabía exactamente cómo iba a desarrollarse la caza final, casi cada paso y cada palabra estaban claros en su mente. En la lluvia, en la oscuridad, a través de las ruinas azotadas por el viento donde antes ya se había derramado sangre, Gray sabía que su héroe vería, sólo por un momento, lo peor de sí reflejado en el hombre que estaba persiguiendo.

Y esa batalla final sería mucho más que simplemente el bien contra el mal, lo correcto contra lo incorrecto. La lucha que se llevaría a cabo en ese precipicio castigado por la lluvia y donde el viento aullaba sería una lucha desesperada por la redención.

Pero ése no sería el fin. Y en busca de esa escena final desconocida corría Gray. Casi desde el principio se había imaginado a su héroe abandonando el pueblo y a la mujer. Ambos habían cambiado irremediablemente debido a la violencia que había hecho añicos la tranquilidad de ese lugar. Y debido a lo que había sucedido entre ellos. Entonces cada uno seguiría con su vida, o por lo menos lo intentaría. Pero por separado, porque Gray los había creado como dos fuerzas dinámicas opuestas, que se atraían, ciertamente, pero no a largo plazo.

Sin embargo, ahora no estaba tan claro. Se preguntó adónde iría su héroe y por qué. Y por qué la mujer se daría la vuelta lentamente, como él lo había planeado, en dirección a la puerta de la cabaña sin mirar atrás. Debía de ser sencillo y satisfactorio, pues era ser fiel a sus personajes, pero a medida que se iba acercando a ese momento, se iba poniendo más y más intranquilo.

Echando hacia atrás la silla, Gray miró la habitación. No tenía ni la más mínima idea de qué hora sería o cuánto tiempo había estado encadenado a su trabajo, pero sabía una cosa: había llegado a un punto muerto.

Necesitaba dar una caminata, decidió, lloviera o relampagueara. Y necesitaba dejar de anticiparse a sí mismo y permitir que la escena final se desarrollara a su manera y a su propio ritmo.

Empezó a bajar las escaleras y le sorprendió que hubiera tanto silencio, pero entonces se acordó de que la familia escocesa ya se había ido. Le había parecido divertido, cuando había reptado fuera de su cueva el suficiente tiempo para darse cuenta, cómo los dos adolescentes se habían pasado el tiempo husmeando alrededor de Brianna y compitiendo por su atención.

Era difícil culparlos.

La voz de Brianna hizo que se dirigiera hacia la cocina.

—Buen día para ti, Kenny Feeney. ¿Estás aquí visitando a tu abuela?

—Así es, señorita Concannon. Nos vamos a quedar dos semanas.

—Me alegra verte. Cómo has crecido. ¿Quieres entrar a tomarte un té con un poco de tarta?

—Me encantaría, gracias. —Gray vio a un chico de aproximadamente doce años dedicarle una sonrisa de dientes torcidos a Brianna mientras entraba dejando atrás la lluvia. Llevaba algo grande y aparentemente pesado envuelto en papel de periódico—. Mi abuela le manda una pierna de cordero, señorita Concannon. Lo hemos sacrificado esta mañana.

—Vaya, es muy amable por su parte. —Aparentemente complacida, Brianna cogió el espeluznante paquete del niño mientras Gray, autor de novelas sangrientas, sentía que el estómago se le revolvía.

—Tengo tarta de grosellas. ¿Te comes una ración y le llevas el resto a tu abuela?

—Por supuesto —dijo el niño, que, obedientemente, se quitó las botas de goma, el impermeable y la gorra. Entonces vio a Gray—. Buen día tenga usted, señor —añadió educadamente.

—Ah, Gray, no te he oído bajar. Mira, te presento al joven Kenny Feeney, nieto de Alice y Peter Feeney, que viven en la granja que está bajando por el camino. Kenny, él es Grayson Thane, uno de mis huéspedes.

—El yanqui —replicó Kenny al tiempo que le ofrecía la mano solemnemente a Gray—. Mi abuela dice que usted escribe libros sobre asesinatos.

—Eso es cierto. ¿Te gusta leer?

—Me gustan los libros sobre coches o sobre deportes. Tal vez usted pueda escribir un libro sobre fútbol.

—Lo tendré en mente.

—¿Quieres tarta, Gray? —le preguntó Brianna mientras cortaba un trozo—. ¿O prefieres un sándwich?

Gray miró cautelosamente hacia el bulto que había debajo del papel de periódico y se lo imaginó balando.

—No, por ahora no quiero nada.

—¿Vive usted en Kansas City? —quiso saber Kenny—. Mi hermano vive allí. Se fue a Estados Unidos. Hará de eso tres años este invierno. Toca en una banda.

—No, no vivo allí, pero he estado de paso. Es una ciudad muy bonita.

—Pat, mi hermano, dice que no hay ningún lugar mejor en el mundo. Ahora yo estoy ahorrando para poder ir cuando sea mayor.

—¿Entonces nos vas a dejar, Kenny? —le preguntó Brianna, y le acarició las greñas color zanahoria.

—Cuando tenga dieciocho años —contestó, y se metió otro feliz bocado de tarta en la boca y se lo tragó con té—. Uno puede conseguir un buen trabajo allí, con buen sueldo. Tal vez pueda jugar para un equipo de fútbol yanqui. ¿Saben?, en Kansas City tienen su propio equipo.

—Sí, he oído rumores —le dijo Gray, sonriendo.

—La tarta está buenísima, señorita Concannon —dijo Kenny comiéndose hasta la última migaja del plato.

Cuando Kenny se fue un poco más tarde, Brianna lo observó mientras se alejaba por los campos con la tarta bajo el brazo como si fuera uno de sus preciados balones de fútbol.

—Tantos muchachos se van... —murmuró—. Los perdemos día tras día, año tras año. —Cerró la puerta de la cocina de nuevo, sacudiendo la cabeza—. Bueno, voy a arreglarte la habitación, aprovechando que has decidido salir.

—Voy a dar un paseo, ¿quieres venir conmigo?

—Podría dar una caminata corta, pero antes déjame... —Sonrió como disculpándose cuando sonó el teléfono—. Buenas tardes, Blackthorn Cottage. Ah, hola, Arlene, ¿cómo estás? —Brianna extendió una mano para coger la de Gray—. Qué bueno escucharlo. Sí, yo también estoy bien, gracias. Gray está aquí. Te lo voy... ¿Cómo? —Arqueó las cejas y luego sonrió de nuevo—. Eso sería maravilloso. Por supuesto que tú y tu marido sois más que bienvenidos. Septiembre es una época preciosa. Me alegra mucho que vengáis. Ya lo tengo: el 15 de septiembre, durante cinco días. Sí, por supuesto. Desde aquí podéis hacer excursiones de un día. ¿Quieres que te mande información? No, será un placer para mí. Yo también estoy ansiosa de veros. Sí, como te he dicho, Gray está aquí conmigo. Un momento.

Gray cogió el teléfono, pero miró a Brianna.

—¿Arlene va a venir a Irlanda en septiembre?

—Sí, a pasar unas vacaciones con su marido. Al parecer le desperté la curiosidad. Habla con ella, que tiene noticias para ti.

—Mmmmm. Hola, preciosa —le dijo Gray a Arlene por el auricular—. ¿Vas a venir a jugar a los turistas a los condados del oeste? —Sonrió y asintió con la cabeza cuando Brianna le ofreció té—. No, creo que te va a encantar. ¿El clima? —le preguntó, y miró por la ventana hacia la lluvia pertinaz—. Magnífico. —Le guiñó el ojo a Brianna y bebió de su taza de té—. ¿Me has mandado un paquete? No, no lo he recibido todavía. ¿Qué me has enviado? —Asintiendo con la cabeza, le murmuró a Brianna—: Reseñas sobre la película. —Luego hizo una pausa para escuchar a Arlene—. ¿A qué viene tanto bombo y platillo? Mmm. Brillante, me gusta brillante. Espera, repíteme eso. «De la fértil pluma de Grayson Thane» —repitió Gray para que Brianna estuviera al tanto—. «Es de la altura de un Oscar. De calidad excelsa».

—Gray se rio ante ese comentario—. «Es la película más poderosa del año». No, no está mal, teniendo en cuenta que apenas estamos en mayo. No, no estoy tomándomelo a broma. Es fantástico. Mejor todavía. Elogios tempraneros para la última novela —le dijo a Brianna.

—Pero si todavía no la has terminado...

—No me refiero a la que estoy escribiendo, sino a la que sale en julio. Ése es el libro nuevo. En lo que estoy trabajando ahora es en el nuevo manuscrito. No, sólo estoy explicándole algunos conceptos básicos de edición a mi casera. —Gray frunció los labios mientras seguía escuchando a Arlene al otro lado del auricular—. ¿En serio? Me gusta. —Brianna se dirigió a la encimera a inspeccionar su pierna de cordero sin quitarle los ojos de encima a Gray, que hacía ruidos y comentaba ocasionalmente, o sonreía y sacudía la cabeza—. Es buenísimo. Menos mal que no llevo ropa muy estrecha, porque me estoy hinchando como un pavo. Sí, los de marketing me enviaron una carta eterna con los planes de la gira. Accedí a estar a su disposición durante tres semanas. No, tú decides ese tipo de cosas. Les cuesta demasiado tiempo enviarme cosas. Sí, tú también. Se lo diré, claro. Hablamos luego.

—¿Va bien la película? —le preguntó Brianna tratando de no presionarlo para que le contara la conversación.

—Ha hecho una taquilla de doce millones de dólares en la primera semana de exhibición, lo que no está nada mal. Y los críticos la han alabado. Y al parecer también les ha gustado el libro nuevo. Estoy en mi mejor momento —le dijo mientras se dirigía al bote de galletas y sacaba una—. He creado una historia de atmósfera densa con una prosa afilada como una daga. Con, hummm, giros que retuercen las entrañas y un humor negro y mordaz. No está mal.

—Deberías sentirte muy orgulloso.

—Escribí esa novela hace casi un año. —Se encogió de hombros y masticó la galleta—. Sí, está bien. Le tengo un afecto que irá menguando considerablemente a medida que avance la gira por treinta y una ciudades durante tres semanas.

—La gira de la que estabas hablando.

—Así es. Tengo que asistir a programas de televisión y dar charlas en librerías, ir de aeropuerto en aeropuerto y de hotel en hotel. —Con una risa, se metió la galleta restante en la boca—. Qué vida...

—Te va bien, me parece.

—Sí, está totalmente anclada a la tierra.

Brianna asintió con la cabeza, intentando no sentirse triste. Sacó la pierna de cordero de su envoltorio y la dejó sobre la encimera.

—Me dijiste que es en julio.

—Sí. El tiempo ha pasado tan lentamente que he perdido la noción. Imagínate, ya llevo cuatro meses aquí.

—A veces me parece que estás aquí desde siempre.

—Te estás acostumbrando a mí. —Se pasó una mano ausente por la barbilla y Brianna notó que Gray tenía la mente en otra parte—. Bueno, ¿qué tal si vamos a dar ese paseo?

—Creo que es mejor que me quede; tengo que hacer la cena.

—Puedo esperarte —dijo, y se recostó contra la encimera con un gesto de camaradería—. ¿Qué vamos a cenar?

—Pierna de cordero.

—Eso pensaba —le dijo, suspirando ligeramente.

Capítulo 20

Un claro día de mediados de mayo, Brianna vio a los trabajadores excavar la tierra para poner los cimientos de su invernadero. Pensó que era un pequeño sueño convertido en realidad, y echó hacia atrás la trenza que le caía sobre el hombro.

Sonrió al bebé que balbuceaba a su lado en un columpio portátil. Había aprendido a sentirse satisfecha con sueños pequeños, pensó al tiempo que se inclinaba para darle un beso a su sobrino sobre el rizado pelo negro.

—Ha crecido tanto en cuestión de semanas, Maggie...

—Sí, ya lo sé. Yo, afortunadamente, no —dijo, y se dio unas palmaditas en la barriga e hizo una ligera mueca—. Cada día me veo menos gorda, pero me pregunto si algún día perderé todo el peso que he ganado con el embarazo.

—Estás fabulosa.

—Eso es lo que yo le digo —añadió Rogan mientras le pasaba un brazo sobre los hombros a Maggie.

—¿Y qué sabes tú? Lo que pasa es que estás loco por mí.

—Eso es totalmente cierto.

Brianna desvió la mirada mientras Maggie y Rogan se sonreían el uno al otro. Qué fácil era la vida para ellos, reflexionó. Tan cómodamente enamorados y con un bebé precioso a su lado. No le importó la punzada de envidia ni la sensación de anhelo.

—¿Dónde está nuestro yanqui esta mañana?

Brianna volvió a fijar la mirada en su hermana y se preguntó incómodamente si Maggie le estaba leyendo la mente.

—Se ha marchado con la primera luz del día sin desayunar siquiera.

—¿Adónde ha ido?

—No lo sé. Sólo me gruñó. Bueno, por lo menos creo que el gruñido era para mí. Estos últimos días el humor de Gray es totalmente impredecible. El libro le está dando guerra, a pesar de que dice que lo está limpiando, lo que significa, según me dijo, que está jugando con él, sacándole brillo.

—¿Entonces le falta poco para terminar? —preguntó Rogan.

—Sí, está a punto de acabar. —Y después... Brianna estaba siguiendo la filosofía de Gray y no pensaba en los «después»—. Su editora lo llama bastante por teléfono y le envía paquetes por correo continuamente con cosas sobre el libro que va a salir al mercado en verano. Al parecer eso lo irrita, porque tiene que pensar en ese libro mientras está trabajando en el otro. —Posó la mirada en los trabajadores—. Es un buen lugar para el invernadero, ¿no os parece? Me encanta la idea de poder verlo desde la ventana.

—Es el lugar del que has estado hablando durante meses —apuntó Maggie, rehusando que su hermana cambiara de tema—. ¿Van bien las cosas entre tú y Gray?

—Sí, muy bien. Está un poco enfurruñado estos días, como os he dicho, pero el mal humor no le dura mucho. Ya os he contado cómo se las ingenió para hacer una tregua con mamá...

—Sí, fue muy listo. Y con una baratija de Nueva York. Mamá fue muy amable con él en el bautizo de Liam. Yo tuve que dar a luz antes de poder lograr casi lo mismo.

—Mamá está como loca con Liam —comentó Brianna.

—El bebé es un amortiguador entre nosotras —murmuró Maggie antes de que Liam empezara a lloriquear—. Hay que cambiarle el pañal, eso es todo —dijo, y levantando al bebé, Maggie le dio unas palmaditas en la espalda para tranquilizarlo.

—Déjame cambiarlo.

—Te ofreces como voluntaria más rápido que su padre. —Sacudiendo la cabeza, Maggie se rio—. No te preocupes, yo lo cambio; sólo tardaré un momento. Tú sigue mirando tu invernadero.

—Maggie sabe que quiero hablar contigo —dijo Rogan, guiando a Brianna hacia las sillas de madera que estaban puestas cerca de los endrinos.

—¿Pasa algo malo?

—No. —Rogan percibió cierta irritabilidad bajo la calma forzada de Brianna que no era habitual en ella, pero decidió, con un ligero fruncimiento de ceño, que sería labor de Maggie averiguar qué le pasaba a su hermana—.

Quiero hablar contigo sobre los negocios con Triquarter Mining. O, mejor dicho, la falta de negocios con esa empresa. —Se sentó y descansó las manos sobre las rodillas—. No hemos tenido la oportunidad de charlar sobre el tema puesto que primero estuve en Dublín y después fue el bautizo de Liam. A Maggie le parece bien dejar las cosas así, pues ahora está más concentrada en disfrutar del bebé y volver a trabajar en su taller que en finiquitar ese asunto.

—Así es como debe ser.

—Para ella tal vez. —Rogan no mencionó lo que era obvio para ambos: ni él ni Maggie necesitaban la compensación monetaria que podría resultar de una demanda—. Pero yo debo admitir, Brianna, que a mí no me parece bien. Por principios.

—Puedo comprenderlo, puesto que eres un hombre de negocios —dijo, y le sonrió ligeramente—. Además, nunca conociste al señor Carstairs. Es difícil guardarle rencor después de conocerle.

—Por un momento separemos las emociones de la cuestión legal.

Brianna sonrió más ampliamente. Se imaginó que ése era el tono enérgico que su cuñado usaba para tratar a cualquier subalterno poco eficiente.

—Está bien, Rogan.

—Carstairs cometió un delito, y aunque puede que no te apetezca verlo entre rejas, es más que lógico esperar que sufra algún tipo de castigo. Entiendo que en los últimos años se ha convertido en un hombre de negocios exitoso. He hecho algunas averiguaciones discretamente por mi cuenta y parece que sus negocios actuales están en regla y son bastante lucrativos, así que perfectamente puede compensarte por su falta de honestidad con tu padre. Para mí sería muy sencillo ir a Londres y arreglarlo todo.

—Es muy amable por tu parte —empezó Brianna, que cruzó los brazos y respiró profundamente—, pero voy a desilusionarte, Rogan, aunque lo lamente mucho. Entiendo que tu sentido de la ética se vea afectado por este asunto y que quieres que se haga justicia.

—Sí, así es. —Desconcertado, Rogan sacudió la cabeza—. Brie, comprendo la actitud de Maggie. Ahora para ella lo más importante es el bebé y volver a su trabajo, además de que ella siempre ha sido una persona que aparta cualquier cosa que interfiera en su concentración. Pero tú eres una persona práctica.

—Sí, lo soy —estuvo de acuerdo Brianna—, pero me temo que también he debido de heredar algo de mi padre. —Extendió una mano y la puso sobre la de su cuñado—. ¿Sabes?, hay gente que, por la razón que sea, se ve obligada a empezar en terreno inestable y puede que las decisiones que toma no sean de admirar. Un porcentaje de esas personas lleva ese tipo de vida porque es más fácil, porque es a lo que está acostumbrada o, incluso, porque es lo que prefiere. Otro porcentaje se desliza hacia terreno más estable sin demasiado esfuerzo porque tiene un golpe de suerte o porque le llega el momento correcto. Y un porcentaje menor, unas pocas personas especiales —continuó, con Gray en mente—, luchan por abrirse paso hacia terreno firme y logran hacer de sí mismas algo digno de admiración. —Se quedó en silencio, mirando las colinas, con el corazón lleno de deseos.

—Me he perdido, Brie.

—Ah, perdona. —Sacudió una mano y volvió a la realidad—. Lo que quiero decir es que no sé cuáles fueron las circunstancias que hicieron que el señor Carstairs pasara de un estilo de vida a otro, pero la verdad es que en la actualidad no le hace daño a nadie. Maggie tiene lo que quiere, y yo, lo que me satisface. Entonces, ¿para qué tomarnos la molestia?

—Eso es lo que Maggie me dijo que dirías. —Levantó las manos en señal de derrota—. Pero yo tenía que intentarlo.

—¡Rogan! —Maggie llamó a su marido desde la puerta de la cocina; tenía al bebé recostado contra su hombro—. Te llaman por teléfono, de Dublín.

—No puedo creerlo. En nuestra propia casa no se digna a coger el maldito aparato, pero sí lo hace aquí.

—La tengo amenazada: si no contesta cuando suena, dejaré de hornearle pan y bizcochos.

—Ninguna de mis amenazas funciona —comentó, levantándose—. Como estaba esperando una llamada, le di a mi secretaria tu número por si no contestábamos en casa.

—No hay problema. Tómate todo el tiempo que necesites. —Sonrió cuando vio que Maggie se dirigía hacia ella con el bebé—. Bien, Margaret Mary, ¿vas a compartir a tu hijo conmigo o te lo vas a quedar todo para ti sola?

—Justamente ahora Liam estaba preguntando que dónde estaba su tía Brie. —Riéndose, Maggie le pasó el bebé a su hermana y se acomodó en la silla que Rogan había dejado libre—. Ay, qué maravilla poderme sentar. Liam dio la lata anoche y te juro que entre Rogan y yo caminamos hasta Galway y volvimos.

—¿Será que ya le están saliendo los dientes? —Arrullando a Liam, Brianna le acarició la encía con un nudillo, tratando de comprobar si estaba hinchada.

—Puede ser, porque está babeando como un perro. —Cerró los ojos y dejó descansar su cuerpo—. Ah, Brie, ¿quién habría pensado que uno puede amar tanto? Me he pasado la mayor parte de mi vida sin saber que Rogan Sweeney existía, y ahora no podría vivir sin él. —Abrió un ojo para verificar que su marido seguía en la cocina y no la había oído ponerse tan sentimental—. Y el bebé... Es una cosa enorme esta sensación que atenaza el corazón. Cuando estaba embarazada, creía que entendía lo que era amar a ese bebé que llevaba dentro, pero ahora que puedo abrazarlo, el sentimiento es mucho más intenso, lo fue desde la primera vez que lo sostuve en brazos. —Se estremeció y se rio temblorosamente—. Ay, madre, son las hormonas otra vez. Me están convirtiendo en un flan.

—No son las hormonas, Maggie —replicó Brianna, que frotó su mejilla contra la cabeza de Liam y se llenó del maravilloso olor del bebé—, es que eres feliz.

—Quiero que tú también seas feliz, Brie, y veo perfectamente que no lo eres.

—Eso no es cierto. Por supuesto que soy feliz.

—Pero si ya lo estás viendo irse y te estás obligando a aceptarlo incluso antes de que haya pasado.

—Si Gray escoge irse, no lo puedo detener. Siempre lo he sabido.

—¿Por qué no puedes? —le preguntó Maggie—. ¿Por qué? ¿Acaso no lo amas lo suficiente como para luchar por él?

—Lo amo demasiado como para luchar por él. Y tal vez carezco del valor para hacerlo. No soy tan valiente como tú, Maggie.

—Ésa es sólo una excusa. Lo que siempre has sido es demasiado valiente, santa Brianna.

—Si es sólo una excusa, es mía —dijo suavemente, y se prometió que no se dejaría involucrar en una discusión—. Gray tiene razones para irse, y aunque puede que yo no esté de acuerdo con ellas, puedo entenderlas. No me lo reproches, Maggie —añadió tranquilamente, tratando de evitar otra explosión de su hermana—, porque me duele. Y cuando esta mañana Gray ha salido de casa, he notado que ya está preparándose para marcharse.

—Entonces haz que se quede. Gray te ama, Brie. Se le ve en la cara cada vez que te mira.

—Creo que es así, pero eso sólo acrecienta el dolor. Por esa razón de un momento a otro le entró la prisa y la necesidad de seguir adelante. Y también tiene miedo. Teme la posibilidad de volver.

—¿Cuentas con que vuelva?

—No —contestó Brianna, que en realidad quería contar con que volvería. Lo quería profundamente—. El amor no siempre es suficiente, Maggie. Podemos verlo en lo que le pasó a papá.

—Eso es diferente.

—Es totalmente diferente, pero papá vivió sin Amanda y construyó una vida lo mejor que pudo. Y como soy hija suya, puedo hacer lo mismo. No te preocupes por mí —murmuró mientras acariciaba al bebé—. Sé lo que Amanda debió de sentir cuando escribió que estaba agradecida por el tiempo que pasaron juntos. Yo no cambiaría estos últimos meses con Gray por nada del mundo. —Miró hacia la casa y se quedó en silencio cuando vio la expresión adusta en la cara de Rogan, que se dirigía hacia ellas.

—Puede que hayamos encontrado algo sobre Amanda Dougherty —dijo al llegar donde estaban las mujeres y el bebé.

Gray no volvió a casa para la hora del té. Brianna se preguntó dónde estaría, pero no se preocupó; en cambio, se dedicó a servirles a sus huéspedes el té con sándwiches y bizcocho. Mientras el día fue avanzando, la información que Rogan les había dado sobre Amanda Dougherty permaneció en el fondo de sus pensamientos.

El detective no había encontrado nada en su búsqueda inicial por los pueblos y ciudades de la zona de Catskills, y a Brianna no le sorprendió que nadie recordara a una mujer irlandesa embarazada que debía de haber pasado por allí hacía más de veinticinco años. Pero como Rogan era un hombre meticuloso, contrataba a gente meticulosa. El detective había mirado los registros de la zona y había visto certificados de nacimiento, matrimonio y defunción de un período de cinco años a partir de la fecha de la última carta de Amanda. Y la había encontrado en un pueblo escondido en lo más profundo de las montañas.

Amanda Dougherty, de treinta y dos años, se había casado con un hombre de treinta y ocho llamado Colin Bodine en un juzgado de paz. La única dirección que aparecía en el certificado decía Rochester, Nueva York, así que el detective se puso en camino hacia allá para continuar la búsqueda de Amanda Dougherty Bodine.

La boda se había llevado a cabo cinco meses después de la última carta dirigida a su padre, calculó Brianna. Entonces Amanda debía de estar cerca del parto, de modo que lo más probable era que el hombre con el cual se iba a casar supiera que ella estaba embarazada de otro. ¿Acaso él la había amado?, se preguntó Brianna. Esperaba que así hubiera sido. Le pareció que sólo un hombre fuerte y de corazón bondadoso le daría su nombre al hijo de otro.

Brianna se descubrió a sí misma mirando el reloj de nuevo, preguntándose adónde habría ido Gray. Molesta consigo misma, pedaleó en su bicicleta hasta la casa de Murphy para contarle cómo iba la construcción del invernadero, pero la verdad es que tenía la esperanza de que Gray estuviera visitando a su amigo, como hacía con frecuencia.

Era hora de ultimar los detalles de la cena cuando volvió a casa. Murphy le había prometido que iría al día siguiente a verificar por sí mismo que los cimientos hubieran quedado bien, pero su propósito subyacente se había visto frustrado.

Y ahora, cuando habían transcurrido más de doce horas desde que Gray se había ido, Brianna pasó de la incertidumbre a la preocupación. Se inquietó y no pudo comer nada mientras sus huéspedes se daban un festín de caballa con salsa de grosellas. Desempeñó su papel de anfitriona a la perfección, sirvió brandy a quienes quisieron beber y le ofreció una ración extra de pudin de limón al niño al que se le hacía la boca agua con sólo ver el postre. Comprobó que las botellas de whisky que había en todas las habitaciones estuvieran llenas y que las toallas estuvieran limpias para quien quisiera tomar un baño nocturno. Conversó con sus clientes en la sala y les dio juegos de mesa a los niños.

A las diez de la noche, cuando las luces se apagaron y la casa quedó en silencio, Brianna pasó de la preocupación a la resignación. Gray llegaría cuando llegara, pensó, y se acomodó en su propia habitación, con su labor sobre el regazo y su perro a sus pies.

Todo un día de conducir, caminar y observar el paisaje no había hecho mucho por mejorar el estado de ánimo de Gray. Estaba irritado consigo mismo y por el hecho de que le habían dejado una luz encendida que alumbraba la ventana.

La apagó en cuanto entró en la casa, como si quisiera demostrarse a sí mismo que ni necesitaba ni quería esa señal hogareña. Empezó a subir las escaleras con un movimiento deliberado, lo sabía, para probar que iba por su cuenta y era un hombre independiente.

El suave ladrido de *Con* lo detuvo. Se dio la vuelta y le frunció el ceño al perro.

—¿Qué quieres? —*Con* sólo se sentó y continuó meneando la cola—. No tengo que cumplir un horario de llegada y no necesito que un perro estúpido me espere levantado. —El animal lo miró y entonces levantó una pata, como anticipando el saludo habitual de Gray—. ¡Mierda! —Gray bajó las escaleras, tomó la pata, la sacudió y le rascó vigorosamente la cabeza a *Con*—. Ya está.

¿Te sientes mejor? —*Con* se levantó y caminó hacia la cocina. Entonces se detuvo, miró hacia Gray y se sentó de nuevo. Era obvio que lo estaba esperando—. Me voy a la cama —le dijo Gray. Como si estuviera de acuerdo, el perro se puso de pie de nuevo, como esperando para guiarlo hacia su ama—. Vale, lo haremos a tu manera. —Gray se metió las manos en los bolsillos y siguió al perro a lo largo del pasillo y de la cocina hasta la habitación de Brianna.

Gray sabía que estaba de mal humor y no parecía poder cambiarlo. Era a causa del libro, por supuesto, pero había más. Podía admitir, aunque fuera sólo ante sí mismo, que se había estado sintiendo intranquilo desde el bautizo de Liam.

Algo del bautizo, del ritual en sí mismo, lo había alterado. Ese rito antiquísimo, pomposo y extrañamente tranquilizador, lleno de palabras, color y movimiento... Las costumbres, la música, la luz, todo se había unido, o eso le había parecido a él, para hacer que el tiempo se acelerara.

Pero lo que lo había tocado en lo más profundo de su ser había sido la sensación de comunidad del ritual, ese sentido de pertenencia que había percibido en cada vecino y amigo que había ido al bautizo de Liam.

Lo había conmovido más allá de la curiosidad por el rito, del interés del escritor por las escenas y los sucesos. Lo había conmovido el flujo de palabras, la fe inquebrantable y el río de continuidad que corría de generación en generación en la pequeña capilla del pueblo, y todo se había intensificado por el gemido indignado del bebé, por la luz fragmentada de las vidrieras y por la

435

madera desgastada gracias a las genuflexiones de cientos y cientos de personas. Era tanto familia como creencia compartida, y comunidad tanto como dogma.

Y su deseo repentino y asombroso de pertenecer a algo lo había dejado inquieto y furioso.

Irritado consigo mismo, y con Brianna, Gray se detuvo en la entrada del cuarto de la televisión y la vio tejer, las agujas se movían rítmicamente. La lana de color verde oscuro se derramaba sobre su regazo, cubierto con el pijama de algodón blanco. La lámpara que tenía prendida a su lado le permitía verificar que la labor fuera bien, pero nunca miraba sus propias manos.

Se escuchaba el murmullo de la televisión, que estaba al otro lado de la sala y en la que se veía una película antigua en blanco y negro. Cary Grant e Ingrid Bergman vestidos con elegantes trajes de noche se abrazaban en una bodega. *Encadenados*, pensó Gray. Una historia de amor, recelo y redención. Por razones que decidió no indagar, el hecho de que Brianna hubiera elegido esa película lo molestó incluso más.

—No tenías por qué esperarme despierta.

—No te estaba esperando —le contestó Brianna después de mirar por encima del hombro hacia donde estaba parado él sin detener las agujas. Se le veía cansado, pensó ella, y malhumorado. Al parecer, Gray no había encontrado lo que estuviera buscando en ese largo día a solas—. ¿Ya has cenado?

—He tomado algo en un pub por la tarde.

—Entonces debes de tener hambre —dijo, y empezó a poner la labor en la cesta que tenía al lado, en el suelo—. Te serviré la cena.

—Yo mismo podría servírmela si quisiera comer —le soltó—. No necesito que me andes cuidando. No eres mi madre.

A Brianna el cuerpo se le tensó, pero simplemente se sentó y sacó la labor de nuevo.

—Como quieras.

—¿Y bien? —Gray entró en la habitación con actitud desafiante.

—¿Y bien qué?

—¿No vas a empezar a interrogarme? ¿No vas a preguntarme dónde he estado, qué estaba haciendo, por qué no te he llamado?

—Como ya has apuntado, no soy tu madre. Tus asuntos son cosa tuya.

Por un momento sólo se escuchó el sonido de las agujas y la voz angustiada de la mujer de un anuncio que se había manchado la blusa nueva de patatas fritas.

—Sí que eres una persona fría —murmuró Gray, y caminó hacia la televisión y la apagó de golpe.

—¿Estás tratando de ser grosero? —le preguntó Brianna—. ¿O acaso es que no puedes evitarlo?

—Estoy tratando de llamar tu atención.

—Bien, pues ya la tienes.

—¿Tienes que hacer eso cuando te estoy hablando?

Como al parecer no había manera de evitar la confrontación que era obvio que Gray quería, Brianna dejó la labor sobre su regazo.

—¿Así está mejor?

—Necesitaba estar solo. No me gusta estar entre multitudes.

—No te he pedido explicaciones, Grayson.

—Sí me las has pedido, sólo que no en voz alta.

—¿Así que ahora tienes la capacidad de leerme la mente? —inquirió, sintiendo que la impaciencia empezaba a bullirle en el cuerpo.

—No es tan difícil. Estamos durmiendo juntos, prácticamente estamos viviendo juntos, y tú sientes que yo estoy obligado a decirte lo que estoy haciendo.

—¿Eso es lo que siento?

Gray empezó a andar de un lado a otro, como un gato encerrado en una jaula que no puede quedarse quieto y tiene que moverse continuamente.

—¿Te vas a quedar ahí sentada tan tranquila y me vas a decir que no estás enojada conmigo?

—Creo que importa poco lo que pueda decirte, si tienes la capacidad de leerme el pensamiento. —Entrelazó los dedos y descansó las manos sobre la lana. No iba a discutir con él, se dijo a sí misma. Si el tiempo que les había tocado pasar juntos estaba llegando a su final, entonces no permitiría que los últimos recuerdos fueran discusiones y malos sentimientos—. Grayson, déjame decirte que yo tengo mi propia vida. Tengo un negocio por el cual debo velar y muchos intereses personales. Así que puedo llenar mis días bastante bien.

—¿Entonces te importa un comino si estoy aquí o no? —Tenía que irse, ¿no? Entonces ¿por qué le enfurecía la idea?

—Sabes que me complace tenerte aquí —le dijo con un suspiro—. ¿Qué quieres que te diga? ¿Que estaba preocupada? Tal vez lo he estado por un momento, pero tú eres un hombre adulto que es capaz de cuidarse solo. ¿Que me parece que fue descortés por tu parte no avisarme de que ibas a tardar cuando tienes la costumbre de pasar aquí todas las noches? Tú sabes que así es, de modo que no tiene mucho sentido que te lo repita. Entonces, si ya estás satisfecho, me voy a la cama. Si así lo quieres, eres bienvenido a acostarte conmigo. Si no, vete a tu habitación y enfurrúñate solo.

Antes de que Brianna pudiera ponerse de pie, Gray puso las manos sobre los brazos de la silla, encajonándola. A la joven se le agrandaron los ojos, pero mantuvo la mirada al mismo nivel que la de él.

—¿Por qué no me gritas? —le espetó—. ¿Por qué no me lanzas algo a la cabeza? ¿Por qué no me echas de tu casa?

—Puede que esas reacciones te hicieran sentir mejor —le contestó Brianna en un tono llano—, pero no es mi labor hacerte sentir mejor.

—¿Entonces eso es todo? Olvidémonos de todo el asunto y vámonos a la cama. En lo que a ti respecta, puede que yo hubiera estado con otra mujer.

Durante un tembloroso instante, las llamas centellearon en los ojos de ella, igualando la furia de los de él. Entonces Brianna se recompuso, cogió la lana que tenía sobre el regazo y la puso en la cesta.

—¿Estás tratando de que me enfade?

—Sí, maldita sea. ¡Sí! —Retrocedió y se dio la vuelta—. Entonces por lo menos sería una pelea justa. No hay manera de derrotar esa serenidad helada tuya.

—Entonces sería una tontería apartar un arma tan formidable, ¿no te parece? —Se levantó—. Grayson, estoy enamorada de ti, pero me insultas cuando piensas que voy a usar ese amor para atraparte o para hacerte cambiar. Es por eso por lo que tendrías que disculparte.

Menospreciando el flujo crepitante de culpa que empezó a invadirlo, Gray se volvió a mirarla. Ninguna otra mujer lo había hecho sentir culpable, jamás. Se preguntó si existiría otra persona en el mundo que pudiera, con tal razón sosegada, hacer que se sintiera como un estúpido.

—Ya me imaginaba que encontrarías la manera de lograr sacarme una disculpa antes de que todo esto terminara. —Brianna se quedó mirándolo un momento y, sin decir nada, se dio la vuelta y se dirigió hacia la habitación de al lado, donde estaba la cama—. ¡Dios! —Gray se frotó la cara con las manos y presionó los dedos contra sus ojos cerrados, para después dejar caer las manos. Se le ocurrió que sólo uno puede revolcarse en su propia imbecilidad durante tanto tiempo—. Estoy loco —dijo, entrando en el dormitorio detrás de ella. Brianna no le contestó. Sencillamente abrió un poco la ventana para que entrara el aire frío y fragante de la noche—. Lo siento, Brie. Siento mucho todo esto. Esta mañana me he levantado de un humor de mil demonios y sólo quería estar solo. —Brianna siguió en silencio, ni le respondió ni lo alentó, simplemente dobló el cobertor de la cama a los pies de ésta—. No me trates con esa indiferencia helada, Brie. Es lo peor que puedes hacerme. —Se paró detrás de ella y le puso una mano dubitativa sobre el pelo—. Estoy teniendo problemas con el libro, y ha estado mal por mi parte desahogarme contigo.

—No espero que cambies tus estados de ánimo para que se adapten a mí.

—Sencillamente no esperas —murmuró él—. No es bueno para ti.

—Yo sé lo que es bueno para mí —dijo, y empezó a alejarse de Gray, pero él le dio la vuelta para que lo mirara a la cara y, haciendo caso omiso de la rigidez del cuerpo de ella, la abrazó.

—Debiste haberme echado —murmuró Gray.

—Ya me has pagado el mes completo.

—Ahora estás siendo malvada —le dijo riéndose, y hundió la cara en su pelo. ¿Cómo se suponía que una mujer podía estar sintonizada con sus estados de ánimo? Cuando Brie trataba de alejarlo, él sólo se le acercaba más—. Tenía que alejarme de ti —le dijo, y comenzó a acariciarle la espalda de arriba abajo, tratando de relajarla—. Tenía que demostrarme que puedo alejarme de ti.

—¿No crees que eso ya lo sé? —Alejándose lo más que él le permitió, Brianna le puso las manos en la cara—. Grayson, sé que te vas a ir pronto y no voy a fingir que tu partida no va a dejarme el corazón roto. Pero será incluso más doloroso, para los dos, si nos pasamos estos últimos días peleándonos por eso.

—Pensé que sería más fácil si te enojabas conmigo o si me echabas de tu vida.

—¿Más fácil para quién?

—Para mí. —Descansó la frente en la de ella y le dijo lo que había evitado decirle durante los últimos días—. Me voy a finales de mes. —Brianna no dijo nada. Descubrió que no podía decir nada sobre el repentino dolor que sentía en el pecho—. Quiero tomarme un tiempo libre antes de que empiece la gira.

Brianna guardó silencio, esperando, pero Gray no le pidió, como lo había hecho una vez, que lo acompañara a alguna playa tropical. Luego asintió con la cabeza.

—Entonces disfrutemos el tiempo que nos queda antes de que te vayas —dijo ella, y volvió la cara para que sus bocas pudieran encontrarse. Gray la acostó en la cama lentamente. Y cuando le hizo el amor, se lo hizo con ternura.

Capítulo 21

Por primera vez desde que Brianna había abierto su casa para recibir huéspedes, quiso que todos se fueran al diablo. Le molestaba la intromisión de otras personas en su intimidad con Gray. Y a pesar de que la avergonzaba, también le molestaba el tiempo que él pasaba encerrado en su habitación terminando el libro que lo había llevado hasta ella.

Trató de pelear contra sus propias emociones e hizo todo lo posible para evitar que resultaran evidentes. A medida que los días fueron pasando, se aseguró a sí misma que esa sensación de pánico e infelicidad se desvanecería. Su vida era tan cercana a lo que siempre había querido que fuera... Tan, tan cercana...

No tenía el marido y los hijos que siempre había anhelado tener, pero tenía muchas otras cosas que la llenaban. La ayudaba, por lo menos un poco, hacer el recuento de las cosas buenas que tenía mientras avanzaba en su rutina diaria.

Llevó la ropa de cama limpia, recién descolgada de las cuerdas, a las habitaciones del segundo piso. Como la puerta de la habitación de Gray estaba abierta, entró. Dejó las sábanas a un lado, pues era prácticamente innecesario cambiarlas, dado que Gray había estado durmiendo en su cama todas las últimas noches. Pero la habitación necesitaba una buena limpieza, decidió al examinarla de cerca aprovechando que él había salido. Su escritorio era un desastre, sin lugar a dudas, de modo que empezó por ahí.

Vació el cenicero, que estaba desbordado de colillas, y organizó los libros y los papeles. Tenía la esperanza de encontrar algún fragmento de la historia que Gray estaba escribiendo, pero lo que encontró fueron sobres rasgados, correspondencia sin contestar y algunas notas garabateadas sobre supersticiones irlandesas. Divertida, leyó:

Ten cuidado de no hablar mal de las hadas los viernes, porque ese día están presentes y no tendrán reparo en lanzar algún hechizo si se ofenden.

Si una urraca llega hasta tu puerta y te mira de frente, es señal certera de muerte y nada podrá evitarla.

La persona que pase debajo de una cuerda de cáñamo tendrá una muerte violenta.

—Me sorprendes, Brianna. ¿Fisgoneando?

Poniéndose tan roja como un tomate, Brianna soltó la libreta y entrelazó las manos detrás de la espalda. Ah, era tan típico de Grayson Thane, pensó Brianna, aparecer tan sigilosamente...

—No estaba fisgoneando, estaba limpiando el polvo.

Gray bebió lentamente de la taza de café que había ido a preparar a la cocina. Pensó que nunca la había visto más desconcertada.

—Pero si no veo que tengas un trapo... —apuntó él.

Sintiéndose desnuda, Brianna no pudo más que cubrirse de dignidad.

—Estaba a punto de traer uno. Tu escritorio está hecho un lamentable desastre, y estaba ordenando antes de ponerme a limpiar.

—Estabas leyendo mis notas.

—Estaba poniendo la libreta a un lado. Tal vez haya echado un vistazo a lo que has escrito. Sólo son anotaciones sobre supersticiones, de maldad y muerte.

—Me gano la vida con la maldad y la muerte. —Sonriendo, Gray atravesó la habitación y se dirigió a ella; levantó la libreta—. Me gusta ésta: en Hallowtide... que es el primero de noviembre...

—Sé perfectamente qué día es Hallowtide.

—Por supuesto que sí. En cualquier caso, en Hallowtide, cuando el aire está colmado de la presencia de los muertos, todo es símbolo del destino. Si en esa fecha llamas a alguien del más allá y repites su nombre tres veces, el resultado es fatal —dijo, y se rio para sí mismo—. Me pregunto de qué podría acusarte la policía si lo haces.

—Es una tontería —replicó ella, pero se estremeció.

—Una tontería fabulosa. La he metido en el libro. —Puso a un lado la libreta y miró a Brianna fijamente. El intenso rubor todavía no se le había desvanecido del todo de las mejillas—. ¿Sabes cuál es el problema con la tecnología? —Cogió uno de los disquetes y se dio golpecitos con él en una de las palmas de las manos mientras la examinaba con ojos risueños—. Que no hay papeles arrugados que el escritor frustrado haya tirado y que el curioso pueda alisar y leer.

—Como si yo hubiera hecho algo así... —comentó Brie, que se alejó y fue a recoger la ropa de cama—. Tengo que ir a hacer las camas.

—¿Quieres leer una parte?

Brianna se detuvo a medio camino de la puerta y se giró para mirar a Gray por encima del hombro con suspicacia.

—¿De tu libro?

—No, del parte meteorológico... Pues por supuesto que de mi libro, Brie. De hecho, hay un fragmento que quería mostrarte porque me vendría bien la opinión de algún nativo, para ver si he logrado captar el ritmo del diálogo, la atmósfera y la manera de relacionarse.

—Ah, por supuesto que puedo ayudarte. Me alegrará hacerlo.

—Brie, te mueres de ganas de ver el manuscrito. ¿Por qué no me lo has pedido?

—Después de vivir con Maggie sé que las cosas no son así de fáciles. —De nuevo, puso a un lado la ropa de cama—. La propia vida corre peligro si uno osa entrar en su taller cuando está trabajando en una pieza nueva.

—Yo soy un poco menos temperamental —replicó él, y con movimientos diestros, encendió el ordenador y metió el disquete apropiado—. Es una escena que transcurre en el pub. Presento a algunos personajes y doy el color local. Es la primera vez que McGee ve a Tulia.

—Tulia. Es gaélico.

—Así es. Significa pacífico. Veamos si puedo encontrarla... —Empezó a pasar páginas—. Tú no hablas gaélico, ¿no?

—Sí, sí lo hablo. Mi abuela nos enseñó tanto a Maggie como a mí.

Gray levantó la cabeza y se quedó mirándola fijamente.

—Soy un imbécil. No se me ocurrió preguntártelo. ¿Sabes cuánto tiempo he invertido en buscar palabras? Sólo quería unas pocas regadas por el texto, aquí y allá.

—Sólo habrías tenido que preguntarme.

—Ya es muy tarde —le dijo, y gruñó—. Sí, aquí está. McGee es un policía cansado del mundo y de todo que tiene raíces irlandesas. Ha venido a Irlanda a indagar en la historia pasada de su familia para tal vez encontrar así el equilibrio y algunas respuestas sobre sí mismo. Más que nada, lo que quiere es que lo dejen en paz para poder recuperarse. Hace un tiempo participó en un arresto que salió mal, un arresto durante el cual murió accidentalmente un niño de seis años, y se siente responsable de ello.

—Qué triste.

—Sí, tiene sus problemas. Pero Tulia tiene los suyos también, y bastantes. Es viuda. Perdió a su marido y a su hijo en un accidente en el cual ella sobrevivió. Está tratando de reponerse, pero lleva una carga muy pesada. Su marido no era ninguna joya, y hubo veces en las que ella deseó que él estuviera muerto.

—De modo que se siente culpable de que él haya muerto, pero también carga las secuelas de que le hayan quitado a su hijo, y lo vive como si hubiera sido un castigo por sus pensamientos.

—Más o menos. En cualquier caso, esta escena se desarrolla en el pub local. Sólo ocupa unas páginas. Ven, siéntate. Ahora presta atención a lo que voy a decirte. —Se inclinó sobre el hombro de ella y le tomó la mano—. ¿Ves estas dos teclas?

—Sí.

—Ésta sube la página y esta otra la baja. Cuando termines de leer lo que está en la pantalla y quieras avanzar, presiona esta tecla. Si quieres volver a leer algo de nuevo, presiona esta otra. Y, Brianna...

—¿Sí?

—Si presionas alguna otra tecla, tendré que cortarte los dedos.

—Claro, dado que tú eres menos temperamental.

—Así es. Tengo copias del archivo, pero no queremos que desarrolles ningún mal hábito, ¿no es cierto? —Le dio un beso en la coronilla—. Voy a salir a ver cómo va avanzando el invernadero. Si crees que algo no cuadra o que no es fiel a la realidad, puedes hacer anotaciones en esta libreta.

—Está bien. —Empezando a leer le hizo un gesto con la mano para que se fuera—. Vete ya.

Gray bajó las escaleras y salió de la casa. Las seis capas de piedra que servirían de base al invernadero estaban casi terminadas. No le sorprendió ver a Murphy colocando piedras con sus propias manos.

—¡No sabía que además de granjero eras albañil! —le gritó Gray a Murphy.

—Ah, es que hago un poco de esto y un poco de aquello. Procura no hacer la argamasa tan suelta esta vez —le ordenó a un adolescente flacucho que estaba trabajando cerca de él—. Éste es Tim McBride, mi sobrino. Ha venido de visita desde Cork. Tim no se cansa de escuchar vuestra música *country*.

—¿Randy Travis, Wynonna, Garth Brooks?

—Todos me encantan —dijo Tim al tiempo que esbozaba una amplia sonrisa muy parecida a la de su tío.

Gray se agachó y cogió una piedra para pasársela a Murphy mientras discutía el mérito del *country* con el chico. Al poco rato ya estaba ayudando a mezclar la argamasa y haciendo masculinos sonidos de satisfacción a propósito del trabajo con sus compañeros.

—Tienes un buen par de manos para ser escritor —apuntó Murphy.

—Un verano, hace mucho tiempo, trabajé como albañil. Mezclaba la argamasa y la transportaba en una carretilla mientras el sol me freía los sesos.

—Hoy el tiempo está agradable. —Satisfecho con el progreso, Murphy hizo una pausa para fumarse un cigarrillo—. Si sigue así, es probable que tengamos todo listo dentro de una semana.

Una semana, reflexionó Gray, era prácticamente lo que le quedaba a él.

—Es muy amable por tu parte sacar tiempo de tus propias ocupaciones para ayudarla con el invernadero.

—Eso es *comhair* —le contestó Murphy tranquilamente—. Comunidad. Así es como vivimos aquí. Nadie debe hacer las cosas por su cuenta si tiene familia y vecinos. Llegarán aquí tres o más hombres cuando sea hora de poner los marcos y el vidrio. Y otros cuantos más vendrán si hace falta ayuda para construir las bancas y las demás cosas. Para cuando hayamos terminado, todos sentiremos que poseemos un pedazo de este lugar. Y Brianna le dará a todo el mundo esquejes y plantas —añadió, exhalando el humo—. Verás, es una relación circular. Eso es *comhair*.

Gray entendió el concepto. Era lo que había sentido, y lo que había envidiado por un momento, en la iglesia del pueblo durante el bautizo de Liam.

—¿Alguna vez te... coarta la libertad saber que si aceptas un favor estás obligado a hacer otro a cambio?

—Cómo sois los yanquis... —Riéndose, Murphy le dio una última calada a su cigarrillo y lo aplastó contra una piedra. Pero, como conocía a Brianna, se metió la colilla en el bolsillo en lugar de tirarla al suelo—. Siempre calculando y pensando que os toca pagar. «Obligado» no es la palabra exacta. Si necesitas un término más formal, sería «seguridad», es una seguridad. Es saber que sólo tienes que extender la mano para que alguien te ayude si lo necesitas. Y es saber que tú harías lo mismo. —Se volvió hacia su sobrino—. Bueno, Tim, vamos a limpiar las herramientas. Tenemos que volver a casa ya. Y Grayson, por favor, dile a Brianna que nada de juguetear con estas piedras. Necesitan asentarse.

—Por supuesto. Yo... Ay, Dios. Me he olvidado de ella. Nos vemos luego —dijo, y se apresuró hacia la casa.

Un vistazo al reloj de la cocina le obligó a hacer una mueca. La había dejado sola con el libro durante más de una hora.

Y Brianna estaba, descubrió cuando entró en la habitación, exactamente donde la había dejado.

—Te lleva bastante tiempo leer medio capítulo, ¿no? —A pesar de que la entrada abrupta de Gray la sorprendió, esta vez Brianna no se sobresaltó. Cuando levantó la mirada del ordenador para mirarlo, tenía los ojos llenos de lágrimas—. ¿Tan mal está? —le preguntó Gray, sonriendo ligeramente. Se sorprendió al darse cuenta de que estaba nervioso.

—Es maravilloso —respondió Brie, que sacó del bolsillo del delantal un pañuelo de papel—. En serio. En esa parte en la que Tulia está sentada sola en su jardín pensando en su hijo logras que uno realmente sienta su dolor. Es como si no fuera una persona inventada.

Gray se sorprendió por segunda vez al comprender que debía sentir vergüenza. Hasta ese momento, el elogio de Brianna había sido perfecto.

—Pues ésa era la idea.

—Tienes un don maravilloso, Gray, para hacer que las palabras se conviertan en emociones. He seguido leyendo un poco más allá del fragmento que querías que leyera. Lo lamento, pero me ha atrapado totalmente.

—Estoy halagado —dijo, y se fijó en que Brianna había leído más de cien páginas—. Me encanta que lo hayas disfrutado.

—Mucho. Tiene algo... diferente —replicó, sintiéndose incapaz de explicar qué era— con respecto a tus otros libros. Claro, es temperamental, como lo son siempre, y rico en detalles. Y da miedo. Durante el primer asesinato, el que ocurre en las ruinas, pensé que se me iba a salir el corazón del pecho. Y también es sangriento. Alegremente sangriento.

—No te detengas —dijo. Le pasó una mano por el pelo y después fue a recostarse en la cama.

—Pues... —repuso, cruzando las manos y dejándolas descansar sobre el borde del escritorio mientras escogía sus palabras— tu humor está ahí también. Y tu mirada, que no se pierde nada. Y la escena del pub es muy real. He estado en ella incontables veces a lo largo de mi vida. He visto a Tim O'Malley tras la barra y a Murphy tocando una canción. Le va a gustar que lo hayas descrito tan guapo.

—¿Crees que se va a reconocer?

—Ah, por supuesto que sí. Aunque no sé qué tal le parecerá ser uno de los sospechosos, o el asesino, si es lo que se descubre al final. —Brianna guardó silencio y aguardó, esperanzada, pero Gray sólo sacudió la cabeza.

—No creerás que te voy a decir quién es el asesino, ¿no?

—Pues... no. —Suspiró y descansó la barbilla sobre un puño—. En cuanto a Murphy, probablemente va a disfrutar del libro. Y se nota tu afecto por el pueblo, por la tierra y su gente. En pequeñas descripciones, como la de la familia que espera que la lleven a casa desde la iglesia vestida con su ropa de domingo, el anciano que pasea con su perro por el arcén del camino bajo la lluvia, la niña que baila con su abuelo en el pub...

—Es fácil escribir tales cosas cuando en un lugar hay tanto que ver.

—Me refiero a que es mucho más de lo que ves con los ojos. —Levantó las manos y las dejó caer de nuevo. Ella no estaba llena de palabras, como él, para establecer el significado correcto—. Es el corazón de todo. Lo que es diferente es esa profundización hacia el corazón de todo. Cómo McGee lucha con ese impulso guerrero que tiene dentro por lo que debe hacer... Cómo desea hacer algo, aunque sabe que no puede. Y Tulia no se queda atrás: cómo sobrelleva el dolor cuando está a punto de partirla en dos y trabaja para que su vida sea lo que necesita ser otra vez. No puedo explicarlo...

—Pues estás haciendo un trabajo bastante bueno —murmuró Gray.

—Me ha conmovido. No puedo creer que lo hayas escrito aquí, en mi hogar.

—No creo que hubiera podido escribirlo en ninguna otra parte. —Se levantó y la desilusionó al presionar las teclas, que empezaron a pasar el texto en la pantalla del ordenador. Brianna tenía la esperanza de que Gray la dejara leer más.

—Le has cambiado el título —apuntó ella cuando apareció la primera página en la pantalla—. *Redención final*. Me gusta. Ése es el tema, ¿no es cierto? Los asesinatos, lo que les ha pasado antes a McGee y a Tulia y los cambios que suceden después de que se conozcan...

—Así es como está construida la historia. —Gray pulsó otra tecla y apareció la página de la dedicatoria. De todos los libros que había escrito, ése era el segundo que le dedicaba a alguien. El primero, y único, había sido para Arlene.

Para Brianna, por tantos regalos invaluables.

—Ay, Grayson. —Se le quebró la voz bajo el flujo de lágrimas que le crecía en la garganta—. Me siento muy honrada. Voy a empezar a llorar de nuevo —murmuró, y volvió la cara hacia el brazo de él—. Muchas, muchas gracias.

—Hay tanto de mí en este libro, Brie. —Le levantó la cara con la esperanza de que ella pudiera entenderlo—. Y eso es algo que puedo darte.

—Lo sé, y lo atesoraré. —Temiendo echar a perder el momento con lágrimas, Brianna se pasó enérgicamente las manos por el pelo—. Estoy segura de que quieres ponerte a trabajar de nuevo. Y yo he perdido ya bastante tiempo. —Se levantó y cogió la ropa de cama, aunque sabía que se pondría a llorar en el mismo momento en que estuviera detrás de una puerta cerrada—. ¿Quieres que te suba el té cuando sea la hora?

Gray inclinó la cabeza y entrecerró los ojos mientras la examinaba. Se preguntó si ella se habría reconocido en Tulia. Esa compostura, la gracia sosegada y casi imperturbable...

—No, bajaré yo. Ya casi he terminado lo que tenía que hacer hoy.

—Dentro de una hora, entonces.

Brianna salió de la habitación y cerró la puerta tras de sí. En ese instante, ya solo, Gray se quedó mirando largamente la corta dedicatoria.

Una hora después, las voces y las risas procedentes de la sala hicieron que Gray se dirigiera allí en lugar de a la cocina. Los huéspedes de Brianna estaban reunidos alrededor de la mesa del té, probando las delicias de la casera o llenándose el plato con ellas. Brianna estaba allí también, arrullando suavemente a su sobrino, que dormía plácidamente sobre su hombro.

—Es mi sobrino —estaba explicando—. Se llama Liam. Lo voy a cuidar una o dos horas. Ah, Gray. —Brianna sonrió cuando vio a Gray—. Mira a quién tengo aquí.

—Vaya... —Atravesó la sala hacia Brianna y el niño y le acarició la cara a Liam con un dedo. Entonces él abrió los ojos de par en par; los tenía un poco soñolientos, hasta que se enfocaron en Gray y se quedaron mirándolo solemnemente—. Siempre me mira como si supiera todos y cada uno de los pecados que he cometido. Es intimidante. —Gray se dirigió hacia la mesa y casi había decidido qué iba a comer cuando vio que Brianna salía sigilosamente de la sala. La alcanzó cerca de la puerta de la cocina—. ¿Adónde vas?

—Voy a acostar al bebé.

—¿Para qué?

—Maggie dijo que era probable que quisiera echarse la siesta.

—Maggie no está aquí —dijo, quitándole a Liam de los brazos—, y nunca tenemos la oportunidad de jugar con él. —Para divertirse, le hizo muecas a Liam—. ¿Dónde está Maggie?

—Ha encendido el horno, y Rogan ha tenido que salir corriendo a la galería a solucionar no sé qué problema, de modo que Maggie ha venido corriendo hace un momento. —Riéndose, inclinó la cabeza cerca de la de Gray—. Pensaba que nunca iba a pasar, pero ahora te tengo enterito para mí sola —murmuró. Entonces escuchó que llamaban a la puerta y se enderezó—. Gray, procura que la cabeza del niño siempre esté apoyada en algo —le dijo, y fue a abrir.

—Sé cómo sostener a un bebé. Mujeres... —le dijo a Liam—. No creen que seamos capaces de hacer nada. Espera y verás. Ahora creen que eres lo máximo, chico, pero dentro de unos años estarán convencidas de que tu propósito en la vida es arreglar los aparatos eléctricos de la casa y matar insectos. —Como nadie estaba mirando, se inclinó y le dio un ligero beso en los labios a Liam. Y los vio curvarse en una sonrisa—. Así se hace. ¿Por qué no vamos a la cocina y...? —Se interrumpió al escuchar la exclamación de Brianna. Acomodó con más seguridad a Liam en la curva de su brazo y se apresuró hacia el vestíbulo.

Carstairs estaba de pie en el umbral de la puerta con un bombín de color café y una sonrisa amigable en el rostro.

—Grayson, ¡qué bueno verte otra vez! No estaba seguro de que todavía te fuera a encontrar. ¿Y qué tenemos aquí?

—Un bebé —contestó Gray brevemente.

—Por supuesto que es un bebé. —Carstairs le acarició a Liam la barbilla con un dedo e hizo ruiditos tontos—. Qué muchacho tan guapo, debo decir. Se parece mucho a ti, Brianna, por esta parte de la boca.

—Es el hijo de mi hermana. ¿Y a qué debemos el honor de su visita a Blackthorn, señor Carstairs?

—Sólo pasaba por aquí. Le he hablado tanto a Iris de este hotel que quería verlo con sus propios ojos. Está esperando en el coche. —Señaló el Bentley que estaba aparcado ante la puerta del jardín—. De hecho, teníamos la esperanza de que hubiera una habitación disponible para nosotros para pasar la noche.

—¡¿Quieren hospedarse aquí?! —le preguntó Brianna abriendo los ojos como platos.

—He presumido, tal vez poco sabiamente, de haber probado tu cocina. —Se inclinó hacia Brianna y le habló en tono confidencial—. Me temo que Iris se puso un poco celosa al principio. Ella también es muy buena cocinera, ya sabes, y ahora quiere comprobar si he estado exagerando.

—Señor Carstairs, usted es un hombre sin vergüenza.

—Puede ser, querida mía —le dijo pestañeando—. Puede ser.

Brianna resopló y luego suspiró.

—Pues bien, no deje a su pobre mujer en el coche. Dígale que entre a tomar el té.

—No puedo esperar a conocerla —dijo Gray, meciendo a Liam.

—Ella dice lo mismo de ti. Está bastante impresionada con que me sacaras la cartera del bolsillo sin que yo me diera cuenta. Yo solía ser bastante más rápido. —Sacudió la cabeza con lástima—. Pero también solía ser mucho más joven. Entonces ¿puedo traer el equipaje, Brianna?

—Tengo una habitación disponible, pero es más pequeña que la que usted tuvo cuando vino la última vez.

—Estoy seguro de que será preciosa, absolutamente preciosa —replicó, y salió a buscar a su esposa.

—¿Puedes creerlo? —dijo Brianna en voz baja—. No sé si reírme o esconder las cosas de plata. Si es que tengo algo de plata, claro.

—A ese hombre le caes demasiado bien como para robarte —meditó Gray—. Así que ésa es la famosa Iris.

La fotografía de la cartera de Carstairs hacía honor a la fotografiada, descubrió Brianna. Iris llevaba un vestido de flores que ondeaba al viento alrededor de unas bellas piernas. Le pareció que la mujer había utilizado el tiempo que había estado en el coche para peinarse y maquillarse, para que de esa manera se la viera fresca e increíblemente hermosa cuando entrase en la casa acompañada de su sonriente marido.

—Ah, señorita Concannon. Brianna, espero poder llamarte por tu nombre y tratarte de tú. Pienso en ti como en Brianna, después de haber escuchado tanto de ti y de tu precioso hotel. —La voz de la mujer resultaba suave y culta, a pesar de que sus palabras se atropellaban por salir. Antes de que Brianna pudiera responder, Iris se le acercó, con las manos extendidas, y tomó las de ella entre las suyas al tiempo que continuaba su perorata—. Eres tan encantadora como te describió Johnny. Qué amable de tu parte, qué dulce eres al darnos una habitación a pesar de que llegamos tan intempestivamente. Y tu jardín, querida mía, es una obra de arte, debo decirte que estoy colmada de admiración. ¡Qué dalias! Yo nunca he tenido ni pizca de suerte con ellas. Y tus rosas son magníficas. De verdad que tienes que decirme cuál es tu secreto. ¿Les hablas? Yo les hablo a mis plantas día y noche, pero nunca logro que florezcan de esa manera.

—Pues yo...

—Y tú y Grayson... —Iris sencillamente continuó hablando, sin que le importara el amago de respuesta de Brianna, y se dirigió a Gray. Había soltado una de las manos de la joven para poder tomar una de las de él—. Qué joven tan, pero tan listo que eres. Y qué guapo también. Caramba, si pareces una estrella de cine. Me he leído todos tus libros, todos y cada uno de ellos. Me han asustado casi hasta la muerte, pero nunca puedo soltarlos. ¿De dónde sacas esas ideas tan emocionantes? Ay, me estaba muriendo de las ganas de conoceros a los dos —siguió, sin soltar la mano de cada uno que tenía entre las suyas—. He estado volviendo loco al pobre Johnny para que me trajera. Pero bueno, finalmente estamos aquí.

Se hizo una pausa mientras Iris continuaba sonriéndoles a ambos.

—Sí —repuso Brianna, que descubrió que era muy poco más lo que se le ocurría decir—, finalmente están aquí. Por favor, pasen, sigan adelante. Espero que hayan tenido un viaje placentero.

—Oh, yo adoro viajar, ¿tú no? Y pensar que con todos los líos en los que nos metimos Johnny y yo en nuestra juventud descarriada nunca tuvimos la oportunidad de venir a esta parte del mundo... Es tan bonita como una postal, ¿no es cierto, Johnny?

—Lo es, mi pequeña, ciertamente lo es.

—Qué hogar más precioso. Absolutamente encantador. —Iris mantuvo firmemente aferrada la mano de Brianna en la de ella mientras miraba a todas partes—. Estoy segura de que uno no puede estar sino cómodo en este hotel.

Brianna le lanzó una mirada impotente a Gray, pero él sólo se encogió de hombros.

—Espero que así sea para ustedes. En la sala está servido el té, si les apetece, o puedo mostrarles su habitación primero.

—¿Nos la mostrarías? Yo creo que debemos dejar el equipaje primero. ¿No te parece, Johnny? Después tal vez podamos tener una agradable conversación.

Iris elogió efusivamente la escalera mientras subían al segundo piso, el descansillo y la habitación a la cual Brianna los guio. ¿Acaso no era bellísimo el cobertor de la cama; las cortinas de encaje, primorosas; y la vista que se apreciaba por la ventana, soberbia?

Al poco tiempo, Brianna se encontró en la cocina preparando otra jarra de té mientras los nuevos huéspedes se sentaban a la mesa, sintiéndose como en casa. Iris arrullaba alegremente a Liam sobre su regazo.

—¿No te parece que son un equipo formidable? —murmuró Gray mientras ayudaba a Brianna a sacar platos y tazas del armario.

—Iris me marea —susurró ella—, pero es imposible que a uno no le caiga bien.

—Exactamente. Uno nunca creería que se le pasan pensamientos poco escrupulosos por la cabeza. Es la tía favorita de todo el mundo o la vecina adorable. Me parece que después de todo sí es buena idea que escondas esas cosas de plata.

—Calla. —Brianna se dio la vuelta y llevó hacia la mesa tazas, platos y una fuente con comida. De inmediato, Carstairs se sirvió pan y mermelada.

—Espero que puedan acompañarnos —les dijo Iris, tomando un bizcocho y hundiéndolo en nata—. Johnny, querido, ¿no es cierto que queremos hablar de negocios antes que cualquier cosa? Es tan incómodo tener negocios pendientes enturbiando el ambiente...

—¿Negocios? —Brianna cogió a Liam de nuevo y lo acomodó sobre su hombro.

—Negocios inconclusos. —Carstairs se limpió la boca con una servilleta—. Debo decirte, Brianna, que este pan está delicioso. Pruébalo, Iris.

—Johnny hablaba con tanto entusiasmo de tu cocina, Brianna, que tengo que reconocer que me puse un poquito celosa. ¿Sabes?, yo también soy una cocinera bastante buena.

—Es más que buena, es una cocinera excelente —intervino el leal Carstairs tomando una mano de su mujer y besándosela profusamente—. Una cocinera magnífica.

—Ay, Johnny, continúa, continúa. —Iris se rio como una adolescente halagada antes de recuperar su mano. Luego frunció los labios y le sopló a su marido varios besos rápidos. El juego de la pareja hizo que Gray le frunciera el ceño a Brianna—. Claro, que ahora entiendo por qué mi Johnny estaba tan cautivado con tu cocina, Brianna. —Mordisqueó ligeramente su bizcocho—. Tenemos que encontrar el tiempo para intercambiar recetas mientras estemos hospedados aquí. Mi especialidad es el pollo con ostras. Y yo misma puedo decirte que es delicioso. El secreto es usar un buen vino, uno blanco seco, y una pizca de estragón. Pero mira, otra vez desviándome del tema y nada, que no finiquitamos el asunto de los negocios. —Tomó otro bizcocho de la fuente y señaló las sillas vacías—. Pero sentaos, por favor. Es mucho más agradable hablar de negocios mientras se toma el té.

De buena gana, Gray se sentó y empezó a servirse.

—¿Quieres que coja al niño? —le preguntó Gray a Brianna.

—No, estoy bien —contestó ella, y se sentó y puso a Liam cómodamente en la curva de su brazo.

—Es un ángel —dijo Iris tiernamente—. Y al parecer te llevas muy bien con los bebés. Johnny y yo lamentamos no haber tenido hijos, pero cuando éramos jóvenes íbamos de aventura en aventura, teníamos una vida plena.

—Aventuras —repitió Brianna. Pensó que era una manera interesante de referirse a las estafas.

—Éramos una pareja traviesa. —Iris se rio, y el brillo de sus ojos expresó que entendía perfectamente los sentimientos de Brianna—. Pero cómo nos divertimos... No sería exacto decir que nos arrepentimos de lo que hicimos, teniendo en cuenta que lo disfrutábamos tanto. Pero, claro, después uno se hace mayor.

—Sí, nos estamos haciendo viejos —la secundó Carstairs—. Y a veces uno pierde la agudeza. —Le lanzó a Gray una mirada bondadosa—. Muchacho, hace diez años no hubieras podido quitarme la cartera del bolsillo.

—No apueste por ello —le dijo, y bebió de su té—. Hace diez años yo era todavía mejor.

Carstairs se rio y echó la cabeza hacia atrás.

—¿No te dije que era un hacha, Iris? Ay, cómo me habría gustado que hubieras visto cómo me mantuvo a raya en Gales, cariño. Me quedé completamente admirado. Espero, Grayson, que estés considerando devolverme la cartera. O por lo menos las fotografías. Los documentos son fáciles de reemplazar, pero estoy muy apegado a mis fotos. Y, por supuesto, quisiera el dinero.

Gray sonrió espontánea y lobunamente.

—Pero si todavía me debes cien libras, Johnny.

Carstairs se aclaró la garganta.

—Por supuesto. Sin lugar a dudas. Verás, sólo cogí tu dinero para que todo el asunto pareciera un robo.

—Por supuesto. Sin lugar a dudas —repitió Gray—. Creo que ya discutimos sobre la compensación en Gales, antes de que tuvieras que irte tan intempestivamente.

—Me disculpo. Me pillaron por sorpresa y no me sentí cómodo llegando a un acuerdo con vosotros sin consultarlo primero con Iris.

—Somos vehementes defensores de las empresas en las que todas las decisiones se toman en conjunto —apuntó Iris.

—Así es. —Carstairs le dio una palmadita afectuosa a su esposa en la mano—. Puedo decir sin asomo de duda que Iris y yo tomamos todas nuestras decisiones entre los dos. Creemos que esto, combinado con un profundo afecto, es lo que nos ha permitido estar cuarenta y tres exitosos años juntos.

—Y, por supuesto, una buena vida sexual —añadió Iris cómodamente, y sonrió cuando Brianna se atragantó con el té—. El matrimonio sería bastante aburrido si no fuera así, ¿no te parece, querida?

—Sí, estoy segura de que tiene usted razón. —Esta vez Brianna carraspeó—. Creo que entiendo por qué han venido hasta aquí y se lo agradezco. Es bueno dejar las cosas claras.

—Queríamos disculparnos personalmente por cualquier inconveniente que te hayamos podido ocasionar. Yo también quería decirte que estoy de acuerdo contigo en que mi Johnny fue muy torpe y completamente inadecuado en su manera de buscar el certificado en tu bello hogar. —Le lanzó una mirada de reproche a su marido—. Careciste totalmente de elegancia, Johnny.

—Es cierto. Sí, totalmente cierto —repuso, e hizo una venia con la cabeza—. Estoy horriblemente avergonzado.

Brianna no estaba convencida del todo de que así fuera, pero asintió.

—Bueno, supongo que en realidad el daño no fue tan grave.

—¡No tan grave! —Iris aceptó el reto—. Brianna, mi querida niña, estoy segura de que debiste de ponerte furiosa, y con toda la razón. Y debiste de angustiarte más allá de cualquier consideración.

—Sí, la hizo llorar.

—Grayson, lo hecho hecho está —terció Brianna, quien, avergonzada, fijó la mirada en el fondo de su taza.

—Sólo puedo imaginarme cómo debiste de sentirte. —La voz de Iris se había suavizado—. Johnny sabe lo importante que son mis cosas para mí. Me sentiría desolada si un día llegara a casa y la encontrara patas arriba. Sí, totalmente desolada. Sólo espero que puedas perdonar a mi Johnny por haber tenido ese impulso lamentable y por haber pensado como un hombre.

—Por supuesto. Ya lo he perdonado. Entiendo que estaba bajo mucha presión y... —Brianna se interrumpió y levantó la cabeza cuando se dio cuenta de que estaba defendiendo al hombre que había estafado a su padre y había violentado su hogar.

—Qué corazón tan bondadoso tienes, querida. —Iris continuó con su retahíla—. Entonces, si pudiéramos tocar por última vez ese tema tan incómodo del certificado... Primero, debo decir que fuisteis muy abiertos de mente y muy pacientes al no haber contactado con las autoridades después de marcharos de Gales.

—Gray dijo que ustedes aparecerían de nuevo.

—Es un muchacho muy listo —murmuró Iris.

—Y yo pensé que no tenía sentido hacerlo. —Brianna suspiró. Tomó de la fuente un trozo de pan y empezó a mordisquearlo—. Todo sucedió hace mucho tiempo y el dinero que perdió mi padre era de él. Para mí es suficiente saber cómo ocurrieron las cosas.

—¿Ves, Iris? Es como te dije.

—Johnny... —dijo Iris con un repentino tono de mando. Fijó la mirada en los ojos de su marido hasta que él exhaló un largo suspiro y bajó los ojos.

—Sí, Iris, por supuesto. Tienes toda la razón. Toda la razón. —Recuperándose, Carstairs metió la mano en el bolsillo interior de su chaqueta y sacó un sobre—. Iris y yo hemos discutido esto largamente y ambos queremos de todo corazón cerrar este tema de una manera satisfactoria para todos. Por favor, acepta nuestras disculpas, querida —le dijo Carstairs a Brianna ofreciéndole el sobre—. Y nuestros mejores deseos.

Un poco incómoda, Brianna abrió el sobre. El corazón se le cayó hasta el estómago y después le subió hasta la garganta.

—Es dinero. Dinero en efectivo.

—Un cheque nos habría complicado la contabilidad —explicó Carstairs—, sin considerar los impuestos que habríamos tenido que asumir. Una transacción en efectivo nos evita a ambas partes esas inconveniencias. Son diez mil libras. Libras irlandesas.

—Oh, pero no puedo...

—Claro que puedes —le espetó Gray.

—No es correcto.

Le ofreció el sobre a Carstairs para devolvérselo. Los ojos del hombre se iluminaron durante unos segundos al tiempo que extendió los dedos para recibirlo, pero su mujer le dio una palmada en la mano.

—Tu joven amigo tiene razón en cuanto a este tema, Brianna. Esto es lo correcto para todos los involucrados. No tienes que preocuparte por que ese dinero suponga una diferencia ostensible en nuestra vida. Nos va bastante bien. Me aligeraría la conciencia, la mente y el corazón que aceptaras el dinero. Y que nos devolvieras el certificado —añadió.

—Lo tiene Rogan —dijo Brianna.

—No. Le pedí que me lo diera —contestó Gray al tiempo que se ponía de pie y se dirigía a la habitación de Brianna.

—Toma el dinero, Brianna —le dijo Iris suavemente—. Guárdalo en el bolsillo de tu delantal. Lo consideraría un gran favor hacia nosotros.

—No les entiendo.

—Ya me imagino. Johnny y yo no lamentamos la manera en que hemos vivido. Hemos disfrutado cada minuto. Pero un pequeño seguro para la redención no nos haría daño. —Sonrió y se inclinó hacia delante para darle un apretón en la mano a Brianna—. Lo considero como un acto de bondad. Ambos lo consideramos así, ¿no es cierto, Johnny?

—Sí, querida —contestó él dedicándole al sobre una última mirada anhelante.

Gray volvió a la cocina con el certificado en la mano.

—Esto es suyo, creo.

—Sí, por supuesto. —Ansioso, Carstairs cogió el papel, se ajustó las gafas y miró con atención el certificado—. Iris —empezó a decir con orgullo mientras le pasaba el papel a su mujer para que lo examinara también—, hicimos un trabajo soberbio, ¿no te parece? Absolutamente perfecto.

—Es cierto, Johnny, querido. Ciertamente hicimos un trabajo perfecto.

Capítulo 22

—Nunca jamás había tenido un momento de mayor satisfacción. —Casi ronroneando, Maggie se estiró en el asiento del copiloto del coche de Brianna y lanzó una última mirada hacia atrás a la casa de su madre mientras su hermana arrancaba.

—Regodearse no es un comportamiento apropiado, Margaret Mary.

—Apropiado o no, lo estoy disfrutando. —Se dio la vuelta y puso un sonajero en la mano que Liam estaba agitando; iba sentado en su sillita en el asiento trasero—. ¿Te has fijado en la cara que ha puesto, Brie? ¿Te has fijado?

—Sí, sí me he fijado. —Por un momento la dignidad se le desvaneció y se permitió sonreír—. Por lo menos has tenido el sentido común de no restregarle todo el asunto.

—Es que eso ha sido lo mejor de todo. Sólo hemos tenido que decirle que el dinero procede de una inversión que hizo papá antes de morir y que ahora está dando rendimiento. Y he podido resistirme a decirle, aunque me estaba muriendo por decirlo, que ella no se merecía esa tercera parte debido a que nunca creyó en él.

—La tercera parte le corresponde por derecho propio, y ése es el fin de la discusión.

—No voy a discutir contigo, puesto que estoy demasiado ocupada regodeándome. —Saboreando el placer, empezó a tararear—. Bueno, cuéntame entonces qué planeas hacer con tu parte.

—Quiero hacer algunas reformas en la casa. Voy a empezar con el desván, que fue el que desató todo esto.

Liam lanzó alegremente el sonajero que tenía en la mano, así que Maggie sacó otro y se lo pasó.

—Pensaba que íbamos a Galway de compras.

—Sí, para allá vamos. —Gray había estado dándole la lata para que lo hiciera y después prácticamente la había echado de su propia casa. Sonrió al acordarse de la escena que había tenido lugar ante la puerta principal—. Quiero comprarme un robot de cocina profesional, de los que se usan en los restaurantes y las exhibiciones gastronómicas.

—A papá le habría gustado mucho —comentó Maggie con una sonrisa—. ¿Sabes?, es como si fuera un regalo suyo.

—Eso pienso yo. Parece que es lo correcto. ¿Y tú? ¿Qué vas a hacer con tu parte?

—Voy a invertir algo en el taller. El resto lo voy a ahorrar para Liam. Creo que a papá le habría gustado que fuera así. —Pasó lentamente los dedos sobre el salpicadero—. Éste es un coche muy bonito, Brie.

—Sí, lo es. —Se rio y pensó que tenía que darle las gracias a Gray por haberla sacado de casa para que pasara el día fuera—. Imagínate, yo conduciendo hasta Galway sin tener que preocuparme de que se le va a caer algo al coche. Es tan típico de Gray hacer regalos extraordinarios y conseguir que parezca algo natural...

—Desde luego. Va y me regala un prendedor de diamantes tan alegremente como si fuera un ramillete de flores. Gray tiene un corazón dulce y generoso.

—Sí, así es.

—Hablando de él, ¿en qué anda?

—Pues se pasa el día trabajando o con los Carstairs.

—Qué personajes. ¿Sabes lo que me contó Rogan? Que cuando estuvieron en la galería, trataron por todos los medios de que les vendiera la mesa antigua que tiene en la sala del segundo piso.

—No me sorprende lo más mínimo. A mí Iris casi me ha convencido de que le compre, sin importar que no la haya visto, una lámpara que dice que es perfecta para mi sala. Y añadió que me haría un buen descuento. —Brianna se rio—. Los voy a echar de menos cuando se vayan mañana.

—Tengo el presentimiento de que volverán —repuso, e hizo una pausa—. ¿Cuándo se marcha Gray?

—Probablemente la semana que viene. —Brianna mantuvo la mirada en la carretera y procuró hablar con voz tranquila—. Ahora no está haciendo más que juguetear con el libro, me parece a mí.

—¿Crees que va a volver?

—Espero que así sea, pero no puedo contar con ello. No puedo.

—¿Le has pedido que no se vaya?

—Tampoco puedo hacer eso.

—No —murmuró Maggie—. No podrías. Yo tampoco podría en esas mismas circunstancias. —Sin embargo, pensó, Gray sería un grandísimo idiota si se marchaba—. ¿No querrías cerrar el hotel un par de semanas o pedirle a la señora O'Malley que se ocupe de él? Podrías venirte con nosotros a Dublín o irte a la villa.

—No, aunque gracias por ofrecérmelo. Es muy amable por tu parte, pero me sentiré más contenta en mi hogar.

Probablemente ésa era la verdad, pensó Maggie, de manera que no discutió.

—En cualquier caso, si cambias de opinión, sólo tienes que decírmelo. —Haciendo un esfuerzo a propósito por aligerar los ánimos, se volvió hacia su hermana y le preguntó—: ¿Qué te parece, Brie? ¿Nos compramos algo inútil cuando lleguemos a Shop Street? Lo primero que se nos antoje. Algo que no sirva para nada y que sea caro; una de esas fruslerías que solíamos mirar con la nariz pegada al cristal del escaparate cuando papá nos traía.

—Como esas muñequitas que llevan unos vestidos preciosos o los joyeros que tenían a unas bailarinas dando vueltas encima.

—Humm, creo que podemos encontrar algo más apropiado para nuestra edad, pero sí, ésa es la idea.

—Está bien. Dalo por hecho.

Tal vez porque habían estado hablando de su padre, a Brianna los recuerdos le bullían por dentro cuando llegaron a Galway. Aparcaron el coche y se unieron al tráfico peatonal: compradores, turistas, niños...

Brianna vio a una niña pequeña sobre los hombros de su padre. Su propio padre solía cargarla así también, recordó. Las llevaba a ella y a Maggie por turnos y, algunas veces, corría para que la que estuviera arriba se balanceara y gritara de felicidad. O las tomaba de la mano firmemente mientras caminaban sin rumbo fijo y entre la muchedumbre y les contaba historias.

«Cuando llegue nuestro barco, Brianna, mi amor, te compraré vestidos preciosos como ésos que tienen en ese escaparate, mira. Un día vendremos a Galway con los bolsillos rebosantes de dinero. Espera y verás, cariño».

Y a pesar de que ella sabía que eran puros cuentos, sólo sueños, no había disminuido el placer de lo que veía, de lo que olía y de lo que escuchaba.

En ese momento ni los recuerdos echaron a perder la sensación. El color y el movimiento de Shop Street la hicieron sonreír, como siempre. Disfrutaba de las voces que contrastaban con el cadencioso acento irlandés: el tono nasal y arrastrado de los norteamericanos, el acento gutural de los alemanes y la impaciencia de los franceses. Podía oler en el ambiente un ligero aroma que provenía de la bahía de Galway, que traía la brisa, y el chispeante olor de la grasa que salía de un pub cercano.

—Mira —dijo Maggie empujando el cochecito de Liam hasta el escaparate de una tienda—, es perfecto.

Brianna maniobró entre la muchedumbre hasta que pudo acercarse a Maggie y mirar por encima de su hombro.

—¿Qué es eso?

—Esa vaca enorme que está allí. Es justo lo que quiero.

—¿Quieres una vaca?

—Parece porcelana —murmuró Maggie, examinando el cuerpo brillante en blanco y negro y la tonta y sonriente cara bovina—. Apuesto a que es ridículamente cara, lo que la hace incluso mejor. Me la voy a comprar. Entremos en la tienda.

—Pero ¿qué vas a hacer con ella?

—Dársela a Rogan, por supuesto. Y cerciorarme de que la ponga en esa atestada oficina que tiene. Ay, y espero que pese una tonelada.

Y así era, de modo que le pidieron al dependiente que se la guardara mientras terminaban de hacer sus compras. Y sólo después de que comieran y de que Brianna hubiera sopesado los pros y los contras de seis robots de cocina, finalmente encontró su objeto inútil.

Las hadas estaban hechas de bronce pintado y bailaban colgadas de hilos que pendían de una varilla de cobre. Brianna las acarició con el dedo, lo que hizo que sus alas chocaran entre sí musicalmente.

—Las voy a colgar en la ventana de mi habitación, por fuera. Me recordarán todas las historias de hadas que papá solía contarnos.

—Es una elección perfecta. —Maggie le pasó un brazo alrededor de la cintura a su hermana—. No, no mires el precio —le dijo cuando Brianna trató de ver qué decía la pequeña etiqueta—. Eso forma parte de la diversión. Sin importar lo que cueste, es la elección correcta. Anda a comprar tu fruslería, después decidiremos cómo llevar la mía hasta el coche.

Al final decidieron que lo mejor era que Maggie se quedara esperando en la tienda con la vaca, con Liam y con el resto de las compras mientras Brianna iba a por el coche y los recogía después.

Disfrutando de su ligero estado de ánimo, Brianna caminó hacia el aparcamiento. Colgaría a sus hadas en el mismo momento en que llegara a casa. Y luego jugaría con su nuevo juguete de cocina. Pensó lo maravilloso que sería hacer una *mousse* de salmón o cortar en cuadraditos los champiñones con un instrumento de tal precisión.

Tarareando, se sentó ante el volante del coche y arrancó. Tal vez podía idear algo para acompañar el pescado a la parrilla que tenía pensado preparar para la cena. ¿Qué le apetecería a Gray?, se preguntó mientras conducía hacia la salida para pagar la tarifa antes de irse. Un puré de patatas y repollo, quizá, y un postre de grosellas, si encontraba suficientes grosellas maduras.

Pensó que la temporada de bayas empezaba los primeros días de junio, pero Gray ya se habría ido para entonces. Trató de hacer caso omiso de la angustia que sintió en el corazón. Bueno, en cualquier caso sería a principios de junio, se dijo a sí misma mientras salía del aparcamiento, y quería que Gray tuviera su postre especial antes de que se fuera.

Brianna escuchó el grito cuando estaba doblando la curva. Desconcertada, volvió la cabeza. Sólo tuvo tiempo de coger aire para gritar antes de que un coche, que llegaba en dirección contraria a la suya y había tomado la curva muy cerrada y por el carril equivocado, se estrellara de frente contra el suyo. Escuchó el chirrido del metal desgarrándose y el sonido del vidrio haciéndose pedazos. Después no oyó nada en absoluto.

—Así que Brianna se ha ido de compras —comentó Iris mientras se unía a Gray en la cocina—. Qué bien. Nada pone a una mujer de mejor humor que una buena sesión de compras.

Gray no pudo imaginarse a la práctica Brianna en semejante situación.

—Se ha ido a Galway con su hermana. Le dije que podíamos arreglárnoslas solos aunque no pudiese volver a la hora del té. —Sintiéndose un poco propietario de la cocina, Gray sirvió en fuentes la comida que Brianna había preparado antes de irse—. En cualquier caso, sólo seremos tres esta noche.

—Entonces quedémonos aquí en la cocina, que es tan acogedora —dijo Iris mientras llevaba la jarra del té a la mesa—. Hiciste bien al convencerla de que se tomara el día libre y saliera con su hermana.

—Casi tuve que arrastrarla hasta el coche. Está tan aferrada a este lugar...

—Tiene raíces profundas y fértiles. Ésa es la razón por la cual Brianna florece. Al igual que las flores de su jardín. Nunca había visto un jardín ni remotamente parecido al de ella. Justo esta mañana estaba... Johnny, querido, por fin llegas. Justo a tiempo.

—He dado la caminata más vigorizante que puedas imaginarte —repuso Carstairs, que colgó el sombrero que había llevado puesto en el perchero y luego se frotó las manos—. ¿Sabías, querida mía, que aquí todavía la gente corta su propia leña?

—No me digas.

—Sí, así es. He encontrado un sitio donde tienen leños secándose al viento y al sol. Me he sentido como si hubiera retrocedido un siglo. —Le dio a su mujer un beso en la mejilla antes de dirigir su atención a la mesa—. Humm, ¿qué tenemos aquí?

—Johnny, lávate las manos para que podamos tomarnos el té. Yo sirvo, Grayson, así que siéntate.

Gray la complació. Disfrutaba de la compañía de la pareja y de cómo se trataban el uno al otro.

—Iris, hay algo que he estado queriendo preguntarte, pero espero que no te ofendas.

—Mi querido muchacho, puedes preguntarme lo que sea.

—¿Lo echas de menos?

Iris no fingió que no le entendía. Le pasó el azúcar y respondió:

—Sí, de cuando en cuando. Lo que más echo de menos tal vez sea la sensación de vivir al límite. Es estimulante. —Sirvió el té primero en la taza de su marido y después se sirvió en la de ella—. ¿Y tú? —Se rio cuando Gray sólo arqueó una ceja—. Los semejantes se reconocen.

—No —le contestó Gray después de una pausa—. Para nada echo de menos esa vida.

—Puede que te hayas retirado demasiado temprano y entonces no tengas el mismo tipo de apego emocional. O puede que sí, y ésa es la razón por la cual nunca has usado tus experiencias anteriores, por llamarlas de alguna manera, en ninguno de tus libros.

—Quizá sea que no le veo sentido a mirar atrás —repuso encogiéndose de hombros y levantando su taza para llevársela a los labios.

—Yo, personalmente, siempre he pensado que no puedes tener una visión realmente clara de lo que te espera en el futuro si no echas una mirada por encima del hombro de cuando en cuando.

—A mí me gustan las sorpresas. Si uno ya tiene descifrado el futuro, entonces ¿para qué molestarse en vivirlo?

—La sorpresa consiste en que el futuro nunca es exactamente lo que uno piensa que será. Pero tú todavía eres joven —le dijo, y le sonrió maternalmente—, así que lo descubrirás con los años. ¿Cuando viajas llevas mapa?

—Por supuesto.

—Pues verás, para mí es como viajar con un mapa. Pasado, presente, futuro, todo trazado en un mapa. —Iris se mordió el labio inferior mientras medía con atención una minúscula cantidad de azúcar para ponerla en su té—. Puedes planear una ruta. Hay algunas personas que se atienen a ella estrictamente y sin importar nada, no se desvían a explorar; no se detienen si no lo tienen planeado a disfrutar de un bello atardecer en particular. Es una pena —reflexionó—. Ah, y cómo se quejan cuando les toca desviarse... Pero a la mayoría de nosotros nos gusta afrontar alguna aventura durante el camino, de manera que tomamos esa ruta que se desvía del camino principal. Tener una visión clara de ese destino final no quiere decir que no podamos disfrutar del trayecto. Por fin estás aquí, Johnny, querido. Te acabo de servir el té.

—Que Dios te bendiga, Iris.

—Le he puesto una gota de crema, como te gusta.

—Estaría perdido sin ella —le dijo Carstairs a Gray—. Ah, parece que vamos a tener compañía.

Gray miró hacia la puerta de la cocina al tiempo que Murphy la abría. *Con* entró y se dirigió hacia él, se sentó a sus pies y descansó la cabeza sobre su regazo. Gray empezó a levantar la mano para acariciarle, pero al ver la expresión de Murphy, se le desvaneció la sonrisa de saludo.

—¿Qué pasa? —Se levantó como un resorte haciendo temblar las tazas en la mesa. Murphy tenía la cara seria; los ojos, demasiado oscuros—. ¿Qué pasa? —repitió.

—Ha habido un accidente. Brianna está herida.

—¿Qué quieres decir con que está herida? —le preguntó en tono exigente por encima del murmullo angustiado de Iris.

—Me ha llamado Maggie. Brianna ha tenido un accidente cuando estaba saliendo con el coche del aparcamiento. Maggie y Liam la estaban esperando con las compras en una tienda. —Murphy se quitó la gorra, una cuestión de costumbre, y apretó los dedos sobre la visera—. Si quieres, te llevo hasta Galway. Brie está hospitalizada allí.

—Hospitalizada —repitió Gray, y sintió, físicamente, que la sangre se le estaba saliendo del cuerpo—. ¿Tan mal está? ¿Tan grave ha sido el accidente?

—Maggie no está segura. Me ha dicho que no cree que sea muy grave, pero estaba esperando a que el médico le diera el informe. Te llevaré a Galway, Grayson. He pensado que podríamos ir en tu coche, es más rápido.

—Necesito las llaves —dijo, y notó que su cerebro se atontaba, se volvía inútil—. Necesito coger las llaves.

—No le dejes conducir —le dijo Iris a Murphy cuando Gray salió de la cocina.

—No, señora, no le dejaré.

Murphy no tuvo que discutir. Cogió las llaves de la mano de Gray y se sentó detrás del volante. Dado que Gray no dijo nada, Murphy apretó el acelerador y condujo a la mayor velocidad que permitía el Mercedes. En otra ocasión, tal vez, habría apreciado la potencia con la que respondía el magnífico vehículo, pero esa vez sencillamente lo utilizó.

Para Gray el viaje fue eterno. El glorioso paisaje del oeste pasaba por la ventanilla a toda velocidad, pero parecía que no avanzaban. Era como estar en una caricatura, pensó difusamente, apresurándose de cuadro a cuadro de animación pero sin poder hacer nada más que estar sentado. Y esperar.

Brianna no habría ido a Galway si él no se hubiera empeñado. La había presionado para que saliera, para que se tomara el día libre. Y Brie se había ido a Galway y ahora estaba... Dios santo, no sabía cómo estaba, qué le había pasado, y no soportaba ni imaginárselo.

—Debí haber ido con ella.

Con el coche a toda velocidad, Murphy no se molestó en volverse a mirarlo.

—Te vas a poner malo si sigues pensando así. Ya estamos muy cerca de Galway, así que enseguida veremos qué ha ocurrido.

—Yo le compré ese maldito coche.

—Es cierto. —Gray no necesitaba compasión, pensó Murphy, sino un poco de sentido práctico—. Y tú no eres el que iba conduciendo el otro vehículo. Según mi manera de ver las cosas, si Brie hubiera ido en esa

479

chatarra oxidada que tenía antes, las cosas habrían sido mucho peores.

—Pero si no sabemos cómo está...

—Pero pronto lo sabremos, así que mantén la calma mientras llegamos. —Murphy tomó una salida, disminuyó la velocidad y empezó a maniobrar entre el tráfico lento de la ciudad—. Es muy probable que esté bien y que nos eche la bronca por haber venido hasta aquí.

Murphy dobló la curva para entrar en el aparcamiento del hospital. Acababan de bajarse del coche y se dirigían hacia la puerta cuando vieron a Rogan, que estaba dándole una vuelta a Liam.

—Brianna... —fue todo lo que pudo decir Gray.

—Está bien. El médico quiere dejarla en observación por lo menos esta noche, pero está bien.

Gray dejó de sentir las piernas y entonces se apoyó en el brazo de Rogan, tanto para mantener el equilibrio como para hacer hincapié.

—¿Dónde? ¿Dónde está?

—La acaban de trasladar a una habitación de la sexta planta. Maggie todavía está con ella. He traído a Maeve y a Lottie, que también están con ella. Brie está... —se interrumpió y le cortó el paso a Gray, que estaba empezando casi a correr hacia la puerta—. Está llena de golpes y yo, personalmente, creo que mucho más dolorida de lo que demuestra, pero el médico dice que ha tenido mucha suerte. Tiene moratones del cinturón de seguridad, que es lo que ha evitado que el golpe haya sido peor. Se le ha dislocado un hombro, que es lo que más le duele, tiene un chichón en la cabeza y varios cortes en el cuerpo. El médico dice que debe estar en reposo durante veinticuatro horas.

—Necesito verla.

—Ya lo sé —repuso Rogan, que siguió bloqueándole el paso a Gray—, pero Brie no necesita ver lo alterado que estás. Es de las personas que se lo toman todo muy a pecho y se preocupan.

—Está bien. —Luchando por mantener el equilibrio, Gray se apretó los puños contra los ojos—. Está bien. Voy a recobrar la calma, pero tengo que verla.

—Voy contigo —dijo Murphy, y lo guio hacia dentro. Se guardó para sí mismo los consejos mientras esperaban ante el ascensor.

—¿Por qué están todos aquí? —preguntó en tono exigente—. ¿Por qué están todos aquí, Maggie, su madre, Rogan, Lottie, si Brianna está bien?

—Porque es su familia. —Murphy presionó el botón donde ponía seis—. ¿Dónde iban a estar? Hace tres años me rompí un brazo y me hice una fisura en el cráneo jugando al fútbol. No podía deshacerme de una hermana cuando ya estaba la otra en la puerta. Mi madre se quedó conmigo durante dos semanas, sin importarle lo que le dije o lo que hice para que se fuera a su casa. Y, a decir verdad, estaba encantado de que me mimaran. Mucho cuidado con las muestras de cariño —le advirtió a Gray en cuanto se detuvo el ascensor—. Las enfermeras irlandesas son muy estrictas. Mira, allí está Lottie.

—Bueno, parece que habéis volado hasta aquí —dijo dirigiéndose hacia ellos con una amplia sonrisa tranquilizadora—. Brie está bien, la están cuidando estupendamente. Rogan se ha encargado de que le dieran una habitación individual para que tenga privacidad y silencio. Ya ha empezado a decir que quiere irse a casa, pero como tiene una contusión, el médico ha dicho que es mejor que se quede en observación.

—¿Una contusión?

—Es leve, en realidad. —Lottie trató de tranquilizarlos mientras los guiaba a lo largo del pasillo—. No parece que haya estado inconsciente más que unos momentos. Y tuvo la lucidez suficiente para decirle al hombre del aparcamiento dónde la estaba esperando Maggie. Mira, Brianna, ha llegado una nueva visita.

Gray sólo vio a Brianna, blancura contra sábanas blancas.

—Oh, Gray, Murphy, no teníais por qué venir hasta aquí. Enseguida estaré de vuelta en casa.

—Claro que no —dijo Maggie con voz firme—. Vas a quedarte aquí esta noche.

Brianna trató de girar la cabeza, pero el dolor la hizo cambiar de opinión.

—No quiero pasar la noche aquí. Lo único que tengo son moratones y chichones. Ay, Gray, el coche. Lo siento tanto... Está fatal; uno de los lados está totalmente hundido, los faros se han roto y...

—Cállate, ¿vale?, y déjame verte bien. —La tomó de la mano y se la apretó ligeramente. Brianna estaba pálida y le había salido un enorme moratón en un pómulo. Sobre él tenía, entre la ceja y la sien, una venda blanca. Y debajo de la bata de hospital que le habían puesto, Gray pudo ver otras vendas en el hombro. A Gray la mano empezó a temblarle, así que soltó la de Brianna y se metió la suya en el bolsillo del pantalón—. Te duele, lo veo en tus ojos.

—Me duele la cabeza —replicó Brianna sonriendo ligeramente y llevándose la mano a la venda—. Me siento como si me hubiera pasado por encima todo un equipo de rugby.

—Deberían darte algo para el dolor.

—Me lo darán si lo necesito.

—Le tiene miedo a las agujas —dijo Murphy, y se inclinó para besarla ligeramente. Su propio alivio al ver a Brianna de una pieza se hizo evidente en una enorme y descarada sonrisa—. Recuerdo oírte aullar, Brianna Concannon, un día que el doctor Hogan te estaba poniendo una inyección y yo estaba en la sala de espera del consultorio.

—Y no me avergüenza reconocerlo. Las agujas son una cosa espantosa. No quiero que me pinchen más de lo que ya me han pinchado. Y quiero irme a casa.

—Te vas a quedar justo donde estás. —Maeve habló desde una silla que estaba bajo la ventana—. Una o dos inyecciones difícilmente bastan para compensar el susto que nos has dado.

—Madre, no es culpa de Brianna que a un yanqui imbécil se le haya olvidado por qué lado debía conducir. —A Maggie los dientes le rechinaron de sólo pensarlo—. Y que a ellos no les haya pasado nada... Apenas tienen un rasguño.

—No seas tan dura con el norteamericano, Maggie. Fue un error que casi mata del susto al conductor y a sus acompañantes. —Las palpitaciones dentro de la cabeza de Brianna se intensificaron ante la idea de una discusión—. Me quedaré si no tengo más remedio, pero ojalá pudiera preguntárselo al médico otra vez.

—Vas a dejar en paz al médico y vas a descansar, tal y como te ha dicho. —Maeve se puso de pie—. Y no puede haber descanso con tanta gente molestando. Margaret Mary, es hora de que lleves a tu bebé a casa.

—No quiero dejar sola a Brie aquí —empezó a decir Maggie.

—Yo me quedo. —Gray se dio la vuelta y le mantuvo la mirada a Maeve sin titubear—. Yo me quedo con ella.

Maeve movió un hombro.

—Por supuesto. No es de mi incumbencia lo que vosotros hagáis. Se nos ha pasado la hora del té —dijo—, de modo que Lottie y yo vamos a comer algo a la cafetería mientras Rogan se encarga de que nos lleven a casa. Haz lo que te digan, Brianna, y no armes alboroto. —Se inclinó, un poco rígida, y le dio un beso a Brianna en la mejilla sana—. Nunca te has curado con rapidez, así que no espero que en esta ocasión sea diferente. —Durante un instante descansó sus dedos en el lugar donde le había dado el beso, pero luego se apresuró a salir de la habitación y llamó a Lottie para que la siguiera.

—Ha rezado dos rosarios de camino aquí —murmuró Lottie—. Descansa —añadió, y le dio un beso de despedida a Brianna y salió detrás de Maeve.

—Bien. —Maggie respiró profundamente—. Creo que puedo confiar en que Grayson estará pendiente de que te portes bien. Voy a buscar a Rogan, a ver cómo hacemos para que mamá y Lottie lleguen a casa. Volveré antes de marcharme, por si Gray necesita ayuda.

—Voy contigo, Maggie. —Murphy le dio una palmadita a Brianna en la rodilla por encima de la sábana—.

Brie, si vienen a pincharte, sólo vuelve la cara y cierra los ojos. Eso es lo que yo hago.

Brianna se rio y cuando la habitación quedó vacía, levantó la mirada hacia Gray.

—Anda, siéntate. Sé que estás nervioso.

—Estoy bien. —Gray temió que, si se sentaba, se resbalaría de la silla como si fuera de gelatina—. Me gustaría saber qué ha pasado, si te sientes con fuerzas para contármelo.

—Todo ha ocurrido muy rápido... —Permitiéndose estar incómoda y cansada, cerró los ojos un momento—. Compramos demasiadas cosas como para cargarlas, así que Maggie se quedó esperando con los paquetes mientras yo fui a por el coche para recogerla después. Justo en el momento en que estaba saliendo del aparcamiento oí que alguien gritaba. Era el vigilante, que había visto al otro coche ir en mi dirección. Pero para entonces ya no se podía hacer nada, no hubo tiempo. Me dio por un lado. —Empezó a darse la vuelta, pero el hombre le dolió—. La grúa iba a llevarse el coche a alguna parte, no recuerdo adónde.

—Ya no importa. Después nos haremos cargo de eso. Te has dado un golpe en la cabeza —afirmó, y acercó sus dedos con suavidad a las vendas, pero no las tocó, sólo los dejó muy cerca.

—Debí de darme un golpe, sí, porque lo siguiente que recuerdo es tener un montón de gente alrededor, y la americana no hacía más que llorar y preguntarme si estaba bien. Su marido se había ido a llamar a una ambulancia. Me sentía confundida. Creo que pedí que alguien fuera a llamar a mi hermana y después los tres, Maggie,

485

Liam y yo, nos vinimos en la ambulancia. —Brianna omitió que hubo un montón de sangre, tanta que se asustó mucho, hasta que el auxiliar detuvo la hemorragia—. Lamento que Maggie no haya podido decir mucho más cuando llamó. Si hubiera esperado a que el médico terminara de examinarme, te habría ahorrado mucha preocupación.

—De todas maneras me habría preocupado. No... No puedo... —Gray cerró los ojos y luchó por encontrar las palabras—. Es difícil para mí lidiar con la idea de que estás herida, pero la realidad es, incluso, más difícil.

—Sólo son moratones y chichones.

—Y una contusión y un hombro dislocado. —Por el bien de los dos, Gray se enderezó—. Dime, ¿es cierto el mito de que si uno sufre una contusión no debe dormirse, porque si lo hace, puede que no vuelva a despertarse?

—Es un mito —contestó Brianna sonriendo de nuevo—. Pero estoy pensando seriamente en quedarme despierta uno o dos días, sólo por si acaso.

—Entonces querrás tener compañía.

—Me encantaría tener compañía. Creo que me volvería loca si me quedara sola en esta cama sin nada que hacer y sin nadie con quien hablar.

—Entonces ¿cómo lo hacemos? —Se sentó en la cama teniendo cuidado de no hacerle daño—. Probablemente aquí la comida sea asquerosa. Es una ley que cumplen todos los hospitales de los países desarrollados. Voy a salir a buscar algo de comer, unas hamburguesas con patatas fritas, tal vez, y cenaremos juntos.

—Eso me gustaría.

—Y si viene una enfermera a tratar de pincharte, le patearé el trasero.

—No me importaría que lo hicieras. ¿Harías algo más por mí?

—Simplemente dímelo.

—¿Podrías llamar a la señora O'Malley? Esta noche iba a preparar un abadejo para la cena. Sé que Murphy cuidará de *Con*, pero los Carstairs necesitan que los atiendan y mañana llegarán otros huéspedes.

Gray se llevó la mano de Brie a los labios y después descansó la frente sobre su palma.

—No te preocupes por nada. Déjame cuidarte.

Era la primera vez en su vida que Gray le hacía esa petición a alguien.

Capítulo 23

Para cuando Gray volvió con la cena, la habitación de Brianna parecía su jardín. Ramos de rosas y freesias, de altramuces y lirios y de alegres margaritas y claveles llenaban el marco de la ventana y la mesa que estaba junto a la cama.

Gray bajó el enorme ramo que llevaba en la mano para poder ver por encima de él y sacudió la cabeza.

—En comparación, mis flores parecen poca cosa.

—Claro que no. Son preciosas. Es increíble que armen tanto alboroto por un golpe en la cabeza. —Cogió el ramo de Gray con la mano ilesa, como si estuviera acunando a un bebé, y hundió la cara entre las flores—. Pero lo estoy disfrutando. Maggie y Rogan me han traído ésas, y Murphy, ésas de allá. Y ese último ramo lo han mandado los Carstairs. ¿No es un gesto bonito por su parte?

—Estaban realmente preocupados. —Gray dejó a un lado la gran bolsa de papel que llevaba en una mano—. Me pidieron que te dijera que se van a quedar una o dos noches más, dependiendo de cuándo te den el alta.

—No hay problema, por supuesto. Y saldré de aquí mañana aunque tenga que descolgarme por la ventana pared abajo. —Le lanzó una mirada anhelante a la bolsa de papel—. ¿En serio has traído algo de comer?

—Sí. Me las he arreglado para pasar la bolsa a escondidas sin que la enfermera que está de guardia, que tiene un ojo de águila, se diera cuenta.

—Ah, la señora Mannion... Terrorífica, ¿no es cierto?

—Sí, a mí también me asusta. —Acercó una silla a la cama, se sentó y metió la mano en la bolsa—. *Bon appétit* —le dijo a Brianna al tiempo que le pasaba una hamburguesa—. Ah, pero ven, dame las flores. —Se levantó de nuevo y le quitó el ramo de los brazos—. Supongo que necesitan agua, ¿no te parece? Ve comiendo —dijo, y le pasó las patatas fritas—, voy a buscar un florero.

Cuando Gray salió de la habitación, Brianna trató de mirar qué más había en la bolsa que él había dejado en el suelo, pero el hombro no la dejó moverse mucho. Entonces se recostó otra vez, mordisqueó la hamburguesa y trató de no hacer pucheros. El sonido de pasos que se dirigían a su habitación hizo que se le dibujara una amplia sonrisa en el rostro.

—¿Dónde quieres que te las ponga? —le preguntó Gray.

—En esa mesita que está allí. Sí, así. Qué bonito. Ven, Gray, que se te va a enfriar la comida.

Gray gruñó, se sentó de nuevo y sacó su hamburguesa de la bolsa.

—¿Te sientes mejor?

—No me siento lo suficientemente mal como para que me mimen de esta manera, pero me alegra que te hayas quedado a cenar conmigo.

—Es sólo el principio, cariño —replicó. Le guiñó el ojo, y con la hamburguesa a medio comer en una mano, metió la otra en la bolsa.

—Ay, Gray, un pijama... Un pijama de verdad. —Era blanco, de algodón y sin ningún adorno. Un gesto que la llenó de gratitud hasta las lágrimas—. No te imaginas todo lo que aprecio esto. Me parece horrible esta bata que te ponen aquí.

—Después de cenar te ayudo a ponértelo. Pero hay más.

—¡También unas zapatillas! Ay, y un cepillo para el pelo, gracias a Dios.

—En realidad, no puedo atribuirme el mérito por estas cosas. Fue idea de Maggie.

—Que Dios la bendiga. Y a ti.

—Me ha dicho que la blusa que llevabas puesta se ha echado a perder. —Recordó que Maggie le había dicho que había quedado cubierta de sangre y tuvo que tomarse un segundo para tranquilizarse—. Mañana nos haremos cargo de eso si te dan el alta. Bueno, ¿qué más tenemos aquí? Un cepillo de dientes, un frasquito de esa crema que usas todo el tiempo... Y casi me olvido de las bebidas. —Le ofreció un vaso de cartón que tenía una tapa de plástico con un hueco para meter una pajita—. Una cosecha excelente, me han dicho.

—Has pensado en todo.

—Absolutamente. Incluso en cómo entretenernos.

—Ah, ¡un libro!

—Una novela romántica. Tienes varias en la estantería de tu habitación.

—Me gustan. —Brianna no tuvo corazón para decirle que el dolor de cabeza no le permitiría leer—. Te has tomado muchas molestias.

—Sólo han sido unas compras rápidas. Trata de comer un poco más.

Titubeando, Brianna mordió una patata.

—Cuando vuelvas a casa, ¿podrías decirle a la señora O'Malley que le agradezco mucho toda la ayuda y que no se ponga a fregar? Yo fregaré los platos cuando vuelva.

—No voy a volver antes que tú.

—Pero no te puedes quedar aquí toda la noche...

—Claro que puedo. —Gray le dio el último mordisco a la hamburguesa, arrugó la envoltura y la tiró a la papelera—. Tengo un plan.

—Grayson, tienes que ir a casa y descansar un poco.

—Éste es el plan —le dijo, haciendo caso omiso de sus palabras—: Cuando se termine la hora de visita, me escondo en el baño hasta que las enfermeras terminen la ronda, hayan pasado por aquí y haya silencio.

—Eso es absurdo.

—No, en absoluto. Seguro que funcionará. Después seguramente apagarán las luces y tú ya estarás arropada. Entonces podré salir.

—¿Y te vas a quedar sentado en la oscuridad el resto de la noche? Grayson, no estoy en mi lecho de muerte. Quiero que te vayas a casa.

—No puedo hacerlo. Y no nos vamos a quedar en la oscuridad. —Con una sonrisa engreída en la cara, sacó su última compra de la bolsa—. ¿Ves esto? Es una lámpara para leer. Se sujeta al libro así, ¿ves?, y se usa para no molestar a tu compañero de cama cuando quieres leer hasta tarde.

—Has perdido la razón —le contestó sorprendida, y sacudió la cabeza.

—Por el contrario, estoy extremadamente lúcido. De esta manera no estaré en el hotel preocupándome y tú no estarás aquí sintiéndote sola y triste. Además, puedo leerte hasta que te canses.

—¿Leerme? —repitió Brianna en un murmullo—. ¿Vas a leerme?

—Claro. No puedo pretender que enfoques la mirada en estas letras minúsculas teniendo una contusión, ¿no te parece?

—No. —Brianna supo que nada, absolutamente nada en toda su vida la había conmovido más—. Debería hacer que te fueras, pero quiero tanto que te quedes...

—Entonces ya somos dos. ¿Sabes?, el libro parece bastante bueno según lo que dice la contraportada. «Una alianza mortal —leyó—. Katrina nunca podrá ser domada. De belleza fiera, rostro de diosa y alma guerrera, arriesgará todo por vengar el asesinato de su padre. Incluso casándose y acostándose con su más feroz enemigo». —Gray arqueó una ceja—. Vaya, qué mujer esa tal Katrina. Y el héroe no se queda atrás: «Ian nunca se rendirá. El líder de las tierras altas, audaz y marcado por la batalla, al que apodan el Señor Oscuro, luchará contra amigos y enemigos para proteger su tierra y a su mujer. Enemigos implacables, amantes implacables, esta pareja formará una alianza que la llevará hacia un destino inexorable colmado de pasión». —Le dio la vuelta al libro para ver la cubierta mientras cogía una patata—. Bastante bueno, ¿no? Y sale una pareja que también tiene bastante buen aspecto. Mira, la historia se desarrolla en Escocia en el siglo XII. Katrina es la hija única de un terrateniente viudo que la ha dejado crecer salvajemente, así que la chica hace cosas de hombres. Sabe luchar con espada y cazar con arco. Entonces urden un plan perverso y asesinan al padre, lo que convierte a Katrina en la dueña de la tierra y la siguiente presa del villano malvado y ligeramente loco. Pero nuestra Katrina no es ninguna perita en dulce.

—¿Ya lo has leído? —le preguntó Brianna sonriendo al tiempo que lo cogía de la mano.

—Lo he hojeado mientras hacía cola en la caja registradora para pagarlo. Hay una escena increíblemente erótica en la página 251. Bueno, pero ya llegaremos allí. Probablemente la enfermera vendrá a tomarte la tensión, y no queremos que la tengas desbocada. Y mejor nos deshacemos de las pruebas del delito —añadió, recogiendo las bolsas de las hamburguesas; apenas había terminado de esconderlas cuando la puerta se abrió.

La enfermera Mannion entró enérgicamente y haciendo ruido. Era enorme, como un jugador de rugby.

—Señor Thane, la hora de visita casi ha llegado a su fin.

—Sí, señora.

—Bueno, señorita Concannon, ¿cómo se siente? ¿Tiene mareo, náuseas, visión borrosa?

—No, en absoluto. Me siento bien, de verdad. De hecho, me estaba preguntando si...

—Muy bien, muy bien. —Con facilidad, la enfermera pasó por encima de la petición de Brianna, que se esperaba, de que le dieran el alta mientras tomaba notas en la historia clínica que colgaba a los pies de la cama—. Debería tratar de dormir. Estaremos haciendo rondas por las habitaciones durante la noche, cada tres horas. —Con movimientos bruscos, la enfermera puso una bandeja sobre la mesa que estaba junto a la cama.

Brianna se puso pálida con sólo echar un vistazo al contenido.

—¿Qué es eso? Ya le he dicho que me siento bien, no necesito que me pongan ninguna inyección. No quiero que me pinchen. ¡Grayson!

—Yo... —Sólo bastó que la enfermera le dedicara una mirada fulminante para que a Gray se le desvaneciera cualquier pretensión de hacerse el héroe.

—No es una inyección, sólo necesitamos una muestra de sangre.

—¿Para qué? —Dejando a un lado cualquier vestigio de dignidad, Brianna se encogió—. Ya he perdido suficiente. Tome la muestra de ésa.

—Déjese de tonterías. Páseme el brazo.

—Brie, mira aquí. —Gray entrelazó los dedos con los de ella—. Mírame. ¿Alguna vez te he hablado de mi primer viaje a México? Conocí a unas personas y me fui con ellas en su barco. Estábamos en el golfo, que es una verdadera belleza. El aire es suave y el mar, azul y cristalino. Y de repente vimos una barracuda pequeña nadando junto a nosotros. —Por el rabillo del ojo vio a la enfermera Mannion meter la aguja en la piel de Brianna y sintió que el estómago le daba un vuelco—. El caso —continuó hablando deprisa— es que uno de los tipos se fue a coger la cámara. Cuando volvió se inclinó sobre la borda para tomar la foto, pero en ese momento saltó del agua la barracuda mamá. Fue como un cuadro congelado. Miró a la cámara y sonrió con todos sus dientes, como si estuviera posando. Entonces volvió a zambullirse en el agua, empujó a su bebé y se alejaron nadando.

—Te lo acabas de inventar.

—No, es la pura verdad —le contestó, mintiendo desesperadamente—. Y el tipo sacó la foto. Me parece que se la vendió al *National Geographic*, o tal vez al *Enquirer*. Lo último que supe era que el hombre seguía en el golfo de México; tenía la esperanza de repetir la experiencia.

—Listo —dijo la enfermera poniéndole un esparadrapo en la parte interna del brazo, donde la había pinchado—. En un rato le traerán su cena, si todavía le apetece, a pesar de haberse comido una hamburguesa.

—Ah, no, gracias de todos modos. Creo que ahora sólo voy a descansar.

—Cinco minutos, señor Thane.

Grayson se rascó la barbilla cuando la puerta se cerró detrás de la enfermera Mannion.

—Supongo que no nos hemos salido con la nuestra tan bien como había pensado.

—Me has dicho que ibas a patearle el trasero a quien viniera con agujas —le dijo Brianna con un puchero.

—Ella es mucho más grande que yo. —Se inclinó sobre ella y la besó suavemente—. Pobre Brie.

Brianna golpeteó con los dedos en el libro, que yacía sobre la cama junto a ella.

—Ian nunca se hubiera amedrentado.

—Ya, pero mira qué pinta tiene. Podría luchar con un caballo y ganarle. Yo nunca podría ser el Señor Oscuro.

—En cualquier caso me quedo contigo. Barracudas sonrientes —le dijo, y se rio—. ¿Cómo se te ocurren tales cosas?

—Talento, cielo. Simple y llano talento. —Fue hasta la puerta y echó un vistazo fuera—. No la veo. Voy a apagar la luz y me meto en el baño. Le daremos diez minutos.

Gray le leyó a Brianna durante dos horas y la guio por las peligrosas y románticas aventuras de Katrina e Ian bajo la pequeña luz de la lámpara del libro. De vez en cuando le acariciaba la mano, regodeándose en el contacto.

Brianna supo que recordaría siempre el sonido de la voz de Gray, cómo imitaba el acento escocés en los diálogos sólo para divertirla. Y cómo se le veía, pensó, cómo la lamparita iluminaba su rostro y hacía que los ojos resultaran oscuros y que una sombra se proyectara sobre los pómulos. Gray era su héroe, pensó. Ahora y siempre. Cerró los ojos y dejó que las palabras que le leía fluyeran a lo largo de su cuerpo.

—«"Eres mía", dijo Ian atrayéndola hacia sus brazos, brazos fuertes que temblaban por la necesidad que lo invadía. "Por ley y por derecho, eres mía. Y estoy comprometido contigo, Katrina, desde este día, desde esta hora". "¿Y tú eres mío, Ian?". Sin temor, ella pasó sus dedos por el pelo del hombre y lo atrajo hacia sí. "¿Eres mío, Señor Oscuro?". "Nadie te ha amado más que yo", le juró él. "Nunca nadie te amará más que yo"».

Brianna se quedó dormida deseando que las palabras que Gray leía fueran suyas.

Gray la miró. Por el sonido de la respiración constante y lenta de Brianna supo que se había dormido. Entonces se permitió desmoronarse y hundió la cara en las manos. Mantenerse fuerte. Se había prometido mantenerse fuerte, pero ahora la tensión se estaba apoderando de él.

Brianna no estaba herida de gravedad, pero sin importar cuántas veces se lo recordara, no podía deshacerse del profundo terror que lo había invadido desde el momento en que Murphy había entrado en la cocina esa tarde.

No quería que ella estuviera en el hospital, toda llena de moratones y vendas. Nunca había querido pensar en el dolor de ella de ninguna manera. Pero ahora siempre lo recordaría, siempre sabría que algo había podido sucederle a Brie. Que podría no estar siempre tarareando en la cocina o cuidando de sus flores, que era como él quería que estuviera siempre.

Le enfurecía pensar que ahora tendría esa imagen de ella en el recuerdo junto a las otras. Y le enfurecía aún más saber que ella había llegado a importarle tanto como para saber que esas imágenes no se desvanecerían con el tiempo, como se le habían desvanecido cientos en el pasado.

Se acordaría de Brianna, y esa relación sería difícil de dejar. Era necesario hacerlo rápido. Meditó sobre eso ansiosamente mientras esperaba que la noche terminara. Cada vez que una enfermera entraba a ver a Brianna, Gray escuchaba desde el baño las preguntas ahogadas y las respuestas soñolientas de ella. Una vez, cuando volvió a su lado, Brie lo llamó suavemente.

—Duérmete —le dijo, y le retiró un mechón de pelo de la cara—. Todavía no ha amanecido.

—Grayson —dijo, y adormilada buscó la mano de él—, todavía estás aquí.

—Sí —replicó él, que la miró y frunció el ceño—, todavía estoy aquí.

Cuando Brianna se despertó de nuevo, ya había claridad. Sin acordarse de nada, trató de sentarse, pero el dolor sordo del hombro le devolvió de golpe a su memoria lo que había pasado. Más molesta que angustiada, se tocó con los dedos el vendaje que tenía en la cabeza y buscó con la mirada a Gray. Al no verlo, deseó que hubiera encontrado alguna cama vacía o algún sofá en la sala de espera en donde hubiera podido acostarse. Sonrió al ver las flores que él le había llevado y pensó que debía haberle dicho que se las pusiera más cerca para poder tocarlas.

Con cautela, se abrió la parte de arriba del pijama y se mordió el labio al verse. Tenía un arco iris de moratones por todo el esternón y el torso, donde la había sujetado el cinturón de seguridad. Al verse, agradeció que Gray la hubiera ayudado a ponerse el pijama en la oscuridad. Pensó que no era justo ni correcto que en los últimos días que iban a pasar juntos ella estuviera tan maltrecha. Quería estar guapa para él.

—Buenos días, señorita Concannon. Veo que ya se ha despertado. —Una enfermera entró en la habitación, toda sonrisas, juventud y salud rozagante. Brianna intentó odiarla.

—Sí, ya estoy despierta. ¿A qué hora viene el médico a darme de alta?

—Pronto empezará la ronda, no se preocupe. La enfermera Mannion me ha dicho que ha pasado una noche tranquila. —Mientras hablaba, le tomó la tensión y le metió un termómetro bajo la lengua—. ¿No se ha mareado? Eso está muy bien —dijo después de que Brianna negara con la cabeza. Vio que la tensión estaba bien, asintió con la cabeza, le sacó el termómetro de la boca y asintió de nuevo al ver el resultado—. Bueno, al parecer está usted de maravilla, ¿no?

—Estoy lista para irme a casa.

—Estoy segura de que debe de estar ansiosa. —La enfermera hizo anotaciones en la historia clínica de Brianna—. Su hermana ha llamado esta mañana, y también el señor Biggs. Un americano. Ha dicho que era él quien había chocado contra su coche.

—Sí.

—Les hemos asegurado a los dos que usted estaba descansando cómodamente. ¿Le duele el hombro?

—Un poco.

—Ya le podemos dar algo para el dolor —le dijo, leyendo la historia clínica.

—No quiero inyecciones.

—Podemos darle calmantes por vía oral —replicó con una sonrisa—. En un momento le traerán el desayuno. Ah, la enfermera Mannion me dijo que habría que traerle dos bandejas. ¿Una es para el señor Thane? —Disfrutando de la broma abiertamente, le echó una mirada a la puerta del baño—. Me voy en un segundo, señor Thane, para que pueda salir. La enfermera Mannion también me ha dicho que es un hombre de lo más atractivo —le susurró la enfermera a Brianna—. Dice que tiene una sonrisa matadora.

—Así es.

—Qué suerte la suya. Le voy a traer algo para el dolor.

Cuando la enfermera se fue y cerró la puerta tras de sí, Gray salió del cuarto de baño, frunciendo el entrecejo.

—¿Acaso esa mujer tiene un radar?

—¿Realmente estabas en el baño? Ay, Gray, pensaba que habrías encontrado algún lugar donde dormir. ¿Has estado despierto toda la noche?

—Estoy acostumbrado a estar despierto toda la noche. Oye, estás mucho mejor. —Se le acercó y las arrugas del ceño se fueron desvaneciendo para ser sustituidas por una expresión de alivio—. Realmente tienes mucho mejor aspecto.

—No quiero pensar en la pinta que tengo. Tú pareces cansado.

—No me siento cansado ahora. Lo que estoy es muerto de hambre —le contestó, poniéndose una mano sobre el estómago—, pero cansado no. ¿Qué crees que nos darán de comer?

* * *

—No vas a llevarme en brazos hasta la casa.

—Por supuesto que voy a hacerlo. —Gray dio la vuelta al coche y abrió la puerta del copiloto—. El médico ha dicho que podías venir a casa sólo si te lo tomabas con calma, descansabas todas las tardes y evitabas levantar peso.

—Pues bien, no estoy cargando nada, ¿no es cierto?

—Tú no, pero yo estoy a punto de hacerlo. —Teniendo cuidado de no golpearle el hombro, deslizó un brazo por detrás de la espalda de Brianna y el otro por debajo de las rodillas—. Se supone que las mujeres piensan que este tipo de cosas son románticas.

—En otras circunstancias. Puedo caminar, Grayson. No tengo nada malo en las piernas.

—Nada de nada. Al contrario, son fantásticas —dijo, y le dio un beso en la punta de la nariz—. ¿Acaso no lo había mencionado antes?

—Creo que no lo habías hecho. —Le sonrió, a pesar del hecho de que le había golpeado el hombro y le estaban doliendo los moratones del pecho. Después de todo, lo que contaba era la idea—. Bueno, ya que estás jugando a ser el Señor Oscuro, méteme en casa. Y espero que me des un beso. Un buen beso.

—Te has vuelto tremendamente exigente desde que te diste ese golpe en la cabeza —comentó él, y anduvo con ella en brazos a lo largo del camino de entrada—, pero creo que te perdonaré.

Antes de que llegaran a la puerta, ésta se abrió de golpe y Maggie salió como una exhalación.

—Por fin llegáis. Parece que habéis tardado una eternidad. ¿Cómo estás, Brie?

—Me estáis mimando, y si no tenéis cuidado, puede que me acostumbre a ello.

—Llévala dentro, Gray. ¿Hay algo en el coche que necesite mi hermana?

—Como ciento cincuenta mil flores.

—Yo las traigo. —Maggie se dirigió al coche mientras los Carstairs salieron al vestíbulo desde la sala.

—Ay, Brianna, pobrecilla, querida Brianna. Hemos estado tan preocupados... Johnny y yo a duras penas pudimos pegar ojo anoche. Te imaginábamos en el hospital toda magullada. A mí los hospitales me parecen de los sitios más deprimentes. No me imagino por qué hay gente que decide trabajar en uno, ¿tú sí? ¿Quieres tomar un té o prefieres que te traiga un pañito frío para la cabeza? ¿Necesitas algo?

—No, Iris, muchas gracias —logró contestar Brianna entre toda la verborrea de la mujer—. Lamento haberles preocupado, pero ha sido algo de poca importancia, de verdad.

—Tonterías. Un accidente automovilístico, una noche en el hospital, una contusión... Ay, ¿te duele la pobre cabecita?

Estaba empezando a dolerle.

—Nos alegra que estés de vuelta en casa —agregó Carstairs, y le dio unas palmaditas en la mano a su mujer para calmarla.

—Espero que la señora O'Malley les haya hecho sentir cómodos.

—Te aseguro que es un tesoro.

—¿Dónde quieres que te las ponga, Brie? —le preguntó Maggie detrás de una selva de flores.

—Ah, pues...

—Las voy a poner en tu habitación —decidió su hermana por sí misma—. Rogan vendrá a verte en cuanto Liam se despierte de la siesta. Y te ha llamado el pueblo entero y te han mandado suficientes tartas y bizcochos como para alimentar a un ejército durante una semana.

—Aquí está nuestra niña. —Lottie salió de la cocina secándose las manos en un trapo.

—Lottie, no sabía que estabas aquí.

—Por supuesto que sí. No me iré sin ver que estás instalada y bien cuidada. Grayson, llévala directamente a su habitación. Necesita descansar.

—No, por favor. Grayson, bájame.

Grayson sólo la acomodó mejor.

—Te superamos en número. Y si no te comportas, no te leeré el resto del libro.

—Esto es una tontería. —Sin importar sus protestas, Gray la llevó a su habitación y la acostó en la cama—. Me daría lo mismo que me llevaran de vuelta al hospital.

—No montes numeritos. Te voy a preparar un té —le dijo Lottie mientras le arreglaba la almohada y le estiraba la sábana—. Cuando te lo tomes, te echarás una siesta. Van a venir muchas personas a visitarte, y las primeras no tardarán, pero antes necesitas descansar.

—Al menos déjame tener mi labor a mano.

—Lo decidiremos después. Gray, por favor, acompáñala y comprueba que se comporte.

Brianna hizo un puchero y cruzó los brazos.

—Vete —le dijo—. No te necesito cerca si no puedo contar contigo.

—Vaya, vaya. Por fin la verdad sale a la luz. —Sin quitarle la mirada de encima, Gray se recostó contra el marco de la puerta—. Sí que eres una arpía, ¿verdad?

—¿Una arpía, te parece? Me quejo porque no hacéis más que mangonear y darme órdenes: ¿eso me convierte en una arpía?

—Estás haciendo pucheros y quejándote porque te estamos cuidando y porque nos preocupamos por ti. Eso te convierte en una arpía.

Brianna abrió la boca para contestar, pero la cerró de nuevo.

—Pues bien, entonces lo soy —dijo finalmente.

—Ya es hora de que te tomes las pastillas —replicó Gray sacando de un bolsillo el frasco de pastillas y yendo al baño a llenar un vaso de agua.

—Me adormilan —murmuró Brianna cuando Gray se acercó con el vaso y la pastilla en la mano.

—¿Quieres que te tape la nariz para que tengas que abrir la boca y entonces te meta la pastilla y te obligue a tragar?

Imaginarse tal humillación hizo que le arrebatara de la mano la pastilla y el vaso.

—Ya está. ¿Contento?

—Estaré contento cuando te deje de doler.

Brianna no pudo seguir riñendo.

—Lo siento, Gray. Me estoy portando muy mal.

—Estás dolorida. —Se sentó en el borde de la cama y la tomó de la mano—. Yo también he estado así un par de veces. El primer día es un horror. El segundo, un infierno.

—Pensaba que hoy estaría mejor —dijo Brianna con un suspiro—. Y estoy furiosa por que no es así. No quería desquitarme contigo.

—Aquí está tu té, muñeca. —Lottie entró y le puso a Brianna el plato con la taza en la mano—. Y ahora vamos a quitarte los zapatos para que estés más cómoda.

—Lottie, gracias por estar aquí.

—No tienes que agradecerme eso. La señora O'Malley y yo nos encargaremos de que el hotel funcione hasta que te sientas bien de nuevo. No tienes que preocuparte por nada. —Le cubrió las piernas con una fina manta—. Grayson, procura que ahora descanse, ¿de acuerdo?

—Puede contar con ello. —Siguiendo un impulso, se puso de pie y le dio a Lottie un beso en la mejilla—. Es usted un encanto, Lottie Sullivan.

—Ay, no sigas —replicó, y sonrojándose de placer, Lottie se apresuró hacia la cocina.

—Tú también lo eres, Grayson Thane —murmuró Brianna—. Un encanto.

—Sigue, sigue —le dijo, y ladeó la cabeza—. ¿Lottie sabe cocinar?

Brianna se rio, que era lo que él esperaba que hiciera.

—Nuestra Lottie es muy buena cocinera. Y no te costará lograr que te prepare una tarta de fruta. Si es que te apetece.

—Lo tendré en mente. Maggie ha traído el libro —anunció, y lo cogió de la mesilla de Brianna, que era donde Maggie lo había dejado—. ¿Estás de ánimo para otro capítulo de abrasador romance medieval?

—Sí, claro.

—Anoche te quedaste dormida mientras te leía —le dijo mientras pasaba las páginas del libro—. ¿Qué es lo último que recuerdas?

—Que Ian le decía a Katrina que la amaba.

—Como si eso me indicara dónde nos quedamos.

—La primera vez. —Brianna le dio una palmada a la cama para invitar a Gray a que se sentara a su lado—.

Nadie olvida la primera vez que oye que se lo dicen. —Los dedos de Gray se movieron por las páginas del libro, calmadamente, y él no dijo nada. Entendiendo, Brianna le tocó el brazo—. No debes dejar que te preocupe, Grayson. Se supone que lo que siento por ti no debe ser motivo de preocupación.

Pero le preocupaba. Por supuesto que le preocupaba. Sin embargo, había algo más, y Gray pensó que por lo menos podía darle eso.

—Me hace sentir humilde, Brianna. —Levantó la mirada, esos ojos de color café con vetas doradas tan inciertos—. Y me asombra.

—Un día, cuando recuerdes la primera vez que lo oíste, espero que te complazca. —Satisfecha por el momento, bebió de su té y sonrió—. Cuéntame una historia, Grayson.

Capítulo 24

Gray no se fue el primero de junio, como había planeado. Pudo haberlo hecho. Sabía que debía haberlo hecho, pero no le parecía correcto, y se le antojó cobarde irse antes de estar seguro de que Brianna estaba recuperada del todo.

Le quitaron los vendajes. Vio por sí mismo los moratones y le puso hielo sobre el hombro hinchado. Sufría cuando, estando dormida, Brianna se movía y se causaba dolor. La reñía cuando le pasaba con demasiada frecuencia.

No le había vuelto a hacer el amor.

La deseaba todo el tiempo. Al principio temía que incluso la más ligera de las caricias pudiera hacerle daño. Después decidió que era mejor así. Pensó que sería como un paso progresivo entre ser amantes, ser amigos y ser un recuerdo. Con certeza sería más fácil para los dos si pasaban sus últimos días juntos como amigos en lugar de absortos en la pasión.

Había terminado el libro, pero todavía no lo había enviado. Gray se convenció a sí mismo de que lo mejor sería desviarse rápidamente de su gira y pasar por Nueva York para entregárselo personalmente a Arlene. Si pensaba de cuando en cuando en que le había pedido a Brianna que se tomaran unas vacaciones juntos, se dijo a sí mismo que estaba mejor en el olvido. Por el bien de ella, por supuesto. Sólo estaba pensando en ella.

La vio, a través de la ventana, mientras descolgaba la ropa de las cuerdas. Tenía el pelo suelto y le ondeaba a la fuerte brisa de los condados del oeste. Detrás de ella se alzaba el invernadero terminado, que resplandecía al sol. A su lado, flores que ella misma había sembrado se balanceaban y bailaban al ritmo del viento. La vio mientras ella cogía cada pinza, la volvía a dejar en su lugar y pasaba a la siguiente mientras iba recogiendo las sábanas.

Brianna era, pensó Gray, como una postal. Personificaba un lugar, una época y un estilo de vida. Día tras día, pensó, y año tras año, Brianna colgaría su ropa y sus sábanas para que se secaran al sol y al viento. Y las recogería de nuevo. Y con ella, y las demás como ella, la repetición no sería monótona. Sería lo que hace la tradición, que la convertía en un ser fuerte y fiable. Extrañamente molesto, salió de la casa.

—Estás usando demasiado el brazo.

—El médico dijo que era bueno ejercitarlo —dijo, mirándolo por encima del hombro. La sonrisa que se le dibujó en la cara no alcanzó sus ojos, y había sido así los últimos días. Él se estaba alejando de ella tan rápidamente que no podía seguirle el paso—. Apenas siento una punzada ahora. ¿No te parece un día magnífico? La familia que se está quedando con nosotros se ha ido a la playa de Ballybunion. Mi padre solía llevarnos a Maggie y a mí a esa playa para que nadáramos y nos compraba cucuruchos de helado.

—Si querías ir a la playa, sólo tenías que habérmelo dicho. Te habría llevado.

El tono de la voz de Gray hizo que a Brianna se le pusiera rígida la columna. Los movimientos de sus manos se hicieron más marcados a medida que seguía descolgando la ropa.

—Es muy amable por tu parte, Grayson, pero no tengo tiempo para ir a la playa. Tengo mucho trabajo que hacer.

—Lo único que haces es trabajar —explotó él—. Te partes el lomo por este lugar. Si no estás cocinando, estás fregando; si no estás fregando, estás lavando. Por Dios santo, Brianna, sólo es una casa.

—No. —Dobló por la mitad una funda de almohada y después otra vez por la mitad antes de ponerla en la cesta que tenía a los pies—. Es mi hogar y me complace cocinar en él, fregar en él y lavar en él.

—Y nunca ves más allá de él.

—¿Y hacia dónde estás mirando tú, Grayson Thane, que es tan importante? —Ahogó la rabia que le hervía dentro y la enmascaró con frialdad—. ¿Y quién te crees que eres para venir a criticarme por construir un hogar para mí misma?

—¿Es un hogar... o una trampa?

Brianna se dio la vuelta. Sus ojos no reflejaban ni calor ni frío, sino un enorme dolor.

—¿Es así como realmente piensas en el fondo de tu corazón? ¿Estás convencido de que ambas cosas son iguales y que así debe ser? Si es así, de verdad, lo siento mucho por ti.

—No quiero tu compasión —le espetó él—. Lo único que estoy diciendo es que trabajas demasiado por muy poco.

—No estoy de acuerdo contigo, ni tampoco es lo único que has dicho. Tal vez es lo único que has querido decir. —Se agachó y cogió la cesta de la ropa—. Y es más de lo que me has dicho durante estos últimos cinco días.

—No seas ridícula. —Se acercó para quitarle la cesta de las manos, pero ella retrocedió y no lo dejó—. Hablo contigo continuamente. Déjame llevar la cesta.

—Yo puedo cargarla sola, no soy una maldita inválida. —Con impaciencia, se acomodó la cesta entre el brazo y la cadera—. Has hablado a mi alrededor y te has dirigido a mí, Grayson, estos últimos días, pero hablarme a mí, de cualquier cosa que hubieras estado pensando o sintiendo realmente, no, no lo has hecho. No me has hablado y tampoco me has tocado. ¿No sería más honesto que me dijeras simple y llanamente que ya no me deseas?

—No... —Brianna ya estaba pasando de largo frente a él y hacia la casa. Gray extendió la mano para detenerla, pero se contuvo y no lo hizo—. ¿De dónde has sacado esa idea tan absurda?

—Todas las noches —empezó, y después de entrar, Brianna soltó la puerta, que casi se estrelló contra la cara de Gray— duermes conmigo, pero no me tocas. Y si me vuelvo hacia ti, me das la espalda.

—Pero ¡si acabas de salir del puto hospital!

—Hace dos semanas que salí del hospital. Y no sueltes tacos. O si necesitas hacerlo, por lo menos no mientas. —Puso la cesta sobre la mesa de la cocina—. Lo que pasa es que estás ansioso por irte de aquí y no sabes cómo hacerlo con estilo. Y estás cansado de mí. —Sacó una sábana de la cesta y la dobló con pulcritud, esquina con esquina—. Pero tampoco sabes cómo decírmelo.

—Eso es una mierda, ¡pura mierda!

—Cómo merma tu habilidad con las palabras cuando te enfureces... —Pasó la sábana sobre el brazo en un movimiento experto para unir el extremo superior con el inferior—. Estás pensando: «Pobre Brie, se le va a partir el corazón por mí». Pues entérate: no será así. —Hizo otro doblez y la sábana quedó convertida en un pulcro cuadrado que puso sobre la limpia mesa de la cocina—. Me iba bastante bien antes de que llegaras y será igual cuando te vayas.

—Palabras bastante frías para provenir de alguien que dice estar enamorada.

—Estoy enamorada de ti, Grayson. —Sacó otra sábana y empezó tranquilamente la misma rutina—. Lo que sin lugar a dudas me convierte en una imbécil, por amar a un hombre tan cobarde que le teme a sus propios sentimientos. Tiene miedo de amar porque no tuvo amor cuando era un niño. Y tiene miedo de tener un hogar porque nunca ha tenido uno.

—No estamos hablando de lo que fui —dijo Gray llanamente.

—No, claro que no. Tú crees que puedes huir de tu pasado y lo haces cada vez que preparas el equipaje y saltas al próximo avión o tren. Pero resulta que a la larga no puedes hacerlo. No más que yo quedándome en un solo lugar y fingiendo que crecí feliz en él. A mí también me hizo falta mi cuota de amor, pero no lo temo. —Más calmada ahora, puso sobre la mesa la segunda sábana doblada—. No tengo miedo a amarte, Grayson. Y no tengo miedo a dejarte ir. Pero lo que sí temo es que ambos lamentemos después no habernos separado honestamente.

Gray no podía escaparse de la comprensión sosegada que reflejaban los ojos de Brianna.

—No sé qué quieres, Brianna —dijo, y sintió miedo, por primera vez en su vida adulta, de no saber por sí mismo qué era lo que quería. Para sí mismo.

Era difícil para ella decirlo, pero pensó que sería incluso más difícil no hacerlo.

—Quiero que me toques, que te acuestes conmigo. Y si ya no me deseas más, me dolería mucho menos si me lo dijeras claramente.

Gray se quedó mirándola en silencio. No podía ver lo difícil que era para ella, porque ella no se lo permitía. Sólo se quedó de pie allí, con la espalda recta y la mirada levantada, esperando.

—Brianna, no puedo respirar sin desearte.

—Entonces tómame, ahora, a la luz del día.

Sintiéndose derrotado, Gray se acercó a ella y le puso las manos alrededor de la cara.

—Quería hacértelo más fácil.

—No lo hagas. Simplemente quédate conmigo ahora, por ahora. —Gray la levantó entre sus brazos, lo que la hizo sonreír, y entonces presionó los labios contra la garganta de él—. Justo como en el libro.

—Mejor —le prometió él mientras la llevaba hacia la habitación—. Esto será mejor que cualquier libro. —La volvió a dejar en el suelo y le quitó de la cara el pelo revuelto por el viento antes de empezar a desabrocharle los botones de la blusa—. He sufrido estando acostado a tu lado sin tocarte.

—No había necesidad.

—Pensaba que sí. —Suavemente dibujó con el dedo los contornos de las marcas amarillentas que había en la piel de ella—. Todavía tienes moratones.

—Ya están desapareciendo.

—Siempre recordaré cómo eran. Y cómo se me encogió el estómago cuando los vi y cómo me ponía tenso cuando gemías mientras dormías. —Con un poco de desesperación, Gray fijó la mirada en los ojos de ella—. No quiero que nadie me importe tanto, Brianna.

—Ya lo sé. —Se inclinó hacia él y presionó la mejilla contra la suya—. No te preocupes por eso ahora. Aquí sólo estamos los dos, y te he echado tanto de menos... —Con los ojos a medio cerrar, dibujó una línea de besos sobre la mandíbula de Gray mientras le abría la camisa—. Ven a la cama conmigo, Grayson —murmuró al tiempo que le quitaba la camisa—. Ven conmigo.

El colchón suspiró, se escuchó un crujir de sábanas y ya estaban cada uno en los brazos del otro. Brianna levantó la cara y buscó la boca de él. El primer estremecimiento de placer la recorrió y después de nuevo cuando el beso se hizo más profundo.

Los dedos de Gray se sentían fríos contra la piel de Brianna. La desnudó con maniobras suaves y entonces empezó a recorrer con los labios los moratones que estaban desvaneciéndose, como si con el mero deseo pudiera hacerlos desaparecer del todo.

Un pájaro trinó desde un pequeño peral del jardín y la brisa hizo que el móvil de las hadas, que Brianna había colgado en cuanto había podido, cantara y que las cortinas de encaje ondearan. El viento también acarició la espalda desnuda de Gray, que se puso sobre ella y descansó su mejilla sobre el corazón de Brianna, un gesto que la hizo sonreír y acunar la cabeza de él entre sus manos.

Todo era tan sencillo... Un momento dorado que Brianna atesoraría toda su vida. Y cuando Gray levantó la cabeza y sus labios buscaron los de ella otra vez, le sonrió a los ojos.

Entonces irrumpió la necesidad, pero sin prisas, y el anhelo, sin desesperación. Si alguno de los dos pensó que ésa podría ser su última vez juntos, buscó saborear en lugar de urgir. Brianna suspiró su nombre, con el aliento entrecortado. Gray tembló.

Entonces la penetró, manteniendo un ritmo dolorosamente lento. Ambos mantuvieron los ojos abiertos y entrelazaron los dedos, palma con palma, cerrando el vínculo de sus manos.

Un rayo de sol entró por la ventana y motas de polvo bailaron en el resplandor. Se escuchó la llamada de un pájaro y los ladridos de un perro. Y el ambiente se colmó del perfume de las rosas, el aroma a cera de limón y a madreselva. Y la sensación de Brianna, la tibia y húmeda sensación de su cuerpo cediendo debajo del de él, ascendiendo para encontrarse con él. Todos sus sentidos se concentraron en el acto, como un microscopio que se enfoca en algo.

Entonces todo fue placer. La sencilla y pura alegría de perder todo lo que Gray era dentro de ella.

Para la cena Brianna supo que Gray se iba. Ya lo había sabido en su corazón cuando se habían quedado abrazados en silencio después de hacer el amor, contemplando los rayos de sol que se colaban por la ventana.

Les sirvió la cena a sus huéspedes y escuchó su alegre cháchara sobre su espléndido día en la playa. Como siempre, ordenó la cocina, fregó los platos, los secó y los guardó en el armario. Limpió los fuegos, pensando otra vez que tendría que reemplazarlos pronto. Tal vez en invierno. Tendría que comenzar a mirar precios.

Con empezó a olisquear por debajo de la puerta y Brianna lo dejó salir para que se diera su caminata de última hora. Se quedó un momento allí, viendo a su perro correr sobre las colinas a la brillante luz del sol de la larga tarde veraniega.

Se preguntó qué se sentiría al correr como él. Sencillamente correr como *Con* lo estaba haciendo en ese momento y olvidarse de todos los pequeños detalles de preparar la casa para la noche. Olvidarse, más que nada, de lo que iba a tener que afrontar. Pero, por supuesto, volvería. Ése era el lugar al que ella siempre volvería. Se dio la vuelta y cerró la puerta tras de sí. Se dirigió a su habitación un instante antes de subir a la de Gray.

Él estaba de pie junto a la ventana, mirando hacia el jardín delantero. La luz que todavía brillaba en el cielo del oeste iluminaba a Gray de tal manera que la hizo pensar, como lo había hecho tantos meses antes, en piratas y poetas.

—Temía que ya hubieras terminado de hacer las maletas. —Brianna le echó una mirada a la maleta abierta casi llena que descansaba sobre la cama. Apretó los dedos contra el suéter que llevaba entre las manos.

—Iba a bajar a hablar contigo. —Preparado, se volvió hacia Brianna, deseando poder leer algo en la expresión de ella. Pero Brie había logrado encontrar la manera de cerrarse a él—. Creo que podría llegar a Dublín esta noche.

—Es un viaje largo, pero tendrás luz todavía un rato más.

—Brianna...

—Quiero darte esto —lo interrumpió, hablando deprisa. Por favor, quiso suplicar, sin excusas, sin disculpas—. Lo he hecho para ti.

Gray bajó la mirada hacia las manos de Brianna. Recordó la lana de color verde oscuro, cómo ella había estado tejiendo esa noche en la que él había ido a su habitación tarde y le había reñido. Recordaba cómo se había derramado sobre el blanco de su pijama.

—¿Lo has hecho para mí?

—Sí. Es un suéter. Puede que te sirva durante el otoño o el invierno. —Caminó hacia él y levantó el suéter para medirlo—. He hecho las mangas un poco más largas porque tienes los brazos largos.

El ya de por sí inestable corazón de Gray dio un brinco en cuanto tocó el suéter. En toda su vida nadie le había hecho nada.

—No sé qué decir.

—Siempre que me has dado un regalo me has dicho que diga gracias.

—Así es. —Lo tomó entre las manos, sintió la suavidad y la calidez en sus palmas—. Gracias.

—De nada. ¿Necesitas ayuda para terminar de guardarlo todo? —Sin esperar una respuesta, tomó el suéter, lo dobló y lo metió en la maleta—. Tú debes de tener más experiencia con el equipaje, lo sé, pero supongo que puede parecerte tedioso hacerlo.

—Por favor, no. —Le puso una mano sobre el hombro, pero cuando ella no levantó la mirada, la dejó caer de nuevo—. Tienes todo el derecho a estar molesta.

—No, no lo tengo. Y no lo estoy. No me hiciste ninguna promesa, Grayson, de modo que no has incumplido ninguna. Sé que eso es importante para ti. ¿Ya has revisado los cajones? Te sorprendería saber lo que a veces olvida la gente en los cajones.

—Tengo que irme, Brianna.

—Ya lo sé. —Para mantener las manos ocupadas, abrió y cerró cada uno de los cajones de la cómoda. Sintió una angustia dolorosa al comprobar que todos estaban vacíos.

—No puedo quedarme aquí. Cuanto más tiempo me demore, más difícil será. Y yo no puedo darte lo que necesitas. O lo que pienso que necesitas.

—Lo siguiente que me vas a decir es que tienes alma de cíngaro, pero no hay necesidad de que lo hagas. Ya lo sé. —Cerró el último cajón y se dio la vuelta—. Lamento lo que te he dicho hace un rato. No quiero que te vayas recordando las palabras amargas que nos hemos dicho, cuando ha habido mucho más que eso. —Cruzó las manos, haciendo acopio de todo su control—. ¿Quieres que te prepare algo de comer para el viaje? ¿O un termo de té, tal vez?

—Déjate del rollo de la anfitriona comedida. Por Dios santo, te estoy abandonando, Brianna. Te estoy dejando.

—Te vas —le contestó con voz fría y calmada—, como siempre me dijiste que harías. Tal vez sería más fácil para tu conciencia que llorara, rogara y montara una escena, pero ese comportamiento no va conmigo.

—Entonces así están las cosas —le dijo Gray, y echó con furia unos calcetines en la maleta.

—Hiciste tu elección y te deseo toda la felicidad del mundo. Eres bienvenido a volver, por supuesto, si viajas de nuevo por estas tierras.

—Te lo haré saber —dijo. La miró con agudeza y cerró la maleta de un golpe.

—Te ayudo a bajar tus cosas —replicó, y se acercó para coger la bolsa de lona, pero él la agarró primero.

—Yo las metí, yo las sacaré.

—Como quieras. —Entonces se le desgarró el corazón al acercarse a él y darle un beso ligero en la mejilla—. Cuídate, Grayson.

—Adiós, Brie. —Bajaron juntos la escalera. Gray no dijo nada más hasta que llegaron a la puerta principal—. No te voy a olvidar.

—Eso espero.

Brianna lo acompañó parte del camino hacia el coche, pero se detuvo en la puerta del jardín. Lo vio meter el equipaje en el maletero y luego ponerse al volante. Le sonrió, levantó una mano y se despidió agitándola; después caminó de vuelta hacia la casa y entró sin mirar atrás.

Una hora más tarde, Brianna estaba sola en la sala con su cesta de costura. Escuchó las risas que se oían al otro lado de la ventana y cerró los ojos un momento.

Cuando Maggie entró con Rogan y Liam, estaba cortando una hebra de hilo y sonriendo.

—Vaya, qué tarde andáis hoy fuera de casa.

—Liam estaba inquieto. —Maggie se sentó y levantó los brazos para que Rogan pudiera pasarle al bebé—. Pensamos que tal vez le gustaría tener algo de compañía. Y he aquí la imagen: la dueña de la casa sentada en la sala remendando.

—Tengo un montón de cosas por remendar acumuladas. ¿Queréis tomar algo? ¿Rogan?

—No podría rechazar un trago —contestó Rogan dirigiéndose al aparador—. ¿Maggie?

—Sí, un whisky me vendría bien, gracias.

—¿Brie?

—Bueno, gracias. Un whisky también. —Enhebró la aguja e hizo un nudo al final del hilo—. ¿Va bien tu trabajo, Maggie?

—Es fantástico poder volver a trabajar. Sí, va bien —respondió, plantándole un ruidoso beso a Liam en los labios—. Hoy he terminado una pieza. Fue Gray con su cháchara sobre esas ruinas a las que les tiene tanto afecto quien me dio la idea. Me parece que ha quedado bien. —Cogió el vaso que Rogan le ofrecía y lo levantó—. Brindemos por una noche tranquila.

—No voy a discutirte ese brindis —le dijo su marido con fervor, y bebió.

—Liam no cree que entre las dos y las cinco de la mañana sea hora de dormir. —Riéndose, Maggie recostó a Liam contra su hombro—. Queríamos decirte, Brie, que el detective ha rastreado a Amanda Dougherty hasta... ¿Cómo se llama ese lugar, Rogan?

—Michigan. Tiene una pista de ella y el hombre con quien se casó. —Le lanzó una mirada a su mujer—. Y su hija.

—Tuvo una niña, Brie —murmuró Maggie, abrazando a su bebé—. El detective encontró el certificado de nacimiento. Amanda la llamó Shannon.

—Por el río —susurró Brianna, y sintió que las lágrimas le subían por la garganta—. Tenemos una hermana, Maggie.

—Así es. Puede que la encontremos pronto, para bien o para mal.

—Eso espero. Me alegra que hayáis venido a contármelo. —Ayudaba un poco, aliviaba en algo el ardor que tenía en el corazón—. Será bueno pensar en ello.

—Tal vez tengamos que pensarlo un rato largo —les advirtió Rogan—. El detective está siguiendo una pista que tiene veinticinco años.

—Entonces tendremos paciencia —contestó Brianna quedamente.

Lejos de estar segura de qué le parecía todo eso, Maggie cambió de posición a Liam y buscó otro tema de conversación.

—Me gustaría mostrarle las piezas que he terminado a Gray, para ver si reconoce la inspiración. ¿Dónde está? ¿Trabajando?

—Gray se ha ido. —Brianna pasó con exactitud la aguja por el agujero de un botón.

—¿Adónde se ha ido? ¿Al pub?

—No. A Dublín, creo, o a cualquier parte que lo lleve el camino.

—¿Quieres decir que se ha marchado? ¿Del todo? —Maggie se levantó de golpe, lo que hizo que Liam se riera de regocijo por el movimiento inesperado.

—Sí, hace como una hora.

—¿Y tú estás aquí cosiendo?

—¿Qué debería estar haciendo? ¿Azotándome?

—Azotándolo a él, más bien. Ese yanqui bastardo... Y pensar que había llegado a caerme bien...

—Maggie... —Rogan le puso una mano en el brazo en señal de advertencia—. ¿Estás bien, Brianna?

—Estoy bien, gracias, Rogan. No te lo tomes tan en serio, Maggie. Gray está haciendo lo que es correcto para él.

—Al diablo lo que es correcto para él. ¿Qué hay de ti? Coge a Liam, ¿vale? —le dijo con impaciencia a Rogan. Después, con los brazos libres, fue a arrodillarse ante su hermana—. Sé lo que sientes por él, Brie, y no logro entender cómo ha podido irse de esta manera. ¿Qué te respondió cuando le pediste que se quedara?

—No le pedí que se quedara.

—No le... ¿Por qué diablos no?

—Porque habérselo pedido nos habría hecho infelices a los dos. —Se pinchó en el pulgar con la aguja y entonces maldijo por lo bajo—. Además, tengo mi orgullo.

—De mucha utilidad es ese enorme orgullo tuyo. Apuesto a que le ofreciste hacerle sándwiches para el camino.

—Así es.

—¡Dios! —Molesta, Maggie se puso de pie y empezó a caminar de un lado a otro—. No hay manera de razonar contigo. Nunca la ha habido.

—Estoy seguro de que estás haciendo sentir a Brianna mucho mejor con tu rabieta —le dijo Rogan a su mujer secamente.

—Sólo estaba... —empezó, pero se mordió la lengua al ver la mirada de su marido—. Por supuesto, tienes razón. Lo siento, Brie. Si quieres, puedo quedarme un rato acompañándote. O, si prefieres, puedo coger algunas cosas para Liam y ambos nos quedaremos a pasar la noche contigo.

—No, Maggie, gracias. Los dos debéis estar en vuestro hogar. Estaré bien sola. Siempre ha sido así.

Gray estaba casi llegando a Dublín y la escena seguía repitiéndose en su cabeza. El final del libro, el maldito final, no estaba bien. Por eso se mostraba tan irritable.

Debía haberle mandado a Arlene el manuscrito por correo y olvidarse de él. De haberlo hecho, esa última escena no estaría ahora taladrándole el cerebro y él podría estar jugueteando con una nueva historia. Pero no podía pensar en otra cuando no era capaz de soltar la última en la que había trabajado.

McGee se había marchado porque había terminado lo que había ido a hacer a Irlanda. Iba a retomar su vida donde la había dejado, a continuar con su trabajo. Tenía que seguir adelante porque... porque tenía que hacerlo, pensó Gray, cada vez más irritado.

Y Tulia se había quedado porque su vida era su casa, la tierra que la rodeaba y la gente de su comunidad. Ella era feliz allí, tan feliz como nunca podría serlo en ninguna otra parte. Brianna... Tulia, se corrigió, se marchitaría sin sus raíces.

Ese final tenía sentido. Era perfectamente plausible y encajaba con la personalidad de ambos personajes y su temperamento. Pero, entonces, ¿por qué lo estaba fastidiando como una muela picada?

Ella no le había pedido que se quedara, pensó. Y no había derramado ni una lágrima. Cuando se sorprendió a sí mismo de nuevo pensando en Brianna en lugar de en Tulia, maldijo y apretó el acelerador hasta el fondo.

Así se suponía que debía ser, se recordó a sí mismo. Brianna era una mujer sensata y razonable. Esa característica era una de las que más admiraba. Y si era cierto que lo amaba tanto, lo mínimo que podía haber hecho habría sido decirle que lo iba a echar de menos.

No quería que lo echara de menos. No quería que le dejara una luz encendida en la ventana, ni que le doblara los calcetines ni que le planchara las camisas. Pero lo que más quería era que no se le colara en el pensamiento.

Él era un trotamundos, libre como el viento, siempre lo había sido y necesitaba serlo. Tenía lugares a los que ir, sólo era cuestión de clavar una chincheta en un mapa. Podía tomarse unas vacaciones en alguna parte antes de la gira y después se le abrirían nuevos horizontes que explorar.

Ésa era su vida. Empezó a golpetear impacientemente con un dedo sobre el volante. Le gustaba su vida. Y estaba a punto de retomarla, como McGee.

Como McGee, pensó, frunciendo el ceño.

Las luces de Dublín resplandecieron a manera de bienvenida. Le relajó verlas, saber que había llegado a donde tenía planeado llegar. No le importó el tráfico. Por supuesto que no le importó. O el ruido. Había pasado demasiado tiempo lejos de las ciudades.

Lo que necesitaba ahora era encontrar un hotel y registrarse. Lo único que quería era la oportunidad de estirar las piernas después de un viaje tan largo y tomarse uno o dos whiskys.

Gray aparcó y apagó el coche. Apoyó la cabeza en el respaldo del asiento. Lo único que quería era una cama, un trago y una habitación silenciosa. Eso era todo.

Brianna se levantó al alba. No tenía sentido quedarse acostada y fingir que podía dormir cuando no era así. Amasó el pan y lo dejó a un lado para que creciera antes de preparar la primera jarra de té.

Se tomó una taza en el jardín trasero, pero no pudo tranquilizarse. Ni siquiera un paseo por su invernadero la complació, de modo que decidió entrar en la casa de nuevo y poner la mesa para el desayuno.

Fue bueno que sus huéspedes planearan irse temprano. A las ocho de la mañana ya les había dado el desayuno y los había visto ponerse en camino.

Pero ahora estaba sola. Con certeza, encontraría sosiego si llevaba a cabo su rutina, de manera que organizó la cocina. Después, en el segundo piso, quitó las sábanas usadas de las camas y las cambió por las limpias que había descolgado de la cuerda el día anterior. Recogió las toallas húmedas y las reemplazó por otras secas.

Y se dijo a sí misma que no podía esperar, no debía hacerlo, así que entró en la habitación donde había trabajado Grayson. Necesitaba una buena limpieza, pensó después de pasar suavemente un dedo sobre el borde del escritorio. Entonces colocó la silla, apretando los labios.

¿Cómo habría podido saber que iba a sentirse tan vacía?

Se sacudió. Después de todo, no era más que una habitación, que ahora esperaba al nuevo huésped que acogería. Entonces se prometió que acomodaría allí a la próxima persona que llegara al hotel. Sería inteligente hacerlo así. Además, la ayudaría.

Se dirigió al baño y quitó las toallas que Gray había usado el día anterior de la percha en donde se habían secado. Todavía olían a él.

El dolor la invadió tan rápidamente, tan fieramente, que casi la hizo tambalearse. Sin poder ver con claridad y dando traspiés, se dirigió hacia la cama, se sentó en ella, hundió la cara en las toallas y lloró amargamente.

* * *

Gray la oyó llorar mientras subía las escaleras. Era un sonido salvaje de dolor que lo asombró e hizo que disminuyera la velocidad antes de tener que afrontarlo.

La vio desde el marco de la puerta: Brianna estaba meciéndose a sí misma para consolarse y tenía la cara hundida en unas toallas. No había vestigios de su frialdad.

Se frotó las manos contra la cara para quitarse el cansancio del viaje y la culpa que lo embargaba.

—Bueno —dijo en tono tranquilo—, está tan claro como el agua que me engañaste vilmente. —Brianna levantó la cabeza de golpe y Gray pudo ver en sus ojos el dolor de su corazón partido y las sombras que había bajo ellos. Iba a levantarse, pero él le indicó con la mano que se quedara sentada—. No, no dejes de llorar, continúa. Me hace bien saber lo farsante que eres. «Déjame ayudarte a hacer las maletas, Gray. ¿Quieres que te prepare algo de comer para el viaje? Me las arreglaré sin ti más que bien». —Brianna luchó contra las lágrimas, pero no pudo ganar, pues le manaban a borbotones; entonces volvió a meter la cara entre las toallas—. Me seguiste la corriente y realmente me convenciste. Ni siquiera te volviste a mirar atrás. Eso era lo que estaba mal en la escena, lo que no encajaba del todo. Nunca encajó. —Caminó hacia ella y le quitó las toallas de las manos—. Estás irremediablemente enamorada de mí, ¿no es cierto, Brianna? Totalmente enamorada, sin trucos, sin trampas ni frases trilladas.

—Ay, Grayson, vete. ¿Por qué has vuelto?

—Me he dejado algunas cosas.

—Aquí no hay nada.

—Tú estás aquí. —Se arrodilló ante ella y la tomó de las manos para evitar que ocultara las lágrimas—. Déjame contarte una historia. No, sigue llorando, si quieres —le dijo, cuando ella trató de soltarse—, pero escúchame. Pensaba que él tenía que irse. McGee.

—¿Has venido a hablarme sobre tu libro?

—Déjame contarte la historia. Pensaba que tenía que irse. Qué importaba que Tulia significara para él más de lo que nadie había significado antes. Qué importaba que ella lo amara, lo hubiera cambiado y le hubiera cambiado la vida entera, que se la hubiera completado. Estaban a años luz de distancia en todos los otros aspectos,

¿no? —Con paciencia vio rodar otra lágrima por la mejilla de Brianna. Sabía que ella estaba luchando por no llorar, pero estaba perdiendo—. McGee era un solitario —continuó Gray—; siempre lo había sido. ¿Qué diablos iba a hacer plantado en una cabañita perdida en un condado del oeste de Irlanda? Y ella lo dejó ir porque era demasiado testaruda, demasiado orgullosa y lo amaba demasiado como para pedirle que se quedara. Me preocupaba eso. Durante semanas la idea me enloqueció, dándome vueltas en la cabeza. Y ayer, durante el viaje hacia Dublín fui pensando en ello. Creía que no iba a pensar en ti si seguía rumiando la preocupación por el libro. Pero de repente me di cuenta de que McGee no se iría y de que ella no permitiría que lo hiciera —continuó—. Por supuesto que sobrevivirían el uno sin el otro, porque ambos son unos supervivientes natos, pero nunca se sentirían completos. No con la plenitud que sienten cuando están juntos. Entonces reescribí la escena, en el vestíbulo del hotel de Dublín.

Brianna tragó con fuerza intentando luchar contra las lágrimas y la humillación.

—Entonces solucionaste tu problema. Bien por ti.

—Uno de mis problemas. No vas a ninguna parte, Brianna. —Apretó los puños que mantenían presas las manos de ella hasta que dejó de tratar de soltarse—. Cuando terminé de reescribir, pensé que quería tomarme un trago en alguna parte y después me acostaría. Pero en lugar de hacer eso, me vi a mí mismo montándome de nuevo en el coche, dando la vuelta y dirigiéndome hacia aquí otra vez. Porque me olvidé de que aquí he pasado los seis meses más felices de mi vida. Me olvidé de que quería escucharte cantar en la cocina por la mañana o verte al otro lado de la ventana de mi habitación. Me olvidé de que sobrevivir no siempre es suficiente. Mírame. Por favor. —Le secó una lágrima con el pulgar y después entrelazó los dedos con los de ella—. Y más que nada, Brianna, me olvidé de permitirme decirte que te amo. —Brianna no dijo nada, no pudo, pues los sollozos le cortaban el aliento, pero abrió los ojos de par en par y dos nuevas lágrimas brotaron y se estrellaron contra sus manos entrelazadas—. Para mí también fue una novedad —murmuró Gray—, un impacto. Todavía no sé muy bien cómo lidiar con esta realidad. Nunca había querido sentir esto por nadie y había sido fácil evitarlo hasta que te conocí. El amor significa ataduras y responsabilidades. Y significa que tal vez pueda vivir sin ti, pero que nunca voy a sentirme completo si no te tengo a mi lado. —Con delicadeza se llevó sus manos entrelazadas a los labios y saboreó las lágrimas de ella—. Pensaba que habías dejado de amarme bastante rápidamente por esa despedida tan fría de ayer. Eso empezó a aterrarme. Así que venía preparado para suplicarte cuando he entrado y te he oído llorando. Tengo que reconocer que ha sido como música para mis oídos.

—Querías que llorara...

—Tal vez, sí —dijo, y se puso de pie y le soltó las manos—. Pensaba que si hubieras llorado un poquito sobre mi hombro anoche, si me hubieras pedido que no te dejara, me habría quedado. Pero entonces después podría echarte la culpa si lo hubiera estropeado todo.

—Al parecer te he facilitado las cosas —le dijo riéndose y pasándose una mano por las mejillas.

—La verdad es que no —replicó, y se volvió a mirarla. Brianna estaba tan perfecta, notó él, con su pulcro delantal, esos mechones de pelo que se le salían de las horquillas y las lágrimas secándosele en las mejillas—. Tenía que llegar a este punto yo solo, así no tendré a nadie a quien culpar si arruino las cosas. Pero quiero que sepas que me voy a esforzar por no estropear lo que tenemos.

—Querías regresar... —afirmó Brie, y apretó una mano contra otra con fuerza. Era tan duro tener esperanza...

—Más o menos. De hecho, más. —El pánico todavía estaba presente, burbujeando en su interior. Sólo deseó que Brianna no lo notara—. He dicho que te amo, Brianna.

—Ya lo sé. Lo recuerdo. —Se esforzó por sonreír mientras se ponía de pie—. No te olvidas de la primera vez que lo escuchas.

—La primera vez que lo escuché fue la primera vez que te hice el amor. Tenía la esperanza de escucharlo de nuevo.

—Te amo, Grayson. Sabes que es así.

—Ya veremos —dijo, y metió una mano en un bolsillo y sacó un estuche pequeño.

—No tenías que comprarme un regalo. Con que volvieras a casa era suficiente.

—He pensado mucho en eso mientras conducía de vuelta desde Dublín. Venir a casa. Es la primera vez que lo hago —añadió, ofreciéndole el estuche— y me gustaría que fuera una costumbre. —Brianna abrió el estuche y, poniendo una mano sobre la cama detrás de ella, se sentó de nuevo—. Le di la lata al gerente del hotel de Dublín hasta que lo convencí de que abriera la tienda de regalos. Vosotros los irlandeses sois tan sentimentales que ni siquiera tuve que sobornarlo. —Tragó saliva—. Pensé que tendría mejor suerte con un anillo tradicional. Quiero que te cases conmigo, Brianna. Quiero que construyamos juntos un hogar que sea de los dos.

—Grayson...

—Sé que soy una mala apuesta —se apresuró a interrumpirla—. Sé que no te merezco, pero me amas de todas maneras. Puedo trabajar en cualquier parte y, además, puedo ayudarte con el hotel.

Brianna se quedó mirándolo en silencio; su corazón sencillamente se desbordó. Gray la amaba, la deseaba y estaba dispuesto a quedarse.

—Grayson...

—En cualquier caso me va a tocar viajar a veces —la cortó, sintiendo verdadero terror de que ella pudiera rechazarlo—, pero no será igual que antes. Y podrías venir conmigo si quieres. Siempre volveríamos aquí, Brie. Siempre. Este lugar ahora significa casi tanto para mí como significa para ti.

—Ya lo sé. Yo...

—No puedes saberlo —la interrumpió de nuevo—. Yo mismo no lo sabía hasta que me fui. Es mi hogar. Tú eres mi hogar, no una trampa —murmuró—. Un santuario. Una opción. Quiero construir una familia aquí. —Se pasó una mano por el pelo mientras ella lo miraba fijamente—. Dios santo. Quiero eso. Hijos, planes a largo plazo. Un futuro. Y saber que vas a estar justo aquí cada noche, cada mañana. Nadie podrá amarte nunca como yo te amo, Brianna. Quiero comprometerme contigo. —Exhaló un suspiro tembloroso—. Desde este día, desde esta hora.

—Ay, Grayson —dijo ella ahogadamente. Al parecer, los sueños sí podían convertirse en realidad—. He querido...

—Nunca había amado a nadie antes, Brianna. En toda mi vida no ha habido nadie más que tú. Así que te cuidaré, te lo juro. Ojalá tú...

—Por Dios, cállate ya, ¿vale? —le dijo entre risas y lágrimas—. Para que pueda decir que sí.

—¿Sí? —La levantó de la cama y la miró fijamente a los ojos—. ¿No me vas a hacer sufrir primero?

—La respuesta es sí. Sencillamente sí. —Lo abrazó y descansó la cabeza sobre el hombro de él. Y sonrió—. Bienvenido a tu hogar, Grayson.

Nora Roberts en
punto de lectura

Maggie Concannon se ha criado junto a sus hermanas en un ambiente familiar tan inquietante como el paisaje rural que la rodea..La joven, obstinada y visceral, encuentra un refugio contra la soledad y la amargura de su madre en la creación de piezas de vidrio. Rogan Sweeney, dueño de una galería de arte de Dublín, descubrirá en ellas el alma apasionada y libre de la joven. Pero ¿acaso tienen algo en común la chica de campo y el guapo, culto y elegante hombre de negocios?

Nacida del fuego, de Nora Roberts, es la primera novela de la trilogía *Las hermanas Concannon*, una gran historia familiar de misterio, intriga y amor en medio de la salvaje naturaleza irlandesa.

Trilogía de Las Llaves

La Llave
de la Luz

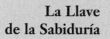

La Llave
de la Sabiduría

La Llave
del Valor

Trilogía irlandesa

Joyas
del Sol

Lágrimas
de la Luna

Corazón
del Mar

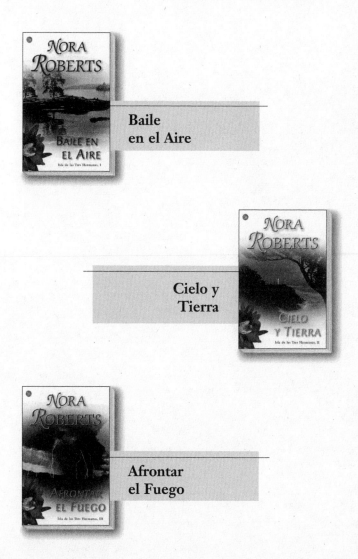

Isla de las Tres Hermanas

**Baile
en el Aire**

**Cielo y
Tierra**

**Afrontar
el Fuego**